全国医药职业教育药学类规划教材

药用基础化学（二）

——分析化学

（供高职高专使用）

主　编　伍伟杰

副主编　林　珍

编　者　（以姓氏笔画为序）

王永丽（广东食品药品职业学院）

伍伟杰（广东食品药品职业学院）

孙荣梅（中国药科大学高等职业技术学院）

李　飞（沈阳药科大学高等职业技术学院）

林　珍（山西生物应用职业技术学院）

中国医药科技出版社

内 容 提 要

本书是全国医药职业教育药学类规划教材之一,依照教育部〔2006〕16号文件要求,结合我国高职教育的发展特点,根据《分析化学》教学大纲的基本要求和课程特点编写而成。本书分为两大模块,共九章:化学分析模块(包括定量分析、滴定分析法、酸碱滴定法、重量分析法和沉淀滴定法、氧化还原滴定法、电化学分析法、配位滴定法);仪器分析模块(包括光谱分析法、色谱法)。每章后均附有学习指导和习题。

本书可供医药高职院校药学类专业学生使用,也可作为有关专业夜大、职大、函授等成人教育的教材和其他医药人员的参考资料。

图书在版编目(CIP)数据

药用基础化学. 分析化学/伍伟杰主编. —北京:中国医药科技出版社,2008.6
全国医药职业教育药学类规划教材
ISBN 978 – 7 – 5067 – 3882 – 8

Ⅰ. 药… Ⅱ. 伍… Ⅲ. 药物化学—分析(化学)—高等学校:技术学校—教材 Ⅳ. R914

中国版本图书馆 CIP 数据核字(2008)第 060748 号

美术编辑 陈君杞
版式设计 郭小平

出版 中国医药科技出版社
地址 北京市海淀区文慧园北路甲 22 号
邮编 100082
电话 发行:010 – 62227427 邮购:010 – 62236938
网址 www.cmstp.com
规格 787 × 1092mm $^1/_{16}$
印张 15
字数 338 千字
版次 2008 年 6 月第 1 版
印次 2010 年 9 月第 3 次印刷
印刷 北京市松源印刷有限公司
经销 全国各地新华书店
书号 ISBN 978 – 7 – 5067 – 3882 – 8
定价 **26.00 元**

本社图书如存在印装质量问题请与本社联系调换

全国医药职业教育药学类规划教材

编 写 说 明

随着我国医药职业教育的迅速发展，医药院校对具有职业教育特色药学类教材的需求也日益迫切，根据国发〔2005〕35号《国务院关于大力发展职业教育的决定》文件和教育部〔2006〕16号文件精神，在教育部、国家食品药品监督管理局、教育部高职高专药品类专业教学指导委员会的指导之下，我们在对全国药学职业教育情况调研的基础上，于2007年7月组织成立了全国医药职业教育药学类规划教材建设委员会，并立即开展了全国医药职业教育药学类规划教材的组织、规划和编写工作。在全国20多所医药院校的大力支持和积极参与下，共确定78种教材作为首轮建设科目，其中高职类规划教材52种，中职类规划教材26种。

在百余位专家、教师和中国医药科技出版社的团结协作、共同努力之下，这套"以人才市场需求为导向，以技能培养为核心，以职业教育人才培养必需知识体系为要素、统一规范科学并符合我国医药事业发展需要"的医药职业教育药学类规划教材终于面世了。

这套教材在调研和总结其他相关教材质量和使用情况的基础上，在编写过程中进一步突出了以下编写特点和原则：①确定了"市场需求→岗位特点→技能需求→课程体系→课程内容→知识模块构建"的指导思想；②树立了以培养能够适应医药行业生产、建设、管理、服务第一线的应用型技术人才为根本任务的编写目标；③体现了理论知识适度、技术应用能力强、知识面宽、综合素质较高的编写特点。④高职教材和中职教材分别具备"以岗位群技能素质培养为基础，具备适度理论知识深度"和"岗位技能培养为基础，适度拓宽岗位群技能"的特点。

同时，由于我们组织了全国设有药学职业教育的大多数院校的大批教师参加编写工作，强调精品课程带头人、教学一线骨干教师牵头参与编写工作，从而使这套教材能够在较短的时间内以较高的质量出版，以适应我国医药职业教育发展的需要。

根据教育部、国家食品药品监督管理局的相关要求，我们还将组织开展这套教材的修订、评优及配套教材（习题集、学习指导）的编写工作，竭诚欢迎广大教师、学生对这套教材提出宝贵意见。

全国医药职业教育药学类

规划教材建设委员会

2008 年 5 月

前　　言

药学类职业教育作为医药教育和职业教育的重要组成部分，伴随着我国医药行业和职业教育的发展，已经历了将近七年的高速发展，然而相关教材建设工作却因缺乏职业教育特色，远远无法满足医药职业教育发展的需要。为了迅速改变这种状况，在教育部、国家食品药品监督管理局和教育部高职高专药品类教学指导委员会的组织指导下，由多名具有丰富职业教育经验的人员共同编写了《药用基础化学》一书。

本书为全国医药职业教育药学类规划教材，主要供全国高等职业医药院校的学生使用，也可以作为普通高职高专、函授大学、职工大学和夜大等成人高校相关专业的教材或学习辅导用书。

高等职业技术教育的最大特点在于它的“职业性”，因此，本书编写的指导思想为“市场需求→岗位特点→技能需求→课程体系→课程内容→知识模块构建”。

本书编写突出如下特点：

1. 严谨性　内容的组织与叙述务求严谨、科学、正确，安排上符合教学规律，避免知识点的遗漏。

2. 协调性　加强相关教材及不同层次的交流，特别注重相近课程、前期课程和后续课程之间的协编。《药用基础化学》一书分《药用基础化学（一）——无机化学》和《药用基础化学（二）——分析化学》两册，前后呼应，避免知识点的重复。

3. 实用性　理论知识适度，把握化学学科的理论深度及广度，力求与职业、与生产实践、与社会需求接轨。

4. 应用性　加大应用能力，注意理论与实践相结合，着重培养学生分析问题和解决问题的能力。

5. 简练性　内容力求简明扼要，够用即可。避免内容臃肿，删除与专业教学无关的知识点，使整套教材知识模块体系构架系统、统一。

6. 职业性　注重职业性，把知识的传授与学生职业能力、创新能力的培养，以及学生综合素质的提高有机地结合起来。

7. 新颖性　全新体例格式。基于职业教育学生认知特点，编写过程中尽量采用“生活实例→理论提高→技能培养”的模式进行叙述。

《药用基础化学（二）——分析化学》由伍伟杰任主编，林珍任副主编。参加编写的院校以及人员有：广东食品药品职业学院王永丽（绪论、第六章），中国药科大学高等职业技术学院孙荣梅（第一章、第三章），广东食品药品职业学院伍伟杰（第二章、第五章），山西生物应用职业技术学院林珍（第四章、第九章），沈阳药科大学高等职业技术学院李飞（第七章、第八章）。全书由伍伟杰统稿、修改和定稿。

　　由于编者水平有限，时间仓促，书中难免有错误与不足之处，恳请读者与同行给予批评指正。

编　者

2008 年 3 月

目　　录

化学分析模块

仪器分析模块

绪　　论

第一节　分析化学的应用

一、分析化学的任务

分析化学是研究物质化学组成及其分析方法的一门学科，主要包括定性分析、定量分析和结构分析。定性分析的任务是鉴定物质的化学组成（或成分），即解决物质是由哪些元素、离子、基团或化合物组成；定量分析的任务是测定待测样品中有关组分的含量；结构分析的任务是确定物质的化学结构，如分子结构、晶体结构等。在分析物质时，一般先进行定性分析以确定物质的组成，然后选择合适的定量分析方法确定成分的含量。当然，若样品成分已知，可直接进行定量分析。

二、分析化学在药学中的应用

分析化学的应用范围几乎涉及国民经济、国防建设、资源开发及人的衣食住行等各个方面。这里简单介绍一下分析化学在药学中的应用。分析化学的理论知识和实验技能在药物分析、药物化学、天然药物化学、药剂学、药理学和中药学等各个学科都有广泛应用。而且，随着我国药学事业的飞速发展，分析化学课程显得愈加重要。目前，分析化学在生命科学、环境科学、材料科学等学科前沿领域发挥极大的作用。在医学科学中，分析化学在药物成分含量、药物作用机制、药物代谢与分解、药物动力学、疾病诊断以及滥用药物等的研究中，是不可缺少的手段；此外，分析化学在新药的寻找、药品质量控制、病因调查等方面也起着重要作用。

在药学教育中，分析化学是一门重要的专业基础课，其他许多专业课都要应用分析化学的知识解决该学科中的某些问题。例如，药物分析中分析方法的选择、药物有效成分的含量分析等；药物化学中原料、中间体及成分分析，理化性质和结构关系的探索等；药剂学中制剂稳定性、生物利用度等的测定；中草药化学中有效成分的分离、鉴定和测定等；药理学中药物分子的理化性质和药理作用的关系，体内代谢情况的考察，等等，都与分析化学有密切的关系。

第二节　分析方法的分类

根据分析任务、分析对象、测定原理、操作方法和基本要求的不同，分析化学可分为不同的类型。

一、结构分析、定性分析和定量分析

结构分析的主要任务是研究物质的分子结构或晶体结构。分析化学中常通过紫外光谱、红外光谱、核磁共振谱和质谱等进行结构分析。定性分析的任务是测定物质的组成，即物质是由哪些元素、原子团、官能团或化合物组成。定量分析的任务是测定物质的含量，通常采用滴定分析、色谱分析、光谱分析和电化学分析等方法进行定量分析。

二、化学分析和仪器分析

1. 化学分析

化学分析是建立在物质的化学反应基础上的分析方法。由于化学分析法历史悠久，因此又被称为经典分析法。它包括定性分析和定量分析，定性分析是根据试样与试剂化学反应的现象和特征来鉴定物质的化学组成；定量分析则根据试样中被测组分与试剂定量进行的化学反应来测定该组分的相对含量。例如，被测组分 C 与试剂 R 进行定量反应：

$$m\text{C} + n\text{R} = \text{C}_m\text{R}_n$$

若通过称量得到生成物的重量，进而求待测组分 C 的量，这种方法为重量分析法。若根据与组分 C 反应的试剂 R 的浓度和体积求组分 C 的量，这种方法称为滴定分析或容量分析。

化学分析法所用仪器简单，结果准确，应用范围广泛，但对于试样中极微量的杂质的定性或定量分析不够灵敏。

2. 仪器分析

仪器分析法是以物质的物理和物理化学性质为基础的分析方法。由于仪器分析要采用精密的仪器，因此具有灵敏、快速、准确等特点。仪器分析发展很快，主要分为：

（1）电化学分析　按照电化学原理分为电导分析、电位分析、电解分析等。

（2）光学分析　主要有吸收光谱分析法，包括紫外－可见分光光度法、红外分光光度法、原子吸收分光光度法和核磁共振波谱法等；发射光谱分析法，包括荧光分光光度法、火焰分光光度法等；旋光分析法，折光分析法等。

（3）色谱分析法　主要有液相色谱和气相色谱法等。其中液相色谱包括柱色谱法、薄层色谱法、纸色谱法、高效液相色谱法等。

三、常量分析、半微量分析、微量分析和超微量分析

根据试样取样量不同，分析方法可分为常量分析、半微量分析、微量分析和超微量分析，见表 1－1 所示：

方法	试样重量	
常量分析	>0.1g	>10ml
半微量分析	0.01~0.1g	1~10ml
微量分析	0.1~10mg	0.01~1ml
超微量分析	<0.1mg	≤0.01mg

在无机定性分析中，一般采用半微量分析方法；在化学定量分析中，多采用常量分析法；在仪器分析中，一般采用微量分析方法和超微量分析方法。

第三节　分析化学的发展

分析化学的起源可以追溯至古代炼金术。在科学史上，分析化学曾经是研究化学的开路先锋，它对元素的发现、原子量的测定等都曾作出重要贡献。但是，直到 19 世纪末，人们还认为分析化学尚无独立的理论体系，只能算是分析技术，不能算是一门科学。

20 世纪以来，分析化学经历了三次巨大变革：

第一次变革是 20 世纪初，建立了溶液中酸碱、配位、沉淀、氧化还原四大平衡理论，为分析化学提供了理论基础，使分析化学由一门技术发展为一门科学。

第二次变革是 20 世纪 40~60 年代，物理学与电子学的发展促进了以光谱分析、极谱分析为代表的仪器分析方法的发展，改变了经典的以化学分析为主的局面，使仪器分析获得蓬勃发展。

第三次变革是 20 世纪 70 年代末至今，生命科学、环境科学、新材料科学等发展的要求，生物学、信息科学、计算机技术的引入，使分析化学进入了一个崭新的境界，现代分析化学的任务已突破了以往单纯测定物质的组成及含量的局限，而且要对物质的形态、结构、薄层及活性等作出追踪分析。例如，在药物分析中，不仅要分析药物的组成和含量，还要分析药物的晶形结构。此外，对药物的分析不仅仅局限于静态分析，还要进行动态分析，观察药物在生物体内的疗效。

现代分析化学已突破了纯化学领域，它将化学与数学、物理学、计算机学及生物学紧密地结合起来，发展成为一门多学科性的综合学科。

思　考　题

1. 简述分析化学的任务。
2. 简述分析化学按照不同的标准如何分类。
3. 简述分析化学在药学中的应用。
4. 结合自己的知识，探讨分析化学的发展。

（王永丽）

化学分析模块

第一章　定量分析

第一节　定量分析的一般步骤

定量分析是分析化学的一个分支学科，它的目的是对试样中某种和某些组分进行含量测定。要完成试样的定量分析工作，一般包括下列几个步骤：取样、试样的分解、测定、分析结果的计算和评价等。

一、取样

在实际分析中，常需测定大量物料中某些组分的平均含量。但在实际分析时，只能称取几克或更少的试样进行分析。这样少的试样所得的分析结果要求能反映整批物料的真实情况，即分析试样的组成必须能代表全部物料的平均组成，也就是说试样应具有高度的代表性。否则分析结果再准确也是毫无意义的。

所谓取样，是指从大批物料中采取具有代表性的原始试样，然后制备成供分析用的分析试样。通常遇到的分析对象不外乎气体、液体和固体三大类。因此，在进行分析之前，必须了解试样来源，明确分析目的。对不同的形态和不同的物料，应采取不同的取样方法。

（一）气体试样的采取

对于气体试样的采取，需根据分析目的的不同采用相应的方法。例如大气样品的采取，通常选择距地面 50～180cm 的高度采样，使与人的呼吸空气相同；对于烟道气、废气中某些有毒污染物的分析，可将气体样品采入空瓶或大型注射器中。

（二）液体试样的采取

装在大容器里的物料，在贮槽的不同深度取样后混合均匀即可作为分析试样。对于分装在小容器里的液体物料，应从每个容器里取样，然后混匀作为分析试样。如采取水样时，应根据具体情况，采用不同的方法。当采取水管中或有泵水井中的水样时，取样前需将水龙头或泵打开，先放水 10～15 分钟，然后再用干净瓶子收集水样至满瓶即可。采取江、河、池中的水样时，可将干净的空瓶盖上塞子，塞上系一根绳，瓶底系一铁铊或石头，沉入离水面一定深处，然后拉绳拔塞，让水流满瓶后取出，如此方法在不同深度取几份水样混合后，作为分析试样。

（三）固体试样的采取

固体试样种类繁多，取样的方式也各有差异。一般要求在采样时注意在不同的位置，采取有代表全部物料组成的原始样品，经过破碎，过筛，混匀和多次缩分，最后取 100～300g 原始样品，装入样品瓶中贴上标签备用。

常用的缩分方法为"四分法",即将试样粉碎之后混合均匀,堆成锥形,然后略为压平,通过中心分为四等分把任何相对的两份弃去,其余相对的两份收集在一起混匀,这样试样便缩减了一半,称为缩分一次。每次缩分后的最低重量应符合采样要求。如果缩分后试样的重量大于要求重量较多,则可连续进行缩分直至所剩试样稍大于或等于最低重量为止。

(四)吸湿水的处理

固体原始样品往往含有吸湿水(亦称湿存水),即样品表面及孔隙中吸附了空气中的水分,其含量多少随着样品的粉碎程度和放置时间的长短而改变。因此,试样中各组分的相对含量也必然随着吸湿水的多少而改变。例如含 SiO_2 60% 的潮湿样品 100g,由于湿度的降低重量减至 95g,则 SiO_2 的含量增至 $60/95 = 63.2\%$。所以要想得到可靠的分析结果,必须在称取试样前先将试样放在烘箱中于 $100 \sim 105℃$ 烘干至恒重(温度和时间可根据试样的性质而定,对于受热易分解的物质可采用风干或减压干燥的办法)。若需进行水分测定,可另取烘干前的试样进行测定。

二、试样的分解

试样的分解工作是分析工作的重要步骤之一。一般定量分析采用湿法分析,即先要将干燥好的试样分解后制成溶液,然后进行分离和测定。

由于试样的组成不同,溶解样品所用的溶剂也不相同。最为常用的溶剂是水。水具有溶解能力强、廉价、易提纯等特点,因此,大多数的定量分析是在水溶液中进行的。对于不溶于水的试样,可采用酸溶法进行溶解。常用的酸溶剂有盐酸、硝酸、硫酸、磷酸、高氯酸、氢氟酸等,有时也采用混合溶剂;对于有机化合物样品,采用有机溶剂。有些样品既难溶于水和酸,也不溶于有机溶剂,可加入固体熔剂进行熔融。熔融是指在样品中加入某种熔剂,在高温下使样品中的全部组分转化为易溶于水和酸的化合物。

在试样分解时应注意以下几点:

①试样分解必须完全,处理后的溶液中不得残留原试样的细屑或粉末。

②试样分解过程中待测组分不应挥发。

③不得引入被测组分或干扰物质。

三、测 定

(一)测定的具体要求

当遇到分析任务时,首先要明确分析目的和要求,确定测定组分、准确度以及要求完成的时间。如原子量的测定、标样分析和成品分析,准确度是主要的;高纯物质的有机微量组分的分析灵敏度是主要的;而生产过程中的控制分析,速度就成了主要的问题。所以应根据分析的目的要求,选择适宜的分析方法。

(二)被测组分的性质

一般来说,分析方法都基于被测组分的某种性质。如 Mn^{2+} 在 $pH > 6$ 时可与 EDTA 定量络合，可用络合滴定法测定其含量；MnO_4^- 具有氧化性、可用氧化还原法测定；MnO_4^- 呈现紫红色，也可用比色法进行测定。对被测组分性质的了解，有助我们选择合适的分析方法。

（三）被测组分的含量

测定常量组分时，多采用滴定分析法和重量分析法。滴定分析法简单迅速，在重量分析法和滴定分析法均可采用的情况下，一般选用滴定分析法。测定微量组分多采用灵敏度比较高的仪器分析法。

（四）共存组分的影响

在选择分析方法时，必须考虑其他组分对测定的影响，尽量选择具有较好选择性的分析方法。如果没有适宜的方法，则应改变测定条件、加入掩蔽剂以消除干扰或通过分离除去干扰组分之后，再进行测定。

综上所述，分析方法很多，各种方法均有其特点和不足之处，一个完整无缺适宜于任何试样、任何组分的分析方法是不存在的。因此，我们必须根据试样的组成及其组分的性质和含量、测定的要求、存在的干扰组分和本单位实际情况出发，选用合适的测定方法。

四、计算分析结果

根据分析过程中有关反应的计量关系及分析测量所得的测量值（密度、熔点、沸点、质量、体积、吸光度、电位等），计算试样中被测组分的含量。对分析结果及误差分布情况，利用统计学方法进行可信程度评价。

第二节　定量分析结果的表示

一、被测组分的化学表示形式

若待测组分已知时，分析结果通常以待测组分实际存在形式的含量表示。例如测定电解质溶液时，常以存在的 Na^+、K^+、Ca^{2+}、Mg^{2+}、Cl^- 等被测离子表示分析结果；而测定试样中含氮量时，根据实际情况常以 NH_3、NO、NO_3^-、N_2O_3、N_2O_5 等形式表示分析结果。

若待测组分的实际存在情况不明时，常以氧化物形式来表示。如矿石、土壤样品中元素测定时，常以其氧化物形式（如 CaO、MgO、K_2O、Na_2O、P_2O_5、SO_2、SiO_2、Fe_2O_3、Al_2O_3 等）含量表示。

在金属材料、有机物和生物物质等的元素组成的分析中，常以元素（如 Fe、Al、Cu、Mo、Au、Mn、C、S、H、N 等）的含量形式表示。

在化工产品规格分析、简单无机盐及有机物分析中，均以原始化合物的组成［如 KNO_3、$NaNO_3$、$(NH_4)NO_3$、$(NH_4)_2SO_4$、$(NH_4)_2CO_3$、KCl、CH_3COOH、C_6H_6、尿素、苯乙烯等］形式来表示分析结果。

二、被测组分含量的表示方法

(一)固体试样

固体试样中待测组分的含量常以待测组分的质量分数或质量百分数表示。

质量分数:用待测组分的质量与试样的质量之比表示,量纲为1。

质量百分数:用待测组分占总试样的百分含量表示。

当待测组分含量较高时质量分数的单位为 $g \cdot g^{-1}$ 或 $mg \cdot mg^{-1}$;当待测组分含量较低时,质量分数单位为 $\mu g \cdot g^{-1}$、$ng \cdot g^{-1}$、$pg \cdot g^{-1}$、$fg \cdot g^{-1}$ 等。

(二)液体试样

液体试样中待测组分的含量常用以下方式表示:

物质的量浓度:用待测组分的物质的量与试液的体积之比表示,常用单位 $mol \cdot L^{-1}$。

质量摩尔浓度:用待测组分的物质的量与溶剂的质量之比表示,常用单位 $mol \cdot kg$。

质量分数:用待测组分的质量与试液的质量之比表示,量纲为1。

体积分数:用待测组分的体积与试液的体积之比表示,量纲为1。

摩尔分数:用待测组分的物质的量与试液的物质的量之比表示,量纲为1。

质量浓度:用单位体积中含某种物质的质量表示,单位:$g \cdot ml^{-1}$、$mg \cdot ml^{-1}$、$\mu g \cdot ml^{-1}$、$ng \cdot ml^{-1}$ 等。

(三)气体试样

气体试样中的常量或微量组分的含量,通常以体积分数来表示。单位:$ml \cdot ml^{-1}$、$\mu l \cdot ml^{-1}$、$nl \cdot ml^{-1}$ 等。

第三节　误差和分析数据的处理

定量分析的目的是准确测定试样中被测组分的含量。不准确的分析结果会导致产品报废,资源浪费,甚至得出科学上错误的结论。在药品检验中,错误的分析结果直接影响药品的质量和效果,甚至造成危及人民健康和生命的严重后果。因此要求分析结果具有一定的准确度。

但是,在实际分析过程中由于受分析工作者的主、客观条件和操作熟练水平的限制,使得测出的结果不可能绝对准确,总伴有一定的误差。即使使用最精密的仪器,具有良好的操作技能,采用同样的分析方法对同一试样进行多次测定,所得到的分析结果也不可能完全一致。这说明在分析过程中误差是客观存在的。因此,在进行定量分析测定时,必须对分析结果进行正确评价,判断其准确性和产生误差的原因,采取减小误差的有效措施,使测定结果尽量接近真值。

一、产生误差的原因

在实际分析中测量值与真实值之间的差值叫误差。根据误差的性质和产生的原因,误差可分为系统误差和偶然误差两大类。

（一）系统误差

系统误差（systematic error）又称可测误差。是由某些特定因素造成的，对分析结果的影响较固定，即在同样条件的实验中测得结果总是偏大或偏小，具有单向性。因此，系统误差的大小、正负是可以测定和估计的，也是可以设法减小或加以校正的。根据系统误差的性质和产生的原因可分为以下几种：

1. 方法误差

由于分析方法本身不完善造成的误差称为方法误差。例如，在滴定分析中，反应未能定量完成或有副反应发生、指示剂选择不当造成滴定终点与化学计量点不符等，都会导致测量值偏离真实值。

2. 仪器误差和试剂误差

仪器误差是由于仪器不够精确（如天平、砝码、容量器皿等仪器未经校正等）所引起的。

试剂误差来源于化学试剂或水的不纯。例如，试剂和蒸馏水中含有被测物质或干扰物质，使分析结果偏高或偏低。

3. 主观误差

正常操作情况下，由于分析工作者的主观原因所产生的误差称为主观误差。例如滴定管的读数习惯性地偏高或偏低，或人眼对滴定终点颜色灵敏程度的差异等引起的误差。

在同一次测定操作中，以上三种误差有可能同时存在。

（二）偶然误差

偶然误差（random error）又称随机误差（accidental error），是由某些难以控制或无法避免的偶然因素引起的。如环境温度、湿度及气压的微小波动，仪器性能的微小变化等，我们无法预测它的大小和方向，它的出现完全是偶然的、随机的。例如：称量粉末状样品时，称量结果与大气湿度、称量时间等因素有关。但是，引起偶然误差的各种偶然因素是相互影响的，消除系统误差后，在同样条件下进行多次测定，就可发现偶然误差服从统计学正态分布规律：

①小误差出现的机会多，大误差出现的机会少，特别大的误差出现的机会极小。

②大小相等的正、负误差出现的概率一致，测量的次数越多，测量的平均值越接近真实值。

除上述两类误差之外，还有一类所谓"过失"误差。是由于分析工作者粗心大意或违反操作规程所产生的错误，如加错试剂、看错刻度、溶液溅失等。"过失"误差是一种错误操作，一经发现，必须将本次测量结果弃去重做。只要在操作中严格认真，恪守操作规程，养成良好的实验习惯，过失误差是完全可以避免的。

二、准确度和精密度

准确度（accuracy）是指测量值与真实值接近的程度。它代表测定的可靠程度。测量值与真实值之差愈小，测量的准确度愈高，误差愈小。

为了获得相对可靠的测量数据，在实际工作中人们总是在相同条件下，对同一试样作几次平行测量，然后取平均值作为结果。如果几次测定的数据比较接近则表示分析结果的精密度高。所谓精密度（precision）是指一组平行测量值相互接近的程度。精密度表现了测定值的重复性和再现性。

准确度和精密度的关系如图1-1所示。

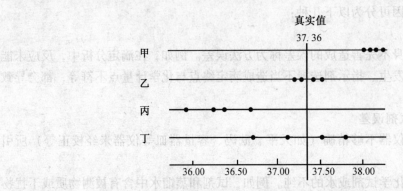

图1-1 不同人对同一药品分析的结果

由图1-1可见四人的分析结果各不相同，甲的精密度虽很高，但准确度太低，结果并不可靠，这是因为存在系统误差的缘故；乙的准确度与精密度均很好，结果最为可靠；丙的精密度与准确度均很差；丁的平均值虽也接近于真实值，但精密度太差，只能认为是偶然的巧合。在少量的测量中，出现这种情况的可能性是很小的，算不上好的测定结果。

由此可以看出：

① 精密度是保证准确度的先决条件。精密度差，测定结果就不可靠。

② 高精密度不一定保证高准确度。有时分析结果的精密度很好，但准确度却不高，这就必须考虑可能出现了系统误差。因此在评价分析结果时，必须综合考虑系统误差和偶然误差的影响，即在消除系统误差以后，精密度高的分析结果才能准确。

三、误差和偏差

误差（error）是指测量值与真实值之间的差值。准确度的高低用误差的大小来衡量，误差越小，准确度越高。误差常用绝对误差（absolute error）和相对误差（relative error）两种方法表示。

绝对误差是指测量值与真实值 x_t 之间的差值，用 E_i 表示。

$$绝对误差 = 测量值 - 真实值$$

$$E_i = x_i - x_t \tag{1-1}$$

相对误差是指绝对误差在真实值中所占的比率，用 E_r 表示。

$$相对误差 = \frac{绝对误差}{真实值} \times 100\%$$

$$E_r = \frac{E_i}{x_t} \times 100\% \tag{1-2}$$

误差的数值愈大，说明测量值偏离真实值愈远。若测量值大于真实值，说明测量值存在正误差，反之存在负误差。

例1－1 物体 A 和 B 的真实质量分别为 0.1020g 和 1.0243g，在分析天平上称得它们的质量分别为 0.1021g 和 1.0244g，试计算其绝对误差和相对误差。

解：物体 A 　　绝对误差 $E_i = 0.1021g - 0.1020g = +0.0001g$

　　　　　　　相对误差 $E_r = \dfrac{+0.0001g}{0.1020g} \times 100\% = +0.1\%$

　　物体 B 　　绝对误差 $E_i = 1.0244g - 1.0243g = +0.0001g$

　　　　　　　相对误差 $E_r = \dfrac{+0.0001g}{1.0243g} \times 100\% = +0.01\%$

上例说明，两个试样测定的绝对误差都是 0.0001g，但相对误差却不相同。质量大的相对误差较小，其测定的准确度也高。因此，用相对误差来比较各种情况下测定结果的准确度更确切。

在实际分析中，客观存在的真实值常无法准确测得，通常用标准值代替真实值来检查分析结果。标准值是指采用可靠的分析方法，由具有丰富经验的分析人员经过反复多次测定，并用数据统计方法处理分析结果得到的一个比较准确的平均值。例如原子量、物理化学常数、阿伏伽得罗常数等。把"标准值"当作真实值来计算误差，得到的是偏差。偏差可用来衡量精密度的高低，偏差越小，精密度越高。常用表达精密度的参数有：绝对偏差、相对偏差、平均偏差、相对平均偏差、标准偏差（标准差）、相对标准偏差（相对标准差）。

偏差（deviation）是指测量值 x_i 与平均值之间的差值。

$$绝对偏差 = 测定值 - 平均值$$
$$d_i = x_i - \bar{x} \tag{1-3}$$

$$相对偏差 = \frac{绝对偏差}{平均值} \times 100\%$$
$$d_R = \frac{d_i}{\bar{x}} \times 100\% \tag{1-4}$$

在实际的工作中对于一组测量数据常采用平均偏差 $\bar{d}$，相对平均偏差 $R\bar{d}$ 表示。

$$平均偏差 = \frac{绝对偏差的绝对值之和}{测定次数}$$
$$\bar{d} = \sum_{i=1}^{n} |d_i| = \frac{(|d_1| + |d_2| + |d_3| + \cdots\cdots + |d_i|)}{n} \tag{1-5}$$

$$相对平均偏差 = \frac{平均偏差}{平均值}$$
$$R\bar{d} = \frac{\bar{d}}{\bar{x}} \times 100\% \tag{1-6}$$

在学生实验中，由于测量次数有限，数据较少，一般计算结果的平均值 $\bar{x}$、平均偏差 $\bar{d}$ 和相对平均偏差 $R\bar{d}$ 也就足以表示实验测量值的集中和分散程度。但当测量数据较多、分散程度较大时，还可用标准偏差 S 和相对标准偏差 RSD 来表示分散程度。

$$标准偏差 = \sqrt{\frac{绝对偏差平方之和}{测定次数 - 1}}$$

$$S = \sqrt{\frac{\sum\limits_{i=1}^{n}(x_i - \bar{x})^2}{n-1}} = \sqrt{\frac{d_1^2 + d_2^2 + d_3^2 + \cdots\cdots d_i^2}{n-1}} \qquad (1-7)$$

标准偏差不仅是一批测量中各次测定值的函数，而且对一批测量中较大或较小偏差感觉比较灵敏，它比平均偏差更能说明数据的分散程度。

相对标准偏差（RSD）又叫变异系数，表示单次测定标准偏差对测定平均值的相对值，用百分率表示。

$$相对标准偏差 = \frac{标准偏差}{平均值} \times 100\%$$

$$RSD（\%）= \frac{S}{x} \times 100\% \qquad (1-8)$$

例 1-2　某学生为标定某一溶液的浓度进行了数次滴定。其结果分别为：0.2041、0.2049、0.2039、0.2043。试计算结果的平均值、平均偏差、相对平均偏差、标准差、相对标准差？

解：平均值

$$\bar{x} = \frac{0.2041 + 0.2049 + 0.2039 + 0.2043}{4} = 0.2043\,mol \cdot L^{-1}$$

平均偏差

$$\bar{d} = \frac{0.0002 + 0.0006 + 0.0004 + 0.0000}{4} = 0.0003\,mol \cdot L^{-1}$$

相对平均偏差 $R\bar{d} = \dfrac{0.0003}{0.2043} \times 100\% = 0.15\%$

标准偏差

$$S = \sqrt{\frac{(0.0002)^2 + (0.0006)^2 + (0.0004)^2 + (0.0000)^2}{4-1}} = 0.0004\,mol \cdot L^{-1}$$

相对标准差 $RSD = \dfrac{0.0004}{0.2043} \times 100\% = 0.2\%$

由上述讨论可知，误差和偏差具有不同的含义，前者是以真实值为标准的，后者是以多次测量值的平均值为标准。但是任何真实值均是不可能准确知道的。在实际工作中常用标准值代替真实值来检查分析结果的准确度。标准值也是平均值，把"标准值"当作真实值来计算误差，得到的仍然是偏差。因此，在实际工作中，不要过分强调误差和偏差两个概念的区别。

四、提高分析结果准确度的方法

为提高测定结果的准确度，应尽量从各个方面减免误差的产生，由于系统误差是引起实验误差的主要原因，因此必须首先设法加以减免。

（一）系统误差的减免

1. 分析方法的选择

不同分析方法的准确度和灵敏度是不同的，选择时必须恰当。例如，重量分析法和滴定分析法准确度高，适合于常量分析（质量分数在1%以上），其相对误差一般在千分之几。但是它们的灵敏度低，对含量在1%以下的微量组分则无能为力，而需采用准确度虽稍差，但灵敏度高的仪器分析来进行。仪器分析法在测定常量组分时，结果并不十分准确，但对微量或痕量组分的测定灵敏度较高，尽管相对误差较大，但因绝对误差不大，也能符合准确度的要求。例如以分光光度法测定含铁试样（含 Fe 0.02%），若方法的相对误差为 5%，则测定的结果可能为 0.018% ~ 0.022%。尽管相对误差较大，但因含量低，绝对误差小，这样的结果还是能够满足要求的。如果用来测定常量组分，这样的相对误差就太大了。

其次，应尽量设法减免由于分析方法不完善引起的系统误差。例如，在滴定分析中应选择更合适的指示剂，以减小终点误差。

选择分析方法还要考虑与被测组分共存的其他物质干扰问题。总之，必须综合考虑分析对象、样品情况及对分析结果要求等因素来选择合适的分析方法。

2. 减小测量误差

为保证分析结果的准确度，必须尽量减小测量误差。

例 1 – 3 用万分之一天平称量试样，为保证分析结果的准确度，试样取量最少不得低于多少克？

解：分析天平的称量误差为 ± 0.0001g，用减重法称两次，最大误差可能是 ± 0.0002g，为使称量的相对误差不超过 0.1%，则：

$$试样质量 = \frac{绝对误差}{相对误差} = \frac{0.0002}{0.1\%} = 0.2g$$

即试样取量应不少于 0.2g。

又如滴定管的读数误差为 ± 0.01ml，初、终两次读数可能引起的最大误差为 ± 0.02ml，为使体积测量的相对误差小于 0.1%，则滴定剂的体积必须在 20ml 以上。

$$滴定剂的体积 = \frac{0.02}{0.1\%} = 20ml$$

再如在用直接法配制标准滴定液时，基准物质的称量和溶液体积的测量必须分别用分析天平和容量瓶操作，但在配制一般试剂时，用台秤、量筒即可满足要求。

3. 进行仪器的校正

由仪器不准确引起的系统误差，可以通过校准仪器来消除或减免。例如砝码、移液管和滴定管等，在精确分析中，必须进行校准，并在计算结果时采用校正值。在日常分析工作中，因仪器出厂时已校准过，只要仪器保管妥善，通常可不再进行校准。

4. 进行对照试验

对照试验是检验系统误差的有效方法。

（1）与标准试样对照　选择组成与试样相近的标准试样（标样）进行测定，将标样测定结果与标准值进行对比，用统计方法检验确定有无系统误差。

（2）与标准方法对照　用标准方法和所采用的方法同时测定某一试样，由测定结果作统计检验。

（3）用回收试验进行对照　称取等量试样两份，在一份中加入已知量的待测组分，然后进行平行测定，根据加入的量能否定量回收来判断有无系统误差。

5. 进行空白试验

由试剂、蒸馏水或所用器皿不符合要求而引入的系统误差可做空白试验进行校正。所谓空白试验，是指在不加入样品的情况下，按照试样分析的步骤进行测定，所得结果称为空白值。然后从试样测定的结果中扣除此空白值，得到比较可靠分析结果的方法。

6. 其他

采用其他方法对结果进行校正。如重量法测定 SiO_2 时，分离硅酸后的滤液中含有少量硅，可用分光光度法测出其含量，加到重量法的结果中去，即可校正由于沉淀不完全引起的系统误差。

（二）偶然误差的减免

对于偶然误差的出现由于其符合统计学正态分布的规律，故可采用增加平行测量的次数取其平均值的方法来减少测量误差。但测定次数过多，易造成时间和样品的浪费。在实际工作中，一般平均测 3~4 次即可，要求较高的分析可适当增加测定次数。

五、有限次实验数据的统计处理

无限多次测量值的偶然误差分布服从正态分布（即高斯分布）。但化学中的计量或测定所得到的数据往往是有限的。例如，在物质组成的测定中，我们不可能对所有的研究对象进行测定，只可能是随机抽取一部分样品做有限次测量，称之为样本。样本中包含的个数叫样本容量，用 n 表示。那么如何用这些有限的测定值来正确地表示测定结果，对这种结果的可靠性有多大的把握，这就是化学统计学要解决的基本问题。

一般在表示测定结果之前，首先要对所测得的一组数据进行整理，排除有明显过失的测定值，然后对有怀疑但又没有确凿证据的与大多数测定值差距较大的测定值，采取数理统计的方法判断能否剔除，最后进行统计处理报告出测定结果。

（一）测定结果的表示

通常报告的测定结果中应包括测定的次数、数据的集中趋势以及数据的分散程度几部分。

1. 数据集中趋势的表示

（1）对于无限次测定来说，可以用总体平均值 μ 来衡量数据的集中趋势。

（2）对有限次测定一般用算术平均值（即平均值 $\bar{x}$）和中位数（median）两种方法表示。

在一般情况下，数据的集中趋势用算术平均值表示较好。只有在测定次数较少，又有大误差出现或是数据的取舍难以确定时，才用中位数表示。

中位数是将数据按大小顺序排列，位于正中的数据称为中位数。当 n 为奇数时，居中者即是；而当 n 为偶数时，正中两个数的平均值为中位数。

2. 数据分散程度的表示

（1）对于无限次的测定，可用总体标准差 σ 来衡量数据的分散程度。

$$\sigma = \sqrt{\dfrac{\sum\limits_{i=1}^{n}(x_i - \mu)^2}{n}} \qquad (1-9)$$

（2）对于有限次测定，常用样本标准差 S 和变异系数（相对标准差 RSD）来表示数据的分散程度。

式（1-7）标准偏差中的 $n-1$ 称为偏差的自由度，用 f 表示。它是指能用于计算一组测定值分散程度的独立偏差数目。例如，在不知道真实值的场合，如果只进行一次测定 $n=1$，那么 $f=0$，表示不可能计算测定值的分散程度，只有进行 2 次以上的测定，才有可能计算数据的分散程度。显然，当 $n\rightarrow\infty$ 时，$S\rightarrow\sigma$。因为 $n\rightarrow\infty$ 时，$\bar{x}\rightarrow\mu$。

（3）如果测定次数较少，还可采用极差 R（表示测量值中最大值和最小值之差）、平均偏差 $\bar{d}$ 和相对平均偏差 $R\bar{d}$ 等参数来表示。

以上几种表示法常用于单样本测定时一组测定值分散程度的表示，如果做多次的平行分析，就能得到一组平均值 $\bar{x}_1$、$\bar{x}_2$、$\bar{x}_3$……，这时应采用平均值的标准偏差来衡量这组平均值的分散程度。显然，平均值的精密度比单次测定的精密度高。

对有限次测定平均值的标准偏差 $S_{\bar{x}}$ 表达式如下：

$$S_{\bar{x}} = \frac{S}{\sqrt{n}} \tag{1-10}$$

从式（1-10）可以看出，增加测定次数可以提高测定结果的精密度，但实际上增加测定次数所取得的效果是有限的，因而也无需测定次数太多。

例1-4 分析制备药用氯化钠的产率时，所得数据如下：37.50，37.45，37.20，37.30，37.25（%），计算此结果的平均值、中位数、极差、平均偏差、标准偏差、变异系数和平均值的标准偏差。

解 平均值

$$\bar{x} = \frac{37.50 + 37.45 + 37.20 + 37.30 + 37.25}{5} = 37.34\%$$

中位数　　　　$M = 37.30\%$

极差　　　　$R = 最大值 - 最小值 = 37.50\% - 37.20\% = 0.30\%$

$d_1 = -0.04$，$d_2 = -0.14$，$d_3 = +0.11$，$d_4 = +0.16$，$d_5 = -0.09$

平均偏差

$$\bar{d} = \frac{\sum d_i}{n} = \frac{0.04 + 0.11 + 0.14 + 0.16 + 0.09}{5} = 0.11\%$$

标准偏差

$$S = \sqrt{\frac{\sum d_i^2}{n-1}} = \sqrt{\frac{0.04^2 + 0.11^2 + 0.14^2 + 0.16^2 + 0.09^2}{5-1}} = 0.13\%$$

变异系数

$$RSD = \frac{S}{\bar{x}} \times 100\% = \frac{0.0013}{0.3734} \times 100\% = 3.5\%$$

平均值的标准偏差 $S_{\bar{x}} = \dfrac{S}{\sqrt{n}} = \dfrac{0.0013}{\sqrt{5}} = 0.06\%$

分析结果只需要报告出 $\bar{x}$，S，n，即可表示出集中趋势与分散情况，上例结果可表示为：

$$\bar{x} = 37.34\%，\qquad S = 0.13\%，\qquad n = 5$$

（二）置信度与置信区间

有限次测定所得到的算术平均值总带有一定的不确定性，因此，在实际分析中如何用算术平均值来估计总体平均值的近似程度是很有意义的。这就是我们要讨论的平均值的置信区间（confidence interval），简称为置信区间或置信界限。

1. 随机误差的正态分布与置信度

我们已经知道随机误差的出现是符合正态分布（normal distribution）规律的。根据标准正态分布曲线统计学上可以证明：对于无限次测定，样本值 x 落在 $\mu \pm \sigma$ 范围内的概率为 68.3%；落在 $\mu \pm 2\sigma$ 范围内的概率为 95.5%；落在 $\mu \pm 3\sigma$ 范围内的概率为 99.7%。也就是说如果我们进行 1000 次测定，只有三次测定是落在 $\mu \pm 3\sigma$ 范围之外。显然在一般情况下，偏差超过 $\pm 3\sigma$ 的测定值出现的可能性是很小的，特别是在有限次测定中，出现这样大偏差的测定值是不太可能的，当出现这种情况时我们可以认为它不是由于随机误差造成的，应将它剔除。

根据随机误差的这种正态分布规律，通常将测定值在一定范围内出现的概率称为置信度（confidence）或置信概率，以 P 表示，常用置信度：$P = 0.90$，$P = 0.95$；或 $P = 90\%$，$P = 95\%$。测量值出现的区间为置信区间。

2. 平均值的置信区间

对于有限次测定，我们一般是以标准差 S 来估计测定值的分散情况。用 S 来代替正态分布的总体标准偏差 σ 时，测定值或其偏差是不符合正态分布的，只有采用 t 分布来处理。

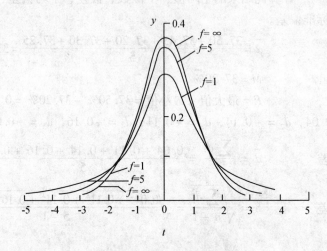

图 1-2 t 分布曲线

t 分布曲线的纵坐标是概率密度，横坐标是 t，t 分布曲线是随自由度 f 而变，与置信度也有关，当 $f \to \infty$ 时，t 分布也就趋于正态分布，如图 1-2 所示。t 分布曲线与正态分布曲线相似，只是因为测定次数较少，数据分散程度较大，其曲线形状较正态分布曲线低，曲线下一定范围内的面积为该范围内测定值出现的概率。

实际分析工作中，通常对试样进行有限次测定，求出样本平均值 $\bar{x}$，以此来估计总体平均值的范围，其样本平均值置信区间可表示为

$$\mu = \bar{x} \pm tS_{\bar{x}} \text{ 或 } \mu = \bar{x} \pm \frac{tS}{\sqrt{n}} \tag{1-11}$$

式中，μ 为值置信区间；$S_{\bar{x}}$ 为平均值的标准偏差；S 为标准偏差；t 为在选定某置信度下的概率系数，可根据自由度 f 从表 1-1 查出。

表 1-1 t 分布值表

自由度 f	置信度 P		
	0.90	0.95	0.99
1	6.31	12.71	63.66
2	2.92	4.30	9.93
3	2.35	3.18	5.84
4	2.13	2.78	4.60
5	2.02	2.57	4.03
6	1.94	2.45	3.71
7	1.90	2.37	3.50
8	1.86	2.31	3.36
9	1.83	2.26	3.25
10	1.81	2.23	3.17
11	1.80	2.20	3.11
12	1.78	2.18	3.06
13	1.77	2.16	3.01
14	1.76	2.15	2.98
15	1.75	2.13	2.95
20	1.73	2.09	2.85
25	1.71	2.06	2.79
30	1.70	2.04	2.75
40	1.68	2.02	2.70
60	1.67	2.00	2.66
∞	1.65	1.96	2.58

例 1-5 采用配位滴定法测定某水样中总硬度，5 次测定的平均值 $\bar{x}$（CaO）为 19.87 mg·L^{-1}，标准偏差为 0.085，试估计真实值在 0.90 或 0.95 置信度时的置信区间。

解：查表，$P = 0.90$ 时，$t = 2.13$

$$\because S_{\bar{x}} = \frac{S}{\sqrt{n}}$$

$$\therefore \mu = \bar{x} \pm t S_{\bar{x}} = \bar{x} \pm \frac{tS}{\sqrt{n}} = 19.87 \pm \frac{2.13 \times 0.085}{\sqrt{5}} = 19.87 \pm 0.08 \ (\text{mg} \cdot \text{L}^{-1})$$

查表：$P = 0.95$ 时，$t = 2.78$

$$\mu = 19.87 \pm \frac{2.78 \times 0.085}{\sqrt{5}} = 19.87 \pm 0.10 \ (\text{mg} \cdot \text{L}^{-1})$$

结果说明：就 $P = 0.90$ 的情况来说，有 90% 的把握认为此水的总硬度是在 19.79 ~ 19.95 之间；换言之，在 19.87 ± 0.08 区间内包含总体平均值的把握有 90%。

置信度低，置信区间就小，但置信区间并不是越小越好，因为置信度太低，易引起判断失误。

（三）异常值的取舍

在一组测量中有时会出现过高或过低的测量值，这种数据称为可疑数据或逸出值。可疑数据的取舍不能随心所欲，若能找出错误原因，可以舍弃；否则须采用一定的方法加以判断决定取舍。常用的方法有四倍法、Q 检验法、格鲁布斯（Grubbs）法等，本章只介绍四倍法和 Q 检验法。

1. 四倍法

除去可疑数值外，将其余数据相加，求出算术平均值 $\bar{x}$ 和平均偏差 $\bar{d}$。如可疑值和平均值之差大于或等于平均偏差 4 倍时，则舍去此可疑值；否则应予以保留。

2. Q 检验法

在测量次数少于 20 次的测量中时，用 Q 检验法决定可疑值的取舍比较合理。

具体步骤如下：

（1）将测定值（包括可疑值）由小到大排列，x_1，x_2，x_3……x_n

（2）算出测定值的极差（即最大值和最小值之差）。

（3）计算出可疑值和其邻近值之差。

（4）计算 Q 值。若 x_n 为可疑值，则

$$Q = \frac{| 邻差 |}{极差}$$

$$Q = \frac{| x_n - x_{n-1} |}{x_n - x_1} \qquad (1-12)$$

根据测量次数和置信度查舍弃值 Q 表，若 $Q_{计算}$ 值大于 $Q_{表}$ 值，则可疑值舍去，否则保留。

如果一组数据中不止一个可疑值，仍可用此法逐一处理。但此时最好用格鲁布斯法，此法在此不做介绍。

表 1-2　不同置信度下舍弃值的 Q 值表

测定次数	3	4	5	6	7	8	9	10
$Q_{0.90}$	0.94	0.76	0.64	0.56	0.51	0.47	0.44	0.41
$Q_{0.96}$	0.98	0.85	0.73	0.64	0.59	0.54	0.51	0.48
$Q_{0.99}$	0.99	0.93	0.82	0.74	0.68	0.63	0.60	0.57

例 1-6　用无水碳酸钠标准溶液标定盐酸溶液的浓度，平行测定 4 次，结果分别为：0.1012、0.1019、0.1016、0.1014（mol·L^{-1}）。试用 Q 检验法确定 0.1019mol·L^{-1} 是否该舍弃（置信度为 90%）。

解：按大小排列：0.1012、0.1014、0.1016、0.1019

$$Q = \frac{|x_n - x_{n-1}|}{x_n - x_1} = \frac{|0.1019 - 0.1016|}{0.1019 - 0.1012} = 0.43$$

查表 1 – 2，当 $n = 4$，置信度为 90% 时，舍弃商 $Q = 0.76 > 0.43$，所以 0.1019 不能舍弃。

六、有效数字及其运算规则

在进行定量分析测定时，首先要记录一系列实验数据，然后才能进行数据处理。为了提高分析结果的准确度，就必须学习和了解有效数字及其运算规则。

（一）有效数字的表示方法

有效数字是指测量时实际能够测得的数字。在定量分析中，要求记录的数据和计算结果都必须是有效数字，因而，数据记录必须与分析方法和仪器精度相匹配。

一般来说，仪器标尺读数的最低一位是用内插法估计到两条刻度线间距的 1/10，故观测值的最后一位数字总是估计的，有一定误差。这种误差大小一般为 ±0.1 分度值。最后这位数字虽是可疑的，但也是可信的，因而是"有效"的。记录时应保留这位数字才能正确反映出观察的精确程度。这种能反映观察精确度所需要的最少位数的数字称有效数字。换言之，有效数字就是实际能够观测到的数字，它的构成包括若干位精确的数字和最后一位可疑的数字。如图 1 – 3 所示。

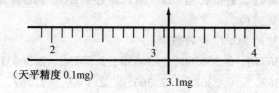

（天平精度 0.1mg）　　　　3.1mg

有效数字（3 为可靠数字、1 为估计数字）

图 1 – 3　有效数字的构成

表 1 – 3 是称取一称量瓶的质量和量取某一溶液体积的数据记录。

表 1 – 3　数据记录

仪器	读数	有效数字位数
台秤	12.0g	3
普通天平	12.02g	4
分析天平	12.0212g	6
滴定管	17.60 ml	4
量筒	18.0ml	3

"0"是一个特殊的数字。当它出现在中间或最后时都是有效数字。如 10.050 有 5 位有效数字，第 4 位上的"5"是仪器刻度标尺上直读数字，是可靠的。第 5 位上的"0"是估计数字，是可疑的。如将此数写成 10.05，就只有 4 位有效数字，表示前面 3 位是可

靠数字，第4位数"5"是可疑的，显然，这样表示测量的精确度就降低了。

但当"0"出现在前面时，全部是无效的。如0.0260g，只有3位有效数字，2之前的两个0都是无效的，仅用来决定小数点的位置，取决于所用单位。当用毫克计量时，可写成26.0mg，最后一个零仍是有效的。但是，像92500这类数字，应该用科学计数法书写：

科学计数	有效数字位数
9.25×10^4	3
9.2500×10^4	5

在分析化学中常遇到倍数、分数关系，非测量所得，可视为无限多位有效数字（不定值）。对于pH、lg$K$等对数数值，其有效数字的位数仅取决于小数部分数字的位数，而整数部分只说明该数的方次。如pH = 7.13，即〔H^+〕 = 7.4×10^{-8}，其有效数字为二位而非三位。

（二）有效数字修约规则

在分析测定工作中，由于用各种仪器获得实验数据的有效数字不同，因此，我们必须按照一定的计算规则，合理地保留有效数字的位数。舍去多余数字的过程称为有效数字的修约。目前，大多采用"四舍六入五留双"规则对数字进行修约，这是我国关于数字修约的国家标准。具体做法是：

当尾数≤4时，舍去；尾数≥6时，进位；尾数为5或5后面的数为0时，若5前面的数为偶数，舍去，为奇数，进位；当"5"的后面还有不是零的其他数时，无论5前面的数是偶数还是奇数都要进位。

例如，将下列数据修约为4位有效数字：

0.236746、0.236760、2.36650、2.36750、2.36651

修约结果为：0.2367、 0.2368、 2.366、 2.368、 2.367

（三）有效数字运算规则

由于每个测量数据的误差都会传递到最终测定结果，为了既不随意地保留过多的有效数字位数，使计算复杂，并可能得到不合理的结果；也不因舍弃过多的尾数，而使分析结果的准确度受到影响。计算时必须遵循有效数字运算规则，对所得的数据进行合理修约后，再进行计算。

1. 加减法

几个数据相加减时，有效数字的取舍应以小数点后位数最少的数字为依据。即以绝对误差最大的数据确定。一般采用先修约后加减的方法。

例如：

$$23.45 + 1.376 - 0.12550$$
$$= 23.45 + 1.38 - 0.13$$
$$= 24.70$$

2. 乘除法

几个数相乘除时，有效数字的保留应以有效数字位数最少（即相对误差最大）的数确定。

例如：

$$\frac{0.0125 \times 4.103 \times 20.060}{12.9801} = 0.0793$$

四个数中，有效数字位数最少的是 0.0125（三位），所以计算结果应保留三位有效数字。

10 的方次不影响有效位数。上述计算结果若表示成 5.80458×10^{-5} 是不恰当的，因其相对误差远低于两个乘数的相对误差，若表示成 5.8×10^{-5}，则降低了计算结果的准确度，因其相对误差为 2%，高于任何一个乘数的相对误差。正确的结果表示应为 5.80×10^{-5}。

可见，在乘除法中，结果的相对误差应与原始数据中相对误差最大的数量级相同。在计算过程中，为避免修约误差累积，可多保留一位有效位数字计算，再修约。

在运算过程中应注意如下几点：

（1）若第一位有效数字为 8 或 9 时，则有效数字可多保留一位。例如，9.37 虽只有三位有效数字，但其数值已接近 10.00，可认为是四位有效数字。

（2）在计算过程中，可以暂时多保留一位数字，得到最后结果时，再根据四舍六入五留双的原则弃去多余的数字。

（3）凡涉及化学平衡的有关计算，由于常数的有效数字多为两位，一般保留二位有效数字。

（4）对于物质组成的测定，对含量大于 10% 的组分测定，计算结果一般保留四位有效数字。

（5）大多数情况下，表示误差时，取一位数字即已足够，最多取二位。

（6）采用计算器连续运算的过程中可能保留了过多的有效数字，但最后结果应当修约成适当位数，以正确表达测定结果的准确度。

学习指导

一、目的要求

1. 了解定量分析的一般步骤。
2. 熟悉常用定量分析结果的表示形式。
3. 掌握误差产生的原因及减免方法。
4. 熟悉准确度与精密度的表示方法及两者关系。
5. 理解提高分析结果准确度的方法。
6. 掌握有效数字的确定、修约及运算规则。
7. 了解有限次实验数据的统计处理。

二、学习要点

（一）定量分析的一般步骤

1. 取样

所谓取样，是指从大批物料中采取具有代表性的原始试样，然后制备成供分析用的分析试样。取样对象为气体、液体和固体。由于分析试样应具有高度的代表性。因此，在进行分析之前，必须了解试样来源，明确分析目的，对不同的形态和不同的物料采取不同的取样方法。

2. 试样的分解

溶剂用水→酸溶剂、碱溶剂、有机溶剂→固体熔剂。

3. 测定

当遇到分析任务时，须从测定的具体要求、被测组分的性质、被测组分的含量以及共存组分的影响等几方面综合考虑，选择适宜的测定方法。

4. 计算分析结果

对分析结果及误差分布，利用统计学方法进行综合评价。

（二）定量分析结果的表示

1. 被测组分的化学表示形式

已知待测组分的用实际存在形式表示；未知待测组分的用氧化物形式来表示；金属材料、有机物和生物物质等用元素形式表示；其他以原始化合物形式表示。

2. 被测组分含量的表示方法

固体试样→质量分数。

液体试样→物质的量浓度、质量摩尔浓度、质量分数、体积分数、摩尔分数、质量浓度。

气体试样→体积分数。

（三）误差和分析数据的处理

1. 产生误差的原因

误差分为系统误差和偶然误差。

系统误差：由方法、仪器、试剂、主观误差造成，具有单向性的特点。用分析方法的选择、减小测量误差、仪器的校正、对照试验、空白试验等方法消除。

偶然误差：由偶然因素造成，具有正态分布的特点。采用多次测量取平均值的方法减免。

2. 准确度和精密度

准确度是指测量值与真实值接近的程度；精密度是指一组平行测量值相互接近的程度。

精密度是保证准确度的先决条件。

3. 误差和偏差

误差：是指测量值与真实值之间的差值，可用来衡量准确度的高低。用绝对误差和相对误差来表示。

偏差：是指测量值与平均值之间的差值。可用来衡量精密度的高低。用绝对偏差、相对偏差、平均偏差、相对平均偏差、标准偏差、相对标准偏差来表示。

4. 有限次实验数据的统计处理

数据集中趋势→用算术平均值和中位数来表示。

数据分散程度→用标准差 S 和相对标准差 RSD 来表示。

平均值置信区间→$\mu = \bar{x} \pm tS_{\bar{x}}$。

异常值的取舍→四倍法、Q 检验法。

5. 有效数字及其运算规则

有效数字是由若干位精确的数字和最后一位可疑数字组成。

有效数字的表示，根据仪器精度来确定有效数字。

有效数字的修约原则：四舍六入五留双。

有效数字的运算：加减法以<u>小数点后位数最少</u>的数字为依据；乘除法以<u>有效数字位数</u><u>最少</u>的数字为依据。

习　题

一、单项选择题

1. 下列因素中，在定量分析测定方法选择时不用考虑的是（　　）。

A. 测定的具体要求　　　　　　　B. 被测组分的性质

C. 被测组分的含量　　　　　　　D. 分析结果的计算

2. 下列方法中，不能消去系统误差的是（　　）。

A. 仪器校正　　B. 空白试验　　C. 对结果进行校正　　D. 做平行实验

3. 某溶液中含有 $0.085 mol \cdot L^{-1}$ 的氢氧根离子，其 pH 正确表达为（　　）。

A. 12.93　　　B. 12.929　　　C. 12.930　　　　　　　D. 13

4. 下列叙述中错误的是（　　）。

A. 误差是以真值为标准，偏差是以平均值为标准

B. 方法误差属于系统误差

C. 对于偶然误差来说，大小相近的正误差和负误差出现的机会是均等的

D. 某测定的精密度越好，则该测定的准确度也越好

5. 对某试样进行多次平行测定，测得溶液平均浓度为 $0.1027 mol \cdot L^{-1}$，则其中某个测定值（如 $0.1103 mol \cdot L^{-1}$）与平均值之差为该次测定的（　　）。

A. 绝对误差　　B. 相等误差　　C. 系统误差　　D. 绝对偏差

6. 下列哪个数据的有效数字是三位（　　）。

A. 0.0120　　　B. 3.6×10^{-2}　　C. 2.7　　　　　　　D. pH = 3.52

7. 用 25ml 移液管移出的溶液体积应记录为（　　）。

A. 25ml　　　B. 25.0ml　　　C. 25.00ml　　　　　　D. 25.000ml

8. 滴定分析要求相对误差为 ±0.1%。若称取试样的绝对误差为 0.0002g，则一般至少称取试样的量为（　　）。

A. 0.1g　　　　B. 0.2g　　　　C. 0.3g　　　　　　　D. 0.4g

9. 硼砂（$Na_2B_4O_7 \cdot 10H_2O$）是标定盐酸溶液浓度的基准物质，若事先置于干燥器中保存，对所标定盐酸溶液浓度的结果影响（　　）。

A. 偏低　　　B. 偏高　　　C. 无影响　　　　D. 不能确定

二、填空题

1. 定量分析的一般步骤包括_____、_____、_____、_____等主要几步。

2. 准确度的高低用_____表示；精密度的高低用_____表示。

3. 系统误差具有_____性。消除系统误差的方法：_____、_____、_____。

4. 偶然误差的特点是_____。

5. 在定量分析运算中，有效数字的修约应遵照_____的原则。

6. 在3~10次的平行测定中时，离群值的取舍常用_____检验法。

7. 滴定管的读数有±0.01ml的误差，则在一次滴定中的绝对误差可能为_____ml。常量滴定分析的相对误差一般要求小于等于0.2%，为此，滴定时消耗滴定剂的体积必须控制在_____ml以上。

8. 进行有限次实验数据的统计处理时，数据集中趋势常用_____和_____来表示。而数据的分散程度常用_____和_____来表示。

三、计算题

1. 根据有效数字运算规则，计算下列各式的结果。

(1) $213.64 + 0.3244 + 4.4$

(2) $(3.10 \times 21.14 \times 5.10) / 0.001120$

(3) $(5.10 \times 4.03 \times 10^{-4}) / (2.512 \times 0.0002034)$

(4) $\dfrac{0.0982 \times (20.00 - 14.39) \times \dfrac{162.206}{3}}{1.4182 \times 100} \times 100$

(5) $2.1361/23.05 + 1857.1 \times 2.28 \times 10^{-4} - 0.06081$

(6) $[(21.250 - 16.10) \times 0.3120 \times 48.12] / (0.2845 \times 1000)$

2. 试将下列数据修约成4位有效数字 28.7456、26.635、10.0654、0.386550、2.3451×10^{-3}、108.445、328.45、9.9864。

3. 测定 NaCl 纯品中 Cl^- 离子的质量分数时结果分别为：59.82%、60.06%、60.46%、59.86% 和 60.24%，求五次测定结果的平均值，平均偏差，标准偏差和相对标准偏差？

4. 标定某标准溶液的四次所得结果分别为 0.1016，0.1014，0.1012，0.1025mol·L^{-1}，问离群值 0.1025mol·L^{-1} 在置信度在 0.90 时可否舍弃？欲使第五次标定值也不被舍弃，其最低值是多少？

5. 某药厂分析某批次药品中的活性成分含量，得到下列结果：30.44%，30.52%，30.60% 和 30.12%，计算该活性成分含量的平均值及置信度为 0.95 时的置信区间。

6. 甲乙两人分析同一试样，各人测得样品中的含氮量如下：

甲：20.48，20.55，20.58，20.60，20.53，20.50

乙：20.44，20.64，20.56，20.70，20.38，20.52

（1）试计算每组数据的平均值、中位数、极差、平均偏差、标准偏差、变异系数和平均值的标准偏差，并用标准偏差计算置信度 0.99（$n=6$，$t=4.032$）时的置信区间，并评价两组结果。

（2）若此样品的标准样品含氮为 20.45%，计算以上两人测定的绝对误差和相对误差。

7. 标定 $0.1mol \cdot L^{-1}$ HCl，欲消耗 HCl 溶液 25ml 左右，应称取无水 Na_2CO_3 基准物质约多少克？从称量误差考察能否达到 0.1% 的准确度？若改用硼砂（$Na_2B_4O_7 \cdot 10H_2O$）为基准物质结果有如何？

（孙荣梅）

第二章 滴定分析法

第一节 滴定分析法的原理、特点和主要的方法

一、滴定分析法的原理和特点

滴定分析法（titrimetric analysis）是将一种物质的溶液滴加到另一种物质的溶液中，直到所加的物质与另一种物质按化学计量定量反应为止，然后根据滴定物与被滴定物之间的化学计量关系，计算出被测物质的浓度或含量。

滴定分析法与重量分析法相比较，具有操作简便、快速、仪器简单、准确度高等特点，一般情况下相对误差在 ±0.2% 以下。滴定分析法通常用于组分含量在 1% 以上的常量组分的测定，有时也可用于微量组分的测定。因此，滴定分析法在生产实践和科学实践中得到广泛应用。

二、滴定分析法的基本概念和有关术语

已知准确浓度的试剂溶液称为标准溶液（standard solution）。将一种物质的溶液从滴定管滴加到另一种物质的溶液中去的操作过程称为滴定（titration）。当加入的物质与另一种物质恰好完全反应时，即标准溶液物质的量与被测组分物质的量恰好符合化学反应式所表示的化学计量关系的这一点称为化学计量点（stoichiometric point）。化学计量点一般借助某些辅助试剂其颜色的变化来判断。这种能借助颜色的变化指示滴定终点的辅助试剂称为指示剂（indicator）。在滴定过程中，指示剂恰好发生颜色变化的转变点称为滴定终点（end point of titration）。滴定终点（测量值）与化学计量点（理论值）不一致所引起的误差称为滴定误差（titration error）。

三、主要的滴定分析方法

滴定分析法又称容量分析法，主要包括酸碱滴定法、沉淀滴定法、配位滴定法和氧化还原滴定法等。

（一）酸碱滴定法

酸碱滴定法是以酸或碱作标准溶液，以质子传递反应为基础的一种滴定分析法。滴定反应的实质就是两个共轭酸碱对之间质子的传递：

$$H_3O^+ + OH^- \Longrightarrow 2H_2O$$

$$H_3O^+ + A^- \Longrightarrow HA + H_2O$$

$$BOH^- + H_3O^+ \Longrightarrow B^+ + 2H_2O$$

如： $$NaOH + HCl \Longrightarrow NaCl + H_2O$$

（二）沉淀滴定法

沉淀滴定法是利用沉淀剂作标准溶液，基于沉淀反应进行滴定的方法。

如： $$Ag^+ + X^- \Longrightarrow AgX \downarrow$$

（三）配位滴定法

配位滴定法是利用配位剂（常用 EDTA）作标准溶液，基于配位反应进行滴定的方法。

如： $$H_2Y^{2-} + M^{n+} \Longrightarrow MY^{n-2} + 2H^+$$

（四）氧化还原滴定法

氧化还原滴定法是利用氧化剂或还原剂作标准溶液，根据氧化还原进行滴定的方法（碘量法、高锰酸钾法、亚硝酸钠法等）。

如：碘量法 $$I_2 + 2S_2O_3^{2-} \Longrightarrow 2I^- + S_4O_6^{2-}$$

高锰酸钾法 $$MnO_4^- + 5Fe^{2+} + 8H^+ \Longrightarrow Mn^{2+} + 5Fe^{3+} + 4H_2O$$

（五）非水滴定法

非水滴定法是在水以外的溶剂中进行的滴定方法。根据反应类型可分为酸碱滴定法、沉淀滴定法和氧化还原滴定法等。在药物分析中经常应用酸碱滴定法测定弱酸或弱碱。

第二节 滴定分析法对化学反应的要求和滴定方式

一、滴定分析法对化学反应的要求

适用于滴定分析的化学反应必须符合如下要求：

（1）反应要定量完全 反应必须按一定的计量关系进行，完成的程度要在 99.9% 以上，这是滴定分析定量计算的基础。

（2）反应要迅速 反应要求瞬时间完成。对于速度较慢的反应（例如用 $Na_2C_2O_4$ 标定 $KMnO_4$ 溶液的浓度），可以通过加热或加入催化剂等方法提高反应的速度。

（3）不得有杂质干扰主反应 如果被测物质中含杂质要预先除去。

（4）要有合适的方法确定滴定终点。

二、滴定方式

在滴定分析中，常用的滴定方式有直接滴定法、返滴定法、置换滴定法和间接滴定法四种。

（一）直接滴定法

凡能符合上述滴定分析要求的化学反应，都可以用标准溶液与被测物质直接进行滴定，这种方式称为直接滴定法。例如 NaOH 与 HCl 的滴定：

$$NaOH + HCl \Longrightarrow NaCl + H_2O$$

（二）返滴定法（剩余滴定法、回滴定法）

返滴定法是在滴定过程中先加入定量而且过量的标准溶液，使样品中的被测物质完全反应后，再加入另一种标准溶液滴定剩余的标准溶液。当被测物质与标准溶液反应速度很慢，或标准溶液测定固体试样，反应不能立即完成时，往往采用返滴定法而不能用直接滴定法进行滴定。例如，用 HCl 标准溶液测定难溶于水的 ZnO 含量时，往往加入定量、过量的 HCl 标准溶液使之完全反应，然后再用 NaOH 标准溶液返滴定剩余的 HCl 标准溶液：

$$ZnO + 2HCl \Longrightarrow ZnCl_2 + H_2O$$
$$（定量、过量）$$
$$HCl + NaOH \Longrightarrow NaCl + H_2O$$
$$（剩余）$$

（三）置换滴定法

有些物质不按确定的反应式进行反应时（伴有副反应），可以不直接滴定被测物质，而是先用适当的试剂与被测物质发生置换反应，再用标准溶液滴定被置换出来的物质。这种滴定方式称为置换滴定法。例如，在酸性溶液中，还原剂 $Na_2S_2O_3$ 与氧化剂 $K_2Cr_2O_7$ 反应有副反应，反应无确定的计量关系。但 $K_2Cr_2O_7$ 在酸性条件下氧化 KI，定量地生成 I_2，此时再用 $Na_2S_2O_3$ 标准溶液滴定生成的 I_2：

$$\overset{\displaystyle Na_2S_2O_3}{\big\downarrow}$$
$$K_2Cr_2O_7 + KI \xrightarrow{H^+} I_2$$

（四）间接滴定法

有的物质不能与标准溶液直接反应，这时可将试样通过一定的化学反应后，再用适当的标准溶液滴定反应产物。这种滴定方式称为间接滴定法。例如，测定试样中 Ca^{2+} 的含量时，Ca^{2+} 不能与 $KMnO_4$ 标准溶液反应，可先加过量的 $(NH_4)_2C_2O_4$ 使 Ca^{2+} 定量沉淀为 CaC_2O_4，然后用 H_2SO_4 使之溶解，再用 $KMnO_4$ 标准溶液滴定与 Ca^{2+} 结合的 $C_2O_4^{2-}$，从而间接测定 Ca^{2+} 的含量：

$$\overset{\displaystyle KMnO_4}{\big\downarrow H^+}$$
$$Ca^{2+} \xrightarrow{C_2O_4^{2-}} CaC_2O_4 \downarrow \xrightarrow{H_2SO_4} C_2O_4^{2-}$$

第三节　标准溶液的配制和标定

一、标准溶液的配制

（一）基准物质

基准物质（standard substance）是指那些能用于直接配制和标定标准溶液的物质。基准物质必须具备下列条件：

（1）性质稳定　加热干燥时不分解，称量时不吸湿，不吸收空气中的 CO_2，不被空气氧化。

（2）物质的组成应与化学式完全相符　若含结晶水，其结晶水的含量也应与化学式完全相符。例如：草酸（$H_2C_2O_4 \cdot 2H_2O$），其结晶水的量也应与化学式符合。

（3）纯度高　一般要求纯度达到 99.9% 以上，杂质的含量要少到可以忽略的程度（0.02% 以下）。

（4）具有较大的摩尔质量　因为摩尔质量越大，称量的量就越多，称量的相对误差也就越小。

（二）标准溶液的配制

根据物质的性质，标准溶液的配制通常有直接配制法和间接配制法（又称标定法）两种。

1. 直接配制法

准确称取一定量的基准物质，溶解后，定量转移至容量瓶中，用蒸馏水稀释至刻度，根据基准物质的质量和溶液的体积，即可计算出该标准溶液的准确浓度。例如，在分析天平上准确称取经干燥至恒重的无水 Na_2CO_3 1.060g 于小烧杯中，加水溶解后转移至 1000ml 的容量瓶中，并用水稀释至刻度，摇匀，即得到 $0.01mol \cdot L^{-1}$ Na_2CO_3 标准溶液。

2. 间接配制法（标定法）

很多物质不符合基准物质的条件，不能用直接配制法配制。如 NaOH，它很容易吸收空气中的 CO_2 和水分而生成 $NaHCO_3$、Na_2CO_3 等杂质，因此称得的质量不能代表纯净 NaOH 的质量；盐酸容易挥发而很难确定其中 HCl 的准确含量；$KMnO_4$ 具有很强的氧化性，其样品中往往含有 K_2MnO_4、MnO_2 等还原产物以及其他不溶性的杂质，也会影响其纯度。对这类物质，应先按需要配制成近似浓度的溶液，再用基准物质或另一种物质的标准溶液来确定它的准确浓度，这种方法称为间接配制法（标定法）。这种用基准物质或标准溶液来确定待测溶液准确浓度的操作过程称为"标定"（standardization）。

二、标准溶液的标定

（一）用基准物质进行标定

1. 标定原理

利用基准物质 B 的物质的量（m/M）$_B$，根据化学反应式所表示的化学计量关系换算为被标定物质 A 的物质的量（cV）$_A$，再计算出被标定物质溶液的浓度：

$$(cV)_A = \frac{a}{b} \times \left(\frac{m}{M}\right)_B \times 10^3 \tag{2-1}$$

式中，c 为 A 物质溶液的浓度，单位 $mol \cdot L^{-1}$；V 为 A 物质溶液的体积，单位 ml；a 和 b 分别为标定反应式中 A 物质和 B 物质的系数；m 为 B 物质的质量，单位 g；M 为 B 物质的摩尔质量，单位 $g \cdot mol^{-1}$；

2. 标定操作

精密称取一定量的基准物质于锥形瓶中，溶解后用待标定溶液进行滴定。根据滴定所消耗的体积以及称取的基准物质的质量，即可算出被标定物质溶液的准确浓度。

（二）用标准溶液进行标定

1. 标定原理

利用标准溶液 B 的物质的量 $(cV)_B$，根据化学反应式所表示的化学计量关系换算为被标定物质 A 的物质的量 $(cV)_A$，再计算出被标定物质溶液的浓度：

$$(cV)_A = \frac{a}{b}(cV)_B \qquad\qquad (2-2)$$

2. 标定操作

准确吸取一定量的待标定溶液（或标准溶液），用标准溶液（或待标定溶液）滴定，根据滴定消耗的溶液的体积，即可算出被标定物质溶液的准确浓度。

标定时，无论采用哪中标定方法，一般要平行测定 3~4 次，取其平均值，相对平均偏差不得大于 0.2%。

第四节　滴定分析法的计算

一、滴定分析计算的依据

在滴定分析中，要涉及到一系列的计算，如标准溶液的配制和浓度标定的计算，标准溶液与被测物质间计量关系的计算以及测定结果的计算等。

在滴定反应中，物质 A 与物质 B 反应的方程式可表示为：

$$aA + bB = cC + dD$$

当滴定反应到达化学计量点时，A 物质的量 n_A 和 B 物质的量 n_B 与它们在化学反应式所表示的化学计量关系符合如下关系：

$$n_A : n_B = a : b$$

即：

$$n_A = \frac{a}{b} \times n_B \quad 或 \quad nB = \frac{b}{a} \times n_A \qquad\qquad (2-3)$$

式中，a/b 或 b/a 称为换算因数。

从式（2-3）看出，要把 B 物质的量换算为 A 物质的量，需要将 n_B 乘上换算因数 a/b；而要把 A 物质的量换算为 B 物质的量，则需要将 n_A 乘上换算因数 b/a。据此，我们可以得出如下规律：在滴定分析计算中，求哪一方（浓度、含量或滴定度），则这一方的系数（a 或 b）在换算因数中为分子，另一方的系数为分母。掌握了这一规律，在滴定分析计算中就方便很多。

二、滴定分析计算实例

（一）标准溶液浓度的计算

1. 利用基准物质标定待测溶液的浓度

根据式（2-1）

$$(cV)_A = \frac{a}{b} \times \left(\frac{m}{M}\right)_B \times 10^3$$

有：
$$c_A = \frac{a}{b} \cdot \frac{m_B \cdot 10^3}{M_B \cdot V_A} \tag{2-4}$$

例 2-1 精密称取无水碳酸钠 0.1240g 于锥形瓶中，加适量水溶解，以甲基橙为指示剂，用盐酸溶液滴定至溶液呈橙色，消耗盐酸溶液 23.12ml。求盐酸溶液的浓度（$M_{Na_2CO_3} = 106.0 g \cdot mol^{-1}$）。

解：滴定反应为：

$$2HCl + Na_2CO_3 = 2NaCl + CO_2 + H_2O$$

反应摩尔比为： 2 ： 1

根据式（2-4）有：

$$c_{HCl} = \frac{2}{1} \times \frac{m_{Na_2CO_3} \times 10^3}{M_{Na_2CO_3} \times V_{HCl}}$$

$$= \frac{2}{1} \times \frac{0.1240 \times 10^3}{106.0 \times 23.12}$$

$$= 0.1012 \ (mol \cdot L^{-1})$$

2. 利用标准溶液标定待测溶液的浓度

根据式（2-2） $\qquad (cV)_A = \frac{a}{b} (cV)_B$

有：
$$c_A = \frac{a}{b} \cdot \frac{c_B \cdot V_B}{V_A} \tag{2-5}$$

例 2-2 准确吸取盐酸溶液 25.00ml，用 0.1000 mol·L^{-1} NaOH 标准溶液滴定，消耗 25.35ml，求盐酸溶液的浓度。

解：滴定反应为：

$$HCl + NaOH = NaCl + H_2O$$

反应摩尔比为： 1 ： 1

根据式（2-5）有：

$$c_{HCl} = \frac{c_{NaOH} \times V_{NaOH}}{V_{HCl}}$$

$$= \frac{0.1000 \times 25.35}{25.00}$$

$$= 0.1014 \ (mol \cdot L^{-1})$$

（二）被测组分百分含量的计算

设试样的质量为 m_s g，则被测组分 B 在试样中的百分含量为：

$$B\% = \frac{m_B}{m_s} \times 100\% \tag{2-6}$$

根据式（2-1）

$$(cV)_A = \frac{a}{b} \times \left(\frac{m}{M}\right)_B \times 10^3$$

有：
$$m_B = \frac{b}{a} \times (CV)_A \times M_B \times 10^{-3} \tag{2-7}$$

由式（2-7）和式（2-6）得：

$$B\% = \frac{b}{a} \times \frac{(cV)_A \times M_B \times 10^{-3}}{m_s} \times 100\% \qquad (2-8)$$

例 2-3 准确称取药用 Na_2CO_3 试样 0.1896g，用 0.1000 mol·L^{-1} HCl 标准溶液滴定，消耗 35.32ml，求试样中 Na_2CO_3 的百分含量。

解：滴定反应为：

$$2HCl + Na_2CO_3 = 2NaCl + CO_2 + H_2O$$

反应摩尔比为：   2 ： 1

根据式（2-7）有：

$$NaCO_3\% = \frac{1}{2} \times \frac{(cV)_{HCl} \times M_{Na_2CO_3} \times 10^{-3}}{m_s} \times 100\%$$

$$= \frac{1}{2} \times \frac{0.1000 \times 35.32 \times 106.0 \times 10^{-3}}{0.1896} \times 100\%$$

$$= 98.73\%$$

例 2-4 准确称取 $CaCO_3$ 试样 0.2396g，加入 0.2501 mol·L^{-1} HCl 标准溶液 25.00ml 使之溶解，然后用等浓度的 NaOH 标准溶液回滴剩余的盐酸，消耗 5.99ml，求试样中 Na_2CO_3 的百分含量（$M_{CaCO_3} = 100.09$g·mol^{-1}）。

解：滴定反应为：

$$2HCl + Na_2CO_3 = 2NaCl + CO_2 + H_2O$$
$$（过量）$$

$$NaOH + HCl = NaCl + H_2O$$
$$（剩余）$$

$$(n_{HCl} - n_{NaOH}) : n_{Na_2CO_3} = 2:1$$

$$CaCO_3\% = \frac{1}{2} \times \frac{c_{HCl}(V_{HCl} - V_{NaOH}) \times M_{CaCO_3} \times 10^{-3}}{m_s} \times 100\%$$

$$= \frac{1}{2} \times \frac{0.2501 \times (25.00 - 5.99) \times 100.09 \times 10^{-3}}{0.2396} \times 100\%$$

$$= 99.30\%$$

（三）利用滴定度计算被测物质的量

1. 滴定度的概念

滴定度是指 1ml 标准溶液相当于被测物质的质量（g），以 $T_{A/B}$ 表示。A 代表标准溶液，B 代表被测物质。例如，$T_{HCl/NaOH} = 0.02358$g·ml^{-1}，表示用 HCl 标准溶液滴定 NaOH 时，每消耗 1ml HCl 标准溶液可与 0.02358g NaOH 完全反应。又如，$T_{HCl} = 0.003582$g·ml^{-1}，它表示 1 ml 盐酸标准溶液含 HCl 0.003582g。因此，只要知道消耗标准溶液的体积，就很方便求出被测物质的质量。

例 2-5 已知 $T_{HCl/NaOH} = 0.01235$g·ml^{-1}。用该 HCl 标准溶液滴定 NaOH 样品时消耗 22.23ml，求 NaOH 的质量。

解：
$$m_{NaOH} = T_{HCl/NaOH} \times V_{HCl}$$
$$= 0.01235 \times 22.23$$
$$= 0.2745 \text{（g）}$$

2. 滴定度与物质的量浓度的换算

从式（2-7）可知：

$$m_B = \frac{b}{a} \times (cV)_A \times M_B \times 10^{-3}$$

当 $V_A = 1ml$ 时，则 $m_A = T_{A/B}$，即：

$$T_{A/B} = \frac{b}{a} \times c_A \times M_B \times 10^{-3} \tag{2-9}$$

$$c_A = \frac{a}{b} \frac{T_{A/B}}{M_B} \times 10^3 \tag{2-10}$$

例2-6　试计算浓度为 $0.2356 \text{ mol} \cdot L^{-1}$ HCl 溶液对 Na_2CO_3 的滴定度。

解：因为 HCl 与 Na_2CO_3 反应的摩尔比为2:1

所以：

$$T_{HCl/Na_2CO_3} = \frac{1}{2} \times c_{HCl} \times M_{Na_2CO_3} \times 10^{-3}$$

$$\frac{1}{2} \times 0.2356 \times 106.0 \times 10^{-3}$$

$$= 0.01249 \text{（g} \cdot ml^{-1}\text{）}$$

3. 根据滴定度求被测组分的百分含量

$$B\% = \frac{b}{a} \times \frac{T_{A/B} \times V_A}{m_s} \times 100\% \tag{2-11}$$

例2-7　已知 $T_{H_2SO_4/Na_2CO_3} = 0.01365 g \cdot ml^{-1}$。用该 H_2SO_4 标准溶液滴定 0.5287g Na_2CO_3 样品时消耗 22.25ml，求样品中 Na_2CO_3 的百分含量。

解：因为 H_2SO_4 与 Na_2CO_3 反应的摩尔比为：1:1

所以：

$$Na_2CO_3\% = \frac{T_{H_2SO_4/Na_2CO_3} \times V_{H_2SO_4}}{m_s} \times 100\%$$

$$= \frac{0.01365 \times 22.25}{0.5287} \times 100\%$$

$$= 57.44\%$$

学习指导

一、目的要求

1. 掌握滴定分析法对化学反应的要求。

2. 掌握滴定分析法的有关概念和术语（滴定、标准溶液、化学计量点、滴定终点、滴定误差、指示剂等）。

　　3．掌握滴定反应中滴定物与被滴定物之间的化学计量关系。

　　4．掌握滴定分析中有关浓度、百分含量、滴定度的计算以及它们之间的换算。

　　5．掌握标准溶液的配制、标定方法和标定原理。

二、学习要点

　　（一）滴定分析法的有关概念和术语

　　滴定：将一种物质的溶液从滴定管滴加到另一种物质的溶液中去的操作过程称为滴定。

　　标准溶液：已知准确浓度的试剂溶液称为标准溶液。

　　化学计量点：当加入的物质与另一种物质恰好完全反应时，即标准溶液物质的量与被测组分物质的量恰好符合化学反应式所表示的化学计量关系的这一点称为化学计量点。

　　滴定终点：在滴定过程中，指示剂恰好发生颜色变化的转变点称为滴定终点。

　　滴定误差：滴定终点（测量值）与化学计量点（理论值）不一致所引起的误差称为滴定误差。

　　指示剂：能借助颜色的变化指示滴定终点的辅助试剂称为指示剂。

　　（二）滴定分析法对化学反应的要求

　　反应要定量完全，反应要迅速，不得有杂质干扰主反应，要有合适的方法确定滴定终点。

　　（三）主要的滴定分析方法

　　酸碱滴定法、沉淀滴定法、配位滴定法和氧化还原滴定法等。

　　（四）常用的滴定方式

　　直接滴定法、返滴定法、置换滴定法和间接滴定法四种。

　　（五）反应物之间的化学计量关系

　　对于滴定反应 $aA + bB \Longrightarrow cC + dD$，反应物之间的化学计量关系为：

$$n_A : n_B = a : b$$

　　（六）滴定分析的有关计算公式

　　1．求被测组分的浓度：

$$c_A = \frac{a}{b} \frac{m_B \cdot 10^3}{M_B \cdot V_A}$$

　　2．求被测组分的百分含量：

$$B\% = \frac{b}{a} \times \frac{(cV)_A \times M_B \times 10^{-3}}{m_s} \times 100\%$$

　　3．滴定度与物质量的浓度换算：

$$T_{A/B} = \frac{b}{a} \times c_A \times M_B \times 10^{-3}$$

$$c_A = \frac{a}{b} \times \frac{T_{A/B}}{M_B} \times 10^3$$

4. 利用滴定度求被测组分的百分含量：

$$B\% = \frac{b}{a} \times \frac{T_{A/B} \cdot V_A}{m_s} \times 100\%$$

习　题

一、单项选择题

1. 下列物质中，能作为基准物质的是（　　）。
A. 盐酸　　　　　B. 氢氧化钠　　　　　C. 无水碳酸钠　　　　　D. 高锰酸钾
2. 同浓度、同体积的下列基准物质，称量的相对误差最小的是（　　）。
A. KIO_3　　　　　B. $KBrO_3$　　　　　C. Na_2CO_3　　　　　D. $Na_2B_4O_7 \cdot 10H_2O$
3. 下列溶液中，能用直接配制法配制的是（　　）。
A. HCl　　　　　B. NaOH　　　　　C. $K_2Cr_2O_7$　　　　　D. $KMnO_4$
4. 盐酸不能作为基准物质的主要原因是（　　）。
A. 容易挥发　　　B. 容易吸水　　　　C. 容易沉淀　　　　D. 容易分解
5. 对于滴定度，下列说法正确的是（　　）。
A. 1ml 被测物质相当于标准溶液的克数
B. 1g 被测物质相当于标准溶液的毫升数
C. 1ml 标准溶液相当于被测物质的克数
D. 1g 标准溶液相当于被测物质的克数

二、填空题

1. 滴定分析法具有＿＿＿＿＿＿，＿＿＿＿＿＿，＿＿＿＿＿＿和＿＿＿＿＿＿等特点。
2. 滴定分析法主要包括＿＿＿＿＿＿、＿＿＿＿＿＿、＿＿＿＿＿＿和＿＿＿＿＿＿四种滴定方法。
3. 适用于滴定分析的化学反应必须符合如下要求：＿＿＿＿＿＿，＿＿＿＿＿＿，＿＿＿＿＿＿，＿＿＿＿＿＿。
4. 常见的滴定方式有＿＿＿＿＿＿、＿＿＿＿＿＿、＿＿＿＿＿＿和＿＿＿＿＿＿。
5. 标定盐酸溶液的基准物质是＿＿＿＿＿＿；标定氢氧化钠溶液的基准物质是＿＿＿＿＿＿。
6. 基准物质应具备的条件是：＿＿＿＿＿＿、＿＿＿＿＿＿、＿＿＿＿＿＿、＿＿＿＿＿＿。

三、判断题

1. 所谓计量点，是指滴定液的体积与被测组分的体积恰好相等时这一点。（　　）

2. 标定标准溶液时，一般平行测定 2 次即可。（　　）

3. 滴定时，一般相对平均偏差不大于 0.5%。（　　）

四、计算题

1. 标定 HCl 溶液时，如果消耗 0.1mol·L^{-1} HCl 标准溶液 20 ~ 24ml，问称取无水碳酸钠基准物质的重量范围应为多少（Na$_2$CO$_3$ 的摩尔质量为 106.0 g·mol^{-1}）？

2. 已知盐酸标准溶液的滴定度 T_{HCl} = 0.003842g·ml^{-1}，分别计算相当于 NaOH 和 CaO 的滴定度（NaOH 的摩尔质量为 40.00g·mol^{-1}，CaO 的摩尔质量为 58.08g·mol^{-1}）。

3. 称取纯草酸（H$_2$C$_2$O$_4$·2H$_2$O）0.6248g，溶解后转入 100ml 容量瓶中，加水至刻度，摇匀。吸取此溶液 25.00ml，用以标定 NaOH 溶液的浓度，消耗 NaOH 溶液 20.21ml，求 NaOH 溶液的浓度（H$_2$C$_2$O$_4$·2H$_2$O 的摩尔质量为 126.04g·mol^{-1}）。

4. 称取不纯草酸试样 0.1587g，用 0.1008mol·L^{-1}NaOH 标准溶液进行滴定，终点时消耗 22.78ml，求试样中 H$_2$C$_2$O$_4$ 的百分含量（H$_2$C$_2$O$_4$ 的摩尔质量为 90.04g·mol^{-1}）。

5. 称取不纯 CaCO$_3$ 试样 0.2500g，溶解于 25.00ml 0.2600mol·L^{-1} HCl 溶液中，返滴定剩余的盐酸消耗 0.2450 mol·L^{-1} NaOH 6.50ml，求试样中 CaCO$_3$ 的百分含量（CaCO$_3$ 的摩尔质量为 100.09g·mol^{-1}）。

6. 称取药用硼砂（Na$_2$B$_4$O$_7$·10H$_2$O）试样 1.000g，用 0.2000mol·L^{-1} HCl 标准溶液滴定至终点，消耗 24.50ml，试计算试样中 Na$_2$B$_4$O$_7$·10H$_2$O 的百分含量和以 B$_2$O$_3$ 表示的百分含量（Na$_2$B$_4$O$_7$·10H$_2$O 的摩尔质量为 381.22g·mol^{-1}，B$_2$O$_3$ 的摩尔质量为 69.62g·mol^{-1}，B 的摩尔质量为 10.81g·mol^{-1}）。

（伍伟杰）

第三章 酸碱滴定法

第一节 概 述

酸碱滴定法（acid-base titrations）是以质子转移反应为基础的滴定分析方法。该方法广泛用于酸碱的测定以及能和酸、碱直接或间接进行质子转移反应物质的测定，在容量分析中十分常见。

滴定分析法的关键在于能否准确地指出到达化学计量点的时刻，由于酸碱反应在化学计量点时看不到外观变化，因此常需借助化学方法或仪器方法来确定滴定终点，其中借助酸碱指示剂的颜色变化来确定酸碱滴定终点的方法既有效又方便，在实践中被广泛应用。

第二节 酸碱指示剂

一、指示剂的变色原理

酸碱滴定过程中，由于被滴定的溶液通常不发生任何外观的变化，为了确定反应的化学计量点，通常在被滴定液中加入指示剂，根据指示剂的颜色变化来确定终点。

酸碱指示剂一般都是结构较为复杂的有机弱酸或有机弱碱，其共轭酸碱对具有不同的结构，且颜色也不同。当溶液的 pH 改变时，共轭酸碱对相互发生转变，从而引起溶液颜色发生明显变化。

例如甲基橙（MO）是一种常用的酸碱指示剂，它是有机弱酸，在水中存在如下平衡：

碱式（黄色）　　　　　　　　　　　　　　酸式（红色）

甲基橙碱式具有偶氮结构，呈黄色，酸式具有醌式结构，呈红色。

由上面平衡关系可以看出，增大溶液的 pH（pH≥4.4），平衡向左移动，甲基橙主要以碱式形式存在，溶液呈黄色；降低溶液 pH（pH≤3.1），平衡向右移动，甲基橙主要以酸式形式存在，溶液呈红色。

再如酚酞（PP）也是常用的酸碱指示剂，它也是一种有机弱酸，在水中存在如下平衡：

酚酞的酸式无色，所以酚酞在酸性溶液中不显色。在溶液中加入碱时，平衡向右移动，当 pH≥8.0 时，酚酞主要以碱式存在，溶液显红色。

综上所述，酸碱指示剂颜色的改变，是由于在不同 pH 的溶液中，指示剂的分子结构发生了变化，因而显示出不同的颜色。但是，如果溶液的 pH 改变很小时，颜色的变化则不明显，因此必须是溶液的 pH 改变到一定的程度，才能看到指示剂颜色的变化，也就是说，指示剂的变色时，其 pH 具有一定范围，只有超过这个范围，才能明显观察到指示剂的颜色变化。这个能够使指示剂颜色发生变化的 pH 变化范围就叫指示剂的变色范围。

二、指示剂的变色范围

现以有机弱酸型指示剂（HIn 表示）为例来讨论指示剂的变色范围。HIn 在水溶液中的电离平衡为：

$$HIn + H_2O \rightleftharpoons H_3O^+ + In^-$$
$$酸式（无色）\qquad 碱式（红色）$$

平衡时：

$$K_{HIn} = \frac{[H^+][In^-]}{[HIn]}$$

此时溶液：

$$pH = pK_{HIn} + \lg\frac{[In^-]}{[HIn]} \qquad (3-1)$$

式中，K_{HIn} 为指示剂的电离平衡常数，$[In^-]$ 和 $[HIn]$ 分别为指示剂的碱式色和酸式色离子的浓度。溶液的颜色是由 $[In^-]/[HIn]$ 的比值来决定的。在一定温度下，指示剂的 K_{HIn} 是常数。因此，$[In^-]/[HIn]$ 的比值仅与 $[H^+]$ 有关，即溶液 $[In^-]/[HIn]$ 比值改变，溶液的颜色也随之改变。但由于受人眼对颜色分辨能力的限制，通常只有当一种类型浓度超过另一种类型浓度的 10 倍以上时，人们才能观察到它"单独存在"的颜色，而在此范围以内，人们看到的只是它们的混合色，指示剂的变色与溶液 pH 的关系见表 3-1。

表3-1 指示剂的变色与溶液 pH 的关系

$[In^-]/[HIn]$	≤0.1	1	≥10
溶液呈现的颜色	酸式色	混合色	碱式色
溶液的 pH	$pH = pK_a - 1$	$pH = pK_a$	$pH \cdot pK_a + 1$

也就是说，当 $\dfrac{[In^-]}{[HIn]} \leq 0.1$ 时，我们只能看到酸式（HIn）颜色；当 $\dfrac{[In^-]}{[HIn]} \geq 10$ 时，只能看到碱式（In^-）颜色；当 $0.1 < \dfrac{[In^-]}{[HIn]} < 10$ 时，指示剂呈混合色；当 $\dfrac{[In^-]}{[HIn]} = 1$ 时，两者浓度相等，此时 $pH = pK_{HIn}$ 为指示剂变色的转折点，称为指示剂的理论变色点。因此，指示剂的变色范围为：$pH = pK_{HIn} \pm 1$。根据上述推算，指示剂的变色范围应有两个 pH 单位，这与实际测得的指示剂变色范围并不完全相同。这是因为人眼对各种颜色的敏感程度不同，以及指示剂的两种颜色之间互相掩盖所致。

如：甲基橙指示剂，其 $pK_{HIn} = 3.4$，变色范围为 3.1~4.4。而当 pH 3.1 时，甲基橙的酸式色占 66.7%，碱式色仅占 33.3%。说明酸式色浓度只要大于碱式色浓度的 2 倍，就能观察到红色（酸式色）。产生这种差异的原因，是由于人眼对红色更为敏感造成的。

虽然指示剂变色范围的理论值与实测结果存在差别，但理论推算对粗略估计指示剂的变色范围，仍具有一定的指导意义。常用的酸碱指示剂见表 3-2。

表3-2 常用酸碱指示剂

指示剂	变色范围 pH	颜色 酸	颜色 碱	pK_{HIn}	浓度	用量 （滴·10ml⁻¹试液）
百里酚蓝	1.2~2.8	红	黄	1.7	$1g \cdot L^{-1}$乙醇溶液	1~2
甲基黄	2.9~4.0	红	黄	3.3	$1g \cdot L^{-1}$的90%乙醇溶液	1
甲基橙	3.1~4.4	红	黄	3.4	$1g \cdot L^{-1}$水溶液	1
溴酚蓝	3.0~4.6	黄	紫	4.1	$1g \cdot L^{-1}$乙醇溶液或其钠盐水溶液	1
溴甲酚绿	4.0~5.6	黄	蓝	4.9	$1g \cdot L^{-1}$乙醇溶液和$1g \cdot L^{-1}$水加 $0.05mol \cdot L^{-1}$NaOH 2.9ml	1~3
甲基红	4.4~6.2	红	黄	5.0	0.1%的60%乙醇溶液或其钠盐水溶液	1
溴百里酚蓝	6.0~7.6	黄	蓝	7.3	$1g \cdot L^{-1}$的20%乙醇溶液或其钠盐水溶液	1
中性红	6.8~8.0	红	黄	7.4	$1g \cdot L^{-1}$的60%乙醇溶液	1
苯酚红	6.8~8.4	黄	红	8.0	$1g \cdot L^{-1}$的60%乙醇溶液或其钠盐水溶液	1
酚酞	8.0~9.6	无	红	9.1	$1g \cdot L^{-1}$乙醇溶液	1~3
百里酚酞	9.4~10.6	无	蓝	10.0	$1g \cdot L^{-1}$乙醇溶液	1~2

为了增加滴定终点的灵敏性，指示剂的变色范围越窄，颜色变化越明显。这样在滴定终点时，pH 稍有变化时，指示剂即可由一种颜色变到另一种颜色。

三、影响指示剂变色范围的因素

(一) 温度

指示剂变色范围和 K_{HIn} 有关，而 K_{HIn} 是随温度变化的常数，因而改变温度，指示剂变色范围也会随之改变。例如，甲基橙在18℃时的变色范围为3.1～4.4，而在100℃时则为2.3～3.7；酚酞在18℃时的变色范围为8.0～9.6，而在100℃时变为8.0～9.2。

(二) 指示剂用量

由于指示剂本身是弱酸或弱碱，在滴定过程中也会消耗一定量的滴定剂，引起终点误差。因而指示剂的用量一定要适量，对于双色指示剂如甲基橙等，从平衡关系可以看出：

$$HIn \rightleftharpoons H^+ + In^-$$

如果溶液中指示剂浓度较小，滴入少量标准碱溶液，即可使之完全变成 In^-，颜色变化灵敏。反之，指示剂浓度大时，发生同样的颜色变化所需标准碱液的量较多，致使终点颜色变化不敏锐。

对于单色指示剂，指示剂用量偏少，终点变色敏锐。用量偏多时，溶液颜色的深度随指示剂浓度的增加而加深。例如50ml溶液中加入2～3滴0.1%的酚酞，当pH 9时即出现微红色，而同样条件下，加入10～15滴酚酞，则在pH 8时就出现微红色。

综上所述，在不影响变色灵敏度的条件下，指示剂的用量一般以少一点为佳。

(三) 滴定程序

一般来讲，溶液的颜色由浅色变深时，肉眼的辨认比较敏感。例如，用碱滴定酸时，一般采用酚酞为指示剂，因为终点时，酚酞由无色变为红色，比较敏锐易于观察；当用酸滴定碱时，多采用甲基橙为指示剂，因为终点时，甲基橙由黄变成橙红色，比较明显易于观察。

为了更好地辨别滴定终点的颜色变化，有时可采用混合指示剂，利用颜色间的互补，使指示剂的变色范围变窄，终点更敏锐。

四、混合指示剂

由于指示剂都有一定的变色范围，有的甚至宽达2个pH单位。酸碱滴定达到化学计量点前后，溶液的pH必须有较大变化，指示剂才能从一种颜色突然变为另一种颜色，达到指示终点的目的。但是在某些弱酸弱碱滴定中达到化学计量点时pH突跃范围较小，这就要求采用变色范围更窄、颜色变化明显的指示剂才能准确确定终点。为此，在实际应用中常将两种指示剂混合起来使用，利用它们的颜色之间的互补作用，使变色范围更窄、更敏锐。如溴甲酚绿变色范围为4.0（黄）～5.6（蓝），甲基红变色范围是4.4（红）～6.2（黄），它们按一定比例配成后，酸色为酒红色（红稍带黄）、碱色为绿色（蓝色与黄色的混合色），在pH 5.1时，甲基红的橙红色和溴甲酚绿的蓝绿色互补而呈灰色，使变色点更敏锐。常用酸碱混合指示剂见表3-3。

表 3 - 3　常用的酸碱混合指示剂

指示剂溶液的组成	变色点	颜色		备注
		酸色	碱色	
一份 0.1% 甲基黄酒精溶液 一份 0.1% 亚甲基蓝酒精溶液	3.25	蓝紫	绿	pH 3.4 绿色 pH 3.2 蓝紫色
一份 0.1% 甲基橙水溶液 一份 0.25% 靛蓝二磺酸钠水溶液	4.1	紫	黄绿	
三份 0.1% 溴甲酚绿酒精溶液 一份 0.2% 甲基红酒精溶液	5.1	酒红	绿	
一份 0.1% 溴甲酚绿钠盐水溶液 一份 0.1% 绿酚红钠盐水溶液	6.1	黄绿	蓝紫	pH 5.4 蓝紫色 5.8 蓝色 pH 6.0 蓝带紫 6.2 蓝紫色
一份 0.1% 中性红酒精溶液 一份 0.1% 亚甲基蓝酒精溶液	7.0	蓝紫	绿	pH 7.0 蓝紫色
一份 0.1% 甲酚红钠盐水溶液 三份 0.1% 百里酚蓝钠盐水溶液	8.3	黄	紫	pH 8.2 玫瑰色 pH 8.4 紫色
一份 0.1% 百里酚蓝 50% 酒精溶液 三份 0.1% 酚酞 50% 酒精溶液	9.0	黄	紫	从黄到绿再到紫色
二份 0.1% 百里酚蓝酒精溶液 一份 0.1% 茜素黄酒精溶液	10.2	黄	紫	

　　还有一种混合指示剂，它是以某种惰性染料作为指示剂变色的背景，由于两种颜色的叠加而呈现较窄的变色范围。如由甲基橙和靛蓝二磺酸可组成这样的混合指示剂。靛蓝二磺酸是一种蓝色染料，在滴定过程中不变色，只是作为甲基橙的蓝背景。混合指示剂的碱色呈黄绿色（黄色与蓝色的混合色），酸色为紫色（红色与蓝色的混合色）在 pH 4.1 时，显浅灰色（蓝色与橙色为补色，溶液几乎无色）。这样就避免了变色过程中出现过渡颜色（橙色），从而使变色范围更窄且很敏锐。

　　混合指示剂是将几种指示剂混合制成。如我们常见的 pH 试纸，就是将纸条浸泡于多种混合指示剂溶液中，晾干后制成。用它可以粗略地测定溶液的 pH。

第三节　酸碱滴定曲线及指示剂的选择

　　酸碱滴定法是利用酸碱反应进行滴定的分析方法，又叫中和滴定法。下面将分别讨论不同类型酸碱滴定的滴定曲线和指示剂的选择以及酸碱滴定的可行性等问题。

一、强酸强碱的滴定

（一）滴定曲线

强酸强碱在水溶液中能完全电离，它们反应实质为：

$$H^+ + OH^- \Longrightarrow H_2O$$

现以 $0.1000 mol \cdot L^{-1} NaOH$ 溶液滴定 $20.0 ml$ $0.1000 mol \cdot L^{-1} HCl$ 溶液为例，讨论强酸强碱相互滴定时的滴定曲线和指示剂的选择。

为了计算整个滴定过程中 pH 的变化，可将滴定过程分为四个阶段：

1. 滴定开始前　溶液的酸度取决于 HCl 的原始浓度。

$$[H^+] = c_{HCl} = 0.1000 mol \cdot L^{-1}$$

$$pH = 1.00$$

2. 滴定开始到化学计量点前　溶液的酸度取决于酸碱中和后，剩余盐酸的浓度。

设 HCl 的原始浓度为 c_{HCl}，体积为 V_{HCl}，加入的 NaOH 的浓度为 c_{NaOH}，体积为 V_{NaOH}。

$$[H^+] = \frac{n_{剩余HCl}}{V_{溶液}}$$

$$= \frac{c_{HCl} \times V_{HCl} - c_{NaOH} \times V_{NaOH}}{V_{溶液}}$$

当滴入 18.00ml NaOH 溶液时，溶液中

$$[H^+] = \frac{0.1000 \times 20.00 - 0.1000 \times 18.00}{20.00 + 18.00} = 5.3 \times 10^{-3} mol \cdot L^{-1}$$

$$pH = 2.28$$

当滴入 19.80ml NaOH 溶液时，pH = 3.30；

当滴入 19.98ml NaOH 溶液时，pH = 4.30；

3. 化学计量点时

化学计量点时，NaOH 与 HCl 正好完全反应，溶液中存在 NaCl 和 H_2O，显中性，pH = 7.00。

4. 化学计量点后

溶液的酸度取决于过量 NaOH 浓度

$$[OH^-] = \frac{n_{剩余NaOH}}{V_{溶液}}$$

$$= \frac{c_{NaOH} \times V_{NaOH} - c_{HCl} \times V_{HCl}}{V_{溶液}}$$

当滴入 NaOH 溶液 20.02ml 时，此时仅多滴入 0.02ml，相当于 0.1% 的过量，

$$[OH^-] = \frac{0.1000 \times 20.02 - 0.1000 \times 20.00}{20.00 + 20.02} = 5.0 \times 10^{-5} mol \cdot L^{-1}$$

$$OH = 4.30$$

$$pOH = 14.00 - 4.30 = 9.70$$

当滴入 NaOH 溶液 22.00ml 时，

$$pOH = 2.32$$

$$pOH = 14.00 - 2.32 = 11.68$$

用上述方法可逐一计算出滴定过程中的 pH，相关实验数据见表 3-4。

表 3 – 4 用 0.1000mol · L^{-1} NaOH 滴定 20.00ml 0.1000mol · L^{-1} HCl

滴入 V_{NaOH}/ml	中和百分数	剩余 V_{HCl}/ml	过量 V_{NaOH}/ml	pH
0.00	0.00	20.00	–	1.00
18.00	90.00	2.00	–	2.28
19.80	99.00	0.20	–	3.30
19.98	99.90	0.02	–	4.30
20.00	100.0	计量点		7.00
20.02	100.1	–	0.02	9.70
20.20	101.0	–	0.20	10.70
22.00	110.0	–	2.00	11.70
40.00	200.0	–	20.00	12.50

以 NaOH 的加入量为横坐标，溶液 pH 为纵坐标绘制曲线，就得到滴定曲线，如图 3 –1 所示。

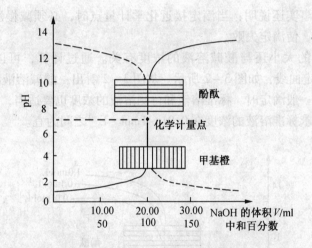

图 3 – 1 0.1000mol · L^{-1} NaOH 滴定 20ml
0.1000mol · L^{-1} HCl 溶液的滴定曲线

由表 3 – 4 和图 3 – 1 可见，从滴定开始到加入 19.80 ml NaOH 溶液，溶液的 pH 只改变了 2.3 个单位。以后再滴入 0.18ml（共 19.98ml）NaOH，溶液的 pH 就改变了 1 个单位，变化速度显然加快了。继续滴入 0.02 ml（约为半滴，共 20.00ml）正好是滴定的化学计量点，这时溶液的 pH 迅速增至 7.0。再滴加 0.02ml NaOH 溶液，pH 又极快地增到 9.7。显然，在化学计量点前后每加入一滴滴定液将引起 5.4 个 pH 单位的变化，这是一个突跃过程。此后，过量的 NaOH 溶液引起的 pH 变化又越来越小，形成一个接近平台的线段，变化速率明显地减慢了。

滴定分析允许的相对误差应小于 0.1%。而 NaOH 的加入量从 19.98ml 到 20.02ml 所引起的滴定终点误差正好在此范围以内，溶液的 pH 却从 4.30 增加到 9.70，改变了 5.4

个 pH 单位，形成滴定曲线中的"突跃"部分，溶液由酸性变到碱性。这种在化学计量点附近加一滴标准溶液所引起 pH 的突变，称为滴定突跃。滴定突跃所在的 pH 范围称为滴定突跃范围。

（二）指示剂的选择

在酸碱滴定中，指示剂不可能恰好在化学计量点时变色。为了减少滴定误差，指示剂的选择原则是：指示剂的变色范围应全部或部分落在滴定突跃范围内。根据这一原则，$0.1000 \ mol \cdot L^{-1}$ NaOH 溶液滴定 20.00 ml $0.1000 \ mol \cdot L^{-1}$ HCl 溶液，（突跃范围的 pH 为 4.30～9.70），酚酞、甲基红、甲基橙等都可作为该滴定反应的指示剂，但以甲基红和酚酞为最好。若以甲基橙为指示剂，必须滴定到甲基橙完全显碱式（黄色），才能保证滴定误差不超过 0.1%。

如果反过来改用 $0.1000 \ mol \cdot L^{-1}$ HCl 滴定 20.0ml $0.1000mol \cdot L^{-1}$ 的 NaOH 溶液，滴定曲线的形状相同，但方向相反，见图 3－1 中虚线部分。此时甲基红、酚酞、甲基橙均可作为该滴定的指示剂，但以甲基红作指示剂为最佳。

（三）影响滴定突跃范围的因素

滴定突跃这一事实还说明：当滴定接近化学计量点时，必须减慢滴定速度控制滴定量，以免超过终点，使滴定失败。

滴定突跃范围的大小还与酸碱溶液的浓度有关。通过计算，可以得到不同浓度的 NaOH 与 HCl 的滴定曲线，如图 3－2 所示。从图 3－2 看出：酸碱溶液浓度越大，滴定突跃范围也越大。但一般滴定时，标准溶液和待测溶液的浓度也要适当，否则会造成较大的滴定误差。通常要求标准溶液的浓度在 $0.01～1mol \cdot L^{-1}$ 之间为宜。

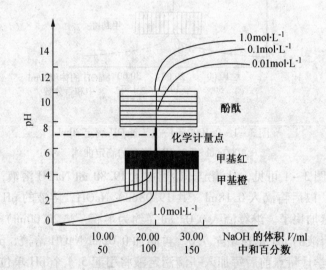

图 3－2 不同浓度的 NaOH 溶液滴定
不同浓度的 HCl 溶液的滴定曲线

二、一元弱酸 (弱碱) 的滴定

与强酸强碱滴定相类似, 也可将一元弱酸 (弱碱) 的滴定过程分为四个阶段。

(一) 强碱滴定弱酸

现以 $0.1000\ mol \cdot L^{-1}$ NaOH 溶液滴定 $20.00\ ml\ 0.1000\ mol \cdot L^{-1}$ HAc 溶液为例, 来确定滴定曲线和指示剂的选择。

1. 滴定曲线

反应实质:

$$HAc + OH^- \rightleftharpoons Ac^- + H_2O$$

(1) 滴定开始前 溶液酸度取决于 $0.1000\ mol \cdot L^{-1}$ HAc 中的 $[H^+]$。由于 $c/K_a \geqslant 500$, $cK_a < 20K_w$, 可用近似公式

$$\begin{aligned}
[H^+] &= \sqrt{K_a \cdot c} \\
&= \sqrt{1.76 \times 10^{-5} \times 0.1000} = 1.34 \times 10^{-3}\ mol \cdot L^{-1} \\
pH &= 2.87
\end{aligned}$$

(2) 滴定开始到化学计量点前 滴加的 NaOH 溶液和 HAc 反应生成 NaAc, 则溶液中未被中和的 HAc 和反应产生的 Ac^- 组成缓冲体系, 其溶液的 pH 可根据缓冲溶液计算公式求出:

$$\begin{aligned}
pH &= pK_a + lg \frac{[Ac^-]}{[HAc]} \\
&= pK_a + lg \frac{c_{NaOH} V_{NaOH}}{c_{HAc} V_{HAc} - c_{NaOH} V_{NaOH}}
\end{aligned}$$

当滴入的 NaOH 为 18.00ml 时:

$$pH = 4.75 + lg \frac{18.00}{20.00 - 18.00} = 5.7$$

同理计算滴入 NaOH 为 19.98ml 时, pH = 7.74。

(3) 化学计量点时 NaOH 和 HAc 完全反应生成 NaAc 和水, 按酸碱质子理论, NaAc 是一元弱碱, 在溶液中存在如下平衡:

$$Ac^- + H_2O \rightleftharpoons HAc + OH^-$$

$$K_b = \frac{K_w}{K_a} = 5.68 \times 10^{-10}$$

因为:

$$\frac{c_{Ac^-}}{K_b} = \frac{0.05}{5.68 \times 10^{-10}} > 500,$$

所以:

$$\begin{aligned}
[OH^-] &= \sqrt{K_b \cdot c_{Ac^-}} = \sqrt{5.68 \times 10^{-10} \times 0.05} = 5.3 \times 10^{-6}\ mol \cdot L^{-1} \\
pOH &= 5.28 \\
pH &= 14 - pOH = 8.72
\end{aligned}$$

（4）化学计量点后　由于过量 NaOH 存在，抑制了 Ac^- 与 H_2O 的质子转移反应，此时溶液的 pH 取决于过量的 NaOH，计算方法和强碱滴定强酸相同。

$$[OH^-] = \frac{n_{NaOH} - n_{HAc}}{V_{溶液}} = \frac{c_{NaOH}V_{NaOH} - c_{HAc}V_{HAc}}{V_{溶液}}$$

当滴入 NaOH 溶液 20.02ml 时，

$$[OH^-] = \frac{0.1000 \times 20.02 - 0.100 \times 20.00}{20.00 + 20.02} = 4.998 \times 10^{-5} mol \cdot L^{-1}$$

$$pOH = 4.30$$

$$pH = 14.00 - 4.30 = 9.70$$

用上述方法可逐一计算出滴定过程中溶液的 pH，相关数据列于表 3-5 中，并据此绘制滴定曲线如图 3-3 所示。

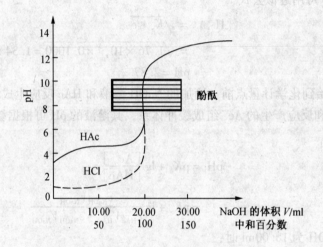

图 3-3　$0.100mol \cdot L^{-1}$ NaOH 滴定 20ml
$0.1000mol \cdot L^{-1}$ HAc 溶液的滴定曲线

表 3-5　用 $0.1000mol \cdot L^{-1}$ NaOH 滴定 20.00ml $0.1000mol \cdot L^{-1}$ HAc

滴入 V_{NaOH}/ml	中和百分数	剩余 V_{HAc}/ml	过量 V_{NaOH}/ml	pH
0.00	0.00	20.00		2.87
18.00	90.00	2.00		5.70
19.80	99.00	0.20		6.73
19.98	99.90	0.02		7.74
20.00	100.0	计量点		8.72
20.02	100.1		0.02	9.70
20.20	101.0		0.20	10.70
22.00	110.0		2.00	11.70
40.00	200.0		20.00	12.50

比较 NaOH 滴定 HAc 和 NaOH 滴定 HCl 的滴定曲线可看出以下几点：

①滴定开始前，HAc 的 pH 比 HCl 的 pH 大，这是由于 HAc 是弱电解质，不能完全电离，它的酸性没有 HCl 强。

②滴定开始到化学计量点前 pH 的变化是：较快→很慢→很快地变化。这是由于滴定开始后，生成的 Ac^- 产生同离子效应抑制 HAc 的电离，$[H^+]$ 降低较快，pH 的增加也较快，随着滴定的进行，HAc 浓度不断降低，NaAc 不断生成，在一定范围内溶液形成 $HAc-Ac^-$ 缓冲体系，pH 增加缓慢，因而这一段的滴定曲线较平坦。在接近化学计量点时，剩余的 HAc 浓度已很低，溶液的缓冲作用显著减弱，若继续滴入 NaOH，溶液的 pH 发生突变，形成滴定突跃。

③化学计量点时，由于滴定生成的产物是弱碱 NaAc，化学计量点在碱性区域，变色点溶液呈碱性。

④化学计量点以后两种滴定曲线情况一致。

⑤NaOH 滴定 HAc 的突跃范围比滴定 HCl 的突跃范围要小得多，而且是在弱碱性区域。

2. 指示剂的选择

因为滴定突跃范围的 pH 是 7.74～9.70，因而只能选择在碱性范围内变色的指示剂，如酚酞、百里酚蓝等。

3. 影响滴定突跃范围的因素

在弱酸的滴定中，突跃范围的大小，除与溶液的浓度有关外，还与酸的强度有关。图 3-4 为 0.1000mol·L^{-1} NaOH 滴定 20.00ml 0.1000 mol·L^{-1} 不同强度弱酸时的滴定曲线。

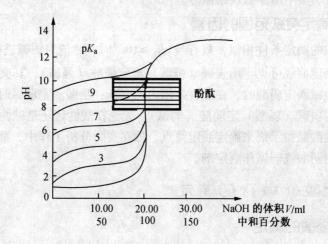

图 3-4 0.100mol·L^{-1} NaOH 滴定不同强度

0.1000mol·L^{-1} 一元弱酸溶液的滴定曲线

由图可知，当酸的 K_a 值一定时，浓度愈大，滴定突跃越大；或浓度一定，K_a 愈大时，滴定突跃愈大。即 cK_a 愈大时，滴定突跃范围愈大。当浓度为 0.1 mol·L^{-1}，$K_a \leqslant 10^{-9}$ 时，已无明显突跃。实践证明，人眼借助指示剂准确判断终点，滴定的 pH 突跃必须在 0.3 单位以上。在这个条件下，分析结果的相对误差才能 $< \pm 0.1\%$。因此，$cK_a \geqslant 10^{-8}$ 可作为判断弱酸能否被直接滴定的条件。

（二）强酸滴定一元弱碱

1. 滴定曲线

强酸滴定一元弱碱类型与强碱滴定一元弱酸类型很相似，不同的仅仅是溶液的 pH 是由大变小（pOH 由小到大），滴定曲线的形状正好相反。

现以 $0.1000 \text{ mol} \cdot \text{L}^{-1}$ HCl 溶液滴定 20.00ml $0.1000 \text{ mol} \cdot \text{L}^{-1}$ 氨水溶液为例来简单说明。其滴定反应如下：

$$NH_3 + H_3O^+ \rightleftharpoons NH_4^+ + H_2O$$

滴定到达化学计量点时生成 NH_4^+，它是 NH_3 的共轭酸，其电离常数为：

$$K_a = \frac{K_w}{K_b} = \frac{1.00 \times 10^{-14}}{1.76 \times 10^{-5}} = 5.68 \times 10^{-10}$$

滴定至化学计量点时 NH_4^+ 的浓度为 $0.0500 \text{mol} \cdot \text{L}^{-1}$，

$$\frac{c}{K_a} = \frac{0.0500}{5.68 \times 10^{-10}} > 500 \qquad cK < 20K_w$$

$$[H^+] = \sqrt{K_a c} = \sqrt{5.68 \times 10^{-10} \times 0.05} = 5.33 \times 10^{-6} \text{mol} \cdot \text{L}^{-1}$$

$$pH = 5.28$$

2. 指示剂的选择

滴定的 pH 突跃范围是 $6.25 \sim 4.30$，落在酸性范围内，故只能选择在酸性范围内变色的指示剂如甲基红、溴甲酚绿或溴酚蓝等。

（三）影响滴定突跃范围的因素

与强碱和弱酸的滴定条件相似，只有当 $cK_b \geqslant 10^{-8}$ 时，才能对弱碱进行直接滴定。

由以上各类滴定曲线可见：用强碱（强酸）滴定强酸（强碱），其突跃范围较大，且在中性范围内；强碱滴定弱酸时，在酸性范围内无突跃；强酸滴定弱碱时，在碱性范围内无突跃。因此，用弱碱（弱酸）定弱酸（弱碱），无论在酸性区还是碱性区均不会出现突跃，不能由一般的酸碱指示剂来确定滴定终点。故在实际分析工作中，都用强碱或强酸作标准溶液，而不用弱酸或弱碱作滴定剂。

三、多元酸（碱）的滴定

（一）多元弱酸的滴定

多元酸大多为弱酸，它们在水中的电离是分步进行的，因而与碱的中和也是分步进行的。例如，强碱滴定某二元弱酸时会有如下两步反应：

$$H_2A + OH^- \rightleftharpoons HA^- + H_2O \qquad\qquad K_{a1}$$

$$HA^- + OH^- \rightleftharpoons A^{2-} + H_2O \qquad\qquad K_{a2}$$

如果二元弱酸的 K_{a1} 与 K_{a2} 相差不大，在第一步反应尚未进行完全时，就开始了第二步反应。这样在滴定的第一个化学计量点附近就没有明显的滴定突跃，终点难以确定；如果

K_{a1}与K_{a2}相差较大，在第一步反应完全后，才开始了第二步反应。即可定量地进行第一步滴定。因此，在讨论多元弱酸的滴定时，首先是判断能否分步滴定；其次是每一步能否准确滴定，然后是如何选择合适的指示剂来确定滴定终点。

依据一般多元弱酸滴定分析允许误差（0.1%）可推知：

（1）$cK_{an} \geq 10^{-8}$，则有明显的突跃，K_{an+1}这一级电离的H^+可被准确滴定。

（2）相邻两个电离常数满足$K_{an}/K_{an+1} \geq 10^4$时，相邻两个$H^+$能分步滴定，则第一级电离的$H^+$先被滴定形成第一个突跃。对于第二级电离的$H^+$能否被准确滴定，则决定于$cK_{a2} \geq 10^{-8}$是否满足。多元弱酸的第二步、第三步离解能否分步滴定也可依此条件推断。

（3）如果相邻两个电离常数不满足$K_{an}/K_{an+1} \geq 10^4$，滴定时，两个突跃将混在一起。也就是说，第一步电离的H^+还没有滴定完全，而第二步的H^+就已经开始电离出来，干扰了第一步的电离。只形成一个滴定突跃，测定的是总酸度，不能进行分步滴定。

多元弱酸的滴定曲线计算比较复杂，通常是用酸度计记录滴定过程中pH的变化，可以直接测得其滴定曲线。在实际工作中，为了选择指示剂，通常只需要计算化学计量点时的pH，然后选择在此pH附近变色的指示剂（即变色点接近化学计量点pH）指示滴定终点。

如：用$0.1000 \ mol \cdot L^{-1}$ NaOH溶液滴定$0.1000 \ mol \cdot L^{-1}$ H_3PO_4溶液。H_3PO_4溶液中存在如下平衡：

$$H_3PO_4 \rightleftharpoons H^+ + H_2PO_4^- \qquad K_{a1} = 7.5 \times 10^{-3}$$

$$H_2PO_4^- \rightleftharpoons H^+ + HPO_4^{2-} \qquad K_{a2} = 6.3 \times 10^{-8}$$

$$HPO_4^{2-} \rightleftharpoons H^+ + PO_4^{3-} \qquad K_{a3} = 4.4 \times 10^{-13}$$

$(K_{a1}/K_{a2}) > 10^4$ 第一、二步反应能分步滴定。

$(K_{a2}/K_{a3}) > 10^4$ 第二、三步反应能分步滴定。

$cK_{a1} \geq 10^{-8}$ 第一步滴定有突跃（这一步能准确滴定）。

$cK_{a2} \approx 10^{-8}$ 第二步滴定有突跃（可认为这一步能准确滴定）。

$cK_{a3} \leq 10^{-8}$ 第三步滴定无突跃（这一步不能准确滴定）。

第一步滴定反应：

$$H_3PO_4 + NaOH = NaH_2PO_4 + H_2O$$

第二步滴定反应：

$$NaH_2PO_4 + NaOH = Na_2HPO_4 + H_2O$$

第一计量点时：溶液的酸度取决于生成的$H_2PO_4^-$：

$$[H^+] = \sqrt{K_{a1} \cdot K_{a2}} \qquad\qquad (3-2)$$

$$pH = \frac{1}{2}(pK_{a1} + pK_{a2}) = \frac{1}{2}(2.12 + 7.21) = 4.66$$

第一个化学计量点在酸性范围内，可选用甲基橙作指示剂。

第二计量点时：溶液的酸度取决于HPO_4^{2-}，它的碱性极弱，水的电离不能忽略，其pH可按下式计算：

$$\left[H^+ \right] = \left(\frac{K_{a2} \left(c_{HPO_4^{2-}} - K_{a3} + K_w \right)}{c_{NPO_4^{2-}}} \right)^{\frac{1}{2}} \qquad (3-3)$$

$$= \left(\frac{6.3 \times 10^{-8} \left(0.033 \times 4.4 \times 10^{-13} + 1.0 \times 10^{-14} \right)}{0.033} \right)^{\frac{1}{2}} = 2.2 \times 10^{-10} mol \cdot L^{-1}$$

$$pH = 9.66$$

第二个化学计量点在碱性范围内，可选用酚酞或百里酚酞作指示剂。

第三计量点时，由于 $cK_{a3} \leqslant 10^{-8}$，滴定突跃太小，无法准确确定滴定终点，故不能直接滴定。用酸度计测得数据并据此绘制 H_3PO_4 的滴定曲线如 3-5。

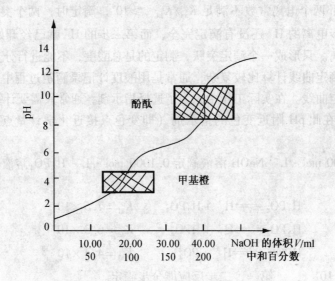

图 3-5　$0.1000 mol \cdot L^{-1}$ NaOH 滴定 20.00ml
$0.1000 mol \cdot L^{-1}$ 磷酸溶液的滴定曲线

同样，分步电离常数相差很大的多元酸的滴定，可以看作是不同强度一元混合酸的滴定。

（二）多元弱碱的滴定

多元弱碱一般是指多元酸根与强碱的结合物，在水溶液中也分步解离。如 Na_2CO_3、Na_3PO_4、$Na_2B_4O_7$（硼砂）等。其中最重要的是 Na_2CO_3，它既是标定盐酸的基准物质，也是工业纯碱的主要成分。

用 $0.1000 mol \cdot L^{-1}$ 的 HCl 溶液滴定 $0.1000 mol \cdot L^{-1}$ Na_2CO_3 溶液，Na_2CO_3 在水中分两步电离：

$$CO_3^{2-} + H_2O \rightleftharpoons HCO_3^- + OH^- \qquad K_{b1} = K_w/K_{a2} = 1.8 \times 10^{-4}$$

$$HCO_3^- + H_2O \rightleftharpoons H_2CO_3 + OH^- \qquad K_{b2} = K_w/K_{a1} = 2.4 \times 10^{-8}$$

$(K_{b1}/K_{b2}) > 10^4$	第一、二步能分步滴定
$cK_{b1} \geqslant 10^{-8}$	第一步滴定有突跃
$cK_{b2} \geqslant 10^{-8}$	第二步滴定有突跃

第一步滴定反应：

$$HCl + Na_2CO_3 === NaHCO_3 + NaCl$$

第二步滴定反应：

$$NaHCO_3 + HCl === H_2CO_3 + NaCl$$

第一计量点时，CO_3^{2-} 全部生成两性物质 HCO_3^-，溶液的酸度取决于 HCO_3^-：

$$[H^+] = \sqrt{K_{a1} \cdot K_{a2}}$$
$$= \sqrt{4.3 \times 10^{-7} \times 5.6 \times 10^{-11}} = 4.9 \times 10^{-9} mol \cdot L^{-1}$$
$$pH = 8.31$$

在碱性区域，可选择酚酞作指示剂，但由于 $(K_{b1}/K_{b2}) \approx 10^4$ 故突跃不很明显，变色不敏锐，可改用甲酚红与百里酚蓝（变色范围为 $pH = 8.2 \sim 8.4$）混合指示剂效果更佳。

第二计量点时，溶液的酸度取决于生成的 H_2CO_3，H_2CO_3 的饱和浓度约为 $0.04 mol \cdot L^{-1}$，则：

$$[H^+] = \sqrt{cK_{a1}} = \sqrt{0.04 \times 4.3 \times 10^{-7}} = 1.3 \times 10^{-4} mol \cdot L^{-1}$$
$$pH = 3.89$$

在酸性区域，可选用甲基橙作指示剂，见图 3 – 6。但 H_2CO_3 分解缓慢，易形成 CO_2 的过饱和溶液，使滴定终点提前。因此一般在滴定近终点时，先加热煮沸除去 CO_2，冷却后再滴定至终点。

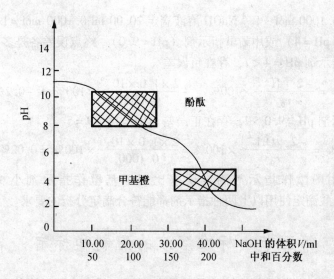

图 3 – 6 $0.1000 mol \cdot L^{-1}$ HCl 滴定 20.00ml
$0.1000 mol \cdot L^{-1}$ 磷酸钠溶液的滴定曲线

第四节 终点误差

在酸碱滴定中，通常是利用酸碱指示剂颜色的变化来确定滴定终点，指示化学计量点的到达。如果滴定终点与化学反应的计量点不一致，就会带来一定的误差。由于化学计量点与滴定终点不相符所引起的误差叫终点误差（或滴定误差）。

终点误差的大小由被滴溶液中剩余酸（或碱）或多加的滴定剂碱（或酸）的量所决定。通常用 TE% 表示。

假设被滴物质的初始浓度为 c_0，体积为 V_0，终点时剩余（或过量）的酸（或碱）浓度为 c_i。滴定至终点时，溶液体积增加一倍，终点误差可表示为：

$$TE\% = \frac{2V_0 c_i}{c_0 V_0} \times 100\% = \frac{2c_i}{c_0} \times 100\% \qquad (3-4)$$

对强碱滴定强酸，其计量点时 pH = 7。若滴定终点时溶液 pH < 7，说明还有少量被滴物质未被滴定，存在负误差；若滴定终点时 pH > 7，则滴定剂过量，存在正误差。在强酸强碱滴定中，由于强酸强碱完全电离，水离解产生的 H^+ 或 OH^- 可忽略不计。因此，滴定终点时溶液中存在的 H^+ 或 OH^- 仅由剩余的被滴物质（或过量的滴定剂）离解而来。滴定误差可表示为：

当 pH < 7 时， $$TE\% = \frac{-2[H^+]}{c_0} \qquad (3-5a)$$

当 pH > 7 时， $$TE\% = \frac{2[OH^-]}{c_0} \times 100\% \qquad (3-5b)$$

式（3-5a）和（3-5b）是强碱滴定强酸时终点误差的计算式。强酸滴定强碱的情况与此类似。

例 3-1 用 0.1000 mol·L^{-1} NaOH 溶液滴定 20.00 ml 0.1000 mol·L^{-1} HCl 溶液时，用甲基橙指示剂（pH = 4）或用酚酞指示剂（pH = 9.0），终点误差各是多少？

解：甲基橙指示剂 pH = 4 < 7，存在负误差

$$TE\% = \frac{-2[H^+]}{c_0} \times 100\% = -\frac{2 \times 1.0 \times 10^{-4}}{0.1000} \times 100\% = -0.2\%$$

酚酞指示剂 pH = 9.0 > 7，存在正误差 pOH = 14 - 9 = 5

$$TE\% = \frac{-2[OH^-]}{c_0} \times 100\% = \frac{2 \times 1.0 \times 10^{-5}}{0.1000} \times 100\% = 0.02\%$$

由此可知，用酚酞作指示剂滴定误差比用甲基橙作指示剂小 10 倍，但对于 0.1000mol·L^{-1}强酸滴定使用以上两种指示剂都能符合滴定分析的要求。

第五节 标准溶液的配制和标定

在酸碱滴定法中，常用的标准溶液是强酸和强碱，其中使用最多的是 HCl 和 NaOH。浓度一般在 0.01 ~ 1mol·L^{-1}之间，最常用的浓度是 0.1 mol·L^{-1}左右。

一、标准酸溶液的配制和标定

水溶液中酸碱滴定的酸标准溶液一般用 HCl 标准溶液。由于浓 HCl 易挥发，常采用间接法配制，即先用浓 HCl 配制成近似所需浓度的溶液，然后用基准物质或其他碱标准溶液标定。

（一）0.1mol · L⁻¹ HCl 溶液的配制

HCl 溶液的配制，是根据稀释前后盐酸的物质的量不变的原则。例如用市售浓 HCl 配制 1000ml 0.1mol · L⁻¹ 的稀 HCl，应量取浓 HCl 的体积计算如下：

$$C_浓 V_浓 = C_稀 V_稀$$

$$12mol \cdot L^{-1} \times V_浓 = 0.1mol \cdot L^{-1} \times 1000ml$$

$$V_浓 = 8.3ml$$

量取 8.3ml 浓 HCl 稀释成 1000 ml 的溶液即可。

（二）0.1 mol · L⁻¹ HCl 溶液的标定

标准 HCl 溶液的浓度标定常用基准物质无水碳酸钠或硼砂。

无水碳酸钠（Na_2CO_3）具有易制得纯品、价格便宜、但易吸水的特点。使用前应先于 180 ~ 200℃ 烘箱中干燥至恒重，封于称量瓶内，放在干燥器中备用。称量时要迅速，以免吸收空气中水分引入误差，标定反应为：

$$Na_2CO_3 + 2HCl == 2NaCl + H_2O + CO_2\uparrow$$

选用甲基橙作指示剂，用 HCl 溶液滴定 Na_2CO_3 溶液至橙色为终点。

Na_2CO_3 作基准物的缺点是：易吸水、化学式量小、终点指示剂变色不太敏锐。

硼砂（$Na_2B_4O_7 \cdot 10H_2O$）具有易得纯品、不易吸水、化学式量较大的特点。但当空气中相对湿度低于 39% 易失去结晶水。因此应将硼砂基准物保存于相对湿度为 60% 的恒湿器（如装有食盐及蔗糖饱和溶液的干燥器中）。标定反应为：

$$Na_2B_4O_7 + 2HCl + 5H_2O == 4H_3BO_3 + 2NaCl$$

选甲基红作指示剂，终点时指示剂变色明显。

此外，也可用 NaOH 标准溶液来标定 HCl 溶液的浓度，用酚酞指示剂。

二、标准碱溶液的配制和标定

碱标准溶液一般为 NaOH 溶液。由于 NaOH 易吸潮，也易吸收空气中的 CO_2 生成 Na_2CO_3，须采用间接配制法将其配制成近似浓度的溶液后再标定其准确浓度。

（一）0.1 mol · L⁻¹ NaOH 溶液的配制

为了配制不含 CO_2 的 NaOH 标准溶液，可采用浓碱法，即先用 NaOH 配成饱和溶液，在此溶液中 Na_2CO_3 溶解度很小，待 Na_2CO_3 沉淀完全后，取上层澄清液稀释成所需配制溶液的近似浓度。稀释用水应使用不含 CO_2，新煮沸的冷蒸馏水。

（二）0.1mol · L⁻¹ NaOH 溶液的标定

标定 NaOH 溶液的浓度常用的基准物质是邻苯二甲酸氢钾（$KHC_8H_4O_4$）、草酸（$H_2C_2O_4 \cdot 2H_2O$）等。因邻苯二甲酸氢钾易获得纯品，具有不含结晶水、不吸潮、容易保存、化学式量大等优点，实际中最为常用。邻苯二甲酸氢钾使用前应在 105 ~ 110℃ 下干燥至恒重，保存于干燥器中。标定反应为：

$$KHC_8H_4O_4 + OH^- == KC_8H_4O_4^- + H_2O$$

计量点时溶液呈微碱性，可选酚酞作指示剂。

草酸作基准物，具有稳定、相对湿度在5% ~95%时不风化、不失水等优点。
标定反应为：

$$H_2C_2O_4 + 2NaOH \xrightarrow{\hspace{1cm}} Na_2C_2O_4 + 2H_2O$$

计量点时溶液偏碱性，可选酚酞作指示剂。

第六节 应用和实例

凡能与酸、碱直接或间接发生定量化学反应的物质都可用酸碱滴定法进行测定。因此，酸碱滴定法在生产和科研中应用很广泛。按滴定方式的不同可分为直接滴定法和间接滴定法。

一、直接滴定法

药用NaOH含量的测定：药用NaOH易吸收空气中的CO_2变成Na_2CO_3，形成NaOH和Na_2CO_3混合碱。现介绍一种双指示剂法测定混合碱中NaOH和Na_2CO_3的含量。

在试样溶液中先加入酚酞指示剂，用标准HCl溶液滴定至红色刚好褪去，这时全部NaOH被中和，而Na_2CO_3只被中和到$NaHCO_3$，即被中和到一半，设共用去HCl的体积为V_1；然后加入甲基橙指示剂，继续用HCl滴定至溶液由黄色变为橙色，此时$NaHCO_3$继续被中，设用去HCl体积为V_2。滴定过程用图3-7表示：

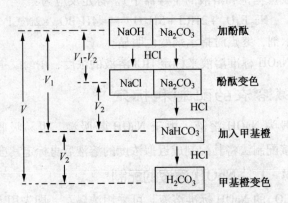

图3-7 双指示剂法的滴定过程

根据滴定所用体积的关系可以看出，Na_2CO_3被中和到$NaHCO_3$和$NaHCO_3$被中和到H_2CO_3时所用HCl体积相同都是V_2，而消耗NaOH的体积为$V_1 - V_2$。

试样中NaOH和Na_2CO_3的百分含量计算公式如下：

$$NaOH\% = \frac{c_{HCl}(V_1 - V_2)M_{NaOH} \times 10^{-3}}{m_s} \times 100\% \qquad (3-6)$$

$$Na_2CO_3\% = \frac{1}{2}\frac{c_{HCl}2V_2M_{Na_2CO_3} \times 10^{-3}}{m_s} \times 100\% \qquad (3-7)$$

二、间接滴定法

有些物质虽是酸或碱，但因其 $cK_a < 10^{-8}$ 或 $cK_b < 10^{-8}$，不能用碱或酸标准溶液直接滴定，如 H_3BO_3、NH_4Cl 等；还有些物质虽然本身不是碱或酸（如 SiO_2、矿石和钢中的 P 等），但是经过某些化学方法处理后能产生一定量的酸或碱，都可用间接法进行滴定。

（一）铵盐中氮的测定

土壤及肥料中常常需要测定氮的含量，有机化合物也要求测定其中氮的含量，所以氮的测定在工农业生产中有着重要的意义。通常是将试样经适当的化学处理后，可使各种含氮化合物中的氮转化为铵盐（NH_4^+），然后再进行铵的测定。由于 NH_4^+ 的酸性太弱（$K_a = 5.6 \times 10^{-10}$），不能用标准碱溶液直接标定。常用的测定方法有如下两种。

1. 蒸馏法

把铵盐试样放入蒸馏瓶中，加入过量的 NaOH 使 NH_4^+ 转化为 NH_3，然后加热蒸馏，蒸出的 NH_3 用过量的 HCl 标准溶液吸收，然后再以 NaOH 标准溶液返滴过量的 HCl：

蒸馏反应　　$NH_4^+ + OH^- \Longrightarrow NH_3 + H_2O$

吸收反应　　HCl（过量）$+ NH_3 \Longrightarrow NH_4Cl$

滴定反应　　HCl（剩余量）$+ NaOH \Longrightarrow NaCl + H_2O$

虽然用 NaOH 溶液滴定过量 HCl，生成的产物是 NaCl 和 H_2O，但溶液中还有用 HCl 吸收 NH_3 时生成的 NH_4^+，可选用甲基红作指示剂。

也可将 NH_3 用 2% H_3BO_3 吸收，得到 NH_4^+ 和 $H_2BO_3^-$，再用 HCl 标准溶液标定 $H_2BO_3^-$：

$$H_2BO_3^- + H^+ \Longrightarrow H_3BO_3$$

用 H_3BO_3 吸收时，铵盐中氮的含量计算公式如下：

$$N\% = \frac{c_{HCl}V_{HCl}M_N \times 10^{-3}}{m_s} \times 100\%$$

2. 甲醛法

利用甲醛与铵盐反应生成 H^+ 和六次甲基四胺（$K_a = 7.1 \times 10^{-6}$）和 H_2O：

$$4NH_4^+ + 6HCHO \Longrightarrow (CH_2)_4N_4H^+ + 3H^+ + 6H_2O$$

然后用标准 NaOH 溶液滴定至溶液呈微红色。由于 $(CH_2)_4N_4H^+$ 是一种有机弱酸，在化学计量点时，溶液显弱碱性，可选用酚酞作指示剂。计算公式如下：

$$N\% = \frac{c_{NaOH}V_{NaOH}M_N \times 10^{-3}}{m_s} \times 100\%$$

（二）硼酸的测定

H_3BO_3 是种很弱的酸（$K_a = 5.7 \times 10^{-10}$）不能用碱标准溶液直接滴定。但是 H_3BO_3 与

多元醇（如甘露醇、丙三醇）作用生成配合酸的酸性较强，与甘露醇和丙三醇生成配合酸的离解常数分别为 1.0×10^{-4} 和 3.0×10^{-7}，因此可用 NaOH 直接滴定。

操作步骤：取硼酸约 0.2g（预先置硫酸干燥器中干燥），精密称定，加蒸馏水一份与丙三醇二份的混合液（对酚酞指示剂显中性）30ml，微热使溶解，迅速放冷至室温，加入酚酞指示剂 3 滴，用 $0.1000 mol \cdot L^{-1}$ 的 NaOH 标准溶液滴定至粉红色终点。计算 H_3BO_3 百分含量的公式如下：

$$H_3BO_3\% = \frac{c_{NaOH} V_{NaOH} M_{H_3BO_3} \times 10^{-3}}{m_\text{B}} \times 100\% \qquad (3-8)$$

第七节　非水溶液中的酸碱滴定

水具有溶解能力强、廉价、安全、难挥发等特点，是最常用的溶剂，大多酸碱滴定都是在水溶液中进行的。但是，一些弱酸、弱碱及某些盐类，当其 $cK < 10^{-8}$ 时，由于没有明显的滴定突跃，在水溶液中就不能直接滴定；一些多元弱酸或弱碱、混合酸或混合碱由于 K 值比较接近，不能分步或分别滴定；另外，许多有机化合物在水中溶解度较小，使滴定无法进行。因此，以水作溶剂的酸碱滴定受到一定限制。如果采用非水溶剂（有机溶剂和不含水的无机溶剂）作为滴定介质，常常可以克服这些困难，从而扩大酸碱滴定的应用范围。

非水滴定法除酸碱滴定外，还有氧化还原滴定、络合滴定和沉淀滴定等，而在药物分析中，以非水酸碱滴定应用最广。

一、溶剂

根据酸碱质子理论，一种物质在某种溶剂中，它的酸碱性不仅与其自身得失质子的能力有关，还受到溶剂的解离程度、溶剂的酸碱性、溶剂的极性等因素的影响。即溶剂的不同会引起物质酸碱性的差异。因而在非水溶液的酸碱滴定中，溶剂的选择非常重要。为了正确地选择溶剂，必须了解溶剂的性质、分类及其选择原则。

（一）溶剂的性质

1. 溶剂的解离性

常用的非水溶剂中，有的能够解离，有的则不能。能离解的溶剂称为解离性溶剂（乙醇、甲醇、冰醋酸等）。不能离解的溶剂为非解离性溶剂（苯、三氯甲烷等）。

解离性溶剂中，同时存在下述两个平衡。即其一分子溶剂起酸的作用，另一分子溶剂起碱的作用，设 SH 代表质子性溶剂，则有：

$$SH \rightleftharpoons H^+ + S^- \qquad K_a^{SH} = \frac{[H^+][S^-]}{[SH]} \qquad (3-9)$$

$$SH + H^+ \rightleftharpoons SH_2^+ \qquad K_b^{SH} = \frac{[SH_2^+]}{[H^+][SH]} \qquad (3-10)$$

K_a^{SH} 为溶剂的固有酸常数，用它衡量溶剂给出质子能力的大小；K_b^{SH} 为溶剂的固有碱常数，用它衡量溶剂接受质子能力的大小。

质子自递反应的结果，形成溶剂合质子和溶剂阴离子，合并上面两式即得溶剂自身质子转移反应：

$$SH + SH \rightleftharpoons SH_2^+ + S^-$$

$$\frac{[SH_2^+][S^-]}{[SH]^2} = K_a^{SH} \times K_b^{SH}$$

由于溶剂自身解离很小，$[SH]$ 可看作常数，则

$$K_s = K_a^{SH} \times K_b^{SH}[SH]^2 = [SH_2^+][S^-] \qquad (3-11)$$

K_s 称为溶剂的自身解离常数，简称溶剂的离子积，两边取负对数得：

$$pK_s = pH^* + pS$$

$$pH^* = pK_s - pS$$

水的自身解离常数 K_S 就是大家所熟悉的水的离子积常数 K_w。

$$K_w = [H_3O^+][OH^-]$$

$$pK_w = pH + pOH$$

同理，其他离解性溶剂与水相似。例如乙醇的自身质子转移反应为

$$C_2H_5OH + C_2H_5OH \rightleftharpoons C_2H_5OH_2^+ + C_2H_5O^-$$

乙醇的自身解离常数为：$K_s = [C_2H_5OH_2^+][C_2H_5O^-] = 7.9 \times 10^{-20}$

在一定温度下，不同溶剂的自身解离常数不同，几种常用溶剂的 K_s 见表 3 – 5。

表 3 – 5　常见几种溶剂的 pK_s 及介电常数（25℃）

溶剂	pK_s	D	溶剂自递反应
水	14.0	78.5	$H_2O + H_2O \rightleftharpoons H_3O^+ + OH^-$
甲醇	16.7	31.5	$2CH_5OH \rightleftharpoons CH_3OH_2^+ + CH_5O^-$
乙醇	19.1	24.0	$2C_2H_5OH \rightleftharpoons C_2H_5OH_2^+ + C_2H_5O^-$
甲酸	6.22	58.5	$2HCOOH \rightleftharpoons HCOOH_2^+ + HCOO^-$
冰醋酸	14.45	6.13	$2CH_3COOH \rightleftharpoons CH_3COOH_2^+ + CH_3CO^-$
醋酸酐	14.5	20.5	$2(CH_5CO)_2O \rightleftharpoons (CH_5CO)_3O^+ + CH_5OO^-$
乙二胺	15.3	14.2	$2NH_2CH_2CH_2NH_2 \rightleftharpoons NH_2CH_2CH_2NH_3^+ + NH_2CH_2CH_2NH^-$
乙腈	28.5	36.6	$2CH_2=CN \rightleftharpoons CH_2=C=NH_2^+ + CH_2=C=N^-$
吡啶	–	12.3	
苯	–	2.3	
三氯甲烷	–	4.81	

有的溶剂虽能解离，但并无溶剂化质子产生。例如，醋酐存在以下解离平衡：

$$2 (CH_5CO)_2O \rightleftharpoons (CH_5CO)_3O^+ + CH_5OO^-$$

在醋酐中的醋酐合乙酰阳离子 $(CH_5CO)_2O^+$ 比醋酸合质子 $CH_3COOH_2^+$ 的酸性更强，因此，在醋酸中显弱碱性或几乎不显碱性的化合物，在醋酐中则相对地增强了碱性，因而能定量地进行酸碱反应。

溶剂的 K_s 值大小对酸碱滴定的突跃范围具有一定的影响。现以水和乙醇两种溶剂进行比较说明。

在水中，用 $0.1000mol \cdot L^{-1}$ NaOH 滴定 $0.1000 mol \cdot L^{-1}$ HCl 时，反应实质：

$$H_3O^+ + OH^- \rightleftharpoons 2H_2O$$

滴至计量点前 0.02ml（少半滴）时：

$$[H_3O^+] = 5 \times 10^{-5} mol \cdot L^{-1} \qquad pH = 4.30$$

滴至计量点后 0.02ml（过半滴）时：

$$[OH^-] = 5 \times 10^{-5} mol \cdot L^{-1}$$

$$pH = pK_w - pOH = 14.0 - 4.30 = 9.70$$

滴定突跃范围：4.30 ~ 9.70（5.4 个 pH 单位）

而在乙醇溶剂中，用 $0.1000 mol \cdot L^{-1}$ 乙醇钠（强碱）滴定 $0.1000 mol \cdot L^{-1}$ 强酸，反应实质：

$$C_2H_5OH_2^+ + C_2H_5O^- \rightleftharpoons 2C_2H_5OH$$

滴至计量点前 0.02ml（少半滴）时：

$$[C_2H_5OH_2^+] = 5 \times 10^{-5} mol \cdot L^{-1} \qquad pH^* = 4.30$$

滴至计量点后 0.02ml（过半滴）时：

$$[C_2H_5O^-] = 5 \times 10^{-5} mol \cdot L^{-1}$$

$$pH^* = pK_s - pOH = 19.1 - 4.30 = 15.1$$

滴定突跃范围：4.30 ~ 15.1（10.8 个 pH 单位），比在水溶液滴定突跃范围明显变大。

由此可知，溶剂的 pK_s 愈大，滴定的突跃范围愈大，滴定终点愈敏锐。在水中不能滴定的酸和碱，在 K_s 小的溶剂中就可能被滴定。

2. 溶剂的酸碱性

根据质子理论，如果酸 HA 溶于质子性溶剂 SH 中，则发生下列质子转移反应：

$$HA + SH \rightleftharpoons SH_2^+ + A$$

反应的平衡常数：

$$K_{HA} = \frac{[SH_2^+][A^-]}{[HA][SH]}$$

$$K_{HA} = \frac{[SH_2^+][A^-][H^+]}{[HA][SH][H^+]} = K_a^{HA} \cdot K_b^{SH} \qquad (3-12)$$

式（3-12）表明，酸 HA 在溶剂 SH 中的表现的酸强度决定于 HA 的酸强度和溶剂的碱强度，即取决于酸给出质子的能力和溶剂接受质子的能力。

同理，碱 B 溶于质子性溶剂 SH 中，发生下列质子转移反应：

$$B + SH \rightleftharpoons BH^+ + S^-$$

反应的平衡常数：

$$K_B = \frac{[BH^+][S^-]}{[B][SH]} = K_b^B \times K_a^{SH} \qquad (3-13)$$

式（3-13）表明，碱 B 在溶剂 SH 中的表现碱强度，取决于 B 的碱强度和溶剂的酸强度，即取决于碱接受质子的能力和溶剂给出质子的能力。

因此，物质的酸碱性不仅与该物质的本性有关，还与溶剂的性质有关。

如，将 HAc 溶于两种不同溶剂水和氨水中，则：

$$（弱酸）HAc + H_2O \Longrightarrow H_3O^+ + Ac^-$$

$$（强酸）HAc + NH_3 \Longrightarrow NH_4^+ + Ac^-$$

因为水的酸性比氨水强，故 HAc 在水中显弱酸性而在氨水中显强酸性。

又如，将 HCl 溶于两种不同溶剂水和冰醋酸中：

$$（强酸）HCl + H_2O \Longrightarrow H_3O^+ + Cl^-$$

$$（弱酸）HCl + HAc \Longrightarrow H_2Ac^+ + Cl^-$$

因冰醋酸的酸性比水强，故 HCl 在水中显强酸性而在冰醋酸中显弱酸性。

由以上讨论可知：对于弱碱性物质，应选择酸性溶剂，使物质碱性增强；对于弱酸性物质，应选择碱性溶剂，使物质酸性增强。非水溶液中的酸碱滴定便是利用这一事实，选择适当的溶剂，使原来在水溶液中不能滴定的某些弱酸弱碱的酸碱性增强，便可以进行滴定了。

3. 溶剂的极性

溶剂的分子结构可近似看成是带正电荷的原子核和带负电荷的核外电子构成的。由于溶剂分子空间构型的不同，其正负电荷中心可能是重合的，也可能不重合，前者称非极性溶剂，后者称极性溶剂，溶剂极性的大小与宏观性质介电常数 D 有关：极性强的溶剂，介电常数较大，反之介电常数较小。

当电解质溶解时，会受到溶剂分子的作用，而使电解质的离子间吸引力减弱，这种吸引力被减弱的程度越大，解离越容易发生。根据库仑定律，离子间的静力引力 f 为：

$$f = \frac{q^+ \times q^-}{D \times r^2} \qquad (3-14)$$

式中，q^+ 及 q^- 表示正负电荷；r 是两电荷中心之间的距离；D 代表溶剂的介电常数。可见，在溶液中，两个带相反电荷离子间的吸引力与溶剂的介电常数成反比。极性强的溶剂，D 值越大，f 较小。故溶剂极性越强，表示越容易使溶质发生解离。例如 HCl 在水（$D=78.5$）中解离较完全，而在醋酸（$D=6.13$）中较难解离，因而 HCl 在水中的酸性比在醋酸中强。

在非水滴定中，为了使样品易于溶解和得到明显的滴定突跃，常需调整溶剂的极性，调整混合溶剂的介电常数。混合溶剂的介电常数，可近似地由下式求得

$$D_混 = (S_1\% \times D_1 + S_2\% \times D_2 + \cdots + S_n\% \times D_n) \qquad (3-15)$$

式中，$D_混$ 为混合溶剂的近似介电常数；S_1、S_2…$+ S_n$ 分别代表溶剂 1、溶剂 2、…溶剂 n 的体积百分数；D_1、D_2、…、D_n 分别代表各溶剂的介电常数。

如，计算由 20ml 苯与 10ml 醋酐所组成的混合溶剂的介电常数为多少？

$$D_混 = 20/30 \times 100\% \times 2.3 + 10/30 \times 100\% \times 20.5 = 8.36$$

4. 拉平效应和区分效应

实验证明，$HClO_4$、H_2SO_4、HCl 和 HNO_3 的固有酸度是有差别的。其强度顺序为：

$$HClO_4 > H_2SO_4 > HCl > HNO_3$$

但在水中它们的强度却看不出有什么差别，这是由于这些强酸在水中给出质子的能力都很强，水的碱性已足够夺取这些酸放出的全部质子，全部生成水合质子 H_3O^+，无法区分。

$$HClO_4 + H_2O \Longrightarrow H_3O^+ + ClO_4^-$$

$$H_2SO_4 + H_2O \Longrightarrow H_3O^+ + HSO_4^-$$

$$HCl + H_2O \Longrightarrow H_3O^+ + Cl^-$$

$$HNO_3 + H_2O \Longrightarrow H_3O^+ + NO_3^-$$

H_3O^+ 是水溶液中酸的最强形式，因此，它们的酸强度都被拉平到 H_3O^+ 的强度水平。这种将各种不同强度的酸拉平到溶剂合质子（这里是水合质子 H_3O^+）水平的效应称为拉平效应（也称均化效应）。具有拉平效应的溶剂称为拉平性溶剂。水是上述四种酸的拉平性溶剂。

如果将这四种酸溶解在冰醋酸介质中，由于醋酸的碱性比水弱，这种酸就不能将其质子全部转移给 HAc 分子，而且在程度上有差别，这可从四种酸在冰醋酸中的 K_a 可以看出四种酸的强弱。

$$HClO_4 + HAc \Longrightarrow H_3O^+ + ClO_4^- \qquad K_a = 2.0 \times 10^7$$

$$H_2SO_4 + HAc \Longrightarrow H_3O^+ + HSO_4^- \qquad K_a = 1.3 \times 10^6$$

$$HCl + HAc \Longrightarrow H_3O^+ + Cl^- \qquad K_a = 1.0 \times 10^3$$

$$HNO_3 + HAc \Longrightarrow H_3O^+ + NO_3^- \qquad K_a = 22$$

这种能区分酸（碱）强弱的效应称为区分效应。具有区分效应的溶剂称区分性溶剂。冰醋酸是上述四种酸的区分性溶剂。

溶剂的拉平效应、区分效应与溶质和溶剂的酸碱相对强度有关。例如水能拉平高氯酸和盐酸，但不能拉平醋酸和盐酸，这是由于醋酸酸性比较弱，质子转移不完全。也就是说，水是醋酸和盐酸的区分性溶剂，但却是高氯酸和盐酸的拉平性溶剂。若改用液氨作溶剂，由于氨接受质子的能力比水强得多，HAc 在液氨中也表现为强酸，所以液氨是 HCl 和 HAc 的拉平性溶剂，在液氨溶剂中，它们的酸强度都被拉平到 NH_4^+ 强度水平。

一般来说，酸性溶剂是酸的区分性溶剂，是碱的拉平性溶剂；碱性溶剂是碱的区分性溶剂，酸的拉平性溶剂。在非水滴定中，往往利用拉平效应测定混合酸（碱）的总量，利用区分效应测定混合酸（碱）中各组分的含量。

有一类溶剂本身不能提供质子，又不能接受质子，称惰性溶剂，它不参与质子转移反应，因此没有均化效应，但当物质溶于惰性溶剂时，能保持物质原有的酸碱性，因而是一种很好的区分性溶剂。例如，高氯酸、盐酸、水杨酸、醋酸、酚等五种混合酸的需要分别滴定时，常以甲基异丁酮为溶剂，用氢氧化四丁基铵的异丙醇溶液作滴定剂，在滴定曲线上出现五个转折点，能明显把它们区分开来。

（二）溶剂的分类及选择

1. 溶剂分类

根据酸碱质子理论，非水溶剂可分为两大类。

（1）质子性溶剂　这类溶剂既能给出质子，又能接受质子，故可表现为酸，又可表现为碱。这类溶剂最大的特点是溶剂分子之间有质子自递反应。根据质子性溶剂给出和接受质子能力的不同，质子性溶剂又可以细分为以下三类：

①酸性溶剂：给出质子倾向较强的溶剂，称为酸性溶剂。此类溶剂酸性比水强。如甲酸、醋酸、丙酸等。滴定弱碱性物质时常用这类溶剂作介质。

②碱性溶剂：接受质子倾向较强的溶剂，称为碱性溶剂。此类溶剂碱性比水强。如乙二胺、乙醇胺、丁胺等。滴定弱酸时常用这类溶剂作介质。

③两性溶剂：既能给出质子，又能接受质子的溶剂，又叫质子两性溶剂。此类溶剂酸碱性与水相当。当溶质是较强的酸时，这种溶剂显碱性；溶质是较强的碱时，则溶剂呈酸性。这类溶剂主要是醇类，如甲醇、乙醇、丙醇、乙二醇等。两性溶剂可作滴定较强酸、碱的介质。

（2）非质子性溶剂　这类溶剂没有给出质子的能力，故称为非质子性溶剂。其特点是溶剂分子之间没有质子自递反应。但是，这类溶剂可能具有较弱的接受质子的能力。根据非质子性溶剂接受质子能力的不同，非质子性溶剂可分为以下两类：

①非质子亲质子性溶剂：这类溶剂无质子，但却有较弱的接受质子倾向和程度不同的形成氢键的能力，如酰胺类、酮类、腈类、吡啶、二甲基甲酰胺等。其中二甲基甲酰胺、吡啶等的碱性甚至比水还大，其形成氢键能力亦比丙酮、乙腈等强。主要用于弱酸性物质的介质。

②惰性溶剂：这类溶剂几乎没有接受质子的能力，故称惰性溶剂。惰性溶剂分子在滴定过程中不参与反应，如苯、四氯化碳等。在这类溶剂中，质子转移直接发生在试样与滴定剂之间。

（3）混合溶剂　为使样品易于溶解，增大滴定突跃，并使指示剂终点变色敏锐，还可将质子性溶剂与惰性溶剂混合使用，如冰醋酸－醋酐、冰醋酸－苯，用于弱碱性物质的滴定；苯－甲醇用于羧类的滴定；二醇类－烃类用于溶解有机酸盐、生物碱、高分子化合物等。

（三）溶剂的选择

非水滴定中，溶剂的选择十分重要。选择溶剂时，首先要考虑的是溶剂的酸碱性，因为它对滴定反应的完全程度影响最大。同时也要考虑溶剂的介电常数和质子自递常数等。

选择溶剂时应从以下几点加以考虑：

（1）首先考虑溶剂要能增加样品的酸碱性　滴定弱碱时选择酸性溶剂；滴定弱酸时选择碱性溶剂；滴定混合酸（碱）总量时选择拉平性溶剂；滴定混合酸（碱）中各组分含量时选择区分性溶剂。

（2）溶剂要能溶解样品　满足"相似相溶"的原则。

（3）溶剂的极性不宜太强　因为弱极性溶剂常能抑制溶剂作用，使酸碱反应趋于完全。通常可根据需要按极性强弱的比例配成适当的混合溶剂，既有利于样品溶解，又可获得明显的滴定突跃。例如，对于极性物质，常先用极性较强的溶剂使之溶解，然后再加适量的弱极性溶剂，以达到介电常数小，锐化终点的目的。

（4）溶剂纯度要高　不应含酸碱性杂质，非水溶剂中的少量水分，它既是酸性杂质，又是碱性杂质。故必须除去。例如冰醋酸中如含少量水分，可加醋酐除去。

二、碱的滴定

在水溶液中，$cK_b < 10^{-8}$ 的弱碱不能用酸标准溶液直接滴定。选用酸性溶剂使弱碱的碱性增强，滴定突跃明显，就可用酸标准溶液滴定了。滴定弱碱最常用的溶剂是冰醋酸。

（一）标准溶液的配制与标定

酸碱滴定中常用强酸或强碱作标准溶液。在水溶液中，由于水的拉平效应 $HClO_4$、H_2SO_4、HCl 等强酸都可作滴定剂，而在冰醋酸中只有 $HClO_4$ 是强酸，且有机碱的高氯酸盐易溶于有机溶剂中。因而常采用高氯酸的冰醋酸溶液作为滴定碱的标准溶液。

配制高氯酸的冰醋酸溶液所用的高氯酸和冰醋酸均含有水分，而水的存在会影响滴定突跃，必须除去，可用加入计算量的醋酐来除水分：

$$(CH_3CO)_2O + H_2O \rightleftharpoons 2CH_3COOH$$

$$V_{醋酐} = \frac{\rho_{醋酸} V_{醋酸} M_{醋酐} H_2O\%}{M_{H_2O} \rho_{醋酐}\%} \qquad (3-16)$$

由式（3-16）可知，每除去 1mol 水需 1mol 醋酐，若冰醋酸含水量为 0.2%，密度为 1.05，除去 1000ml 冰醋酸中的水应加密度为 1.08，含量为 97.0% 的醋酐的体积为：

$$V = \frac{102.9 \times 1000 \times 1.05 \times 0.2\%}{18.02 \times 1.08 \times 97\%} = 11.36ml$$

如果含水分量较高，纯度较差，经过数次结晶及分馏，即可得到纯度较高的冰醋酸。

通常高氯酸为含 $HClO_4$ 70.0% ~72.0%，密度为 1.75 的溶液，其水分同样应加入醋酐除去，计算方法与冰醋酸除水相同。

1. 配制

配制高氯酸的冰醋酸溶液时，不能把醋酐直接加到高氯酸溶液中，因为高氯酸和醋酐混合时，会发生剧烈反应，并放出大量的热。配制时应先用无水冰醋酸将高氯酸稀释后，在不断搅拌下，缓缓加入醋酐。

测定一般样品时，除水用的醋酐量稍多些没太大影响。但当所测样品为芳香族伯胺或仲胺时，过量的醋酐会导致样品乙酰化，影响测定结果，故不宜过量。

1000ml 0.1mol·L^{-1} $HClO_4$ 标准溶液的配制：取无水冰醋酸 750ml 加入高氯酸（70% ~72%）8.5ml，摇匀，在室温下缓缓滴加醋酐 24ml，边加边摇，加完后再振摇均匀。放冷，加适量的无水冰醋酸至 1000ml，摇匀，放置 24 小时待用。

2. 标定

标定高氯酸标准溶液，常用邻苯二甲酸氢钾作基准物质，以结晶紫为指示剂。标定反应如下：

$$\text{（邻苯二甲酸氢钾结构）—COOH} + \text{HClO}_4 = \text{（邻苯二甲酸结构）—COOH} + \text{KClO}_4$$

0.1 mol·L^{-1}HClO$_4$ 标准溶液的标定：取 105℃ 干燥至恒重的邻苯二甲酸氢钾 0.4g 精密称定，加冰醋酸 20ml，使溶解，加 0.5% 结晶紫冰醋酸溶液 1~2 滴，用 HClO$_4$ 标准溶液滴定至蓝色，并将滴定的结果用空白试验校正。

3. 校正

水的体膨胀系数较小（$0.21 \times 10^{-3}/℃$），常可忽略溶液的体积随温度变化的影响。冰醋酸的体膨胀系数较大（$1.1 \times 10^{-3}/℃$），其体积随温度变化较大。所以 HClO$_4$ 标准液在滴定样品和标定时温度若有差别，则应按下式进行较正：

$$c_t = \frac{c_0}{1 + 0.011 \ (t_1 - t_2)} \tag{3-17}$$

式中，0.0011 为冰醋酸的体膨胀系数；t_0 为标定时的温度；t_1 为测定时的温度；c 为标定时的浓度；c_1 为测定时的浓度。

（二）滴定终点的确定

在以冰醋酸作溶剂，用标准酸滴定弱碱时，最常用的指示剂是结晶紫，其酸式色为黄色，碱式色为紫色，在不同酸度下变色较复杂，由碱区到酸区的颜色变化为紫、蓝、蓝绿、黄绿、黄。在滴定不同强度的碱时，终点颜色各不相同。滴定较强碱时应以蓝或蓝绿色为终点。滴定较弱碱时，以蓝绿或绿色为终点。最好以电位滴定法作对照，从而正确确定终点的颜色，并作空白试验以减少滴定终点误差。

在冰醋酸中滴定弱碱的指示剂还有 α - 萘酚苯甲醇（0.2% 冰醋酸溶液，其酸式为绿色，碱式为黄色）和喹哪啶红（0.1% 甲醇溶液，其碱式为红色，酸式为无色）。

值得指出的是，在非水溶液酸碱滴定中，除用指示剂指示终点外，电位滴定是测定终点的基本方法（见第六章）。因为在非水滴定中，有许多物质的滴定，目前还没有找到合适的指示剂，而且在选择指示剂和确定指示剂终点颜色时都需要以电位滴定作参照。

具有碱性基团的化合物，如胺类、氨基酸类、含氮杂环化合物，某些有机碱的盐以及弱酸盐等，大多可用高氯酸标准溶液进行滴定。各国药典收载的药品中，有许多药品的含量测定用了高氯酸冰醋酸溶液的非水滴定，例如胺类的非水滴定，其滴定反应式表示如下：

样品溶液	$R-NH_2 + HAc \rightleftharpoons R-NH_3^+ + Ac^-$
标准溶液	$HClO_4 + HAc \rightleftharpoons H_2Ac^+ + ClO_4^-$
滴定反应	$H_2Ac^+ + Ac^- \rightleftharpoons 2HAc$
总式	$R-NH_2 + HClO_4 \rightleftharpoons R-NH_3^+ + ClO_4^-$

由反应式可知，在滴定过程中，溶剂醋酸分子起了传递质子的作用，而本身并无变化。

又如有机酸碱金属盐的非水滴定，由于有机酸的酸性一般较弱，它的共轭碱——有机酸根在冰醋酸中显较强碱性，故可用高氯酸标准液滴定。若以 MA 代表有机酸碱金属盐，其滴定反应可表示如下：

样品溶液 $MA + HAc \rightleftharpoons HA + M^+ + Ac^-$

标准溶液 $HClO_4 + HAc \rightleftharpoons H_2Ac^+ + ClO_4^-$

滴定反应 $H_2Ac^+ + Ac^- \rightleftharpoons 2HAc$

总式 $HClO_4 + MA \rightleftharpoons HA + ClO_4^- + M^+$

反应式可见，只要生成的有机酸 HAc 比 H_2Ac^+ 的酸性弱，反应就能进行，两者的酸强度相差越大，反应进行得越完全。

用高氯酸标准溶液直接滴定的有机酸碱金属盐有邻苯二甲酸氢钾、醋酸钠、水杨酸钠、乳酸钠等。

三、酸的滴定

当弱酸的 $cK_a < 10^{-8}$ 时，在水溶液中就不能直接滴定。如改用碱性比水更强的溶剂使弱酸的酸性增强，便可获得明显的滴定突跃，用标准碱就可直接滴定了。测定酸性不太弱的羧酸常选用醇类作溶剂，如甲醇、乙醇等；对酸性弱或极弱的羧酸可选乙二胺、二甲基甲酰胺等碱性物质作溶剂；混合酸的区分滴定常以甲基异丁酮为区分性溶剂，有时也用甲醇 – 苯、甲醇 – 丙酮等混合溶剂。

（一）标准溶液的配制与标定

常用的碱标准溶液为甲醇钠的苯—甲醇溶液。甲醇钠由甲醇与金属钠反应制得。

$$2CH_3OH + 2Na \rightleftharpoons 2CH_3ONa + H_2$$

有时也用碱金属氢氧化物的醇溶液作为滴定酸的标准溶液。

1. 配制

$0.1 \ mol \cdot L^{-1}$ 甲醇钠溶液的配制 取无水甲醇（含水量 $<0.2\%$）150ml，置于冰水冷却的容器中，分次少量加入新切的金属钠 $2.5g$，完全溶解后，加适量的无水苯 150ml 使成 1000ml 即得。

碱标准液在贮存和使用时，既要防止溶剂挥发，同时也要避免与空气中的 CO_2 及湿气接触。

2. 标定

标定碱标准溶液常用的基准物质为苯甲酸，标定反应为；

$$R—COOH + CH_3OH \rightleftharpoons RCOO^- + CH_3OH_2^+$$

$$CH_3ONa \rightleftharpoons CH_3O^- + Na^+$$

$$CH_3OH_2^+ + CH_3O^- \rightleftharpoons 2CH_3OH$$

总式： $RCOOH + CH_3ONa \rightleftharpoons CH_3OH + RCOO^- + Na^+$

在碱标准溶液的标定及样品酸的测定中，常以百里酚蓝为指示剂指示终点，其碱式色为蓝色，酸式色为黄色。其他如偶氮紫、溴酚蓝也是常用指示剂。

如羧酸在水中若 pK 为 $4 \sim 5$ 时，有足够的酸性，可在水中用 $NaOH$ 直接滴定。但一些高级羧酸在水中 pK 约为 $5 \sim 6$，而滴定产物是肥皂，有泡沫，使终点模糊，在水中无法滴定，可在苯 – 甲醇混合溶剂中用甲醇钠滴定。反应如下：

样品溶液：$\qquad$ $R{-}COOH + CH_3OH \Longleftrightarrow CH_3OH_2^+ + RCOO^-$

标准碱液：$\qquad$ $CH_3ONa \Longleftrightarrow CH_3O^- + Na^+$

滴定反应：$\qquad$ $CH_3OH_2^+ + CH_3O^- \Longleftrightarrow 2CH_3OH$

总反应式：$\qquad$ $R{-}COOH + CH_3ONa \Longleftrightarrow CH_3OH + RCOONa$

由式可见，溶剂甲醇起了传递质子的作用，但本身无变化。

学习指导

一、目的要求

1. 理解指示剂的变色原理、变色范围。
2. 了解影响指示剂变色范围的因素和混合指示剂。
3. 掌握各种类型酸碱滴定曲线的绘制及指示剂的选择和酸碱滴定的相关计算。
4. 了解酸碱滴定终点误差的表示方法。
5. 掌握标准酸（碱）溶液和基准物的配制和标定。
6. 了解直接滴定法和间接滴定法。
7. 掌握药用 NaOH、铵盐中氮含量和硼酸的测定方法。
8. 掌握非水酸碱滴定的基本原理、溶剂的性质及溶剂的选择。
9. 熟悉以冰醋酸为溶剂、高氯酸为标准溶液滴定弱碱的原理和方法。
10. 了解以甲醇钠为标准溶液滴定弱酸的原理和方法。

二、学习要点

（一）酸碱指示剂

1. 指示剂变色原理

酸碱指示剂一般都是有机弱酸或有机弱碱，其共轭酸碱对具有不同的结构且颜色差异较大，当溶液的 pH 发生改变时，共轭酸碱对相互发生转变，从而引起溶液颜色发生明显变化。

2. 指示剂变色范围：$pH = pK_a \pm 1$

3. 影响指示剂变色范围的因素：温度、指示剂用量、滴定程序。

4. 混合指示剂：利用它们的颜色之间的互补作用，使变色范围更窄、更敏锐。

（二）酸碱滴定曲线及指示剂的选择

1. 酸碱的滴定

（1）强酸强碱的滴定曲线。

①滴定开始前：溶液的酸度由被滴定的酸（碱）决定。

②滴定开始到化学计量点前：溶液的酸度由反应后剩余的酸（碱）决定。

③化学计量点时：显中性。

④化学计量点后：溶液的酸度由过量的碱（酸）决定。

（2）强碱强酸滴定弱酸弱碱的滴定曲线。

①滴定开始前：溶液的酸度由被滴定的弱酸（弱碱）决定。

②滴定开始到化学计量点前：溶液的酸度由溶液中剩余的弱酸（弱碱）和它反应产生的共轭碱（共轭酸）组成的缓冲溶液决定。

③化学计量点时：由共轭碱（共轭酸）决定。

④化学计量点后：溶液的酸度由过量的强碱（强酸）决定。

（3）影响滴定突跃的因素：酸碱的浓度、酸碱的强度。

（4）指示剂的选择：指示剂的变色范围全部或部分落在滴定突跃范围内的指示剂都可使用。

（5）某一步能否滴定的条件：$cK_a \geqslant 10^{-8}$ 或 $cK_b \geqslant 10^{-8}$

（6）分步滴定的条件：多元酸 $K_{a1}/K_{a2} \geqslant 10^4$、$K_{a2}/K_{a3} \geqslant 10^4$；

$$多元碱\ K_{b1}/K_{b2} \geqslant 10^4、K_{b2}/K_3 \geqslant 10^4$$

（三）终点误差

1. 强酸（强碱）的终点误差：

当 pH < 7 时，$TE\% = \dfrac{-2\,[H^+]}{c_0} \times 100\%$

当 pH > 7 时，$TE\% = \dfrac{2\,[OH^-]}{c_0} \times 100\%$

（四）标准溶液和基准物质

1. 酸标准溶液一般用 HCl 标准溶液

标定：用基准物质无水碳酸钠和硼砂或其他碱标准溶液进行标定

2. 碱标准溶液一般用 NaOH 标准溶液

标定：用基准物质邻苯二甲酸氢钾（$KHC_8H_4O_4$）、草酸（$H_2C_2O_4 \cdot 2H_2O$）或其他酸标准溶液进行标定。

（五）应用与实例

1. 双指示剂法测定药用 NaOH 的含量。

2. 间接滴定法测定硼酸和铵盐中氮的含量。

（六）非水溶液中的酸碱滴定

1. 溶剂

（1）溶剂的性质：溶剂的解离性、溶剂的酸碱性、溶剂的极性、拉平效应和区分效应。

（2）溶剂的分类：

质子性溶剂（包括酸性溶剂、碱性溶剂、两性溶剂）

非质子溶质（包括非质子亲质子性溶剂、惰性溶剂）

混合溶剂

（3）溶剂的选择：滴定弱碱时选择酸性溶剂；滴定弱酸时选择碱性溶剂；滴定混合酸（碱）总量时选择拉平性溶剂；滴定混合酸（碱）中各组分含量时选择区分性溶剂。

2. 碱的滴定

（1）溶剂：冰醋酸。

（2）标准溶液：采用高氯酸的冰醋酸溶液作为滴定碱的标准溶液；

（3）高氯酸和冰醋酸用醋酐除水：用量 $V_{醋酐} = \dfrac{\rho_{醋酸} V_{醋酸} M_{醋酐} H_2O\%}{M_{H_2O} \rho_{醋酐} 醋酐\%}$

（3）标定高氯酸标准溶液，常用邻苯二甲酸氢钾作基准物质，以结晶紫为指示剂。

3. 酸的滴定

（1）溶剂：苯-甲醇

（2）滴定液：甲醇钠的苯-甲醇溶液作为滴定酸的标准溶液

（3）标定碱标准溶液常用的基准物质：苯甲酸。常以百里酚蓝为指示剂。

习　　题

一、单项选择题

1. 某弱酸型指示剂在 pH = 4.5 的溶液中呈现蓝色，在 pH = 6.5 的溶液中呈现黄色，此指示剂的解离常数 K_a 约为（　　）。

A. 3.2×10^{-5}　　　　B. 3.2×10^{-7}　　　　C. 3.2×10^{-6}　　　　D. 3.2×10^{-4}

2. 某酸碱指示剂的 $K_{HIn} = 1.0 \times 10^{-6}$，其理论变色范围为（　　）。

A. pH = 3 ~ 5　　　　B. pH = 4 ~ 6　　　　C. pH = 5 ~ 7　　　　D. pH = 6 ~ 8

3. 下列溶液中，能用直接配制法配制的是（　　）。

A. 氢氧化钠　　　　B. 盐酸　　　　C. 重铬酸钾　　　　D. 高锰酸钾

4. 下列物质中，能作为基准物质的是（　　）。

A. 氢氧化钠　　　　B. 高锰酸钾　　　　C. 碘　　　　D. 无水碳酸钠

5. 用 0.1000 mol·L^{-1} 的盐酸滴定 0.1000 mol·L^{-1} 的氢氧化钠溶液，滴定突跃为 9.7 ~ 4.3。用 0.01000 mol·L^{-1} 的盐酸滴定 0.01000 mol·L^{-1} 的氢氧化钠溶液时的滴定突跃为（　　）。

A. 8.7 ~ 5.3　　　　B. 9.7 ~ 5.3　　　　C. 8.7 ~ 4.3　　　　D. 9.7 ~ 4.3

6. 0.10 mol·L^{-1} 的下列物质中，不能用强酸标准溶液直接滴定的是（　　）。

A. 氢氰酸（$K_a = 4.93 \times 10^{-10}$）　　　　B. 醋酸（$K_a = 1.75 \times 10^{-5}$）

C. 氨水（$K_b = 1.75 \times 10^{-5}$）　　　　D. 磷酸（$K_{a1} = 7.52 \times 10^{-3}$）

7. 某碱液 25.00 ml，用 0.1000 mol·L^{-1} 盐酸标准溶液滴定至酚酞褪色，用去 20.00 ml，再用甲基橙作指示剂继续滴定至变色，又消耗了 6.50 ml，此碱液的组成为（　　）。

A. NaOH　　　B. NaOH 和 Na$_2$CO$_3$　　　C. NaHCO$_3$ 和 Na$_2$CO$_3$　　　D. Na$_2$CO$_3$

8. 在下列溶剂中，硫酸、盐酸、硝酸的强度都相同的是（　　）。

A. 纯水　　　　B. 乙醇　　　　C. 液氨　　　　D. 醋酸

9. 下列溶剂中，宜用于滴定苯甲酸钠的是（　　）。

A. 醋酸　　　　B. 乙醇　　　　C. 苯　　　　D. 乙二胺

10. 根据酸碱质子理论，下列非水溶剂中，不属于质子性溶剂的是（　　）。

A. 酸性溶剂　　　　B. 碱性溶剂　　　　C. 惰性溶剂　　　　D. 两性溶剂

二、填空题

1. 酸碱滴定中，选择指示剂的原则是_____。

2. 标准溶液的配制分_____法和_____法。

3. 某酸碱指示剂的 $pK_{HIn} = 9$，其理论变色范围为_____。

4. 标定盐酸溶液的浓度，常用_____为基准物质。

5. 常用来标定 NaOH 溶液浓度的基准物有_____、_____。

6. 有一碱液，可能是 NaOH 或 $NaHCO_3$ 或 Na_2CO_3 或它们两者的混合物，若用酸标准溶液滴定至酚酞刚褪红色时，用去酸 V_1ml，继续用甲基橙为指示剂滴至终点，又用去酸 V_2ml，由 V_1 与 V_2 的关系判断此碱液的可能组成。

①当 $V_1 > V_2 > 0$，则碱液为_____。

②当 $V_2 > V_1 > 0$，则碱液为_____。

③当 $V_1 = V_2$，则碱液为_____。

④当 $V_2 > 0$，$V_1 = 0$，则碱液为_____。

⑤当 $V_1 > 0$，$V_2 = 0$，则碱液为_____。

7. 在甲基异丁酮、乙醚、水、冰醋酸、苯、乙二胺、异丙醇、丙酮中，属质子性溶剂有_____。属非质子性溶剂有_____。

8. 指示剂的理论变色范围为：_____。

三、判断题

1. 溶液的浓度越大，滴定突跃范围越大，可选择的指示剂也就越多。（　　）

2. 在滴定过程中，指示剂恰好发生颜色变化的转变点称为滴定终点。（　　）

3. 强酸滴定强碱，因为滴定终点落在碱性范围，所以不能用甲基橙为指示剂。（　　）。

四、计算题

1. 用无水 Na_2CO_3 作基准物质标定 HCl 溶液的浓度。称取无水 Na_2CO_3 0.3524g，滴定消耗 HCl 溶液 25.49ml，求 HCl 溶液的浓度。

2. 测定氮肥中 NH_3 的含量，称取试样 1.6160g，溶解在 250ml 容量瓶中定容，移取 25.00ml，加入过量 NaOH 溶液，将产生的 NH_3 导入 40.00ml $0.1000 \text{ mol} \cdot L^{-1}$ 的 H_2SO_4 标准溶液吸收，剩余的 H_2SO_4 用 $0.1000 \text{mol} \cdot L^{-1}$ NaOH 滴定，消耗 17.00ml 达终点，计算该氮试样中 NH_3 的含量。

3. 称取含 Na_2CO_3 的 NaOH 试样 0.5895g，溶解后用 $0.3014 \text{mol} \cdot L^{-1}$ HCl 标准溶液滴定至酚酞褪色，用去 24.08ml，继续用甲基橙作指示剂，再用 HCl 滴定至终点又消耗 HCl 溶液 12.02ml。试计算试样中 Na_2CO_3 和 NaOH 的含量。

4. 用 $0.1000 \text{mol} \cdot L^{-1}$ 的 NaOH 溶液滴定 20.00ml 0.1000 $\text{mol} \cdot L^{-1}$ 的 HCl 溶液时，用甲基橙指示剂（pH = 4）时，终点误差是多少？

5. 精密称取盐酸麻黄碱试样 0.1498g，加冰醋酸 10ml 溶解后，加入醋酐 4ml，结晶紫指示剂 1 滴，用 0.1003mol·L^{-1} 的 HClO$_4$ 标准溶液滴定至终点，消耗 8.02ml，空白试验消耗标准溶液 0.65ml，计算此试样中盐酸麻黄碱的百分含量。

（孙荣梅）

第四章 重量分析法和沉淀滴定法

重量分析法（gravimetric analysis）是通过用适当方法将试样中待测组分与其他组分分离，转化为一定的称量形式，以称量的方法来确定被测组分含量的一种定量分析方法。

重量分析法是直接用分析天平精密称量而获得实验数据，分析过程中一般不需要标准试样或基准物质进行比较，因此，有较高的准确度，相对误差不大于 0.1% ~ 0.2% ，是一种经典的分析方法。此方法适用于含量 >1% 的常量组分分析，用分析天平称量，无容量器皿所引入的误差，准确度高，但操作繁琐、耗时费力，不适用于快速分析，也不适用于微量和痕量组分分析，因而在实践中逐渐被其他方法所代替。但目前仍有一些分析项目在采用重量分析法，如对一般试样中的水分测定，检查一些药品中的水中不溶物、炽灼残渣、中草药灰分、干燥失重及药典中某些药物的含量测定等。

第一节 重量分析法

重量分析包括了分离和称量两个过程，根据待测组分与试样中其他成分分离方法的不同，可以分为挥发法、萃取法、沉淀法和电解法等。在药物分析检验中常用前三种方法。

一、挥发法

挥发法（volatilization method）（又称气化法），是利用试样中待测物质的挥发性，通过加热或其他方法使待测组分挥发除去，根据试样质量的减少来计算待测组分的含量，或者是用适当的吸收剂吸收挥发性的待测组分，根据吸收剂质量的增加来计算待测组分的含量。例如，要测定 $BaCl_2 \cdot 2H_2O$ 中结晶水的含量，可称取一定量的氯化钡试样加热，使水分逸出后，再称量，根据试样加热前后的质量差，计算 $BaCl_2 \cdot 2H_2O$ 试样中结晶水的含量。挥发法只适用于测定可以挥发的物质。根据称量对象的不同，挥发法可分为直接法和间接法。将待测组分与其他组分分离后，如果称量的是待测组分或其衍生物称为直接法；将待测组分与其他组分分离后，如果通过称量其他组分，测定试样中减失的重量来求待测组分的含量称为间接法。

二、萃取法

萃取法（extraction method）是利用待测组分的溶解特性，将待测组分用萃取剂萃取使之与其他组分分离，再将萃取剂蒸干，称量干燥萃取物的重量，根据干燥物的重量计算待测组分的含量。萃取剂直接从固体粉末样品中萃取待测组分，称为液 – 固萃取；将试样制成溶液，再选择合适的萃取剂进行萃取，称为液 – 液萃取。

三、沉淀法

沉淀法（precipitation method）是利用试剂与待测组分发生沉淀反应，生成难溶化合物沉淀析出，经过分离、洗涤、过滤、烘干或灼烧后，得到一种纯净、稳定的物质形式（称量形式），称得沉淀的质量从而计算出待测组分的含量。沉淀形式和称量形式的化学组成可以相同，也可以不同。以测定 SO_4^{2-} 或 Ca^{2+} 的含量为例。

$$试样\xrightarrow{溶解}Ba^{2+}+SO_4^{2-}\xrightarrow{沉淀剂}BaSO_4\downarrow\xrightarrow{过滤、洗涤\quad800℃灼烧}BaSO_4\downarrow$$
$$（沉淀形式）\qquad\qquad（称量形式）$$

$$试样\xrightarrow{溶解}Ca^{2+}+C_2O_4^{2-}\xrightarrow{沉淀剂}CaC_2O_4\cdot H_2O\downarrow\xrightarrow{过滤、洗涤\quad800℃，灼烧}CaO\downarrow$$
$$（沉淀形式）\qquad\qquad（称量形式）$$

用 $BaSO_4$ 沉淀法测定 SO_4^{2-} 沉淀形式和称量形式都是 $BaSO_4$，两者相同；但用 CaC_2O_4 沉淀法测定 Ca^{2+} 时，沉淀形式是 $CaC_2O_4\cdot H_2O$，经灼烧后称量形式为 CaO，沉淀形式和称量形式两者不同。

（一）重量分析对沉淀的要求

1. 对沉淀形式的要求

（1）沉淀的溶解度必须很小，以保证待测组分沉淀完全。沉淀溶解造成的损失量应小于分析天平的称量误差范围（±0.2mg）。

（2）沉淀易于过滤、洗涤，尽量获得颗粒粗大的晶形沉淀。如果是无定形沉淀，应注意掌握沉淀的条件，改善沉淀的性质。

（3）沉淀力求纯净，制备沉淀时应尽量避免带入其他杂质的沾污。

（4）沉淀应易转化为称量形式。

2. 对称量形式的要求

（1）称量形式必须有确定的化学组成，它是沉淀法定量计算分析结果的依据。

（2）称量形式必须十分稳定，不受空气中水分、二氧化碳和氧气等的影响，不易被氧化分解。

（3）称量形式的摩尔质量尽可能大，这样可以增加称量形式的重量，减小称量的相对误差。

实际分析中，选择合适的沉淀剂、掌握正确的沉淀条件，才能达到沉淀的要求。

（二）沉淀的溶解度及其影响因素

沉淀法要求沉淀反应尽可能进行完全。沉淀反应是否完全，可以根据反应达到平衡后沉淀溶解度的大小来衡量。沉淀溶解度越小，则沉淀越完全。

影响沉淀溶解度的因素有同离子效应、盐效应、配位效应和酸效应。在实际操作中，并非所加沉淀剂量越多越好，由于盐效应、配位效应等原因，有时沉淀剂太过量，反而使沉淀的溶解度增大，沉淀剂究竟应过量多少，应根据沉淀的具体情况和沉淀剂的性质而定。如果沉淀剂在烘干或灼烧时能挥发除去，一般可过量 50% ~100%；不易除去的沉淀剂，只宜过量 10% ~30%。

同离子效应与盐效应对沉淀溶解度的影响恰恰相反，所以进行沉淀时应避免加入过多的沉淀剂。如果沉淀的溶解度本身很小，一般来说，可以不考虑盐效应。四种效应对沉淀溶解度的影响是不同的，无配位效应的强酸盐沉淀，主要考虑同离子效应；弱酸盐沉淀主要考虑酸效应；能与配位剂形成稳定的配合物而且溶解度又不是太小的沉淀，应该主要考虑配位效应。此外，还要考虑其他因素如温度、溶剂及沉淀颗粒大小等对沉淀溶解度的影响。

（三）沉淀的形成及影响纯度的因素

1. 沉淀的形成

沉淀按其颗粒大小和外表形态不同，粗略地分为晶形沉淀（如 $BaSO_4$ 等）和无定形沉淀（如 $Fe_2O_3 \cdot xH_2O$ 等）两类。在沉淀的形成过程中，同时存在聚集速率和定向速率。当沉淀剂加入待测溶液中，形成沉淀的离子互相碰撞而结合成晶核，晶核长大生成沉淀微粒的速度称为聚集速率；同时，构晶离子在晶格内的定向排列速度称为定向速率。当定向速度大于聚集速度时，将形成晶形沉淀，反之，则形成非晶形沉淀。定向速率主要决定于沉淀的性质，而聚集速度主要决定于沉淀时的反应条件，它与相对过饱和度成正比。

晶形沉淀是由较大的沉淀颗粒组成，颗粒直径约为 $0.1 \sim 1\mu m$，内部排列较规则，结构紧密，所占体积较小，易于过滤洗涤。无定形沉淀是由许多疏松微小沉淀颗粒聚集而成，颗粒直径一般小于 $0.02\mu m$，沉淀颗粒排列无序，且又包含大量数目不定的水分子，形成疏松絮状沉淀，体积大，容易吸附杂质，且难于过滤和洗涤。

2. 影响沉淀纯度的因素

从溶液中析出沉淀时，一些杂质会夹杂于沉淀内，使沉淀沾污。沉淀过程中杂质混入的原因主要有以下几方面原因：

（1）共沉淀现象 在进行沉淀反应时，溶液中某些可溶性杂质混杂于沉淀中一起析出，这种现象称为共沉淀现象。例如，在 Na_2SO_4 溶液中加入 $BaCl_2$ 时，从溶解度来看，Na_2SO_4、$BaCl_2$ 都不应沉淀，但有少量的 Na_2SO_4 或 $BaCl_2$ 被带入 $BaSO_4$ 沉淀中而产生共沉淀现象。产生共沉淀现象的原因有：

①表面吸附。在沉淀晶体表面的离子或分子与沉淀晶体内部的离子或分子所处的状况有所不同。沉淀物的表面积越大，吸附杂质的量也越多；溶液浓度越高，杂质离子的价态越高，越易被吸附。吸附作用是一个放热过程，因此溶液温度升高，可减少杂质的吸附。洗涤沉淀也是减少吸附杂质的有效方法之一。

②混晶的生成。如果溶液中杂质离子与沉淀构晶离子的半径相近、晶体结构相似时，则杂质离子可以取代构晶离子进入晶格而形成混晶。例如，Pb^{2+}、Ba^{2+} 不仅有相同的电荷而且两种离子的大小相似，因此，Pb^{2+} 能取代 $BaSO_4$ 晶体中的 Ba^{2+} 而形成混晶，使沉淀受到严重的污染。形成混晶的选择性较高，要避免也困难。减少或消除混晶的最好方法是将这些杂质预先分离除去。

③包藏或吸留。在沉淀过程中，由于沉淀生成过快，则沉淀表面吸附的杂质离子来不及离开就被后来沉积上来的沉淀所覆盖，从而被包埋在沉淀内部引起共沉淀，这种现象为包藏，也称为吸留。如在过量 $BaCl_2$ 溶液中沉淀 $BaSO_4$ 时，$BaSO_4$ 晶体表面就要吸附构晶

离子 Ba^{2+} 并吸附 Cl^- 作为抗衡离子，如果抗衡离子来不及被 SO_4^{2-} 交换，就被沉积下来的离子所覆盖而包在晶体里，产生此现象。因此，在进行沉淀时，要注意沉淀剂浓度不能太大，沉淀剂加入的速度不要太快。包藏在沉淀内的杂质只能通过沉淀陈化或重结晶的方法减少。

（2）后沉淀现象　在沉淀结束后，当沉淀与母液一起放置时，溶液中某些杂质离子可能慢慢地沉积到原沉淀上，放置的时间越长，杂质析出的量越多，这种现象称为后沉淀。例如，以 $(NH_4)_2C_2O_4$ 沉淀 Ca^{2+}，若溶液中含有少量 Mg^{2+}，由于 $K_{sp,(MgC_2O_4)} > K_{sp,(CaC_2O_4)}$，当 CaC_2O_4 沉淀时，MgC_2O_4 不沉淀，但是在 CaC_2O_4 沉淀放置过程中，CaC_2O_4 晶体表面吸附大量的 $C_2O_4^{2-}$，此时表面 $[Mg^{2+}][C_2O_4^{2-}] > K_{sp,(MgC_2O_4^{2-})}$，有 MgC_2O_4 析出。要避免或减少后沉淀的产生，主要是缩短沉淀与母液共置的时间。

（四）沉淀的条件

重量分析中，为了得到准确的分析结果，要求沉淀完全、洁净，并且易于过滤、洗涤。因此，必须根据沉淀的性质和形态，选择合适的沉淀条件。

1. 晶形沉淀的沉淀条件

（1）在适当的稀溶液中进行沉淀　稀溶液的相对过饱和度不大，有利于形成大颗粒的晶形沉淀。同时，晶体颗粒越大，比表面积越小，表面吸附的杂质就越少，共沉淀现象减小，沉淀越洁净。但对溶解度较大的沉淀，溶液不能太稀，否则会增加沉淀溶解的损失。

（2）在热溶液中进行沉淀　热溶液可以提高沉淀的溶解度，减小相对过饱和度，得到大颗粒沉淀，减少沉淀对杂质的吸附，有利于得到纯净的沉淀。但对于热溶液中溶解度较大的沉淀，应冷却至室温后再过滤、洗涤。

（3）在不断搅拌下缓慢地加入沉淀剂　这样可以防止局部溶液过浓现象，降低沉淀剂离子在整体或局部溶液中的过饱和度，得到颗粒大且纯净的沉淀。

（4）进行陈化　陈化是将沉淀与母液放置的过程。陈化过程能使细小结晶溶解，大结晶长大，最后获得晶形完整、纯净的大颗粒沉淀。同时也会释放出部分包藏在晶体中的杂质，减少杂质的吸附，使沉淀更为纯净。但陈化会有利于后沉淀的形成，应予以注意。

2. 无定形沉淀的沉淀条件

无定形沉淀的溶解度一般很小，沉淀中相对过饱和度较大，很难通过减小溶液的相对过饱和度来改变沉淀的性质。无定形沉淀颗粒微小，比表面大，体积庞大，结构紧密，吸附杂质多，易胶溶，难于过滤和洗涤。所以，无定形沉淀主要是设法破坏胶体，防止胶溶，加速沉淀凝聚。

（1）较浓溶液中进行并不断搅拌　较浓溶液中，得到的沉淀含水量少，体积小，结构较紧密，沉淀易凝聚。但在浓溶液中进行时，杂质的浓度也相应提高，被吸附机会增大，因此在沉淀反应后，应立即加入较大量热水冲稀并充分搅拌，使吸附的部分杂质转入溶液中。

（2）在热溶液中进行　在热溶液中，可使沉淀微粒容易凝聚，减少表面吸附，防止胶体的形成，有利于提高沉淀的纯度。

（3）加入适量电解质　电解质能防止形成胶体溶液，降低水化程度，促使沉淀凝聚。洗涤沉淀用易挥发的电解质，减少电解质进入沉淀中引起重量分析误差，如用铵盐等溶液。

（4）不必陈化　沉淀完全后，趁热立即过滤，不必陈化。无定形沉淀放置后，将逐渐失去水分聚集得更为紧密，已吸附的杂质难以洗涤除去。

（五）重量分析结果的计算

沉淀析出后，所得沉淀经过滤、洗涤、干燥或灼烧处理后，制成符合称量形式要求的沉淀形式，再用分析天平准确称重，最后根据称量形式的质量计算待测组分的含量。分析结果常按百分含量计算。试样中待测组分百分含量按下式计算：

$$待测组分\% = \frac{称量形式的质量 \times 换算因数}{试样的质量} \times 100\%$$

换算因数（或称化学因数），是个常数，用 F 表示。它的意义是：1g 称量形式的沉淀相当于待测组分的克数。

$$F = \frac{a \times 待测组分的摩尔质量}{b \times 称量形式的摩尔质量}$$

式中，a、b 为待测组分和称量形式摩尔质量前乘以适当的系数，使得分子与分母中含待测元素的原子数相等。

第二节　沉　淀　滴　定　法

沉淀滴定法（precipitation titration method）是以沉淀反应为基础的一类滴定分析方法。能生成沉淀的反应很多，但并不是所有的沉淀反应都能用于滴定分析，用于沉淀滴定的反应必须满足下列条件：

（1）生成沉淀的溶解度必须很小（$S \leqslant 10^{-6} \mathrm{g \cdot ml^{-1}}$）。

（2）沉淀反应必须迅速、定量地进行，且具有确定的计量关系。

（3）沉淀的吸附作用不影响滴定结果及终点判断。

（4）有确定滴定终点的简单方法。

目前应用最多的是生成难溶银盐的反应。例如：

$$Ag^+ + X^- \Longrightarrow AgX \downarrow$$
$$Ag^+ + SCN^- \Longrightarrow AgSCN \downarrow$$

利用生成难溶银盐反应的测定方法称为银量法。银量法可以测定 Cl^-、Br^-、I^-、Ag^+、CN^-、SCN^- 等离子的含量。本节主要讨论银量法。

一、银量法

银量法是用 $AgNO_3$ 标准溶液，测定能与 Ag^+ 生成沉淀的物质的含量，滴定反应的通式为：

$$Ag^+ + X^- \Longrightarrow AgX \downarrow$$

其中 X^- 代表 Cl^-、Br^-、I^-、CN^-、SCN^- 等离子。

（一）滴定曲线

沉淀滴定法在滴定过程中，溶液中 Ag^+ 或 X^- 离子浓度变化的情况类似于其他滴定法，可用滴定曲线表示。以 $0.1000\ mol \cdot ml^{-1}$ $AgNO_3$ 溶液滴定 $20.00ml$ $0.1000\ mol \cdot ml^{-1}$ NaCl 溶液为例。

1. 滴定开始前

溶液中氯离子浓度为起始浓度。

$$[Cl^-] = 0.1000\ mol \cdot ml^{-1}$$
$$pCl = -lg1.000 \times 10^{-1} = 1.00$$

2. 滴定至化学计量点前

溶液中氯离子浓度，取决于剩余的氯化钠的浓度。例如，加入 $AgNO_3$ 溶液 $18.00ml$ 时：

$$[Cl^-] = \frac{0.1000 \times 2.00}{20.00 + 18.00} = 5.26 \times 10^{-3} mol \cdot ml^{-1}$$
$$pCl = 2.28$$

$[Ag^+]$ 浓度为：

$$[Ag^+][Cl^-] = K_{sp} = 1.8$$
$$pAg + pCl = -lg K_{sp} = -lg 1.8 \times 10^{-10} = 9.74$$

故：

$$pAg = 9.74 - 2.28 = 7.46$$

同理，当 $AgNO_3$ 溶液 $19.98ml$ 时，溶液中剩余氯离子浓度为：

$$[Cl^-] = 5.0 \times 10^{-5} mol \cdot ml^{-1}$$
$$pCl = 4.30$$
$$pAg = 5.51$$

3. 化学计量点时

溶液是 AgCl 的饱和溶液。

$$p[Ag^+] = p[Cl^-] = 4.91$$

4. 化学计量点后

当滴入 $AgNO_3$ 溶液为 $20.02ml$（$AgNO_3$ 溶液过量了 $0.02ml$）时，溶液中 $[Ag^+]$ 浓度由过量的 $AgNO_3$ 浓度决定：

$$[Ag^+] = 5.0 \times 10^{-5} mol \cdot ml^{-1}$$
$$pCl = 5.51$$
$$pAg = 4.30$$

在接近化学计量点前后，如考虑 AgCl 沉淀溶解而进入溶液的离子浓度，则计算如下：

例如，Ag^+ 过量 $2.0 \times 10^{-5} mol \cdot ml^{-1}$ 时，设溶液中 $[Cl^-] = X$，溶解部分 $[Ag^+] = [Cl^-] = X$

则：

$$[Ag^+] = [Ag^+]_{溶解} + [Ag^+]_{过量} = X + 2.0 \times 10^{-5}$$

$$K_{sp} = X(X + 2.0 \times 10^{-5}) = 1.8 \times 10^{-10}$$

$$X = 6.7 \times 10^{-6} mol \cdot ml^{-1}$$

$$pCl = 5.17$$

$$[Ag^+] = 2.7 \times 10^{-5} mol \cdot ml^{-1}$$

$$pAg = 4.57$$

计算结果略有不同，但变化趋势相同。

以加入滴定剂 $AgNO_3$ 溶液的体积为横坐标，分别以 pAg、pCl 为纵坐标作图可得到两条 S 形的滴定曲线，如图 4-1 所示。

由滴定曲线可知：

（1）pAg 与 pCl 两条曲线以化学计量点为对称。它表示随着滴定的进行，溶液中 Ag^+ 离子浓度增加，而 Cl^- 离子浓度以相同的比例减少；在化学计量点时，两种离子浓度相等即两条曲线在化学计量点相交。

（2）滴定开始时，溶液中 Cl^- 离子浓度较大，滴入 Ag^+ 所引起的 Cl^- 浓度改变不大，曲线比较平坦；当接近化学计量点时，溶液中 Cl^- 浓度已经很小，再滴入少量 Ag^+ 即可使 Cl^- 浓度发生很大变化而产生突跃。

（3）突跃范围的大小，取决于沉淀的溶解度与溶液的浓度。溶液的浓度越大，突跃范围越大；溶液的浓度越小，突跃范围越小。而溶解度越小，反应进行的越完全，突跃范围也越大。例如，对于同类型难溶物 AgX，当 X^- 浓度相同时，突跃范围的大小顺序是 $I^- > Br^- > Cl^-$。如图 4-2 所示。

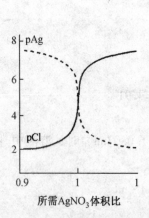

图 4-1　$AgNO_3$ 溶液滴定 NaCl 溶液滴定曲线

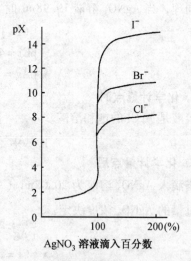

图 4-2　$AgNO_3$ 溶液滴定 Cl^-、Br^-、I^- 离子的滴定曲线

（二）分步滴定

溶液中如果同时含有 Cl^-、Br^- 和 I^- 时，由于 AgI、AgBr 和 AgCl 的溶度积相差较大，

当它们的起始浓度差别不大时，利用分步沉淀原理，用 $AgNO_3$ 溶液连续定，分别测出它们的含量。因为 $K_{sp,AgI} < K_{sp,AgBr} < K_{sp,AgCl}$，AgI 溶度积最小的首先析出，而 AgCl 最后析出，如图 4-2 所示。在滴定曲线上显示三个突跃。

（三）银量法终点指示的方法

银量法按照指示滴定终点的方法不同而分为三种：莫尔（Mohr）法、佛尔哈德（Volhard）法和法扬斯（Fajans）法。

1. 铬酸钾指示剂法——莫尔（Mohr）法

（1）滴定原理　以 K_2CrO_4 作指示剂，在中性或弱碱性溶液中，用 $AgNO_3$ 标准溶液可以直接测定氯化物或溴化物的滴定方法。

以测定氯化物为例。根据分步沉淀的原理，由于 AgCl 的溶解度小于 Ag_2CrO_4 的溶解度，因此在含有 Cl^- 和 CrO_4^{2-} 的溶液中，用 $AgNO_3$ 标准溶液进行滴定，AgCl 首先沉淀出来，当滴定到化学计量点附近时，溶液 Cl^- 浓度越来越小，Ag^+ 浓度增加，直至 $[Ag^+]^2[CrO_4^{2-}] > K_{sp,Ag_2CrO_4}$，立即生成砖红色的 Ag_2CrO_4 沉淀，以此指示滴定终点。滴定反应为：

终点前：

$$Ag^+ + Cl^- \rightleftharpoons AgCl\downarrow（白色）$$

终点时：

$$Ag^+ + CrO_4^{2-} \rightleftharpoons Ag_2CrO_4\downarrow（砖红色）$$

（2）滴定条件

①测定的溶液应在中性或弱碱性（6.5～10.5）范围内进行。酸性太强，CrO_4^{2-} 浓度减小，化学计量点附近不能形成 Ag_2CrO_4 沉淀。CrO_4^{2-} 与 H^+ 反应如下：

$$2CrO_4^{2-} + 2H^+ \rightleftharpoons 2HCrO_4^- \rightleftharpoons Cr_2O_7^{2-} + H_2O$$

碱性过强，会生成 Ag_2O 沉淀，导致 Ag^+ 浓度减小，影响滴定的正常进行。Ag^+ 在碱性溶液中的反应是：

$$2Ag^+ + 2OH^- \rightleftharpoons 2AgOH\downarrow \rightleftharpoons Ag_2O\downarrow + H_2O$$

②K_2CrO_4 指示剂的用量要适当。指示剂用量过少滴定终点滞后，产生正误差；过多则滴定终点提前，产生负误差。

③滴定不能在氨性溶液中进行。因为 AgCl 和 Ag_2CrO_4 都可与 NH_3 生成 $[Ag(NH_3)_2]^+$ 配离子而使沉淀发生溶解。

④消除干扰离子。与 Ag^+ 生成沉淀的阴离子有 PO_4^{3-}、AsO_4^{3-}、SO_3^{2-}、CO_3^{2-}、S^{2-}、CrO_4^{2-} 等，或与 CrO_4^{2-} 生成沉淀的 Ba^{2+}、Pb^{2+} 等阳离子，大量有色离子，如 Cu^{2+}、Co^{2+}、Ni^{2+} 等，以及在中性或弱碱性溶液中易发生水解反应的 Fe^{3+}、Al^{3+} 等均干扰测定，沉淀前必须分离排除。

⑤滴定时应用力振摇。AgCl 沉淀能吸附 Cl^-，AgBr 沉淀能吸附 Br^-。用力振摇可防止沉淀对离子的吸附，也可以使被吸附的 Cl^- 和 Br^- 离子充分释放。AgI 和 AgSCN 具有很强的吸附作用，造成终点提前而产生负误差，影响测定结果。

（3）适用范围

本法主要用于 Cl^- 和 Br^- 和 CN^- 的测定，不适合 I^- 和 SCN^- 的测定。

2. 铁铵矾作指示剂法——佛尔哈德（Volhard）法

铁铵矾作指示剂法是以铁铵矾 $[NH_4Fe(SO_4)_2 \cdot 12H_2O]$ 作指示剂，在酸性介质中，用 KSCN 或 NH_4SCN 为标准滴定液，测定 Ag^+ 的滴定方法。按滴定方法的特点分为直接滴定法和返滴定法（又称剩余回滴法）。

（1）直接滴定法

①滴定原理。在酸性溶液中，以铁铵矾作指示剂，用 KSCN 或 NH_4SCN 为标准滴定液，直接滴定 Ag^+。滴定过程中，先析出 AgSCN 的白色沉淀，到达化学计量点时，微过量的 NH_4SCN 与 Fe^{3+} 生成血红色的 $[FeSCN]^{2+}$，指示滴定终点到达。滴定反应如下：

终点前：

$$Ag^+ + SCN^- \Longrightarrow AgX \downarrow \text{（白色）}$$

终点时：

$$Fe^{3+} + SCN^- \Longrightarrow [FeSCN]^{2+} \downarrow \text{（红色）}$$

②滴定条件。滴定过程中不断有 AgSCN 沉淀形成，AgSCN 沉淀具有强烈的吸附作用，部分 Ag^+ 被吸附其表面上，使终点提前出现，产生负误差。所以在滴定时，必须充分摇动溶液，使被吸附的 Ag^+ 能够及时释放出来。

③适用范围。直接滴定法可测定 Ag^+ 等。

（2）返滴定法

①滴定原理。在含有卤素离子的硝酸溶液中，加入定量过量的 $AgNO_3$ 标准溶液，卤素离子离首先生成银盐沉淀，再加入铁铵矾指示剂，用 NH_4SCN 标准溶液滴定过量的 $AgNO_3$ 到达化学计量点时，微过量的 SCN^- 与 Fe^{3+} 生成红色的 $[FeSCN]^{2+}$，指示滴定终点到达。滴定反应如下：

终点前

$$Ag^+ \text{（过量）} + X^- \Longrightarrow AgX \downarrow$$

$$Ag^+ \text{（剩余）} + SCN^- \Longrightarrow AgSCN \downarrow \text{（白色）}$$

终点时：

$$Fe^{3+} + SCN^- \Longrightarrow [FeSCN]^{2+} \downarrow \text{（红色）}$$

②滴定条件。

a. 滴定应在酸性（硝酸）溶液中进行。一方面可以阻止 Fe^{3+} 的水解进行，同时也可以消除阴离子 PO_4^{3-}、CO_3^{2-}、S^{2-} 等离子对 Ag^+ 的干扰以及阳离子 Ba^{2+}、Pb^{2+} 等离子对 CrO_4^{2-} 的干扰。

b. 测定氯化物时，近于终点应避免用力振摇，以防止沉淀的转化。当滴定到达终点时，溶液中同时存在 AgCl 和 AgSCN 难溶性银盐沉淀，而 AgSCN 的溶解度（1.0×10^{-6} mol·L^{-1}）小于 AgCl 的溶解（1.34×10^{-5} mol·L^{-1}）。若用力振摇，将使 AgCl 沉淀将转化为 AgSCN 沉淀，沉淀转化反应为：

$$AgCl \Longrightarrow Ag^+ + Cl^- （白色）$$
$$+$$
$$[FeSCN]^{2+} \Longrightarrow SCN^- + Fe^{3+}$$
$$\Big\Uparrow$$
$$AgSCN \downarrow （白色）$$

　　沉淀的转化降低了溶液中 SCN^- 的浓度，已生成的 $[FeSCN]^{2+}$ 将发生分解，使红色褪去。在化学计量点时要出现持久的红色，必须继续滴加较多的 NH_4SCN 标准溶液。这样会造成较大的滴定误差。

　　因此，用返滴法测定氯化物时，将生成的 AgCl 沉淀滤出，再用 NH_4SCN 标准溶液滴定滤液；还可以用 NH_4SCN 标准溶液回滴前，向待测 Cl^- 的溶液中加入 $1 \sim 2ml$ 的硝基苯或异戊醇等有机溶剂，并强烈振摇，使硝基苯或异戊醇包裹在 AgCl 的沉淀表面上，减少 AgCl 沉淀与溶液中的 SCN^- 的接触，防止沉淀转化。但在测定 Br^- 或 I^- 时，由于生成的 AgBr 和 AgI 的溶度积小于 AgSCN 的溶度积，不会发生沉淀转化，不必滤去沉淀或加入硝基苯。

　　c. 测定碘化物时，应先加入定量过量的 $AgNO_3$ 标准溶液后，再加入铁铵矾指示剂。否则 Fe^{3+} 氧化 I^- 发生如下反应，影响测定结果的准确度。

$$2Fe^{3+} + 2I^- \Longrightarrow 2Fe^{2+} + I_2$$

　　③适用范围。用于测定 Cl^-、Br^-、I^-、CN^-、SCN^- 等离子。

3. 吸附指示剂法——法扬斯（Fajans）法

　　吸附指示剂法是用 $AgNO_3$ 作标准溶液，吸附指示剂确定滴定终点，用于测定卤化物含量的方法称为吸附指示剂法。

　　（1）原理　吸附指示剂是一类有色的有机化合物。它的阴离子被吸附在胶体微粒表面之后，分子结构发生变形，引起吸附指示剂颜色的变化，可以指示滴定终点。例如，用 $AgNO_3$ 标准溶液滴定 Cl^- 时，用荧光黄（$K_a \approx 10^{-8}$）作指示剂。荧光黄指示剂是一种有机弱酸，用 HFI 表示，它在溶液中解离出黄绿色的 FI^- 离子：

$$HFI \Longrightarrow H^+ + FI^- （黄绿色）$$

　　胶状沉淀 AgCl 具有强烈的吸附作用，能够选择性地吸附溶液中的离子。化学计量点前，溶液中 Cl^- 过量，AgCl 沉淀吸附 Cl^- 带负电，因此荧光黄阴离子在溶液中呈黄绿色。滴定进行到化计量点后，AgCl 沉淀吸附 Ag^+ 带正电荷，此时溶液中 FI^- 被吸附，溶液颜色由黄绿色变为淡红色，指示滴定终点到达。其过程示意如下：

　　终点前

　　　　Cl^- 过量（AgCl）$Cl^- + FI^-$（黄绿色）$\Longrightarrow$（AgCl）$Cl^- | M^+$（黄绿色）

　　终点时

　　　Ag^+ 过量（AgCl）$Ag^+ + FI^-$（黄绿色）$\Longrightarrow$（AgCl）$Ag^+ | FI^-$（淡红色）

　　（2）滴定条件

　　①滴定前应将溶液稀释并加入糊精、淀粉等亲水性高分子化合物。吸附指示剂颜色的变化是发生在沉淀表面。因此，滴定前应将溶液稀释并加入糊精、淀粉等亲水性高分子化合物保护胶体，尽可能使卤化银沉淀呈胶体状态，具有较大的比表面积，使滴定终点变化

明显。同时应避免大量中性盐的存在，以防止胶体的凝聚。

②溶液的 pH 应适当。吸附指示剂大多数为有机弱酸或弱碱，起指示作用的是阴离子。因此，溶液的 pH 应控制在最佳数值，使指示剂呈阴离子状态。即电离常数小的吸附指示剂，溶液的 pH 偏高；电离常数大的吸附指示剂，溶液的 pH 偏低。

③滴定过程要避免强光。卤化银沉淀对光敏感，易分解析出金属银使沉淀变为灰黑色，影响滴定终点的观察。因而滴定过程要避免强光。

④指示剂吸附性能要适中。胶体微粒对指示剂的吸附能力略小于对待测离子的吸附能力，否则指示剂将在化学计量点前变色，滴定终点提前，产生负误差。如果指示剂吸附能力太小，计量点后不能立即变色，又将使颜色变化不敏锐。滴定终点推迟，产生正误差。常用的吸附指示剂见表 4-1。

表 4-1 常用的吸附指示剂

指示剂名称	待测离子	滴定剂	适用的 pH 范围
荧光黄	Cl^-	Ag^+	7~10
二氯荧光黄	Cl^-	Ag^+	4~6
曙红	Br^-、I^-、SCN^-	Ag^+	2~10
甲基紫	SO_4^{2-}	Ba^{2+}	1.5~3.5
	Ag^+	Cl^-	酸性溶液
橙黄素Ⅳ 氨基苯磺酸 } 溴酚蓝	Cl^-、I^- 混合液及生物碱盐类	Ag^+	微酸性
二甲基二碘荧光度	I^-	Ag^+	中性

卤化银对卤素离子和几种吸附指示剂的吸附能力的次序如下：

$$I > 二甲基二碘荧光黄 > Br > 曙红 > Cl > 荧光黄$$

（3）适用范围 用于 Cl^-、Br^-、I^-、SO_4^{2-}、SCN^- 和 Ag^+ 等离子的测定。

（四）基准物质和标准溶液

1. 基准物质

银量法常用的基准物质是市售的一级纯 $AgNO_3$ 或基准 $AgNO_3$ 和 $NaCl$。

2. 标准溶液

银量法常用的标准溶液是硝酸银和硫氰酸钾（或硫氰酸铵）。

（1）硝酸银标准标准溶液 根据要求配制的硝酸银标准溶液的浓度和体积，精密称取一定质量的分析纯硝酸银，溶于水中，稀释至所需体积。再用基准氯化钠标定。硝酸银标准溶液见光易分解，贮于棕色瓶中避光保存，存放一段时间后重新标定。

（2）硫氰酸钾（或硫氰酸铵）标准溶液 以铁铵矾 $[NH_4Fe(SO_4)_2 \cdot 12H_2O]$ 作指示剂，用硝酸银标准溶液对硫氰酸钾（或硫氰酸铵）进行标定。

二、应用和示例

（一）无机卤化物和有机碱氢卤酸盐的测定

无机卤化物以及许多有机碱或生物碱的氢卤酸盐，都可用银量法测定。

例 4 – 1 盐酸甲基苄肼片 $[(CH_3)_2CHNHC\overset{\overset{O}{\|}}{C}$——$CH_2NHNHCH_3]$ · HCl 含

量的测定：盐酸甲基苄肼化学名为 N – 异丙基 – 对（2 – 甲基肼基）– 甲苯酰胺盐酸盐，含量的测定方法用铁铵矾指示剂法。

滴定反应为：

终点前

$$Ag^+ + Cl^- \rightleftharpoons Ag\ Cl$$

终点时

$$Fe^{3+} + SCN^- \rightleftharpoons [FeSCN]^{2+} \downarrow \text{（淡棕红色）}$$

操作步骤：取本品 15 片（50mg/片），除去肠溶衣后，研细，精密称出适量（约相当于盐酸丙卡巴肼 0.25g），加水 50ml 溶解后，加硝酸 3ml，精密加硝酸银滴定液（0.1mol · L^{-1}）20.00ml，再加硝基苯约 3ml，用力振摇后，加硫酸铁铵指示液 2ml，用硫氰酸铵标准溶液（0.1mol · L^{-1}）滴定至淡棕红色即为终点。并将滴定结果用空白实验校正（$C_{12}H_{19}N_3O$ · HCl）。

结果计算如下：

$$标示量（\%）= \frac{平均每片被测成分的实测重量}{每片被测成分的标示重量} \times 100\%$$

$$平均每片被测成分的实测量 = \frac{(C_1V_1 - C_2V_2) \times \dfrac{M}{1000}}{样品重复} \times 平均片重$$

C_1、V_1 分别为硝酸银标准溶液的浓度与体积；C_2、V_2 分别为硫氰酸铵标准溶液的浓度与体积。

（二）有机卤化物的测定

有机卤化物中卤素与分子结合较牢，必须经过适当的处理，使有机卤素转变为卤素离子后，再用银量法测定。有机卤素变成无机卤素离子主要有下面三种方法。

1. NaOH 水解法

常用于脂肪族卤化物或卤素结合在苯环侧链上的有机化合物，它类似于脂肪族卤化物的测定。例如对硝基 – α – 溴代苯乙酮、溴米那、对乙酰氨基苯磺酰氯等，它们的结构是：

溴米那　　　　　对硝基 -α- 溴代苯乙酮　　对乙酰氨基苯磺酰氯

此类化合物上的卤素比较活泼，在碱性溶液中加热水解，有机卤素即以卤素离子形式进入溶液中。反应式如下：

$$R—X + NaOH \longrightarrow R—OH + NaX$$

例 4 - 2 溴米那的测定：取样品约 0.3g，精密称取，置锥形瓶中，加 1mol·L^{-1} NaOH 溶液 40ml 和沸石 2~3 块，瓶上放一小漏斗，微微加热至沸，并维持 20 分钟，用蒸馏水冲洗漏斗，冷却至室温。加入 6 mol·L^{-1} 硝酸溶液 10ml，再准确加入 0.1 mol·L^{-1} AgNO₃ 滴定液 25.00ml，铁铵矾指示液 2ml，用 0.1 mol·L^{-1} NH₄SCN 滴定液滴定至出现淡棕红色，即为终点。

2. 氧瓶燃烧法

结合在苯环或杂环上比较稳定的有机卤素，一般需采用本法先使其转变为无机卤化物后，再进行测定。

方法如下：将样品包在滤纸中，夹在燃烧瓶的铂金丝下部，瓶内加入适当的吸收液（如 NaOH、H₂O₂ 或二者的混合液），然后充入氧气，点燃，待燃烧完全后，充分振摇至瓶内白色烟雾完全被吸收为止。最后用银量法测定含量。

例 4 - 3 二氯酚的测定（5,5′-二氯-2,2′-二羟基二苯甲烷），其反应式如下：

取本品约 20mg，精密称定，用氧瓶燃烧法破坏有机物。以 0.1 mol·L^{-1} NaOH 10ml 和 2ml H₂O₂ 的混合液作为吸收液，待反应完全后，微微煮沸 10 分钟，除去多余的 H₂O₂ 冷却，加 35ml 稀 HNO₃ 和 0.02mol·L^{-1} AgNO₃ 滴定液 25.00ml，至沉淀完全后，过滤，用蒸馏水洗涤沉淀，合并滤液，以铁铵矾溶液作指示剂. 用 0.02mol·L^{-1} NH₄SCN 滴定液滴定。同时做一空白实验消除误差。

3. Na₂CO₃ 熔融法

Na₂CO₃ 熔融法作用原理类似于氧瓶燃烧法。对于结合在苯环或杂环上比较稳定的有机卤素，一般也可采用 Na₂CO₃ 熔融法，使其转变成无机卤化物后再进行测定。

方法如下：将样品与无水碳酸钠置于坩埚中，混合均匀，灼烧至内容物完全灰化，冷却，用水溶解，调成酸性，用银量法测定。

学习指导

一、目的要求

1. 了解重量分析法。
2. 了解挥发法、萃取法、沉淀法。
3. 了解沉淀滴定法对沉淀反应的要求、银量法。
4. 掌握莫尔法、佛尔哈德法和法扬斯法三种滴定法原理、滴定条件及应用范围。
5. 掌握莫尔法、佛尔哈德法和法扬斯法三种滴定法的有关计算。

二、学习要点

（一）重量分析法

1. 重量分析法常见有三种：挥发法、萃取法、沉淀法。

2. 重量分析对沉淀的要求，主要指对沉淀形式的要求和称量形式的要求。

3. 影响沉淀纯度的因素：共沉淀现象、后沉淀现象。

4. 沉淀的形成方式：晶形沉淀和无定形沉淀。

5. 晶形沉淀的沉淀条件：在适当的稀溶液中进行沉淀；在热溶液中进行沉淀；在不断搅拌下缓慢地加入沉淀剂；进行陈化。

6. 无定形沉淀的沉淀条件：较浓溶液中进行并不断搅拌、在热溶液中进行、加入适量电解质、不必陈化。

（二）沉淀滴定法

1. 沉淀滴定的反应必须满足下列条件：

（1）生成沉淀的溶解度必须很小（$S \leqslant 10^{-6} g \cdot ml^{-1}$）。

（2）沉淀反应必须迅速、定量地进行，且具有确定的计量关系。

（3）沉淀的吸附作用不影响滴定结果及终点判断。

（4）有确定滴定终点的简单方法。

2. 银量法的基本原理

银量法是用 $AgNO_3$ 标准溶液，测定能与 $Ag+$ 生成沉淀的物质的含量，滴定反应的通式为：

$$Ag^+ + X^- \rightleftharpoons AgX \downarrow$$

其中 X^- 代表 Cl^-、Br^-、I^-、CN^-、SCN^- 等离子。

3. 银量法终点指示的方法

银量法按照指示滴定终点的方法不同而分莫尔（Mohr）法、佛尔哈德（Volhard）法和法扬斯（Fajans）法。

（1）莫尔法滴定原理　以 K_2CrO_4 作指示剂，在中性或弱碱性溶液中，用 $AgNO_3$ 标准溶液可以直接测定氯化物或溴化物的滴定方法。

适用范围　本法主要用于 Cl^- 和 Br^- 和 CN^- 的测定，不适合 I^- 和 SCN^- 的测定。

（2）佛尔哈德法　以铁铵矾 $[NH_4Fe(SO_4)_2 \cdot 12H_2O]$ 作指示剂，在酸性介质中，用 $KSCN$ 或 NH_4SCN 为标准滴定液，以 Fe^{3+} 为指示剂，测定 Ag^+ 的滴定方法。

适用范围　用于测定 Cl^-、Br^-、I^-、CN^-、SCN^- 等离子。

（3）法扬斯法　用 $AgNO_3$ 作标准溶液，吸附指示剂确定滴定终点，测定卤化物含量的方法称为吸附指示剂法。

适用范围　用于 Cl^-、Br^-、I^-、SO_4^{2-}、SCN^- 和 Ag^+ 等离子的测定。

4. 基准物质和标准溶液

（1）银量法常用的基准物质是市售的一级纯 $AgNO_3$ 或基准 $AgNO_3$ 和 $NaCl$。

（2）标准溶液：常用的标准溶液有硝酸银标准溶液和硫氰酸钾（或硫氰酸铵）标准溶液。

习 题

一、单项选择题

1. 挥发法是利用试样中待测物质的 ( )。

A. 稳定性　　　　B. 溶解性　　　　C. 挥发性　　　　D. 分解性

2. 下列含量中，适用于重量分析法常量组分分析的是 ( )。

A. <1%　　　　B. >1%　　　　C. =1%　　　　D. ≤1%

3. 下列条件中，不符合沉淀滴定形式要求的是 ( )。

A. 沉淀易于过滤　　　　　　　B. 沉淀的溶解度小

C. 允许存在杂质　　　　　　　D. 沉淀易转化为称量形式

4. 下列方法中，在沉淀过程中能降低吸附的是 ( )。

A. 增大沉淀表面积　　　　　　B. 溶液浓度升高

C. 降低溶液温度　　　　　　　D. 洗涤沉淀

5. 无定形沉淀中，破坏胶体形成的方法是 ( )。

A. 稀溶液中进行　　B. 沉淀进行陈化　　C. 加入适量电解质　　D. 常温下反应

6. 下列因素中，不符合沉淀滴定反应要求的是 ( )。

A. 沉淀溶解度很小　　　　　　B. 沉淀不能产生吸附作用

C. 沉淀反应定量　　　　　　　D. 沉淀反应迅速

7. 溶液中同时含有 Cl^-、Br^- 和 I^-，用 $AgNO_3$ 溶液连续定，首先析出沉淀的是 ( )。

A. AgI　　　　B. AgCl　　　　C. AgBr　　　　D. 同时析出

8. 在莫尔法中，如果溶液的碱性过强，则 ( )。

A. CrO 浓度减小　　　　　　B. CrO 浓度增大

C. 生成 Ag_2O 沉淀　　　　　C. 终点不明显

9. 佛尔哈德直接滴定法，滴定时必须充分摇动溶液，否则 ( )。

A. 被吸附 Ag^+ 不能及时释放　　B. 先析出 AgSCN 沉淀

C. 终点推迟　　　　　　　　　D. 反应不发生

10. 下列物质中，被卤化银吸附最强的是 ( )。

A. Cl^-　　　　B. Br^-　　　　C. I^-　　　　D. 荧光黄

二、填空题

1. 重量分析包括了_____和_____两个过程。

2. 沉淀溶解度越_____，则沉淀越_____。

3. 影响沉淀溶解度的因素有_____、_____、_____。

_____和_____。

4. 银量法可以测定_____、_____、_____、_____和_____等离子的含量。

5. 银量法按照指示滴定终点的方法不同而分为_____、_____法和_____。

6. 佛尔哈德（Volhard）法按滴定方法分为_____和_____。

7. 吸附指示剂是一类_____的有机化合物。吸附指示剂法滴定前应将溶液_____并加入_____、_____等_____性高分子化合物。

8. 硝酸银标准溶液见光易分解，应贮于_____瓶中，存放一段时间后需_____。

9. 有机卤素变成无机卤素离子主要有_____、_____、_____三种方法。

10. 重量分析中，为了得到准确的分析结果，要求沉淀_____、_____，且易于_____、_____。

三、判断题

1. 莫尔法能在 pH = 6.5 ~ 10.5 范围内进行测定。（   ）
2. 沉淀形式和称量形式不一定相同。（   ）
3. 沉淀过程中沉淀剂的量越多越好。（   ）
4. 所有的沉淀反应都能用于滴定分析。（   ）
5. 溶液的浓度越大，突跃范围越大。（   ）
6. 莫尔法主要用于 Cl^- 和 Br^- 和 CN^- 的测定。（   ）
7. 法扬斯法滴定过程应避免强光。（   ）
8. 硝酸银标准溶液对光稳定。（   ）
9. 莫尔法所用指示剂是铬酸钾。（   ）
10. 佛尔哈德法在碱性介质中进行。（   ）

四、计算题

1. 取尿样 5.00ml，加入 0.1016 mol·L^{-1} AgNO$_3$ 的溶液 20.00ml，过量的 AgNO$_3$ 消耗 0.1096 mol·L^{-1} NH$_4$SCN 标准溶液 8.60ml，计算 1L 尿液中含 NaCl 多少克？

2. 称取 NaCl 基准试剂 0.1173g，溶解后加入 30.00 ml AgNO$_3$ 标准溶液，过量的 Ag$^+$ 需要 20ml NH$_4$SCN 标准溶液滴定至终点。已知 20.00ml AgNO$_3$ 标准溶液与 21.00ml NH$_4$SCN 标准溶液能完全作用，计算 AgNO$_3$ 和 NH$_4$SCN 溶液的浓度各为多少？

3. 称取含 As 试样 0.5000g，溶解后使其中的 As 处理为 AsO$_4^{3-}$，然后在合适的条件下定量沉淀为 Ag$_3$AsO$_4$。将此沉淀过滤、洗涤、最后溶于酸中，并以 0.1000mol·L^{-1} 的 NH$_4$SCN 标准溶液滴定其中的 Ag$^+$，终点时，消耗 NH$_4$SCN 45.45ml。计算试样中以 As$_2$O$_3$ 表示的含量。（已知 $M_{As} = 74.92g·mol^{-1}$，$M_{As_2O_3} = 197.8g·mol^{-1}$）

4. 称取粗 NaCl 试样 1.300g 加水溶解后，于 250ml 容量瓶中，加水稀释至刻度。吸取该试液 25.00ml，加入 25.00ml 0.1000 mol·L^{-1} AgNO$_3$ 标准溶液，过量的 AgNO$_3$ 用 $V_{NH_2SCN}/V_{AgNO_3} = 1.009$ 的 NH$_4$SCN 溶液进行回滴，需 3.10ml。计算试样中分别以 Cl$^-$ 和 NaCl 表示的含量。

（林 珍）

第五章　氧化还原滴定法

第一节　概　　述

氧化还原滴定法（redox titration）是以氧化还原反应为基础的滴定分析法。它应用广泛，不仅能测定无机物，也能测定有机物；不仅可直接测定具有氧化性或还原性的物质，还可以间接测定本身不具有氧化性或还原性，但能与氧化剂或还原剂定量反应的物质。

一、氧化还原反应的特点

氧化还原反应的特点是：反应机制复杂，经常伴有副反应，而且反应速率一般较慢。有些反应从理论上看是可能进行的，但由于反应速率太慢而认为实际上没有进行。因此，当我们讨论氧化还原反应时，除了从平衡观点判断反应的可能性外，还应该考虑反应机制和反应速率等问题。

二、氧化还原滴定法应具备的条件

并非所有的氧化还原反应都适用于滴定分析，氧化还原滴定法必须具备如下条件：
（1）反应必须能够进行完全。
（2）反应必须按一定的化学计量关系进行。
（3）反应速度要快，不能有副反应。
（4）必须有适当的方法指示化学计量点。

三、氧化还原滴定法的分类

能用于滴定分析的氧化还原反应很多，习惯上根据配制标准溶液所用氧化剂名称的不同，常将氧化还原滴定法分为高锰酸钾法、碘量法、亚硝酸钠法、重铬酸钾法、硫酸铈法、溴酸钾法和碘酸钾法等，本章只介绍碘量法和高锰酸钾法两种。

第二节　氧化还原指示剂

氧化还原滴定法中，常用的指示剂一般有自身指示剂、专属指示剂和氧化还原指示剂等。

一、自身指示剂

在氧化还原滴定中，有的标准溶液或被测物质的溶液本身有颜色，而滴定产物无色或颜色很浅，可用其自身颜色变化以指示终点。这类溶液称为自身指示剂（self indicator）。

例如，在高锰酸钾法中，MnO_4^- 本身呈紫红色，用它滴定无色或浅色还原性物质溶液时，就不必另加指示剂。因为在滴定中，MnO_4^- 被还原为 Mn^{2+}，而 Mn^{2+} 几乎是无色的，所以，当滴定到达化学计量点后，只要 MnO_4^- 稍过量就可使溶液呈粉红色，表示已经到达滴定终点。

二、专属指示剂

有的物质本身不具有氧化还原性，但能与氧化剂或还原剂作用产生特殊的颜色，因而可以指示终点，这类物质称为专属指示剂（exclusive indicator）。例如淀粉本身不具有氧化还原性，当淀粉溶液与碘溶液反应时，生成深蓝色的化合物。而当 I_2 被还原为 I^- 时，深蓝色消失。淀粉溶液就是专属指示剂，在碘量法中常用作指示剂。

三、氧化还原指示剂

有的物质本身具有氧化还原性，它的氧化型和还原型具有不同的颜色，在滴定过程中因其被还原或被氧化而发生结构改变，引起颜色的变化以指示终点。这类物质称为氧化还原指示剂（redox indicator）。几种常见的氧化还原指示剂见表 5-1。

表 5-1　几种常见的氧化还原指示剂

指示剂	φ'_{In}/V（pH = 6）	还原型颜色	氧化型颜色
亚甲蓝	0.36	无色	绿蓝
次亚甲蓝	0.53	无色	蓝色
二苯胺	0.76	无色	紫色
二苯胺磺酸钠	0.84	无色	红紫
邻苯氨基苯磺酸	0.89	无色	红紫
邻二氮菲亚铁	1.06	无色	淡蓝
硝基邻二氮菲亚铁	1.25	无色	淡蓝

说明：

（1）在选择指示剂时，应使指示剂的式量电位尽量与反应的化学计量点时的电位一致，以减少终点误差。

（2）氧化还原指示剂本身具有氧化还原作用，在滴定时也要消耗一定量的标准溶液，当标准溶液的浓度较大时，其影响可忽略不计，但在较精确测定或标准溶液的浓度小于 $0.01mol \cdot L^{-1}$ 时，则需作空白试验以校正指示剂误差。

第三节　碘　量　法

一、概述

碘量法（iodimetry）是利用碘的氧化性和碘离子的还原性进行滴定分析的方法。其基本反应为：

$$I_2 + 2e \Longrightarrow 2I^- \qquad \varphi^\ominus = 0.5355V$$

I_2 在水中的溶解度很小（$0.00133mol \cdot L^{-1}$），通常将 I_2 溶在 KI 溶液中，以增大其溶解度，此时 I_2 在溶液中以 I_3^- 形式存在，滴定时基本反应为：

$$I_3^- + 2e \Longrightarrow 3I^- \qquad \varphi^\ominus = 0.5355V$$

由于两者标准电极电势相差很小，为了简单，习惯上仍以前者表示。

二、碘量法

I_2 是较弱的氧化剂，只能与较强的还原剂作用；而 I^- 是中等强度的还原剂，能与许多氧化剂作用。因此，碘量法可用直接和间接的两种方式进行。

（一）直接碘量法

直接碘量法又称碘滴定法，它是用 I_2 标准溶液直接滴定电极电势比 $\varphi^\ominus_{I_2/I^-}$ 低的还原性物质如维生素 C、As_2O_3、Sn^{2+}、Sb^{3+}、SO_3^{2-} 等。

1. 基本反应

$$I_2 + 2e \Longrightarrow 2I^-$$

2. 酸碱度

直接碘量法应在酸性、中性或弱碱性条件下进行。如果溶液的 pH > 9，则会发生如下的副反应：

$$3I_2 + 6OH^- \Longrightarrow 5I^- + IO_3^- + 3H_2O$$

3. 指示剂

直接碘量法常用淀粉溶液为指示剂，在滴定前加入，终点颜色为蓝色。

4. 应用实例——维生素 C 含量测定

维生素 C 又称为抗坏血酸，分子式为 $C_6H_8O_6$，分子量为 176.12，属于水溶性维生素，在医药上和化学上应用十分广泛。

维生素 C 具有较强的还原性（$\varphi^\ominus_{C_6H_6O_6/C_6H_8O_6} = 0.18V$），维生素 C 分子中的烯二醇基被 I_2 氧化成二酮，反应如下：

反应是等物质的量定量反应。用直接碘量法可测定某些药片、注射液以及水果中维生素 C 的含量。

例 5-1 称取维生素 C 0.2210g，加入 100ml 新煮沸过的冷蒸馏水和 10ml 稀 HAc 的混合液使之溶解，加淀粉指示剂 1ml，立即用 $0.05000mol \cdot L^{-1}$ I_2 标准溶液滴定至溶液显持续蓝色，消耗 23. 26ml。计算维生素 C 的百分含量。

解：

因为：$I_2 \sim$ 维生素 C（物质的量比 1:1）

所以：

$$维生素\ C\% = \frac{(cV)_{I_2} \times M_{维生素C} \times 10^{-3}}{m_s} \times 100\%$$

$$= \frac{0.05000 \times 23.26 \times 176.12 \times 10^{-3}}{0.2210} \times 100\%$$

$$= 92.68\%$$

（二）间接碘量法

间接碘量法又称滴定碘法，它是利用 I^- 作为还原剂，在一定的条件下与电极电势比 $\varphi^{\ominus}_{I_2/I^-}$ 高的氧化性物质（如漂白粉、葡萄糖酸锑钠等）作用，定量析出 I_2，然后用 $Na_2S_2O_3$ 标准溶液滴定置换出的 I_2（置换滴定法）；它也可以用过量的 I_2 标准溶液与电极电势比 $\varphi^{\ominus}_{I_2/I^-}$ 低的还原性物质（如焦亚硫酸钠、葡萄糖、咖啡因等），再用 $Na_2S_2O_3$ 标准溶液返滴定剩余的 I_2（返滴定法），从而间接地测定氧化性物质的含量。

1. 基本反应

$$2I^- - 2e \Longrightarrow I_2$$

$$I_2 + 2S_2O_3^{2-} \Longrightarrow 2I^- + S_4O_6^{2-}$$

2. 酸碱度

间接碘量法必须在中性或弱酸性条件下进行。因为在碱性溶液中，I_2 与 $Na_2S_2O_3$ 会发生下列副反应：

$$S_2O_3^{2-} + 4I_2 + 10OH^- \Longrightarrow 2SO_4^{2-} + 8I^- + 5H_2O$$

若在强酸性溶液中，$Na_2S_2O_3$ 容易发生分解：

$$S_2O_3^{2-} + 2H^+ \Longrightarrow S\downarrow + SO_2\uparrow + H_2O$$

同时，I^- 在酸性溶液中容易被空气中的 O_2 氧化：

$$4I^- + 4H^+ + O_2 \Longrightarrow 2I_2 + 2H_2O$$

3. 指示剂

间接碘量法同样使用淀粉溶液为指示剂，但应在临近终点时（溶液呈浅黄色）才加入，以免较多的 I_2 被淀粉吸附，终点推迟，导致结果偏低。另一方面，淀粉指示剂应新鲜配制使用，若放置时间过久，则与 I_2 形成加合物呈紫色或红色，在用 $Na_2S_2O_3$ 标准溶液滴定时褪色较慢，终点不敏锐。

4. 应用实例

（1）置换滴定法——漂白粉中有效氯的测定

漂白粉在酸性条件下能定量地将 KI 氧化成 I_2，再用 $Na_2S_2O_3$ 标准溶液滴定生成的 I_2，可间接测定漂白粉中有效氯的含量。有关反应如下：

$$Cl\vdots Ca\vdots OCl + 2H^+ \Longrightarrow Ca^{2+} + HClO + HCl$$

$$HClO + HCl \Longrightarrow Cl_2 + H_2$$

$$Cl_2 + 2KI \rightleftharpoons I_2 + 2KCl$$

$$I_2 + 2S_2O_3^{2-} \rightleftharpoons 2I^- + S_4O_6^{2-}$$

可见计量关系为：

$$ClCaOCl \sim HClO \sim Cl_2 \sim I_2 \sim 2S_2O_3^{2-}$$

例5-2 称取漂白粉2.1104g，加入过量的KI，然后用$1mol \cdot L^{-1}$ H_2SO_4酸化。析出的I_2立即用$0.1189mol \cdot L^{-1}$ $Na_2S_2O_3$标准溶液滴定至终点，消耗22.78ml，计算漂白粉中有效氯的含量。

解：

因为：$ClCaOCl \sim 2S_2O_3^{2-}$

所以：

$$
\begin{aligned}
Cl\% &= \frac{1}{2} \times \frac{(cV)_{Na_2S_2O_3} \times M_{Cl^-} \times 10^{-3}}{m_s} \times 100\% \\
&= \frac{1}{2} \times \frac{0.1189 \times 22.78 \times 35.45 \times 10^{-3}}{2.1104} \times 100\% \\
&= 2.27\%
\end{aligned}
$$

（2）返滴定法——焦亚硫酸钠的含量测定

焦亚硫酸钠（分子式为$Na_2S_2O_5$，分子量为190.12）具有较强的还原性，常作药品制剂的抗氧剂，可用返滴定法测定其含量。滴定反应如下：

$$Na_2S_2O_5 + 2I_2（过量、定量）+ 3H_2O \rightleftharpoons Na_2SO_4 + H_2SO_4 + 4HI$$

$$I_2（过量）+ 2Na_2S_2O_3 \rightleftharpoons Na_2S_4O_6 + 2NaI$$

可见计量关系为：

$$Na_2S_2O_5 \sim 2I_2 \sim 4I^- \sim 4Na_2S_2O_3$$

应用返滴定法时，一般都在条件相同的情况下做一空白试验，既可免除一些仪器误差，又可从空白滴定与回滴定两者之间体积的差值求出被测物质的含量，而无需知道I_2液的浓度。

例5-3 称取焦亚硫酸钠样品0.2632g，加入过量的I_2液，然后用$0.1202mol \cdot L^{-1}$ $Na_2S_2O_3$标准溶液返滴定剩余的I_2液，消耗5.12ml，最后作空白试验，消耗$Na_2S_2O_3$标准溶液23.83ml。计算焦亚硫酸钠的百分含量。

解：

因为：$Na_2S_2O_5 \sim 4Na_2S_2O_3$

所以：

$$
\begin{aligned}
Na_2S_2O_5\% &= \frac{1}{4} \times \frac{[c(V_空 - V_回)]_{Na_2S_2O_3} \times M_{Na_2S_2O_5} \times 10^{-3}}{m_S} \times 100\% \\
&= \frac{1}{4} \times \frac{0.1202 \times (23.83 - 5.12) \times 190.12}{0.1083} \times 100\% \\
&= 98.70\%
\end{aligned}
$$

三、标准溶液

碘量法中常用I_2和$Na_2S_2O_3$两种标准溶液。

（一）I_2 溶液的配制和标定

用升华法制得的纯碘，可以直接配制成标准溶液。但由于 I_2 易挥发且具有腐蚀性，所以一般先配制成近似浓度的溶液，然后再进行标定。

1．配制

将一定量的 I_2 和 KI 置于研钵中或烧杯中，加入少量的水研磨或搅拌使之全部溶解，转移至棕色瓶中，加入足量的水，摇匀，放在暗处保存。

2．标定

I_2 溶液一般用基准物质 As_2O_3（$M_{As_2O_3} = 197.84$）进行标定。As_2O_3 难溶于水，易溶于碱溶液中：

$$As_2O_3 + 6OH^- \Longrightarrow 2AsO_3^{3-} + 3H_2O$$

然后用 HCl 或 H_2SO_4 溶液中和过量的碱，再加入 $NaHCO_3$ 溶液，使溶液的 pH 在 8 左右，然后用 I_2 溶液滴定。反应式如下：

$$AsO_3^{3-} + I_2 + H_2O \Longrightarrow AsO_4^{3-} + 2I^- + 2H^+$$

可见计量关系为：

$$As_2O_3 \sim 2AsO_3^{3-} \sim 2I_2$$

即：

$$As_2O_3 \sim 2I_2$$

所以：

$$c_{I_2} = 2 \times \frac{m_{As_2O_3} \times 10^3}{M_{As_2O_3} V_{I_2}}$$

（二）$Na_2S_2O_3$ 溶液的配制和标定

硫代硫酸钠（$Na_2S_2O_3 \cdot 5H_2O$）易风化潮解，且含少量的 S^{2-}、S、SO_3^{2-} 等杂质，所以不能直接配制成准确浓度的溶液，只能先配制成近似浓度的溶液，然后再进行标定。

1．配制

配好的 $Na_2S_2O_3$ 溶液不稳定，浓度容易发生改变。这是因为：①被细菌分解；②被空气氧化；③与溶解在水中的 CO_2 作用；④水中微量的 Cu^{2+} 或 Fe^{3+} 也能促使 $Na_2S_2O_3$ 分解。因此，配制 $Na_2S_2O_3$ 溶液时，需要用新煮沸并冷却的蒸馏水，以杀死细菌和除去水中的 CO_2。为防止 $Na_2S_2O_3$ 分解，还要加入少量的 Na_2CO_3 使溶液呈碱性（pH = 9～10），并保存在棕色瓶中，置于暗处，经 10 天左右，待溶液稳定，再进行标定。长时间保存的溶液，使用前应重新标定。若发现溶液变混浊，应过滤后再标定，或弃去另配。

2．标定

通常用 $K_2Cr_2O_7$、$KBrO_3$、KIO_3 等基准物质用置换滴定法标定 $Na_2S_2O_3$ 溶液的浓度。操作如下：

称取一定量的基准物质，加适量的水溶解，加过量的 KI 和少量的 HCl，使溶液呈弱酸性，用 $Na_2S_2O_3$ 溶液滴定至近终点时，加入淀粉指示剂，继续滴定至终点。

用 $K_2Cr_2O_7$ 标定 $Na_2S_2O_3$ 溶液的有关反应如下：

$$Cr_2O_7^{2-} + 6I^- + 14H^+ \Longrightarrow 2Cr^{3+} + 3I_2 + 7H_2O$$

$$2S_2O_3^{2-} + I_2 === S_4O_6^{2-} + 2I^-$$

可见计量关系为：

$$Cr_2O_7^{2-} \sim 3I_2 \sim 6S_2O_3^{2-}$$

即：

$$Cr_2O_7^{2-} \sim 6S_2O_3^{2-}$$

所以：

$$c_{Na_2S_2O_3} = 6 \times \frac{m_{K_2Cr_2O_7} \times 10^3}{M_{K_2Cr_2O_7} V_{Na_2S_2O_3}}$$

第四节　高锰酸钾法

一、概述

高锰酸钾法（permanganate titration）是利用高锰酸钾作氧化剂进行滴定的分析方法。高锰酸钾的氧化能力，与溶液的酸度有关，高锰酸钾法通常在强酸性溶液中进行，其半反应如下：

$$MnO_4^- + 8H^+ + 5e === Mn^{2+} + 4H_2O \qquad \varphi_{MnO_4^-/Mn^{2+}}^{\ominus} = 1.51V$$

溶液的酸度对滴定有很大的影响：酸度过高，$KMnO_4$ 会分解；酸度过低，不但反应速度较慢，还会产生 MnO_2 沉淀。一般使用硫酸调节酸度而不能用盐酸和硝酸，因为盐酸具有还原性，而硝酸则具有氧化性，都会影响滴定结果。

在高锰酸钾法中，通常用 $KMnO_4$ 作自身指示剂，如果浓度较低（$< 0.002mol \cdot L^{-1}$）时，也可选用氧化还原指示剂。

根据被测物质的性质，应用高锰酸钾法时，可采取不同的滴定方式：

1. 直接滴定法

许多还原性物质，如 Fe^{2+}、As^{3+}、Sb^{3+}、H_2O_2、$C_2O_4^{2-}$ 等，可用 $KMnO_4$ 标准溶液直接滴定。

2. 返滴定法

有些氧化性的物质（如 MnO_2、PbO_2、CrO_4^{2-}、ClO_3^- 等），不能用 $KMnO_4$ 标准溶液直接滴定，则可使用返滴定法进行滴定。例如测定 MnO_2 的含量时，可在酸性溶液中，先加入定量过量的 $Na_2C_2O_4$ 标准溶液，待 MnO_2 与 $Na_2C_2O_4$ 作用完毕后，再用 $KMnO_4$ 标准溶液返滴剩余的 $Na_2C_2O_4$。

3. 间接滴定法

某些非氧化性还原性的物质，不能用 $KMnO_4$ 标准溶液直接滴定或返滴，可以使用间接滴定法进行。例如测定 Ca^{2+} 时，首先将 Ca^{2+} 成为 CaC_2O_4 沉淀，然后用稀 H_2SO_4 使沉淀溶解，再用 $KMnO_4$ 标准溶液滴定溶液中的 $C_2O_4^{2-}$，间接求得 Ca^{2+} 的含量。

二、标准溶液

在高锰酸钾法中，标准溶液是 $KMnO_4$ 溶液。

（一）$KMnO_4$ 溶液的配制

$KMnO_4$ 试剂中常含有少量 MnO_2 和其他杂质，配制溶液所用的蒸馏水也常含有微量的还原性物质。它们的存在会影响 $KMnO_4$ 溶液的浓度，因此不能用直接法配制标准溶液。通常先配制成近似浓度的溶液，然后进行标定。

$KMnO_4$ 溶液的配制一般按以下程序进行：

（1）称取稍多于理论量的 $KMnO_4$，加入一定量的蒸馏水并搅拌使之溶解。

（2）将配制好的 $KMnO_4$ 溶液加热至沸，然后放置 $2 \sim 3$ 天，使溶液中可能存在的还原性物质完全氧化。

（3）用垂熔玻璃漏斗过滤除去 MnO_2 沉淀。

（4）将过滤后的 $KMnO_4$ 溶液贮存于棕色试剂瓶中，并放在阴暗处，以待标定。

（二）$KMnO_4$ 溶液的标定

常用来标定 $KMnO_4$ 溶液的基准物质有：$Na_2C_2O_4$、$H_2C_2O_4 \cdot 2H_2O$、$(NH_4)_2Fe(SO_4)_2 \cdot H_2O$、$As_2O_3$ 和纯铁丝等。其中以 $Na_2C_2O_4$ 因其性质稳定，不含结晶水，容易提纯而最常用。

在 H_2SO_4 溶液中，$KMnO_4$ 与 $Na_2C_2O_4$ 的反应如下：

$$2MnO_4^- + 5C_2O_4^{2-} + 16H^+ =\!=\!= 2Mn^{2+} + 10CO_2 + 8H_2O$$

可见计量关系为：

$$2MnO_4^- \sim 5C_2O_4^{2-}$$

$$c_{KMnO_4} = \frac{2}{5} \times \frac{m_{Na_2C_2O_4} \times 10^3}{M_{Na_2C_2O_4} V_{KMnO_4}}$$

标定要求如下：

1. 温度

滴定时要将溶液加热至 $75 \sim 85℃$（锥形瓶口冒烟）。温度过低，反应速度慢；温度过高（$>90℃$），则 $Na_2C_2O_4$ 分解。

2. 酸度

滴定开始时最宜的酸度约为 $1mol \cdot L^{-1}$。

3. 滴定速度

开始时速度要慢，随着反应物 Mn^{2+}（催化剂）的不断生成，催化作用也就不断增大，滴定速度可随之适当加快。

4. 滴定终点

溶液呈粉红色为滴定终点。因为空气中的还原性气体和灰尘都能与 MnO_4^- 缓慢作用，使 MnO_4^- 还原，溶液的粉红色逐渐消失。所以，终点颜色要在 30 秒至 1 分钟内不褪，才可以认为到达滴定终点。

三、应用和示例

（一）双氧水中 H_2O_2 含量的测定——直接滴定法

H_2O_2 的水溶液俗称双氧水。市售的双氧水有两种规格：一种含 H_2O_2 3%，另一种含

H_2O_2 30%（需稀释后方可测定）。用 $KMnO_4$ 溶液滴定 H_2O_2 溶液时，开始反应速度较慢，因此滴定速度也要慢些，随着催化剂 Mn^{2+} 的不断生成，滴定速度可相应加快，但接近终点时，由于溶液中 H_2O_2 的浓度很低，反应速度比较慢，所以此时滴定速度应慢些。

滴定反应如下：

$$2KMnO_4 + 5\,H_2O_2 + 3H_2SO_4 =\!=\!= 2MnSO_4 + K_2SO_4 + 5O_2 + 8H_2O$$

例 5-6　精密吸取双氧水 1.00ml，加入一定量的水和稀硫酸，用 $0.02012mol \cdot L^{-1}$ $KMnO_4$ 标准溶液滴定至终点，消耗 17.42ml。计算双氧水中 H_2O_2 的百分含量。

解：

因为：$2\ KMnO_4 \sim 5\ H_2O_2$

所以：

$$\begin{aligned}
H_2O_2\% &= \frac{5}{2} \times \frac{(cV)_{KMnO_4} \times M_{H_2O_2} \times 10^{-3}}{V_{H_2O_2}} \times 100\% \\
&= \frac{5}{2} \times \frac{0.02012 \times 17.42 \times 34.02 \times 10^{-3}}{1.00} \times 100\% \\
&= 2.98\%
\end{aligned}$$

（二）软锰矿中 MnO_2 含量的测定——返滴定法

软锰矿中主要成分是 MnO_2。MnO_2 与 $C_2O_4^{2-}$ 反应是测定 MnO_2 的基础。

测定时，先在被测试样中加入过量定量的 $Na_2C_2O_4$（或 $H_2C_2O_4 \cdot 2\,H_2O$），并加入一定量的 H_2SO_4，加热，待反应完全后，用 $KMnO_4$ 标准溶液返滴定剩余的 $Na_2C_2O_4$。

有关反应如下：

$$MnO_2 + C_2O_4^{2-} + 4H^+ =\!=\!= Mn^{2+} + 2CO_2 \uparrow + 2H_2O$$
$$2MnO_4^- + 5C_2O_4^{2-} + 16H^+ =\!=\!= 2Mn^{2+} + 10CO_2 \uparrow + 8H_2O$$

可见计量关系为：

$$2MnO_4^- \sim 5C_2O_4^{2-} \sim 5MnO_2$$

例 5-7　称取 MnO_2 试样 0.1856g，加入 0.3579g $Na_2C_2O_4$，并加入一定量的 H_2SO_4，加热，待反应完全后，用 $0.02033mol \cdot L^{-1}$ $KMnO_4$ 标准溶液返滴定剩余的 $Na_2C_2O_4$，消耗 20.92ml。计算试样中 MnO_2 的百分含量。

解：

因为：$2\ MnO_4^- \sim 5\ C_2O_4^{2-}$

　　　　$MnO_2 \sim C_2O_4^{2-}$

所以：

$$\begin{aligned}
MnO_2\% &= \frac{\left[\dfrac{m_{Na_2C_2O_4}}{M_{Na_2C_2O_4}} - \dfrac{5}{2}\,(cV)_{KMnO_4} \times 10^{-3} \right] \times M_{MnO_2}}{m_s} \times 100\% \\
&= \frac{\left[\dfrac{0.3579}{134.00} - \dfrac{5}{2}\,(0.02033 \times 20.92 \times 10^{-3}) \right] \times 86.94}{0.1856} \times 100\% \\
&= 75.32\%
\end{aligned}$$

（三）血液中钙的含量测定——间接滴定法

测定血液中钙的含量时，常将钙以 CaC_2O_4 形式完全沉淀，过滤洗涤，加 H_2SO_4 溶解，然后用 $KMnO_4$ 标准溶液滴定。

有关反应如下：

$$Ca^{2+} + C_2O_4^{2-} = CaC_2O_4 \downarrow$$

$$CaC_2O_4 + H_2SO_4 = CaSO_4 + H_2C_2O_4$$

$$5C_2O_4^{2-} + 2MnO_4^- + 16H^+ = Mn^{2+} + 10CO_2 + 8H_2O$$

可见计量关系为：

$$5Ca^{2+} \sim 5CaC_2O_4 \sim 5C_2O_4^{2-} \sim 2MnO_4^-$$

例 5-8　吸取血液试样 2.00ml，稀释至 50.00ml，取此溶液 20.00ml，加入足量的 $H_2C_2O_4$ 溶液，所得沉淀用 H_2SO_4 溶解，再用 0.001998mol·L^{-1} $KMnO_4$ 标准溶液滴定至终点，消耗 2.42ml。计算血液中钙的含量。

解：

因为 $5Ca^{2+} \sim 2 MnO_4^-$

所以：

$$Ca^{2+}\% = \frac{5}{2} \times \frac{(cV)_{KMnO_4} \times M_{Ca^{2+}} \times 10^{-3}}{V_s} \times 10)\%$$

$$= \frac{5}{2} \times \frac{0.001998 \times 2.42 \times 40.08 \times 10^{-3}}{2.00 \times \frac{20.00}{50.00}} \times 100\%$$

$$= 0.06\%$$

学 习 指 导

一、目的要求

1. 了解氧化还原反应的特点。

2. 了解氧化还原滴定法的分类。

3. 了解氧化还原滴定法应具备的条件。

4. 了解氧化还原指示剂的类型。

5. 掌握碘量法和高锰酸钾法的特点、反应条件和应用。

6. 掌握碘量法和高锰酸钾法有关计算。

二、学习要点

1. 氧化还原滴定法应具备的条件是：反应必须能够进行完全，反应必须按一定的化学计量关系进行，反应速度要快，不能有副反应，必须有适当的方法指示化学计量点。

2. 常用的氧化还原滴定法有碘量法和高锰酸钾法等。根据被测物质性质的不同，它们又可分为直接滴定法、间接滴定法和返滴定法。归纳如下：

名称	标准溶液	酸度	基本反应式
高锰酸钾法	$KMnO_4$ 溶液	H_2SO_4	$MnO_4^- + 8H^+ + 5e \rightleftharpoons Mn^{2+} + 4H_2O$
直接碘量法	I_2 溶液	酸性，中性，弱酸性	$I_2 + 2e \rightleftharpoons 2I^-$
间接碘量法	$Na_2S_2O_3$ 溶液	中性，弱酸性	$2I^- - 2e \rightleftharpoons I_2$
			$I_2 + 2S_2O_3^{2-} \rightleftharpoons 2I^- + S_4O_6^{2-}$

3. 碘量法中常用的标准溶液是 I_2 液和 NaS_2O_3 溶液；高锰酸钾法中常用的标准溶液是 $KMnO_4$ 溶液。它们都用间接法配制，再用基准物质标定。标定 I_2 液最常用的基准物质是 As_2O_3；标定 $Na_2S_2O_3$ 溶液最常用的基准物质是 $K_2Cr_2O_7$；标定 $KMnO_4$ 溶液最常用的基准物质是 $Na_2C_2O_4$。

标定 I_2 液浓度的计算公式为：

$$c_{I_2} = 2 \times \frac{m_{As_2O_3} \times 10^3}{M_{As_2O_3} V_{I_2}}$$

标定 NaS_2O_3 溶液浓度的计算公式为：

$$c_{Na_2S_2O_3} = 6 \times \frac{m_{K_2Cr_2O_7} \times 10^3}{M_{K_2CrO_7} V_{Na_2S_2O_3}}$$

标定 $KMnO_4$ 溶液浓度的计算公式为：

$$c_{KMnO_4} = \frac{2}{5} \times \frac{m_{Na_2C_2O_4} \times 10_3}{M_{Na_2C_2O_4} V_{KMnO_4}}$$

4. 氧化还原滴定分析结果的计算，主要依据氧化还原反应式有关物质的计量关系，计算时，同样遵循第三章所介绍的规律，即：不管是计算浓度还是含量，被测物质在计量关系中的系数就是换算因素中的分子。

习 题

一、单项选择题

1. 间接碘量法中，应选择的指示剂和加入时间是（　　）。

A. I_2 液（滴定开始前）　　　　　B. I_2 液（近终点时）

C. 淀粉溶液（滴定开始前）　　　　D. 淀粉溶液（近终点时）

2. 用 $Na_2C_2O_4$ 标定 $KMnO_4$ 溶液浓度时，指示剂是（　　）。

A. $Na_2C_2O_4$ 溶液　　　B. $KMnO_4$ 溶液　　　C. I_2 液　　　D. 淀粉溶液

3. 在高锰酸钾法中，调节酸度使用的酸是（　　）。

A. HCl　　　　　　B. H_2SO_4　　　　　C. NH_3　　　　D. $HClO_4$

4. 用 $K_2Cr_2O_7$ 标定 $Na_2S_2O_3$ 溶液的浓度，滴定方式采用（　　）。

A. 直接滴定法　　　B. 间接滴定法　　　C. 返滴定法　　　D. 永停滴定法

5. 下列物质中，不能直接配制成标准溶液的是（　　）。

A. 重铬酸钾　　　　B. 碘酸钾　　　　C. 草酸钠　　　D. 硫代硫酸钠

6. 下列物质中，可用来标定 I_2 溶液浓度的是（　　）。

A. $Na_2C_2O_4$ 　　　　　B. $K_2Cr_2O_7$ 　　　　C. As_2O_3 　　　　D. $KMnO_4$

二、填空题

1. 氧化还原滴定法应具备的条件是：＿＿＿＿＿＿＿＿，＿＿＿＿＿＿＿＿，＿＿＿＿＿＿＿＿，＿＿＿＿＿＿＿＿。

2. 在氧化还原滴定法中，指示剂一般分为＿＿＿＿＿指示剂、＿＿＿＿＿指示剂和＿＿＿＿＿指示剂三类。

三、判断题

1. 碘液不能置于橡皮塞的玻璃瓶中。（　　）
2. 高锰酸钾法调节酸度不能使用硝酸。（　　）
3. 标定高锰酸钾溶液，一般在室温条件下进行。
4. 硫代硫酸钠溶液配制好后，应立即标定。（　　）
5. 高锰酸钾法滴定时不能使用碱式滴定管。（　　）

四、计算题

1. 用 $K_2Cr_2O_7$ 标定 $Na_2S_2O_3$ 溶液。称取 $K_2Cr_2O_7$ 1.1895g，溶解后转入 250ml 容量瓶中，稀释至刻度，移取 25.00ml，在酸性溶液中加入过量的 KI，析出的 I_2 立即用 $Na_2S_2O_3$ 溶液滴定至终点，消耗 23.98ml。计算 $Na_2S_2O_3$ 溶液的浓度（$M_{K_2Cr_2O_7} = 294.20$）。

2. 称取基准物质 $Na_2C_2O_4$ 0.2372g，加水溶解并加浓硫酸使溶液呈酸性。用 $KMnO_4$ 溶液滴定至终点，消耗 35.22ml。计算 $KMnO_4$ 溶液的浓度（$M_{Na_2C_2O_4} = 134.00$）。

3. 称取双氧水 1.0208g，置于盛有 100ml 稀硫酸的锥形瓶中，用 0.02002mol·L^{-1} $KMnO_4$ 溶液滴定，消耗 17.82ml。计算双氧水中 H_2O_2 的百分含量（$M_{H_2O_2} = 34.02$）。

4. 称取基准物质 As_2O_3 0.2468g，用 NaOH 溶液溶解后酸化，再用 $KMnO_4$ 溶液滴定，消耗 40.36ml。计算 $KMnO_4$ 溶液的浓度（已知 4 $MnO_4^- \sim 10AsO_4^{3-} \sim 5As_2O_3$，$M_{As_2O_3} = 197.84$）。

（伍伟杰）

第六章　电化学分析法

第一节　电位法的基本原理

电位法（potentiometry）是电化学分析方法之一，是通过测量原电池的电动势来测定溶液中待测组分含量的分析方法。分为直接电位法和电位滴定法：直接电位法是通过测量电池电动势来确定被测离子浓度或活度的方法；电位滴定法是通过测量滴定过程中电池电动势的变化来确定滴定终点的滴定方法。

一、化学电池

化学电池是化学能与电能互相转换的装置。一般由两个电极插入适当的电解质溶液中组成。能将化学能转变成电能的装置称为原电池（galvanic cell）；而能将电能转变为化学能的装置称为电解池（electrolytic cell）。

以丹尼尔电池为例，见图 6 - 1。它是将一块铜片插入硫酸铜溶液中，将一块锌片插入硫酸锌溶液中，硫酸铜溶液和硫酸锌溶液之间用充满饱和氯化钾溶液的 U 型管（盐桥）连接起来。铜极和锌极用导线接通构成回路，并串联一检流计，则检流计指针发生偏转，回路中有电流通过。原电池锌电极发生氧化反应：

$$Zn \Longrightarrow Zn^{2+} + 2e$$

锌电极给出的电子通过外电路（导线）流向铜极，在铜电极上发生了还原反应：

$$Cu^{2+} + 2e \Longrightarrow Cu$$

整个原电池的电动势为：

$$E = \varphi_+ - \varphi_-$$

在电化学中规定，凡是半反应为氧化反应的电极叫做阳极，凡是半反应为还原反应的电极叫做阴极，这一规定既适用于原电池，也适用于电解池。必须注意的是：在外电路中，电子流出的电极为负极，而电子流入的电极为正极。由于电流方向与电子流动方向相反，所以电流是从正极流向负极。对于原电池来说，阳极为负极，而阴极为正极；对于电解池，则阳极为正极，阴极为负极。

在图 6 - 1 所示的丹尼尔电池的外电路中加一电源，使电源的正极接在铜极上，负极接在锌极上，如果电源电动势大于原电池电动势，则两电极上的半反应为：

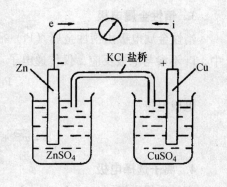

图 6 - 1　丹尼尔电池

$$锌极 \quad Zn^{2+} + 2e \Longrightarrow Zn \text{（负极）}$$
$$铜极 \quad Cu \Longrightarrow Cu^{2+} + 2e \text{（正极）}$$

此时，铜极是阳极，锌极是阴极。在外电源作用下，将电能转化为化学能，故这时的丹尼尔电池是电解池。

二、指示电极和参比电极

电位法中化学电池一般由两个电极组成：指示电极（indicator electrode）和参比电极（reference electrode）。其中，参比电极的电位值与被测物质的浓度或活度无关，电位已知且稳定，用作测量电位的参考电极。而指示电极的电位值随待测离子的浓度（或活度）变化而变化。

（一）指示电极

常用的指示电极有以下几类：

1. 金属－金属离子电极

金属－金属离子电极由金属插入该金属离子溶液中组成，简称金属电极。例：将银丝插入 Ag^+ 溶液中，电极反应：

$$Ag^+ + e \Longrightarrow Ag$$

电极电位：

$$\varphi = \varphi^{\ominus} + 0.059 \lg \alpha_{Ag^+} \quad （25℃）$$

2. 金属－金属难溶盐电极

金属－金属难溶盐电极由涂有金属难溶盐的金属插入该难溶盐的阴离子溶液中组成。例：Ag－AgCl 电极，是把涂有 AgCl 的 Ag 丝插入 Cl^- 溶液中组成。电极反应为：

$$AgCl + e \Longrightarrow Ag + Cl^-$$

电极电位：

$$\varphi = \varphi^{\ominus} - 0.059 \lg \alpha_{Cl^-} \quad （25℃）$$

3. 惰性金属电极

惰性金属电极由惰性金属（Pt）插入含有氧化型和还原型电对的溶液中组成。在溶液中，Pt 不参与电极反应，仅传递电子。例：把铂丝插入 Fe^{3+}、Fe^{2+} 溶液中，电极反应为：

$$Fe^{3+} + e \Longrightarrow Fe^{2+}$$

电极电位：

$$\varphi = \varphi^{\ominus} + 0.59 \lg \frac{\alpha_{Fe^{3+}}}{\alpha_{Fe^{2+}}} \quad （25℃）$$

4. 离子选择电极

离子选择电极（ion selective electrode）又称为膜电极，是一种利用选择性电极膜对溶液中特定离子产生选择性响应，从而指示离子浓度或活度的电极。各种离子选择性电极和 pH 玻璃电极都属此类。

（二）参比电极

常用的参比电极有甘汞电极和 Ag – AgCl 电极：

1. 甘汞电极

由金属汞、甘汞 Hg_2Cl_2 和饱和 KCl 溶液组成，如图 6 – 2 所示。

电极表达式为：

$$Hg, Hg_2Cl_2 \ (s) \mid KCl \ (c)$$

电极反应为：

$$Hg_2Cl_2 + 2e = 2Hg + 2Cl^-$$

$$\varphi = \varphi^\ominus - 0.059 \lg \alpha_{Cl^-} \quad (25℃)$$

从电极电位表达式可以看出，电极的大小取决于 Cl^- 的浓度，固定 Cl^- 的浓度，甘汞电极的电位便为定值。例如，25℃时，KCl 溶液的浓度为 $1mol \cdot L^{-1}$ 时，对应的电极电位为 0.2801V。

2. 银 – 氯化银电极

同甘汞电极，银 – 氯化银电极的电极电位取决于氯离子的浓度。当氯离子浓度一定时，电极电位一定。

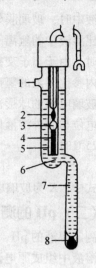

图 6 – 2　甘汞电极

1. 侧管；2. 汞；3. 甘汞糊；

4. 石棉或纸糯；5. 玻璃管；

6. KCl 溶液；7. 电极玻壳；

8. 素烧瓷片

第二节　直接电位法

直接电位法（direct potentiometry）是根据电池电动势与待测组分的浓度（或活度）之间的关系，通过测量电池电动势来确定被测离子浓度（或活度）的方法。主要应用于溶液 pH 的测定和其他离子浓度的测定。

一、溶液 pH 的测定

测定溶液 pH，常采用玻璃电极为指示电极，饱和甘汞电极作参比电极。

（一）玻璃电极

玻璃电极（glass electrode）属于离子选择电极，见图 6 – 3。玻璃电极的下端是由 Na_2O、CaO 和 SiO_2 制成的球形薄膜，膜内盛有 $0.1mol \cdot L^{-1}$ 盐酸称参比溶液。在参比溶液中插入一根镀有氯化银的银丝，构成氯化银电极，作为内参比电极。玻璃电极在使用前应先在蒸馏水中浸泡 12~24h，使玻璃膜外侧硅酸盐层吸水膨润形成一层水化凝胶层。玻璃膜内侧浸泡在盐酸中，也形成一层水化凝胶层。当将浸泡过的玻璃电极插入具有一定 pH 的待

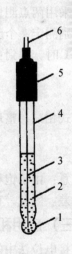

图 6 – 3　玻璃电极

1. 玻璃膜；2. $0.1mol \cdot L^{-1}$

HCl 溶液；3. Ag – AgCl 电极；

4. 玻璃管；5. 电极帽；

6. 电极引线

测溶液中时，玻璃膜外侧溶液中的氢离子与膜外水化凝胶层中钠离子进行交换，玻璃膜内侧参比溶液中的氢离子与膜内水化凝胶层中钠离子进行交换。当膜两侧离子交换分别达到平衡时，由于离子交换速度和扩散速度不同而出现了电位差，这种电位差称为膜电位。由于膜内参比溶液的氢离子浓度为定值，所以膜电位仅由膜外溶液的氢离子浓度决定。正是由于玻璃电极的球形薄膜对 H^+ 的这种特殊的选择性响应，所以称为 pH 玻璃电极。它的电极电位与膜外溶液即待测溶液的 H^+ 浓度符合能斯特方程。

25℃时：

$$\varphi_{玻璃} = K + 0.059 \lg \alpha_{H^+} = K - 0.059 pH \qquad (6-1)$$

式中，K 为玻璃电极常数，由玻璃电极的本性决定。

（二）pH 的测定

测定溶液的 pH，常采用玻璃电极为指示电极，饱和甘汞电极为参比电极，一起插入待测溶液中组成原电池，表示为：

（－）玻璃电极｜待测溶液｜饱和甘汞电极（＋）

25℃时电动势为：

$$
\begin{aligned}
E &= \varphi_+ - \varphi_- \\
&= \varphi_{甘汞} - \varphi_{玻璃} \\
&= \varphi_{甘汞} - (K - 0.059 pH) \\
&= K' + 0.059 pH \qquad (6-2)
\end{aligned}
$$

根据式 6-2，测出待测溶液的电动势 E，若已知 K'，即可求得待测溶液的 pH。但 K' 会随玻璃电极的不同和溶液组成的不同而发生变化，也不易准确测定。因此，实际工作中，常采用两点测量法测定待测溶液的 pH。用相同的玻璃电极和饱和甘汞电极组成原电池，分别测定一个已知 pH 的标准缓冲溶液的电动势 E_s 和待测溶液的电动势 E_x：

25℃时，得到：

$$E_s = K' + 0.059 pH_s$$

$$E_x = K' + 0.059 pH_x$$

两式相减，整理得：

$$pH_x = pH_s + \frac{(E_x - E_s)}{0.059} \qquad (6-3)$$

注意：由于饱和甘汞电极在标准缓冲溶液和待测溶液中产生的液接电位不同，会产生测定误差。因此，在选择缓冲溶液时，应使它的 pH 尽量接近待测溶液的 pH。

（三）应用和示例

直接电位法中的 pH 玻璃电极对氢离子具有高度选择性，广泛应用于注射液、眼药水等 pH 的控制中。例如葡萄糖氯化钠注射液 pH 的测定。

二、其他离子浓度的测定

测定其他离子的浓度，一般选用离子选择性电极作指示电极，和参比电极一起组成原电池。

1. 离子选择性电极

离子选择性电极属于膜电极，主要由内参比电极、内参比溶液和电极膜组成，见图 6 - 4。当把电极插入溶液中，电极膜对溶液中特定的阴阳离子产生选择性响应。类似 pH 玻璃电极，离子选择性电极的电位与待测离子的浓度符合能斯特方程：

$$E = K' \pm 0.059 \lg c_i \quad (25℃)$$

式中，待测离子为阳离子，取 " + " 号；待测离子为阴离子，取 " - " 号。

2. 测定方法

测定待测离子的浓度，一般不直接采用能斯特方程来计算。目前，主要采用的是标准曲线法，具体操作为：

在离子选择性电极的线性范围内，配制一组从稀到浓的标准溶液，把选定的指示电极和参比电极分别插入这组溶液，测定其电动势，绘制 $E - \lg c_i$ 或 $E - pc_i$ 标准曲线。然后，在相同条件下，测定待测溶液的电动势 E_x，再根据绘制的标准曲线查出对应的 $\lg c_i$ 或 pc_i。这种方法称为标准曲线法。标准曲线法要求标准溶液组成与待测溶液组成相近，温度相同。

除了标准曲线法，还有标准加入法和标准比较法等方法。

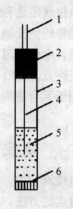

图 6 - 4　离子选择电极
1. 导线;2. 电极帽;
3. 电极管;4. 内参比电极;
5. 内充溶液;6. 敏感膜

3. 应用

用离子选择性电极测定离子，不受溶液颜色或浑浊的影响，应用比较方便。可以测定的离子有 Na^+、K^+、Hg^{2+}、Ca^{2+}、Cu^{2+}、Pb^{2+}、Cd^{2+}、F^-、Cl^-、Br^-、I^-、S^{2-}、NO_3^- 等，目前一些新的电极如药物电极也已研制而出，因此氨基酸、尿素和青霉素等也能被测定。

第三节　电位滴定法

一、测定原理

电位滴定法（potentiometric titration）是向待测溶液中滴加能与待测物质反应的化学试剂，利用滴定过程中电极电位的突变指示滴定终点的滴定分析方法。电位滴定法的仪器装置见图 6 - 5，把指示电极和参比电极插入待测溶液中，组成原电池，中间串联一个电子电位计，以指示滴定过程中电动势的变化。通过滴定管不断滴入标准溶液，滴入的标准溶液与待测溶液发生化学反应，使得待测离子浓度不断降低，指示电极的电位也随之发生变化。当滴定到化学计量点附近，待测离子浓度急剧变化，指示电极的电位也发生突变，从而引起电池电动势发生突变。根据电池电动势的变化就可确

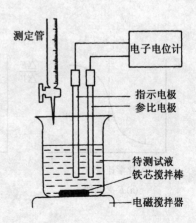

图 6 - 5　电位滴定装置

定化学计量点。

电位滴定法和滴定分析法的区别仅仅在于确定终点的方法不同，电位滴定法是通过电池电动势的突变确定终点，而滴定分析法是根据指示剂的颜色变化确定终点。与滴定分析法相比，电位滴定法的主要优点是客观、准确，易于自动化，不用指示剂而以电动势的变化确定终点。此外，电位滴定法不受待测溶液有色或浑浊的影响。缺点是数据处理麻烦。主要用于无合适指示剂或滴定突跃较小的滴定分析，或用于确定新指示剂的变色和终点颜色。

二、确定化学计量点的方法

电位滴定中，确定化学计量点的方法有图解法和计算法，下面介绍常用的几种确定化学计量点的方法：

（一）$E \sim V$ 曲线法

以电位计读数为纵坐标，以滴入的标准溶液体积为横坐标，作 $E \sim V$ 曲线，如图 6-6 （a）所示。则曲线上转折点（斜率最大处）对应的体积（V）就是化学计量点的体积。这种方法应用方便，但要求计量点处电位突跃明显，否则采用下列方法确定化学计量点。

（二）$\triangle E / \triangle V \sim \overline{V}$ 曲线法

也称为一级微商法。以 $\triangle E / \triangle V$ 为纵坐标，标准溶液的平均体积 $\overline{V}$ 为横坐标，绘制 $\triangle E / \triangle V \sim \overline{V}$ 曲线。其中，$\triangle E$ 代表相邻两次电动势的差；$\triangle V$ 代表相邻两次标准溶液体积的差；$\overline{V}$ - 代表相邻两次标准溶液体积的平均值。如图 6-6 （b），曲线最高点所对应的体积即为化学计量点的体积。本方法比较准确，但数据处理及作图麻烦。

（三）$\triangle^2 E / \triangle V^2 \sim V$ 曲线法

以 $\triangle^2 E / \triangle V^2$ 为纵坐标，标准溶液的体积 V 为横坐标，绘制 $\triangle^2 E / \triangle V^2 \sim V$ 曲线，如图 6-6 （c）所示。图中，$\triangle^2 E / \triangle V^2 = 0$ 所对应的体积即为化学计量点滴入的标准溶液的体积。

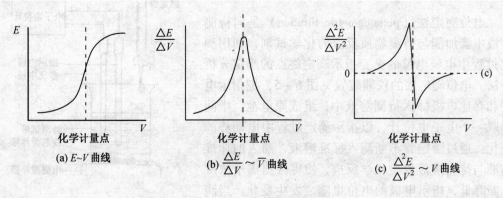

图 6-6　电位滴定曲线

三、应用和示例

电位滴定法是根据滴定过程中电动势的变化确定化学计量点。与用指示剂的方法相比，电位滴定法比较客观、准确。例如苯巴比妥的含量测定：选用银电极作指示电极，饱和甘汞电极为参比电极。取本品约0.2g，精密称重。加甲醇40ml使之溶解，再加新配制的3%无水碳酸钠15ml，用硝酸银标准溶液（0.1000mol·L^{-1}）滴定，用电位滴定法确定滴定终点。每1ml AgNO$_3$标准溶液（0.1000mol·L^{-1}）相当于23.22mg的C$_{12}$H$_{12}$O$_3$，苯巴比妥的百分含量为：

$$C_{12}H_{12}O_3\% = \frac{V_{AgNO_3}E_{AgNO_3} \times 23.22 \times 10^{-3}}{m_s} \times 100\%$$

第四节 永停滴定法

不同于电位滴定法，永停滴定法（dead-stop titration）是建立在电解池基础上的电化学分析方法。即将两个相同铂电极插入待测溶液中，在两极间外加一低电压，组成电解池，并连一电流计，根据滴定过程中电流计指针的变化确定化学计量点。

一、测定原理

（一）电对类型

1. 可逆电对

将两个铂电极插入含有氧化还原电对I$_2$/I$^-$的溶液中，并在两个电极间加一低电压，电池将发生电解反应。

阳极发生氧化反应：

$$2I^- - 2e \rightleftharpoons I_2$$

阴极发生还原反应：

$$I_2 + 2e \rightleftharpoons 2I^-$$

即阳极失去电子，阴极得到电子，这样电路中就有电流产生。例如氧化还原电对I$_2$/I$^-$，当外加一个低电压时，两电极上发生的电极反应是可逆的，有电流通过，这样的电对称为可逆电对。

2. 不可逆电对

而若在电对S$_4$O$_6^{2-}$/S$_2$O$_3^{2-}$中插入两个铂电极，并外加一个低电压，则只有阳极上能发生电极反应：

$$2S_2O_3^{2-} - 2e \rightleftharpoons S_4O_6^{2-}$$

而阴极上S$_4$O$_6^{2-}$不能得到电子生成S$_2$O$_3^{2-}$。这样，阳极和阴极不能同时得到和失去电子，电路中也就没有电流通过。这样的电对称为不可逆电对。

（二）原理

滴定分析中，在用于指示终点的双铂电极之间施加一个小的恒电压时，滴定终点前后附近，由于试液中存在成对的可逆电对或原有的成对可逆电对消失，而使得双铂指示电极的电流迅速发生变化或停止变化，从而指示终点到达，这种方法称永停滴定法。

在永停滴定法中，是否有电流通过电解池取决于待测溶液中是否有一对可逆氧化还原电对，而通过电解池电流的大小取决于这对可逆氧化还原电对的浓度。当这对可逆电对的氧化型和还原型浓度不等时，电流大小取决于浓度较低的一方，随着低浓度方的改变而改变，当氧化型和还原型浓度相等时，电流最大。

二、永停滴定法的类型

永停滴定法主要分为以下三种类型：

1. 标准溶液为可逆电对，待测溶液为不可逆电对

以 I_2（含 KI）滴定 $Na_2S_2O_3$ 为例。化学计量点前，溶液中有 I^-、$S_4O_6^{2-}$ 和 $S_2O_3^{2-}$，没有成对可逆电对，故电流计指针停在零点。化学计量点后，过量的 I_2 和溶液中的 I^- 构成一对可逆电对，有电流通过电解池，电流计指针突然偏转。滴定曲线见图 6-7（a）。

2. 标准溶液为不可逆电对，待测溶液为可逆电对

以 $Na_2S_2O_3$ 滴定 I_2（含 KI）为例。滴定前，待测溶液中有可逆电对 I_2/I^-，因此有电流通过电解池。随着滴定的进行，溶液中 [I^-] 逐渐变大，因此电流也逐渐变大；当滴定到 [I_2] = [I^-]，电流达到最大；继续滴定，[I_2] < [I^-]，电流大小由 [I_2] 决定，由于 [I_2] 逐渐减小，所以电流也逐渐降低。滴定到化学计量点时，电流降到最低。化学计量点后继续滴入 $Na_2S_2O_3$，溶液中只有 I^-、$S_4O_6^{2-}$ 和 $S_2O_3^{2-}$，没有可逆电对，故电流计指针停在零点，因此称为永停滴定法。滴定曲线见图 6-7（b）。

3. 标准溶液和待测溶液都为可逆电对

以硫酸铈滴定硫酸亚铁为例。滴定前，溶液中只有 Fe^{2+}，无成对可逆电对，故无电流通过。滴定开始，溶液中有 Fe^{3+} 生成，存在成对可逆电对 Fe^{3+}/Fe^{2+}，故有电流通过，并且此时电流大小由 [Fe^{3+}] 决定。随着滴定的进行，[Fe^{3+}] 不断增大，电流也逐渐升高，当 [Fe^{2+}] = [Fe^{3+}] 时，电流达到最大。继续滴定，[Fe^{2+}] < [Fe^{3+}]，电流大小由 [Fe^{2+}] 决定，由于 [Fe^{2+}] 逐渐降低，电流也逐渐减小。滴定到化学计量点时，溶液中只有 Ce^{3+} 和 Fe^{3+}，没有成对可逆电对，故此时无电流通过。化学计量点后，溶液中有 Ce^{4+}、Ce^{3+} 和 Fe^{3+}，有成对可逆电对 Ce^{4+}/Ce^{3+}，故有电流通过。滴定曲线见图 6-7（c）。

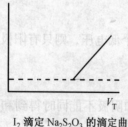

I_2 滴定 $Na_2S_2O_3$ 的滴定曲线

(a)

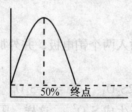

$Na_2S_2O_3$ 滴定 I_2 的滴定曲线

(b)

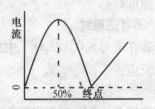

Ce^{4+} 滴定 Fe^{2+} 的滴定曲线

(c)

图 6-7　永停滴定曲线

三、测定方法

图为永停滴定装置图。图中 B 为 1.5V 电压，R_2 为 $60\sim70\Omega$ 的固定电阻，R_1 为 $2k\Omega$ 的绕线电位器，调节 R_1 可得到适当的外加电压。R 的电阻与电流计临界阻尼电阻值近似，用来调节电流计的灵敏度。

测定时，将两支相同的铂电极 E 和 E′ 插入待测溶液中，边滴定边用电磁搅拌器搅拌溶液，根据电流计指针的变化确定化学计量点。

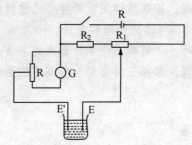

图 6 - 8　永停滴定仪装置示意图

E、E′——铂电极；R——分流电阻；R_1——500Ω 的绕线电位器；

R_2——500Ω 左右的电阻；G——检流计

四、应用和示例

永停滴定法确定化学计量点比指示剂法准确，目前得到广泛应用。例如用永停滴定法测定某芳香胺的含量，具体操作如下：

标准溶液选用亚硝酸钠溶液，因为在酸性溶液中，芳香胺可与 $NaNO_2$ 定量进行重氮化反应生成重氮盐。

反应式：

$$R-\!\!\!\!\!\bigcirc\!\!\!\!\!-NH_2 + NaNO_2 + HCl \longrightarrow R-\!\!\!\!\!\bigcirc\!\!\!\!\!-N\equiv NCl + 2H_2O + NaCl$$

将两个相同铂电极插入待测溶液中，然后进行滴定，边滴定边搅拌。化学计量点前，溶液中无可逆电对，故无电流产生；化学计量点后，$NaNO_2$ 过量，溶液中少量的 HNO_2 与其分解产物 NO 是一对可逆电对，分别发生如下电极反应：

阳极：

$$NO + H_2O - e \Longrightarrow HNO_2 + H^+$$

阴极：

$$HNO_2 + H^+ + e \Longrightarrow NO + H_2O$$

此时，有电流通过电池，电流计指针发生偏转。

学习指导

一、目的要求

1. 掌握电位法的基本原理，掌握常用的指示电极和参比电极的种类及其应用。
2. 了解离子选择性电极的工作原理，了解膜电位产生的机制。
3. 掌握电位分析法的原理，能熟练运用能斯特公式进行电位分析。
4. 掌握直接电位法测定溶液 pH 的原理和方法。
5. 掌握电位滴定法的原理，了解确定化学计量点的方法及其应用。
6. 理解永停滴定法的原理，掌握三种类型永停滴定的曲线。

二、学习要点

（一）指示电极和参比电极

化学电池中，电极分为指示电极和参比电极。其中，电位值与被测物质的浓度或活度无关的电极称为参比电极。而电位值随待测离子的浓度（或活度）变化而变化的电极称为指示电极。

（二）直接电位法

直接电位法是选择合适的离子选择电极，与待测溶液组成原电池。测量电动势，根据电池电动势与待测组分的浓度（或活度）之间的关系，直接测定待测组分的浓度（或活度）。主要应用于溶液 pH 的测定和其他离子浓度的测定。

测定 pH 时，选择玻璃电极作指示电极，饱和甘汞电极为参比电极，与待测溶液组成原电池。25℃时电动势为：

$$E = K' + 0.059\text{pH}$$

采用二次测量法。

$$\text{pH}_x = \text{pH}_s + \frac{(E_x - E_s)}{0.059} \quad (25℃)$$

（三）电位滴定法

电位滴定法的原理：指示电极的电位随待测离子的浓度变化而变化，当滴定到化学计量点附近，待测离子浓度急剧变化，指示电极的电位也随之突变，从而电池电动势也发生突变。电位滴定法就是根据电池电动势的变化来确定化学计量点。确定化学计量点的方法有：$E \sim V$ 曲线法，$\triangle E / \triangle V \sim \overline{V}$ 曲线法，$\triangle^2 E / \triangle V^2 \sim V$ 曲线法。

（四）永停滴定法

永停滴定法：两个铂电极插入待测溶液，外加一个小的恒电压，组成电解池。在化学计量点附近，由于待测溶液中产生可逆电对或原有的可逆电对消失，从而使通过电池的电流迅速发生变化或停止变化，从而指示终点到达，这就是永停滴定的原理。

永停滴定分为三种类型：可逆电对滴定不可逆电对，可逆电对滴定可逆电对，不可逆电对滴定可逆电对。

习　题

一、单项选择题

1. 甘汞电极是常用参比电极，它的电极电位取决于（　　）。

A. 温度　　　　B. 氯离子的活度　　C. 主体溶液的浓度　　D. KCl 的浓度

2. 下列选项中不是玻璃电极的组成部分的是（　　）。

A. Ag－AgCl 电极　　　　　　　B. 一定浓度的 HCl 溶液

C. 饱和 KCl 溶液　　　　　　　D. 玻璃管

3. 测定溶液 pH 时，所用的指示电极是（　　）。

A. 氢电极　　　　　B. 铂电极　　　　　C. 氢醌电极　　　　　D. 玻璃电极

4. 测定溶液 pH 时，所用的参比电极是（　　）。

A. 饱和甘汞电极　　　B. 银－氯化银电极　　C. 玻璃电极　　　　D. 铂电极

5. 在电位滴定中，以 $\triangle E/\triangle V$ 为纵坐标，标准溶液的平均体积 V 为横坐标，绘制 $\triangle E/\triangle V \sim V$ 曲线，滴定终点为（　　）。

A. 曲线的最高点　　　　　B. 曲线的转折点

C. 曲线的斜率为零时的点　　D. $\triangle E/\triangle V = 0$ 对应的

二、判断题

1. 甘汞电极的电极电位随电极内 KCl 溶液浓度的增加而增加。（　　）

2. 参比电极具有不同的电极电位，且电极电位的大小取决于内参比溶液。（　　）

3. 甘汞电极和 Ag－AgCl 电极只能作为参比电极使用。（　　）

4. 离子选择电极的电位与待测离子活度成线性关系。（　　）

三、简答题

1. 何谓指示电极及参比电极？它们的主要作用是什么？

2. 电位测定法的根据是什么？

3. 简述何为两次测量法。

4. 简述电位滴定法的原理和特点。

5. 简述永停滴定法的原理和特点。

四、计算题

25℃时，选用玻璃电极为指示电极，饱和甘汞电极为参比电极组成原电池，测量盐酸普鲁卡因注射液的 pH。当测量 pH = 6.8 的缓冲溶液时，电池电动势为 0.502V，测量未知溶液时，电池电动势为 0.500V，求未知溶液的 pH。

（王永丽）

第七章　配位滴定法

第一节　概　述

配位滴定法（coordination titration）是以配位反应为基础的滴定分析方法。能够生成配位化合物的反应很多，但是并非全部适合于配位滴定。可用于配位滴定的反应必须具备下述条件：

（1）配位反应生成的配位化合物必须足够稳定且可溶。

（2）配位反应必须按一定的计量关系进行反应，这是定量计算的基础。

（3）配位反应速率必须要快。

（4）要有适当的方法指示滴定终点。

由于大多数无机配合物的稳定性不高，并存在逐级配位现象，因此能用于滴定分析的无机配位剂并不多。目前应用广泛的是一些有机配位剂，主要是氨羧配位剂（分子中大多数都含有氨基二乙酸基 [—N（CH₂COOH）₂]），它含有配位能力很强的氨氮和羧氧两种配位原子，能与多数金属离子形成稳定的可溶性配位化合物。氨羧配位剂的种类很多，其中应用最为广泛的是乙二胺四乙酸（ethylene dinitrilotetraacetic acid,）简称 EDTA。

以 EDTA 为滴定剂的配位滴定法简称为 EDTA 滴定法。通常配位滴定法主要是指 EDTA 滴定法。

EDTA 是一个四元有机弱酸，常用 H_4Y 表示其分子式。由于 EDTA 在水中的溶解度较小（22℃时，饱和溶液的质量浓度为 $0.2g \cdot L^{-1}$），通常使用 EDTA 二钠盐 $Na_2H_2Y \cdot 2H_2O$（22℃时，饱和溶液的质量浓度约为 $110g \cdot L^{-1}$）作为滴定剂，故 EDTA 二钠盐也称为 EDTA。

在水溶液中，EDTA 两个羧基上的 H^+ 转移到两个 N 原子上，形成双偶极离子：

$$\text{$^-$OOCH}_2\text{C} \diagdown \overset{+}{\text{N}}\text{H—CH}_2\text{—CH}_2\text{—H}\overset{+}{\text{N}} \diagup \text{CH}_2\text{COO}^-$$
$$\text{HOOCH}_2\text{C} \diagup \qquad\qquad \diagdown \text{CH}_2\text{COOH}$$

当溶液中的 H_3O^+ 浓度较大时，H_4Y 的双偶极离子的两个羧酸根可以各接受一个质子形成 H_6Y^{2+}，这样 EDTA 就相当于六元酸，在水溶液中存在六级解离平衡：

$$H_6Y^{2+} \Longrightarrow H^+ + H_5Y^+ \qquad\qquad pK_{a1} = 0.9$$
$$H_5Y^+ \Longrightarrow H^+ + H_4Y \qquad\qquad pK_{a2} = 1.6$$
$$H_4Y \Longrightarrow H^+ + H_3Y^- \qquad\qquad pK_{a3} = 2.0$$
$$H_3Y^- \Longrightarrow H^+ + H_2Y^{2-} \qquad\qquad pK_{a4} = 2.67$$
$$H_2Y^{2-} \Longrightarrow H^+ + HY^{3-} \qquad\qquad pK_{a5} = 6.16$$

$$HY^{3-} \rightleftharpoons H^+ + Y^{4-}$$

因此，在水溶液中 EDTA 总是同时以 H_6Y^{2+}、H_5Y^+、H_4Y、H_3Y^-、H_2Y^{2-}、HY^{3-}、Y^{4-} 等 7 种型体存在，在不同的酸度下，各种型体的摩尔分数 δ 也不同，见图 7-1。

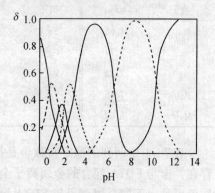

$pK_{a5} = 10.26$

图 7-1　EDTA 在不同酸度下
各种型体的分布图

EDTA 在溶液中的主要存在形体取决于溶液的 pH。pH < 0.9 时，主要以 H_6Y^{2+} 离子存在；pH = 0.9 ~ 1.6 时，主要以 H_5Y^+ 离子存在；pH = 1.6 ~ 2.0 时，主要以 H_4Y 存在；pH = 2.0 ~ 2.67 时，主要以 H_3Y^- 离子存在；pH = 2.67 ~ 6.16 时，主要以 H_2Y^{2-} 离子存在；pH = 6.16 ~ 10.26 时，主要以 HY^{3-} 离子存在；pH > 10.26 时，主要以 Y^{4-} 离子存在。在这七种型体中，只有 Y^{4-} 才能直接与金属离子生成稳定的配合物，所以 Y^{4-} 也成为最佳配位型体。

EDTA 与金属离子形成配合物具有以下特点：

（1）配位面广　大多数金属离子与 EDTA 形成的配合物都非常稳定。

（2）配位比简单　EDTA 与金属离子配位反应的配位比大多为 1:1，且没有逐级配位现象，便于定量计算。

（3）配位反应速度快　除少数金属离子外，EDTA 与大多数金属离子的配位反应速率都较快。

（4）易溶于水　EDTA 与大多数金属离子所形成的配合物都易溶于水。

（5）颜色　EDTA 与无色金属离子形成的配合物仍为无色，与有色金属离子一般生成颜色更深的螯合物。

第二节　配位平衡

一、配合物的稳定常数

在配位反应中，配合物的形成和解离处于相对平衡状态，配合物的稳定程度可以从配合物的稳定平衡常数反映出来。若以 M 代表金属离子，Y 代表配合剂，当反应处于平衡时有：

$$M + Y \rightleftharpoons MY$$

$$K_{MY} = \frac{[MY]}{[M][Y]}$$

K_{MY} 为绝对稳定常数，简称稳定常数。K_{MY} 或 $\lg K_{MY}$ 越大，生成的配合物越稳定。在无外界影响时，可利用 K_{MY} 或 $\lg K_{MY}$ 的大小来判断配位反应完成的程度和是否能用于滴定分析。常见的金属离子与 EDTA 形成配合物的稳定常数见表 7-1。

表7-1　常见的金属离子与 EDTA 形成配合物的 $\lg K_{MY}$ 值 （298.15K）

离子	$\lg K_{MY}$	离子	$\lg K_{MY}$	离子	$\lg K_{MY}$	离子	$\lg K_{MY}$
Na^+	1.66	Sr^{2+}	8.73	Co^{2+}	16.31	Hg^{2+}	21.80
Li^+	2.79	Ca^{2+}	10.69	Zn^{2+}	16.50	Sn^{2+}	22.11
Ag^+	7.32	Mn^{2+}	13.87	Pb^{2+}	18.04	Fe^{3+}	25.1
Ba^{2+}	7.86	Fe^{2+}	14.32	Ni^{2+}	18.62	Sn^{4+}	34.5
Mg^{2+}	8.69	Al^{3+}	16.11	Cu^{2+}	18.80	Co^{3+}	36.0

表7-1中所列的稳定常数，是指配位反应达到平衡时，EDTA 全部以 Y^{4-} 离子的形式存在，未与 EDTA 配合的金属离子全部以水合离子形式存在时的稳定常数。由表7-1中数值可见，不同金属离子与 EDTA 形成的配位化合物的稳定性差别很大。碱金属的配合物最不稳定，过渡元素次之，其中以三价、四价金属离子和 Hg^{2+} 的配合物最为稳定。金属离子与 EDTA 形成配合物稳定性的差别，主要决定于金属离子的离子半径、电荷数和电子层结构，他们是影响配合物稳定性的内因。

二、配位反应的副反应和副反应系数

在 EDTA 滴定中，把待测金属离子 M 与滴定剂 Y 生成配合物 MY 的反应，称为 EDTA 滴定中的主反应；而主反应进行的程度和配合物的稳定性除与配合物的内因有关外，还受溶液的酸度、共存离子或其他配位剂等因素的影响，而引起的一系列反应，称为副反应。为了定量表示副反应对主反应的影响程度，引入一个系数叫副反应系数。下面我们着重讨论两种副反应和副反应系数。

（一）酸效应和酸效应系数

当金属离子 M 与滴定剂 Y 进行主反应时，如果有 H^+ 离子存在，它会与 Y 发生副反应，形成其各种形式的共轭酸，使溶液中 Y 的浓度降低，与金属离子 M 的配位能力下降，这种由于 H^+ 离子存在使配体参加主反应能力降低的现象称为酸效应，表示如下：

$$M + Y \Longrightarrow MY \qquad\qquad 主反应$$

$$H^+ \Big\updownarrow$$

$$HY \xrightarrow{H^+} H_2Y \xrightarrow{H^+} \cdots\cdots \xrightarrow{H^+} H_6Y \quad 酸效应引起的副反应$$

度量由 H^+ 离子引起的酸效应程度用酸效应系数 $\alpha_{Y(H)}$ 表示（α_Y 表示 Y 发生了副反应，H 表示副反应是由 H^+ 离子引起的，即酸效应）。酸效应系数表示在一定 pH 时未参加配位反应的各种 EDTA 型体的总浓度 ［Y′］ 与 Y 的平衡浓度 ［Y］ 之比：

$$\alpha_{Y(H)} = \frac{[Y']}{[Y]}$$

$\alpha_{Y(H)}$ 越大，表示参加配位反应的 Y 浓度越小，即酸效应引起的副反应越严重，$\alpha_{Y(H)}$ =1 时，说明 H^+ 与 Y 之间没有发生副反应，即未与金属离子配位的 EDTA 全部以 Y 形式存在。$\alpha_{Y(H)}$ 是 EDTA 滴定中常用的重要副反应系数，EDTA 在不同 pH 时的酸效应系数见表7-2。

表 7 - 2　不同 pH 时 EDTA 的 $\lg\alpha_{Y(H)}$

pH	$\lg\alpha_{Y(H)}$	pH	$\lg\alpha_{Y(H)}$	pH	$\lg\alpha_{Y(H)}$
0.0	23.64	4.5	7.50	8.5	1.77
0.4	21.32	5.0	6.45	9.0	1.29
1.0	17.51	5.4	5.69	9.5	0.83
1.5	15.55	5.8	4.98	10.0	0.45
2.0	13.79	6.0	4.65	10.5	0.20
2.8	11.09	6.5	3.92	11.0	0.07
3.0	10.60	7.0	3.32	11.5	0.02
3.4	9.70	7.5	2.78	12.0	0.01
4.0	8.44	8.0	2.27	13.0	0.00

从表 7 - 2 中可以看出，酸效应系数随溶液酸度增大而增大，多数情况下都不等于 1，说明酸效应的存在以及对主反应的影响程度。值得注意的是，由于酸效应的存在，我们可以通过提高酸度减小甚至消除干扰离子与 Y 的配位反应，起到提高选择性的作用。

（二）配位效应和配位效应系数

当金属离子 M 与滴定剂 Y 进行配位主反应时，如果有其他配位剂 L 存在时，L 与 M 也会发生配位反应（辅助配位反应）生成其他配合物，使 M 的浓度减小，主反应受影响，而 MY 的稳定性降低，其反应表示如下：

$$M + Y \Longrightarrow MY \qquad\qquad 主反应$$

$$\Big\Downarrow L$$

$$ML \xrightleftharpoons{L} ML_2 \xrightleftharpoons{L} \cdots\cdots \xrightleftharpoons{L} ML_n \qquad 酸效应引起的副反应$$

这种由于其他配位剂的存在，使金属离子参加主反应能力降低的现象，称位配位效应。度量配位效应对主反应的影响程度称为配位效应系数，用 $\alpha_{M(L)}$ 表示。配位效应系数是指配位反应达平衡时，未与 Y 参加配位反应的金属离子总浓度 [M'] 与游离的金属离子总浓度 [M] 之比：

$$\alpha_{M(L)} = \frac{[M']}{[M]}$$

$\alpha_{M(L)}$ 的大小与溶液中其他配位剂 L 的浓度及其配位能力有关。若配位剂 L 的配位能力越强，浓度越大，则 $\alpha_{M(L)}$ 越大，表示金属离子被 L 配位得越完全，游离的金属离子浓度越小，即配位效应越严重。

在配位滴定中要注意配位效应的影响，如控制 pH 为 3 ~ 4，用 EDTA 标准溶液滴定 Hg^{2+} 离子，溶液中不能有 I^- 存在，因为 I^- 能与 Hg^{2+} 形成稳定的 $[HgI_4]^{2-}$，而影响 $[HgY]^{2-}$ 的形成。但在 pH 为 10 的 $NH_3 - NH_4Cl$ 缓冲溶液中滴定 Zn^{2+} 时，NH_3 并不影响滴定，这是因为 $[Zn(NH_3)_4]^{2+}$ 并不十分稳定，配位效应不强。同时，由于 pH 较高，EDTA 的酸效应很弱，终点时 Y^{4-} 可以夺取 $[Zn(NH_3)_4]^{2+}$ 中的 Zn^{2+}，形成稳定的 $[ZnY]^{2-}$。

在某些情况下，可以利用配位效应，通过加入某种配位剂掩蔽干扰离子，提高离子的选择性。例如，在 Al^{3+} 和 Zn^{2+} 的混合溶液中加入配位剂 NH_4F，调节 pH 为 5~6，由于 Al^{3+} 形成了稳定的 $[AlF_6]^{3-}$ 被掩蔽起来，便可用 EDTA 标准溶液直接滴定 Zn^{2+}。

三、配合物的条件稳定常数

绝对稳定常数 K_{MY} 是没有副反应发生时衡量配位反应进行程度的一种量度。如果有配位效应、酸效应等副反应时，若仍用稳定常数 K_{MY} 来说明 MY 的稳定性或主反应进行的程度已不合适。考虑副反应所带来的影响，要用条件稳定常数 K'_{MY} 来表示。副反应可能很多，主要考虑酸效应和配位效应两种副反应。因 H^+ 引起的酸效应使 $[Y]$ 变为 $[Y']$，因 L 引起的配位效应使 $[M]$ 改为 $[M']$，则：

$$K'_{MY} = \frac{[MY]}{[M'][Y']} \tag{7-1}$$

由前面讨论可知，$[M'] = \alpha_{M(L)}[M]$，$[Y'] = \alpha_{Y(H)}[Y]$，代入式（7-1）得：

$$K'_{MY} = \frac{[MY]}{\alpha_{M(L)} \cdot [M] \cdot \alpha_{Y(H)} \cdot [Y]} = \frac{K_{MY}}{\alpha_{M(L)} \cdot \alpha_{Y(H)}} \tag{7-2}$$

在一定条件下（如溶液的 pH 和试剂的浓度恒定时），$\alpha_{M(L)}$ 和 $\alpha_{Y(H)}$ 为定值，所以 K'_{MY} 为常数。条件稳定常数也叫表现稳定常数或有效稳定常数，它是副反应系数校正后的实际常数。

一般情况下，$\alpha_{M(L)}$ 和 $\alpha_{Y(H)}$ 都大于1，所以 K'_{MY} 总是小于 K_{MY}，这说明在酸效应和配位效应存在时，MY 的稳定性降低了。当外界条件改变时，K'_{MY} 也随之改变，故称条件稳定常数。运用 K'_{MY} 更能正确地判断 MY 的稳定性及主反应进行的程度。

将式（7-2）等号两侧同时取对数，可得：

$$\lg K'_{MY} = \lg K_{MY} - \lg \alpha_{Y(H)} - \lg \alpha_{M(L)} \tag{7-3}$$

若溶液中不存在配位效应，只有 EDTA 的酸效应，则式（7-3）可化简为：

$$\lg K'_{MY} = \lg K_{MY} - \lg \alpha_{Y(H)} \tag{7-4}$$

例 7-1 计算 pH = 2.0 和 pH = 5.0 时 ZnY 的 $\lg K'_{ZnY}$ 值。

解：查表 $\lg K_{ZnY} = 16.50$

（1）pH = 2.0 时，查表 $\lg \alpha_{Y(H)} = 13.79$

则 $\lg K'_{ZnY} = \lg K_{ZnY} - \lg \alpha_{Y(H)} = 16.50 - 13.79 = 2.71$

（2）pH = 5.0 时，查表 $\lg \alpha_{Y(H)} = 6.45$

$\lg K'_{ZnY} = \lg K_{ZnY} - \lg \alpha_{Y(H)} = 16.50 - 6.45 = 10.05$

由上例可知，在 pH = 2.0 时滴定 Zn^{2+}，由于酸效应严重，$\lg K'_{ZnY}$ 仅为 2.71，ZnY 配合物在此条件下很不稳定。而在 pH = 5.0 时滴定 Zn^{2+}，酸效应影响程度大幅度下降，$\lg K'_{ZnY}$ 达到 10.05，表明 ZnY 配合物在此条件下相当稳定，配位反应进行完全。这说明在配位滴定中，选择和控制酸度有着重要的意义。

第三节 配位滴定中酸度的选择

一、配位滴定的最低 pH

在 EDTA 滴定中，要求滴定误差 ≤ ±0.1%，而配位滴定中金属离子的浓度通常为 10^{-2} 数量级，所以，离子能被准确滴定的条件是：

$$\lg c_M K'_{MY} \geq 6 \quad 或 \quad \lg K'_{MY} \geq 8。$$

假设溶液中除 EDTA 的酸效应之外，没有其他的副反应，则被滴定金属离子的 $\lg K'_{MY}$ 值主要取决于溶液的酸度。当溶液的酸度达到一定程度时，因酸效应影响显著，使 $\lg K'_{MY}$ <8，不能满足准确滴定的条件，为了能被准确滴定，每种金属离子都有一个允许的最高酸度称为最高酸度或最低 pH。

因为：

$$\lg K'_{MY} = \lg K_{MY} - \lg \alpha_{Y(H)} \geq 8 \tag{7-5}$$

所以：

$$\lg \alpha_{Y(H)} \leq \lg K_{MY} - 8 \tag{7-6}$$

由式 (7-6) 求得 $\lg \alpha_{Y(H)}$ 值，再从表 7-2 中查出其对应的 pH，此 pH 就是该金属离子的最低 pH。用上述方法，可得到 EDTA 滴定中各种金属离子的最高酸度或最低 pH。见表 7-3。

表 7-3　EDTA 滴定中一些金属离子的最低 pH

金属离子	最低 pH	金属离子	最低 pH	金属离子	最低 pH
Mg^{2+}	9.8	Co^{2+}	4.0	Cu^{2+}	2.9
Ca^{2+}	7.5	Cd^{2+}	3.9	Hg^{2+}	1.9
Mn^{2+}	5.2	Zn^{2+}	3.9	Sn^{2+}	1.7
Fe^{2+}	5.0	Pb^{2+}	3.2	Fe^{3+}	1.0
Al^{3+}	4.2	Ni^{2+}	3.0	Bi^{3+}	0.6

二、最低酸度（最高 pH）

在 EDTA 滴定中，当酸度较低时，$\alpha_{Y(H)}$ 较小，$\lg K'_{MY}$ 较大，有利于滴定，所以在实际滴定中，为了保证反应完全，要控制 pH 适当高于最低 pH，但溶液的 pH 也不宜太高，因为太高，金属离子会与溶液中的 OH^- 结合成氢氧化物沉淀即水解效应增强，使 MY 不稳定。所以在 EDTA 滴定中，为了保证 MY 足够稳定，不生成沉淀，每种金属离子都由一个允许的最低酸度或最高 pH。

例 7-2　以 EDTA 滴定 $0.01 mol \cdot L^{-1}$ Fe^{3+} 离子，计算 Fe^{3+} 溶液的最低酸度和最高酸度。

解：（1）为了防止滴定开始时形成 Fe(OH)$_3$ 沉淀，则满足：

$$c\ (OH^-)\leqslant\sqrt[3]{\frac{K_{sp}}{c_{Fe^{3+}}}}$$

$$pOH = lg10^{-11.8}$$

$$pH\geqslant14.00 - pOH = 14.00 - lg10^{-11.8} = 2.2$$

（2）查表可知　$lgK_{FeY} = 25.1$

$$lg\alpha_{Y(H)}\leqslant lgK_{MY} - 8 = 25.1 - 8 = 17.1$$

查表 7 - 2 可得 Fe^{3+} 离子的最高酸度或最低 pH ≈ 1.1。

上述计算结果说明用 EDTA 滴定 Fe^{3+} 离子，当溶液的 pH < 1.1 时，因酸效应的影响，EDTA 与 Fe^{3+} 离子的配位不能完全，即在此条件下不能准确滴定。当溶液的 pH > 2.2 时，Fe^{3+} 离子因水解生成 $Fe(OH)_3$ 沉淀，同样不能准确滴定。若要保证 Fe^{3+} 离子能被 EDTA 准确滴定，溶液的 pH 必须控制在 1.1 至 2.2 之间。所以配位滴定只能在最低 pH 和最高 pH 之间范围内进行，通常将此 pH 范围称为配位滴定的适宜 pH 范围。

在实际滴定的 pH 条件下，EDTA 主要以 H_2Y^{2-} 离子存在，配位滴定反应可改写为：

$$M^{Z+}\ (aq)\ +H_2Y^{2-}\ (aq)\ ==\ [MY]^{Z-4}\ (aq)\ +2H^+\ (aq)$$

随着滴定的进行，不断有 H^+ 释出，导致溶液的 pH 逐渐减小。为了保持适当的 pH，并使滴定过程中溶液的 pH 基本稳定，滴定前必须加入合适的缓冲溶液。

第四节　金属指示剂

配位滴定中指示终点的方法很多，最常用的方法是采用指示剂来指示终点。这种指示剂是一种能与金属离子生成有色配合物，指示滴定过程中金属离子浓度的变化的显色剂，故称为金属离子指示剂，简称金属指示剂。

一、金属指示剂的作用原理

金属离子指示剂一般是具有酸碱指示剂性质的有机染料，与被滴定的金属离子反应，生成一种与指示剂本身颜色显著不同的配合物：

$$M + In \rightleftharpoons MIn$$
$$（甲色）\quad（乙色）$$

滴定前，溶液显 MIn 配合物的颜色，滴定时，溶液中游离的金属离子逐渐减少，当达到化学计量点时，EDTA 夺取 MIn 中的 M，生成更稳定的 MY，同时释放出指示剂，从而引起溶液颜色的变化，来指示终点：

$$MIn + Y \rightleftharpoons MY + In$$
$$（乙色）\qquad（甲色）$$

金属离子指示剂大多是多元弱酸或多元弱碱，不但溶液的颜色能随溶液的 pH 的变化而变化，而且其他的性质也有所不同，所以使用金属离子指示剂必须注意选择合适的条件：

（1）在适于滴定的 pH 范围内，游离指示剂 In 与金属和指示剂的配合物 MIn 的颜色应显著不同，这样才能保证终点时颜色变化明显。

（2）金属和指示剂的配合物 MIn 要有一定的稳定性，即 $K'_{MIn} \geq 10^4$，并且其稳定性又要小于 MY 配合物的稳定性，即 $K'_{MY}/K'_{MIn} \geq 10^2$。

若 K'_{MIn} 太小，会使 Y 置换出 In 的速度太快，则终点会提前。若 $K'_{MIn} > K'_{MY}$，Y 置换出 In 的反应难以进行，则滴定终点会拖后或无终点。如果当指示剂与金属离子生成很稳定的配合物，在化学计量点时，即使 EDTA 滴过量，也不能把 In 从 MIn 中置换出来，像这样指示剂在化学计量点附近不发生颜色变化的现象称为指示剂的封闭现象。消除封闭现象常用以下两种方法。

①加入掩蔽剂　若封闭现象是由干扰离子所引起，消除封闭现象的方法是加入适当的掩蔽剂。如用邻二氮菲可以消除 Cu^{2+}、Co^{2+} 对二甲酚橙的封闭。

②采用返滴定法　若封闭现象是由待测离子所引起的，消除封闭现象的方法是采用返滴定法。如 Al^{3+} 对二甲酚橙有封闭作用，测定 Al^{3+} 时常先加入过量的 EDTA 滴定液，使 Al^{3+} 与 EDTA 完全配位后，加入二甲酚橙，然后再用 Zn^{2+} 标准溶液返滴定剩余的EDTA，就可以避免。

（3）对金属指示剂与金属离子的显色反应的要求。显色反应要迅速灵敏，且有良好的可逆型，同时还有一定的选择性，即在一定条件下，只与某一待测离子发生显色反应。

（4）金属指示剂应比较稳定，且便于贮存和使用。

（5）金属指示剂配合物 MIn 应易溶于水，不应形成胶体或沉淀。

二、常用的金属指示剂

1. 铬黑 T（eriochrome black T）

简称 EBT，属偶氮染料，可以用 NaH_2In 表示。在水溶液中按下式解离：

$$H_2In^- \underset{H^+}{\overset{pK_2 = 6.3}{\rightleftharpoons}} HIn^{2-} \underset{H^+}{\overset{pK_3 = 11.6}{\rightleftharpoons}} In^{3-}$$

　　　　　紫红　　　　　　蓝色　　　　　　橙色

可见铬黑 T 在不同酸度下显示不同的颜色，pH < 6 时显红色，pH 7～11 时显蓝色，pH > 12 时显橙色。由于铬黑 T 与二价金属离子形成的配合物都是红色或紫红色，因此最适宜使用的 pH 范围是 7～11。

铬黑 T 在水溶液中易发生分子聚合而变质，聚合后不能再与金属离子显色。常加入三乙醇胺以防止聚合。在碱性溶液中铬黑 T 能被氧化而褪色，加入盐酸羟胺或抗坏血酸等可避免氧化。

在 pH 10 的缓冲溶液中，用 EDTA 直接滴定 Mg^{2+}、Zn^{2+}、Ca^{2+}、Pb^{2+} 和 Hg^{2+} 等离子时，铬黑 T 是良好的指示剂。但 Al^{3+}、Cu^{2+}、Co^{3+}、Fe^{3+}、Ni^{2+} 等离子对指示剂有封闭作用。由于铬黑 T 与 Ca^{2+} 形成的配合物稳定性小，单独滴定 Ca^{2+} 时不能用铬黑 T 指示终点，必须加入少量的 Mg^{2+}，颜色变化才会明显，因此滴定 Ca^{2+} 和 Mg^{2+} 总量时常用铬黑 T 作指示剂。

2. 钙指示剂（calcon-carboxylic acid）

简称 NN 或钙紫红素，其水溶液或乙醇溶液不稳定，常与 NaCl 配成固体混合物（1:100 或 1:200）使用。

钙指示剂的颜色变化与 pH 的关系表示如下：

$$H_2In^- \xrightleftharpoons[H^+]{pK_1=7.4} HIn^{2-} \xrightleftharpoons[H^+]{pK_2=13.5} In^{3-}$$

酒红色   蓝色   酒红色

钙指示剂在 pH < 8 和 pH > 13 时都显酒红色，在 pH = 8～13 时显蓝色，而在 pH = 12～13 间，与 Ca^{2+} 形成酒红色的配合物。在 pH = 12～13 时钙指示剂常用作滴定 Ca^{2+} 的指示剂，终点由酒红色变为纯蓝色，变色敏锐。如有 Mg^{2+} 存在，则颜色变化更为明显。但 Fe^{3+}、Al^{3+}、Cu^{2+}、Co^{2+}、Ni^{2+} 等离子对指示剂有封闭作用，可用 KCN 及三乙醇胺联合掩蔽消除干扰。

3. 二甲酚橙（xylenol orange）

简称 XO，一般常用二甲酚橙的四钠盐配成 0.2% 或 0.5% 的水溶液。它在 pH > 6.3 时呈红色，pH < 6.3 时呈黄色，与金属离子的配合物呈紫红色。因此它只能在 pH < 6.3 的酸性溶液中使用。

二甲酚橙可用于多种金属离子的直接滴定，如 Bi^{3+}、Pb^{2+}、Zn^{2+}、Hg^{2+}、Cd^{2+} 等离子。终点时溶液由紫红色变为亮黄色，变色敏锐。Fe^{3+}、Al^{3+}、Ni^{2+} 等离子能封闭二甲酚橙，一般可用氟化物掩蔽 Al^{3+}；用抗坏血酸掩蔽 Fe^{3+}；用邻二氮菲掩蔽 Ni^{2+}。

第五节　标准溶液的配制和标定

一、EDTA 标准溶液的配制和标定

（一）EDTA 标准溶液的配制

乙二胺四乙酸在水中溶解度小，所以常用其二钠盐配制 EDTA 标准溶液。配制 EDTA 标准溶液通常采用间接法，浓度常用为 $0.01～0.05 mol \cdot L^{-1}$，并应贮存于聚乙烯瓶或硬质玻璃瓶中，待标定。

（二）EDTA 标准溶液的标定

标定 EDTA 标准溶液的基准物质很多，如纯锌、Cu、Bi、$CaCO_3$、ZnO、$MgSO_4 \cdot 7H_2O$ 等。

如以纯锌标定时，将锌粒用 1:1 盐酸洗去金属表面的氧化物，然后用蒸馏水洗去盐酸，再用丙酮或无水乙醇漂洗，沥干后于 110℃ 烘 5 分钟备用，精密称取一定量纯锌，用 1:1 盐酸完全溶解后，加甲基红指示剂 1 滴，滴加氨试液至溶液呈黄色，在 pH 为 10 的 $NH_3 - NH_4Cl$ 的缓冲溶液中以铬黑 T 为指示剂，用 EDTA 标准溶液滴定至溶液由红色转变为纯蓝色，即为终点。根据滴定消耗的 EDTA 标准溶液的体积和称取基准物质的质量，计算出 EDTA 标准溶液的准确浓度。必要时用空白试验校正。

标定条件与测定条件应尽可能一致，这样可以基本消除系统误差。

二、锌标准溶液的配制和标定

（一）直接配制法

精密称取一定量新制备并灼烧至恒重的纯锌，加适量稀盐酸，置水浴上加热使溶解，冷却后，加纯化水稀释至刻度，充分摇匀，即得。

（二）间接配制法及标定

若用 $ZnSO_4 \cdot 7H_2O$ 配制标准溶液，因其易失去结晶水，常用间接法配制。

精密移取待标定的锌溶液 25.00ml，加甲基红指示剂 1 滴，滴加氨试液至溶液呈为黄色，再加纯化水 25 ml，在 pH 为 10 的 $NH_3 - NH_4Cl$ 的缓冲溶液中以铬黑 T 为指示剂，用 EDTA 标准溶液滴定至溶液由红色转变为纯蓝色，即为终点。根据滴定时消耗的 EDTA 标准溶液和锌溶液的体积，计算出锌标准溶液的准确浓度。

第六节　滴定方式

在配位滴定中，采用不同的滴定方式，能够直接或间接测定周期表中大多数元素，常用的方法有以下四种。

一、直接滴定法

直接滴定法是配位滴定中的基本滴定方式。当金属离子与 EDTA 的配位反应能满足滴定分析法的要求，就可将试液调至所需的酸度，加入其他必要的试剂和指示剂，用 EDTA 进行直接滴定。

例如：在 pH 10 时滴定 Pb^{2+}，会产生 $Pb(OH)_2$ 沉淀。为防止生成 $Pb(OH)_2$ 沉淀，可先在酸性溶液中加入酒石酸将 Pb^{2+} 配位，然后再加 pH 为 10 的 $NH_3 - NH_4Cl$ 的缓冲溶液后进行滴定，这样就防止了 Pb^{2+} 的水解。这里，酒石酸是辅助配位剂。

直接滴定法方便、简单、快速、引入误差机会较少，测定结果的准确度较高，通常只要条件允许，应尽可能采用直接滴定法滴定。只有在直接滴定遇到困难时，才采用其他滴定方式。

二、返滴定法

该法是在一定条件下，向试液中加入定量且过量的 EDTA 标准溶液，然后用另一种金属离子标准溶液来滴定过量的 EDTA。根据两种标准溶液的浓度和用量，即可求出待测物质的含量。

例如：用 EDTA 测定 Al^{3+} 时，Al^{3+} 与 EDTA 的配位速度较慢，而 Al^{3+} 对二甲酚橙、铬黑 T 等多种指示剂有封闭作用，在酸度不高时，Al^{3+} 水解成一系列羟基配合物，故不能用直接滴定法测定，而采用返滴定法。具体做法是：将 Al^{3+} 试液调至 pH 3.5 时，准确加入定量且过量的 EDTA 标准溶液，煮沸使 Al^{3+} 完全配位，再调为 pH 5~6，用二甲酚橙作指示剂，以锌标准溶液返滴定。作为返滴定的金属离子，它与 EDTA 的配合物必须有足够的稳定性，又不能超过待测离子与 EDTA 的配合物的稳定性，以保证分析结果的准确性。

三、置换滴定法

以上两种方法不能用时，可以利用置换反应，置换出等物质量的另一金属离子，或置换出 EDTA，然后再用标准溶液进行滴定的方法称为置换滴定法。

例如：测定 Ag^+ 时，由于 Ag^+ 与 EDTA 的配合物不稳定，不能用 EDTA 直接滴定，但将 Ag^+ 加入到 $[Ni(CN)_4]^{2-}$ 溶液中，则有如下反应：

$$2Ag^+ + [Ni(CN)_4]^{2-} \rightleftharpoons 2[Ag(CN)_2]^- + Ni^{2+}$$

在 $pH=10$ 的氨性缓冲溶液中，以紫脲酸铵作指示剂，用 EDTA 标准溶液滴定置换出来的 Ni^{2+}，即可求出 Ag^+ 的含量。

四、间接滴定法

有些金属或非金属离子不与 EDTA 发生配位反应或不能生成稳定的配合物，可采用间接滴定法进行测定。

例如：测定 PO_4^{3-}，可于试液中加入定量且过量的 $Bi(NO_3)_3$，使之生成 $BiPO_4$ 沉淀，再用 EDTA 滴定剩余的 Bi^{3+}，从而间接求得 PO_4^{3-} 的含量。

间接滴定法操作较繁，引入误差的机会也较多，不是一种理想的方法，应尽量避免使用此法。

学习指导

一、目的要求

1. 了解配位滴定对配位反应的要求。
2. 理解影响配位平衡的因素及条件稳定常数。
3. 掌握滴定条件的选择（酸度的控制）。
4. 掌握金属指示剂的作用原理，学会选择适当的指示剂指示终点。
5. 熟悉配位滴定方式及应用。

二、学习要点

1. 乙二胺四乙酸（EDTA）在酸性溶液中可获得 H^+，相当于六元酸，在不同 pH 条件下，主要以不同的型体存在，其中 Y^{4-} 为最佳配位型体，它与金属配位的主要特点是：

（1）配位反应的物质量之比为 1:1。
（2）生成的配合物稳定性高且多数易溶于水。
（3）反应速度快。
（4）反应的选择性较差。
2. 副反应、副反应系数及条件稳定常数

(1) 配位滴定体系 $\begin{cases}\text{主反应：EDTA 与 M 的配位反应} \\ \text{副反应：除主反应以外的其他化学反应}\begin{cases}\text{配位效应（用 }\alpha_{M(L)}\text{ 表示）} \\ \text{水解效应} \\ \text{干扰离子效应}\end{cases}\end{cases}$

(2) 酸效应（用 $\alpha_{Y(H)}$ 表示）：由于 H^+ 存在使 EDTA 参加主反应能力下降。

当 $\alpha_{Y(H)} = 1$ 时，表示 EDTA 完全以 Y^{4-} 形式存在，无酸效应。

在 $\alpha_{Y(H)} > 1$ 时，说明酸效应存在。

(3) 配位效应：由于配位剂 L 存在时，L 与 M 也会发生配位反应，而使主反应受影响。

若配位剂 L 的配位能力越强，浓度越大，$\alpha_{M(L)}$ 越大，配位效应越严重。

(4) 条件稳定常数

$$K'_{MY} = \frac{[MY]}{[M'][Y']}$$

主要影响因素 $\begin{cases}\text{配合物的绝对稳定常数} \\ \text{副反应系数}\end{cases}$

3. 酸度的选择

(1) 最低 pH：金属离子刚好可被 EDTA 准确滴定时溶液的 pH。

即当 $\lg\alpha_{Y(H)} = \lg K_{MY} - 8$ 时所对应的 pH。

(2) 最高 pH：被滴定金属刚开始发生水解时溶液的 pH。

(3) 适宜的酸度范围 $\begin{cases}\text{pH}_{最低} < \text{pH} < \text{pH}_{最高} \\ \text{指示剂变化敏锐所需要的 pH} \\ \text{掩蔽剂使用所需的 pH}\end{cases}$

4. 金属指示剂

(1) 铬黑 T（EBT）

终点：酒红 → 纯蓝

适宜的 pH：7.0 ~ 11.0（碱性区）

缓冲体系：$NH_3 - NH_4Cl$

直接测定离子：Mg^{2+}、Zn^{2+}、Pb^{2+} 和 Hg^{2+} 等

封闭离子：AL^{3+}，Fe^{3+}，（Cu^{2+}，Ni^{2+}）

掩蔽剂：三乙醇胺，KCN

(2) 二甲酚橙（XO）

终点：紫红 → 亮黄

适宜的 pH 范围 <6.0（酸性区）

缓冲体系：HAc - NaAc

直接测定离子：Bi^{3+}、Pb^{2+}、Zn^{2+}、Hg^{2+}、Cd^{2+} 等

封闭离子：Al^{3+}，Fe^{3+}，（Cu^{2+}，Co^{2+}，Ni^{2+}）

掩蔽剂：三乙醇胺，氟化铵

(3) 钙指示剂

终点：酒红→纯蓝

适宜的 pH 范围：12~13

直接测定离子：Ca^{2+}

封闭离子：Fe^{3+}、Al^{3+}、Cu^{2+}、Co^{2+}、Ni^{2+} 等

掩蔽剂：三乙醇胺，KCN

5. 滴定方式及应用

直接滴定的条件：$\lg c_M K'_{MY} \geqslant 6$ 或 $\lg K'_{MY} \geqslant 8$。

(1) 直接滴定法 $\begin{cases} 有合适的指示剂指示终点 \\ 反应速度足够快 \\ M 不发生水解等副反应 \end{cases}$

(2) 返滴定法 $\begin{cases} 反应速度较慢 \\ 直接滴定无合适的指示剂 \\ M 发生水解等副反应 \end{cases}$

(3) 置换滴定法 $\begin{cases} 置换出 M \\ 置换出 EDTA \end{cases}$

(4) 间接滴定法 $\begin{cases} M 不与 EDTA 直接反应或生成的配合物不稳定 \\ 操作繁杂，误差较大，尽量避免使用 \end{cases}$

习 题

一、选择

1. 对金属指示剂叙述错误的是（　　）。

A. 指示剂本身颜色与其生成的配位物颜色显著不同

B. 指示剂应在适宜 pH 范围内使用

C. MIn 稳定性要略小于 MY 的稳定性

D. MIn 稳定性要略大于 MY 的稳定性

2. EDTA 滴定 Zn^{2+} 时，以 EBT 作指示剂，终点的颜色是（　　）。

A. 黄绿色　　　　　B. 红色　　　　　C. 橙色　　　　　D. 蓝色

3. 有关 EDTA 叙述正确的是（　　）。

A. EDTA 在溶液中共有 7 种型体存在

B. EDTA 是一个二元的有机弱酸

C. 在水溶液中 EDTA 一共有 5 级电离平衡

D. EDTA 易溶于酸溶液中

4. 加入三乙醇胺，可以掩蔽的金属离子是（　　）。

A. Zn^{2+}　　　　　B. Fe^{3+}　　　　　C. Mg^{2+}　　　　　D. Ca^{2+}

5. EDTA 与无色金属生成的配位物颜色是（　　）。

A. 无色　　　　　B. 紫红色　　　　　C. 蓝色　　　　　D. 亮黄色

6. 下列基准物质中, 用于标定 EDTA 液浓度的是 (　　)。

A. 氧化锌　　　　B. 硼砂　　　　C. 邻苯二钾酸氢钾　　　D. 碳酸钠

7. Al^{3+}、Zn^{2+} 两种离子共存时, 用 EDTA 选择滴定 Zn^{2+}, 可加入 (　　)

A. NaOH　　　　　　B. HAC　　　　　　C. NH_4F　　　　D. KCN

8. 乙二胺四乙酸二钠盐的分子简式可表示为 (　　)

A. Na_2Y^{2-}　　　　B. H_4Y　　　　C. $Na_2H_4Y^{2+}$　　　D. $Na_2H_2Y \cdot 2H_2O$

9. EDTA 与金属离子刚好生成稳定配合物时溶液的酸度称为 (　　)

A. 适宜酸度　　　B. 最高酸度　　　C. 最低酸度　　　D. 水解酸度

10. $lgK_{CaY} = 10.69$, 当 pH 9.0 时, $lg\alpha_{Y(H)} = 1.29$, 则 lgK'_{CaY} 为 (　　)。

A. $10^{1.29}$　　　　B. $10^{-9.40}$　　　　C. $10^{10.69}$　　　　D. $10^{9.40}$

二、填空题

1. EDTA 在水溶液中是_____元酸, 在酸性溶液中相当于_____元酸, 共存在_____步解离平衡, 共有_____种型体形式, 其中最佳配位型体为。

2. 以铬黑 T 为指示剂测定金属时, 应选用的 pH 范围是_____, 常选用_____作缓冲溶液。终点时由_____色变为_____色。

3. 在配位滴定中, 溶液 pH 越低, 则_____效应越严重, EDTA 与金属离子的配位能力_____。

4. 金属和指示剂的配合物 MIn 要有一定的稳定性, 即 K'_{MIn}_____, 并且其稳定性_____(大于或小于) MY 合物的稳定性, 即 K'_{MY} / K'_{MIn}_____。

5. 用 EDTA 法测定 Ca^{2+}、Mg^{2+} 总量时, 常以_____作指示剂, 溶液的 pH 必须控制在_____; 滴定 Ca^{2+} 时, 以_____作指示剂, 溶液的 pH 应控制在_____。

6. 用 EDTA 标准溶液滴定 $0.01mol \cdot L^{-1}$ Mg^{2+}, 其 lgK'_{ZnY} 为_____, 此滴定_____(能或否) 准确进行。[已知 $lgK_{ZnY} = 8.69$, pH $= 5$ 时, $lg\alpha_{Y(H)} = 6.45$]

三、判断

1. 金属指示剂本身颜色与它和金属离子生成的配合物颜色显著不同。(　　)

2. 溶液酸度越低, 则越有利于 EDTA 滴定。(　　)

3. EDTA 测定 Zn^{2+}, 以铬黑 T 为指示剂时, 应采用 $NH_3 - NH_4Cl$ 缓冲溶液。(　　)

4. EDTA 与大多数金属离子的配位比为 1:1。(　　)

5. 在酸度较高的溶液中, EDTA 的配位能力较强。(　　)

6. 配位滴定必须在一适宜的 pH 范围内进行。(　　)

7. 配位滴定时, 副反应的发生均不利于主反应的进行。(　　)

8. 酸效应说明溶液中 H^+ 浓度越小, 副反应影响越严重。(　　)

四、计算题

1. 精密量取水样 50.00ml, 以铬黑 T 为指示剂, 用 EDTA 滴定液 ($0.01028mol \cdot$

L^{-1}）滴定，终点时消耗 5.90ml，计算水的总硬度（以 $CaCO_3$ mg · L^{-1} 表示）。

2. EDTA 法常用于测定明矾的含量。精确称取明矾 [$KAl (SO_4)_2 · 12H_2O$] 样品 1.000g 于锥形瓶中，加入 40.00ml 的 EDTA 标准溶液（浓度为 0.1000 mol · L^{-1}），加 25ml 水稀释，沸水浴 10 分钟后冷却至室温，加 HAC – NaAC 缓冲溶液 10ml（pH = 6），滴入二甲酚橙指示剂（XO）2 滴，立即用浓度为 0.1000 mol · L^{-1} $ZnSO_4$ 滴定液滴至溶液由黄色恰好变为橙色，消耗 22.56ml 滴定液。求样品中明矾的百分含量。

3. 取 100.00ml 水样，在 pH 为 10 左右以铬黑 T 为指示剂，用 0.01048 mol · L^{-1} EDTA标准溶液滴定至终点时，共消耗 14.20ml 标准溶液；另取 100.00ml 该水样，用 NaOH 调节 pH 为 12，滴加 5 滴钙指示剂，仍以上述 EDTA 标准溶液滴定至终点，消耗 EDTA 标准溶液 10.54ml，计算水中 Ca^{2+}、Mg^{2+} 的硬度。

4. 用 0.01 mol · L^{-1} EDTA 标准溶液滴定等浓度的 Ca^{2+} 溶液，问在 pH5.0 的条件下，K'_{CaY} 为多少？能否直接准确滴定 Ca^{2+}？若要准确滴定 Ca^{2+}，则允许的最低 pH 为多少？

（李 飞）

仪器分析模块

第八章 光谱分析法

第一节 光谱分析法概述

一、光学分析法

在仪器分析中，根据物质发射的电磁辐射或物质与辐射能的相互作用所建立起来的分析方法，统称为光学分析法。根据物质与辐射能间作用的性质不同，光学分析法又分为光谱法和非光谱法。

当物质与辐射能相互作用时，物质内部发生能级跃迁，根据能级跃迁所产生的辐射能强度随波长变化所得的图谱称为光谱（spectrum）。利用物质的光谱进行定性、定量和结构分析的方法称为光谱分析法（spectroscopic analysis），简称光谱法。光谱分析法从不同的角度有不同的分类方法。如按作用物质是原子或分子，可分为分子光谱法和原子光谱法；按物质与辐射能间的转换方向，可分为吸收光谱法和发射光谱法；按辐射源的波长不同，可分为红外光谱法、可见光谱法、紫外光谱法、X射线光谱法等。

利用物质与电磁辐射的相互作用，改变电磁辐射的方向、速度等物理性质所建立起来的分析方法称为非光谱分析法。如折光分析法、旋光分析法、X射线衍射法等。

二、电磁辐射与电磁波谱

电磁辐射，又称电磁波，是一种在空间不需任何物质作为传播媒介的高速传播的粒子流，其振动的方向与传播的方向相互垂直。有时也将部分谱域的电磁波泛称为光，光能发生反射、折射、干涉和衍射的现象，说明光具有波动性；描述电磁波动性的主要物理参数有：速度（c）、频率（v）、波长（λ）或波数（σ 或 K）等。如图 8-1 所示。

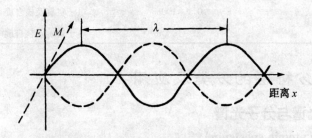

图 8-1 电磁波的电场矢量 E 和磁场矢量 M 及波长的定义

波长：指波在一个振动周期内传播的距离。

波数：指波在其传播方向上单位长度内波长的数目，亦即 λ 的倒数（$1/\lambda$）；有时也以 $2\pi/\lambda$ 作为波数。

频率：指每秒钟内波振动的次数，单位是 Hz（赫兹）。

由于光具波动性，故有波长、光速、频率间关系如下：

$$\nu = \frac{c}{\lambda} \tag{8-1}$$

而当物质受光照射后的光电效应说明光具有粒子性，故光既具波动性，又具粒子性，即波粒二象性。

由于光具有粒子性，光波是不连续的粒子（光子）构成的流。当物质吸收或发射一定波长的光波时，是以光子的形式进行的。每个光子都有一定的能量，光或电磁辐射的波粒二象性，相互联系又相互渗透。则光的能量、频率或波长具以下关系：

$$E = h \cdot \nu = h \cdot \frac{c}{\lambda} \tag{8-2}$$

式中，c——电磁波在真空中的传播速度，$c \approx 3 \times 10^8 \text{ m} \cdot \text{s}^{-1}$；

h——普朗克常数，$h = 6.626 \times 10^{-34} \text{J} \cdot \text{s}$。

显然，光波的频率越高或波长越短的光，其光子的能量越大。

所有电磁辐射的本质是完全相同的，他们的区别仅在于波长或频率不同。把电磁辐射按波长的长短顺序排列的电磁波图称为电磁波谱（electromagnetic spectrum）。电磁波谱各区域的名称、波长范围和引起物质内部能级跃迁的类型，如表 8-1 所示。

表 8-1 电磁波谱

辐射区段	波长范围	跃迁能级类型
γ 射线	$10^{-3} \sim 0.1$ nm	核能级
X 射线	$0.1 \sim 10$ nm	内层电子能级
远紫外区	$10 \sim 200$ nm	内层电子能级
近紫外区	$200 \sim 400$ nm	原子及分子价电子或成键电子
可见光区	$400 \sim 760$ nm	原子及分子价电子或成键电子
近红外区	$0.76 \sim 2.5 \mu m$	分子振动能级
中红外区	$2.5 \sim 50 \mu m$	分子振动能级
远红外区	$50 \sim 1000 \mu m$	分子转动能级
微波区	$0.1 \sim 100 cm$	电子自旋及核自旋
无线电波区	$1 \sim 1000 m$	电子自旋及核自旋

三、光谱分析法的分类及应用

（一）原子光谱与分子光谱

1. 原子光谱（atomic spectrum）

根据气态原子、离子受热（电）激发或吸收了光源时，外层电子在不同能级间跃迁所产生的特征谱线。原子光谱法是利用原子光谱及其强度可进行定性，半定量和定量的分析方法。

按照 Bohr 理论：

①核外电子只能在有确定半径和能量的轨道上运动，且不辐射能量。

②通常，电子处在离核最近的轨道上，能量最低——基态；原子获得能量后，电子被激发到高能量轨道上，原子处于激发态。

③从激发态回到基态释放光能，光的频率取决于轨道间的能量差。

当原子蒸气吸收了一定波长的光子能量时，原子的核外电子就从能量较低的基态（E_1）跃迁到能量较高的激发态（E_2），从而产生原子的吸收光谱。原子吸收辐射能的大小，也具有量子化特征，只有当光子的能量等于吸收物质的基态与激发态能量之差时，才能被吸收。这种吸收与物质的结构有关，即有选择性。原子吸收辐射能的条件是：

$$\Delta E = E_2 - E_1 = h \cdot \nu = h \cdot \frac{c}{\lambda} \qquad (8-3)$$

式中，E——轨道能量；h——普朗克常数。

选择吸收的波长是：

$$\lambda = h \cdot \frac{c}{\Delta E} \qquad (8-4)$$

由于原子外层电子的能级能量差较大，原子的吸收光谱为一条条彼此分立的线状光谱。

2. 分子光谱法

在辐射能的作用下，分子内能级间的跃迁产生的光谱称为分子光谱（molecular spectrum）。它包括分子吸收光谱、分子荧光光谱等。

分子光谱产生的机制与原子光谱相似，但分子光谱比原子光谱要复杂得多，因为在分子内部除了有电子运动外，还有组成分子的各原子间的振动以及分子的转动。分子中这三种不同的运动状态都对应有一定的能级，且这三种不同的能级都具有量子化特征。当一个分子吸收了外来辐射的能量后，其能量变化（ΔE），包括分子外层价电子跃迁能量变化（ΔE_e）、分子中原子或原子团的振动能量的变化（ΔE_v）和整个分子绕轴运动的转动能量的变化（ΔE_r），即：

$$\Delta E = \Delta E_e + \Delta E_v + \Delta E_r = h \cdot \nu \qquad (8-5)$$

式中，ΔE_e 最大，一般为 $1 \sim 20eV$，相当于紫外、可见、部分近红外光的能量；ΔE_v 约为 $0.025 \sim 1eV$，相当于近红外和中红外光的能量；ΔE_r 最小，约为 $10^{-4} \sim 0.025eV$，相当于远红外光和微波区的能量。实际上，分子核外电子能级跃迁时，不可避免地会伴随着振动能级和转动能级的跃迁，此时无法获得纯粹的振动光谱和电子光谱，所以分子光谱是带状光谱。只有在远红外光或微波照射时才可以得到纯粹的转动光谱。

（二）吸收光谱与发射光谱

1. 吸收光谱

当辐射能通过某些吸光性物质时，物质的原子或分子吸收与其能级跃迁相应的能量由低能态或基态跃迁到较高能态，这种物质对辐射能的选择性吸收而得到的原子或分子光谱称为吸收光谱。常见的吸收光谱是：原子吸收光谱、分子吸收光谱、核磁共振光谱等。

最常用的分子吸收光谱法有：

（1）紫外分光光度法（ultraviolet spectrophotometry，UV） 利用物质吸收紫外区辐射

（使用波长200～400nm）时，引起分子中外层价电子跃迁，产生分子吸收光谱（电子光谱）来进行分析的方法。该法广泛用于无机物质、有机物质的定性、定量及结构分析。

（2）可见分光光度法（visible spectrophotometry，Vis）利用物质吸收可见区辐射（使用波长400～760nm）时，引起分子中外层价电子跃迁，产生分子吸收光谱（电子光谱）进行分析的方法。主要用于有色物质的定性、定量分析。

（3）红外分光光度法（infrared spectrophotometry，IR）利用物质吸收红外区辐射（使用波长2.50～50μm）时，引起分子中振动和转动能级的跃迁，产生振动、转动光谱。主要用于有机物的结构分析。

（4）核磁共振光谱（nuclear magnetic resonance spectroscopy，NMR）属吸收光谱。在磁场中，原子核吸收具有适宜能量的无线电波（波长0.6～300m）发生核自旋能级跃迁，由此产生的光谱为核磁共振光谱。核磁共振光谱的特性不仅决定于原子核的性质，而且和原子核所在分子的结构有关，所以核磁共振光谱是研究有机物结构的重要方法。

2. 发射光谱

物质的分子、原子或离子在辐射能的作用下，由低能态跃迁到高能态（激发态），再由高能态跃迁至低能态或基态而产生的光谱称为发射光谱。包括原子发射光谱、原子荧光光谱、分子荧光光谱和分子磷光光谱等。如分子荧光光谱法是一些分子被电磁辐射激发再发射出波长相同或不同的特征辐射（荧光），测定荧光强度可测定无机或有机物质中的痕量组分。

3. 散射光谱

根据物质的联合散射光谱（拉曼光谱）来分析物质的结构。

本章只介绍紫外－可见分光光度法和红外分光光度法。

四、物质对光的选择性吸收

当一束光照射到某物质或溶液时，组成该物质的分子、原子或离子等粒子与光子作用，光子的能量发生转移，使这些粒子由低能量轨道跃迁到高能量轨道，即由基态转变为激发态，这是物质对光吸收的过程。由于分子、原子或离子的能级是量子化的，和不连续的，只有光子的能量与被照射物质粒子的基态和激发态能量之差（ΔE）相等时，才能被吸收。不同物质的基态和激发态的能量差不同，选择吸收光子的能量也不同，即吸收的波长不同。

单一波长的光称为单色光，由不同波长组成的光称为复色光。白光（日光、白炽灯光等）就是一种复色光，它是由红、橙、黄、绿、青、蓝、紫等颜色的光按一定的强度比例混合而成的。若两种颜色的光按适当的强度比例混合可组成白光，则这两种色光为互补光，如蓝光与黄光互补，青光与红光互补等。光的互补关系如图8－2所示。

溶液呈现不同的颜色，是由于溶液中的质点（分子或离子）选择性吸收了白光中某种颜色的光引起的，即溶液选择性地吸收了

图8－2 互补光示意图

某种颜色的光，其余波长的光则完全透过，溶液呈吸收光的互补光。如 $CuSO_4$ 溶液选择性地吸收白光中间的黄色光，故 $CuSO_4$ 溶液呈蓝色。$KMnO_4$ 溶液可选择性地吸收白光中的绿色光，故 $KMnO_4$ 溶液呈紫红色。如果溶液对各种颜色的光的吸收程度都相同，这种溶液的颜色就是无色透明的。任何一种溶液对不同波长的光的吸收程度是不同的。

对于固体物质来说，当白光照射到物质上时，物质对于不同波长光的吸收、透过、反射、折射的程度不同使物质呈现不同的颜色。如果物质对于各种波长的光完全吸收，则呈现黑色；如果完全反射，则呈现出白色；如果物质对于各种波长的光吸收程度差不多，则呈现出灰色；如果物质选择性吸收某些波长的光，那么，这种物质的颜色就是其吸收光的互补色。

五、吸收曲线

如果将不同波长的光透过一定浓度的某一溶液，分别测量该溶液在不同波长下对光的吸收程度（吸光度），然后以入射光的波长 λ 为横坐标，相应的吸光度为纵坐标作图，可以得到一条吸光度随波长变化的曲线，称为吸收曲线或吸收光谱。图 8 – 3 是 $KMnO_4$ 溶液的吸收曲线，可以看出：

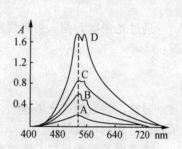

图 8 – 3　$KMnO_4$ 溶液的吸收曲线
（A，B，C，D 浓度依次增大）

（1）同一种物质对不同波长光的吸光度不同。吸光度最大处对应的波长称为最大吸收波长 λ_{max}。（$KMnO_4$ 的 $\lambda_{max} = 525$ nm）

（2）不同浓度的同一种物质，其吸收曲线形状相似，λ_{max} 不变。而对于不同物质，它们的吸收曲线形状和 λ_{max} 则不同。可作为物质定性分析的依据之一。

（3）不同浓度的同一种物质，在某一定波长下吸光度 A 有差异，A 随浓度的增大而增大 。此特性可作为物质定量分析的依据。

（4）在 λ_{max} 处吸光度随浓度变化的幅度最大，所以测定最灵敏。吸收曲线是定量分析中选择入射光波长的重要依据。

第二节　紫外-可见分光光度法

研究物质在紫外-可见光区分子吸收光谱的分析方法称为紫外-可见分光光度法（ultraviolet and visible spectrophotometry，UV – Vis）。紫外-可见分光光度法历史较久远，应用十分广泛，与其他各种仪器分析方法相比，紫外-可见吸收光谱法的主要特点：

（1）仪器简单、价廉，分析操作也比较简单，而且分析速率较快。

（2）灵敏度较高，适用于微量组分的测定。一般可以测到每毫升溶液中含有 10^{-7} g 的物质。

（3）选择性较好，一般在有多组分共存的溶液中，无需分离，就可以对某一物质进行测定。为常规的仪器分析方法。

（4）准确度高。一般相对误差为 $1\% \sim 5\%$ ，这对微量组分的分析已能满足要求。在仪器设备及测定条件较好的情况下，其相对误差可减小到 $1\% \sim 2\%$ 。

（5）应用广泛。绝大多数无机离子和许多有机化合物多可直接或间接地测定。不但可以进行定量分析，还可以对待测物进行定性分析和对某些有机官能团进行鉴定。例如化合物的鉴定、结构分析和纯度检查，所以在医药、化工、环保等领域中应用较多。

一、朗伯－比尔定津

当一束平行的单色光照射到某一均匀、无散射的溶液时，光的一部分将被溶液吸收，一部分透过溶液，还有一部分被器皿表面所反射。设入射光强度为 I_0 ，吸收光强度为 I_a ，透过光强度为 I_t ，在分析测定时，由于试液和空白溶液使用的是同样材料和厚度的吸收池，因而对光的反射强度基本相同，其影响可以抵消。可简化认为：

$$I_0 = I_a + I_t \qquad (8-6)$$

透过光强度 I_t 与入射光强度 I_0 之比称为透光率或透光度（transmitance），用 T 表示，即：

$$T = \frac{I_t}{I_0} \times 100\% \qquad (8-7)$$

显然，溶液的透光率越大，表示溶液对光的吸收越小；反之，溶液的透光率越大，表示溶液对光的吸收越多。

透光率的倒数反映了溶液对光的吸收程度，常用吸光度 A（absorbance）来表示，其定义为：

$$A = \lg \frac{1}{T} = -\lg T \qquad (8-8)$$

透光率 T 和吸光度 A 都是表示物质对光的吸收程度的一种量度，二者相互换算关系是：

$$A = -\lg T; \quad T = 10^{-A} \qquad (8-9)$$

朗伯－比尔定律（光的吸收定律）：当一束平行的单色光照射到某一均匀、无散射的含有吸光物质的溶液时，在入射光的波长、强度以及溶液的温度等保持不变的条件下，该溶液的吸光度 A 与溶液的浓度 c 及溶液的液层厚度 b 的乘积成正比。即：

$$A = kbc \qquad (8-10)$$

光的吸收定律不仅适用于可见光，也适用于紫外光和红外光；不仅适用于均匀、无散射的溶液，也适用于均匀、无散射的固体和气体。

吸光度具有加和性，如果溶液中同时存在多种吸光性物质，在同一波长下只要共存物质不互相影响，即不因共存物质的存在而改变本身的吸光系数，则测得的吸光度等于各吸光物质吸光度的总和，即：

$$A = A_a + A_b + A_c + \cdots \qquad (8-11)$$

各组分的吸光度由各自的浓度与吸光系数所决定。

二、吸光系数

光的吸收定律中的比例系数 k 称为吸光系数。吸光系数是吸光物质在一定条件下的特征常数，与物质的本性有关，与吸光物质的浓度和液层厚度无关。如果溶液的浓度单位不同，吸光系数的意义和表示方法也不同，常用摩尔吸光系数、质量吸光系数和比吸光系数表示。

（一）摩尔吸光系数

光吸收定律表达式中，如果溶液浓度 c 的单位为 $mol \cdot L^{-1}$，液层厚度 b 的单位为 cm，这时 k 常用 ε 表示，称为摩尔吸光系数（molar absorptivity），其单位为 $L \cdot mol^{-1} \cdot cm^{-1}$，光的吸收定律可表示为：

$$A = \varepsilon bc \qquad (8-12)$$

ε 值越大，表示吸光质点对某波长的光吸收能力愈强，故测定的灵敏度越高。ε 值在 10^3 以上即可进行分光光度法测定。

（二）质量吸光系数

光吸收定律表达式中，当 c 的单位为 $g \cdot L^{-1}$，b 的单位为 cm 时，k 以 a 表示，称为质量吸光系数（absorption coefficient），其单位为 $L \cdot g^{-1} \cdot cm^{-1}$，此时光的吸收定律可表示为：

$$A = abc \qquad (8-13)$$

a 和 ε 可通过下式换算：

$$\varepsilon = a\,M \qquad (8-14)$$

式中，M 表示被测物质的摩尔质量。

（三）比吸光系数（百分吸光系数）

光吸收定律表达式中，当 c 的单位为 $g \cdot 100ml^{-1}$（例如溶液浓度 c 为 1% 即为 100ml 溶液中含被测物质 1g），液层厚度为 1cm 时，k 用 $E_{1cm}^{1\%}$ 表示，称为比吸光系数，此时光的吸收定律可表示为：

$$A = E_{1cm}^{1\%} bc \qquad (8-15)$$

摩尔吸光系数 ε 与比吸光系数 $E_{1cm}^{1\%}$ 的换算关系：

$$\varepsilon = E_{1cm}^{1\%} \cdot M/10 \qquad (8-16)$$

质量吸光系数 a 与比吸光系数 $E_{1cm}^{1\%}$ 的换算关系：

$$a = 0.1\, E_{1cm}^{1\%} \qquad (8-17)$$

例 8-1 有一浓度为 $1.0mg \cdot L^{-1}$ Fe^{2+} 的溶液，以邻二氮菲显色后，在比色皿厚度为 2cm、波长 510nm 处测得吸光度为 0.380，计算（1）透光度 T；（2）吸光系数 a；（3）摩尔吸光系数 ε。

解：

（1）$T = 10^{-A} = 10^{-0.380} = 0.417$

（2）

$$a = \frac{A}{bc} = \frac{0.380}{2.0 \times 1.0 \times 10^{-3}} = 1.9 \times 10^2 L \cdot g^{-1} \cdot cm^{-1}$$

（3）

$$\varepsilon = \frac{A}{bc} = \frac{0.380}{2.0 \times \dfrac{1.0 \times 10^{-3}}{55.85}} = 1.1 \times 10^4 \text{L} \cdot \text{mol}^{-1} \cdot \text{cm}^{-1}$$

例 8 – 2 氯霉素（$M = 323.15$）的水溶液在 278nm 处有吸收峰，设用纯品配制 100ml 含 2.00mg 的溶液，以 1.0cm 厚的吸收池在波长 278nm 测得吸光度 A 为 0.614，计算该溶液的比吸光系数 $E_{1cm}^{1\%}$ 和摩尔吸光系数 ε。

解：（1）$c = \dfrac{n}{V} = \dfrac{\dfrac{2.00 \times 10^{-3}}{323.15}}{0.1} = 6.19 \times 10^{-5} \text{ mol} \cdot \text{L}^{-1}$

由朗伯 – 比尔定律：$A = \varepsilon bc$ 可得：

$$\varepsilon = A/bc = \frac{0.614}{1.0 \times 6.19 \times 10^{-5}} = 9.92 \times 10^3$$

（2）由于 $\varepsilon = E_{1cm}^{1\%} \cdot M/10$

$$E_{1cm}^{1\%} = 10\varepsilon/M = \frac{10 \times 9.92 \times 10^3}{323.15} = 3.07 \times 10^2$$

吸光系数在一定条件下是一个常数，它与入射光波长、溶液（溶质、溶剂）的性质及溶液的温度有关。吸光系数是物质的特征常数之一，表明物质对某一特定波长光的吸收能力。不同物质对同一波长的单色光，可有不同的吸光系数；同一物质对不同波长的单色光也有不同的吸光系数，所以吸光系数是对物质进行定性和定量的重要依据。

三、偏离朗伯 – 比尔定律的因素

定量分析时，通常液层厚度是相同的，按照比尔定律，浓度与吸光度之间的关系应该是一条通过直角坐标原点的直线。但在实际工作中，往往会偏离线性而发生弯曲。若在弯曲部分进行定量，将产生较大的测定误差。偏离朗伯 – 比尔定律的原因很多，主要由物理因素和化学因素两个方面引起。

（一）物理因素引起的偏离

1. 非单色光所引起的偏离

朗伯 – 比尔定律只对一定波长的单色光才能成立，但在实际工作中，即使质量较好的分光光度计所得的入射光，仍然具有一定波长范围的波带宽度的复色光。在这种情况下，吸光度与浓度并不完全成直线关系，因而导致了对朗伯 – 比尔定律的偏离。所得入射光的波长范围越窄，即"单色光"越纯，则偏离越小。通常选择最大吸收波长 $\lambda_{\max}$ 为入射波长，这样既可保证测定时具有较高的灵敏度，又可以减少由非单色光引起的偏离。

2. 非平行光引起的偏离

朗伯 – 比尔定律要求采用平行光垂直入射。若入射光束为非平行光，就不能保证光束全部垂直通过吸收池，可能导致光束通过吸收池的平均光程大于吸收池的厚度，使实际测得的吸光度大于理论值，从而导致了对朗伯 – 比尔定律的偏离。

3. 介质不均匀引起的偏离

朗伯 – 比尔定律只适用于十分均匀的吸收体系。如果介质不均匀，呈胶体、乳浊、悬

浮状态，则入射光除了被吸收外，还会有反射、散射的损失，因而实际测得的吸光度增大，导致对朗伯-比尔定律的偏离

（二）化学因素引起的偏离

1. 化学反应引起的偏离

朗伯-比尔定律中的浓度是指吸光物质的平衡浓度，而在实际工作中常用吸光物质的分析浓度来代替。只有当吸光物质的平衡浓度等于其分析浓度或与分析浓度成正比时，A 与 c_B 的关系服从朗伯-比尔定律。但由于被测物质在溶液中常发生离解、缔合、互变异构等化学反应，使其平衡浓度与分析浓度不成正比关系，而引起偏离偏离朗伯-比尔定律。例如：$Fe(SCN)_3$ 在水溶液中存在如下平衡：

$$Fe(SCN)_3 \rightleftharpoons Fe^{3+} + 3SCN^-$$

溶液稀释时，上述平衡向右移动，离解度增大。所以当溶液体积增大一倍时，$Fe(SCN)_3$ 的浓度不止降低一半，故吸光度降低一半以上，导致偏离朗伯-比尔定律。

2. 溶液浓度过高引起的偏离

朗伯—比尔定律没有考虑吸光物质的粒子间的相互作用，因此，只适合于稀溶液（$c < 10^{-2}$ mol·L^{-1}）。当吸光物质浓度较大时，吸光粒子的数目较多，吸光粒子之间的平均距离较小，粒子之间的相互作用较强，改变了粒子对光的吸收能力，使溶液的吸光度与溶液浓度之间的线性关系发生了偏离（负偏差）。

四、紫外-可见分光光度计

（一）组成部件

分光光度计按使用的波长范围可分为：紫外分光光度计（200～400nm）、可见分光光度计（400～800nm）和紫外-可见分光光度计（200～1000nm，现在多用）。

分光光度计种类和型号繁多，但其基本结构和原理相似，普通紫外-可见光谱仪如图8-4所示。主要由光源、单色器、样品池（吸收池）、检测器、信号处理与显示器（读出装置）五个部件组成。

1. 光源

光源是提供入射光的装置，分光光度计要求光源能发射强度足够而且稳定的、具有连续的光谱。紫外-可见光区常用的光源有两种：

（1）钨灯或卤钨灯　钨灯又称白炽灯。该光源能发射波长覆盖面较宽的连续光谱，适用的波长范围是350～1000nm，主要用于可见和近红外区的测量。卤钨灯是在钨灯灯泡内充入碘或溴的低压蒸汽，由于灯内卤素的存在，减少了钨原子的蒸发，灯的使用寿命延长，而且发光效率也比钨灯高。但需注意：必须使用稳压电源，因电源电压的微小波动就会引起发光强度的很大变化。

（2）氢灯或氘灯　氢灯和氘灯都是气体放电发光，发射150～400nm的紫外连续光谱，用作紫外光区的光源。氘灯虽比氢灯贵，但氘灯发光强度和使用寿命比氢灯大2～3倍，故现在的仪器多用氘灯。

2. 单色器

单色器的作用是将来自光源的复色光按波长顺序分离出所需波长的单色光。单色器由

进光狭缝、出光狭缝、准直镜及色散元件灯部分组成。其原理如图 8 - 4 所示:来自光源并聚焦于进光狭缝的光,经准直镜变成平行光,投射于色散元件。色散元件使各种不同波长的平行光有不同的投射方向(或偏转角度)形成按波长顺序排列的光谱。在经过准直镜将色散后的平行光聚焦于出光狭缝上。转动色散元件的方位,可使所需波长的单色光从出光狭缝分出。

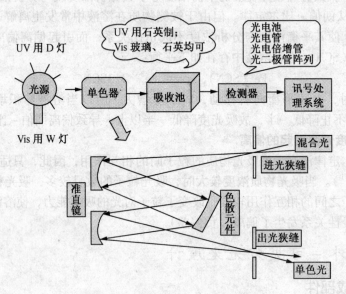

图 8 - 4 紫外 - 可见光谱仪示意图

3. 吸收池 (样品池)

吸收池也叫比色皿或比色杯,在分光光度法分析中,用来盛放待测试液的器皿。可见光区应选用光学玻璃吸收池,紫外光区选用石英吸收池,石英吸收池也可用于可见光区。用作盛放参比溶液和样品溶液的吸收池应相互匹配,在盛放同一溶液时 ΔT 应小于 $0.2\% \sim 0.5\%$ 。在测定吸光系数或利用吸光系数进行定量时,还要求吸收池有准确的厚度(光程),或使用同一只吸收池。指纹、油腻或池壁上的沉淀物,都会影响吸收池的透光性,因此使用前后应清洗干净。吸收池两光面易损蚀,注意保护。

4. 检测器

检测器的作用是检测光信号。一般利用光电效应,将光信号转换为便于测量的电信号。常用的由光电池、光电管或光电倍增管组成。

5. 信号处理与显示器

检测器检测的电信号较弱,需经过放大才能以某种方式显示出测定结果。显示方式主要有透光率与吸收度,有的还能转换成浓度、吸光系数等。

(二) 分光光度计的主要类型

紫外 - 可见分光光度计主要分为单波长和双波长分光光度计两类。其中单波长分光光度计又有单光束和双光束两种。

1. 单波长单光束分光光度计

用钨灯和氢灯作光源，从光源到检测器只有一束单色光。国产的有 721 型、722 型、751 型、752 型、7530 型和 754 型等。

（1）722 型光栅分光光度计（图 8-5）

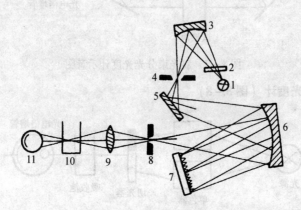

图 8-5 722 型光栅分光光度计光路图

1. 钨卤灯；2. 滤光片；3. 聚光镜；4. 入射狭缝；5. 反射镜；6. 准直镜；
7. 光栅；8. 出射狭缝；9. 聚光镜；10. 吸收池；11. 光电管

（2）751 型紫外－可见分光光度计（图 8-6）

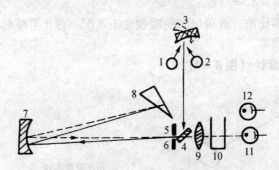

图 8-6 751 型紫外－可见分光光度计光路图

1. 氢弧灯；2. 钨灯；3, 4. 反射镜；5, 6. 上下狭缝；7. 准直镜；8. 石英棱镜；
9. 聚光镜；10. 吸收池；11. 紫敏光电管；12. 红敏光电管

2. 单波长双光束分光光度计（图 8-7）

双光束光路是已被普遍采用的光路，这类仪器国产的有 710 型、730 型、740 型等。从单色器发出的单色光，用一个旋转的扇面镜（折光镜）将它分成交替的两束单色光，分别通过参比池和样品池后，再用一同步的扇面镜将两束透过光交替照射到光电倍增管，使光电倍增管产生一个交变的脉冲信号，经过比较放大后，由显示器显示出透光率、吸光度、浓度或进行波长扫描，记录吸收光谱。由于单色光能在很短时间内交替通过参比池与样品池，可以减免光源光强度不稳而引入的误差。

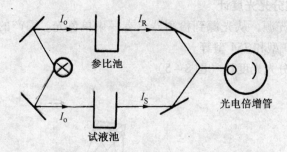

图 8-7 双光束分光光度计示意图

3. 双波长分光光度计（图 8-8）

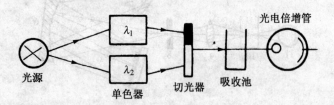

图 8-8 双波长分光光度计示意图

这类仪器如国产的 WFZ800-S 型，日本岛津的 UV-300 型等。它是从同一光源发出的光分成两束，分别经过两个单色器后，产生不同波长的两束光交替照射同一样品池，最后得到试液对不同波长的吸光度差值。在同一测定条件下，不同波长的吸光度差值与待测组分的浓度成正比。$A_1 - A_2 = (k_1 - k_2) bc$。

这类仪器不需要参比池，故可以减免吸收池不匹配，参比溶液与试样溶液折射率和散射作用的不同引起的误差。

4. 多通道分光光度计（图 8-9）

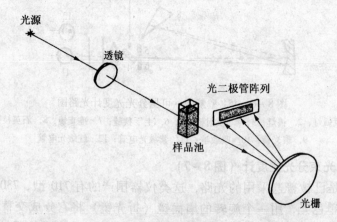

图 8-9 光电二极管阵列多通道分光光度计光路

它与常规仪器不同之处是使用了一个光电二极管阵列检测器。具有光谱响应宽，数字化扫描准确，性能比较稳定等优点。由于全部波长同时被检测，而且光电二极管的响应很快，一般可在 1/10s 的极短时间内获得 190～820nm 范围的全光光谱，可作为追踪化学反应和反应动力学研究的重要工具。

随着仪器的改进和计算机的应用，又出现了许多新的测量技术，如 1～4 阶导数光谱测量技术，双波长或三波长分光光度法，速率分析或动力学分析，化学计量点的应用等。

（三）分光光度计的校正

通常在实验室工作中，验收新仪器或仪器使用过一段时间后都要进行波长校正和吸光度校正。采用如下较为简便和实用的方法来进行校正：镨铷玻璃或钬玻璃都有若干特征的吸收峰，可作为校正分光光度计的波长标尺，前者用于可见光区，后者则对紫外和可见光区都适用。也可用 K_2CrO_4 标准溶液来校正吸光度标度。

五、紫外－可见吸收光谱的应用

紫外－可见吸收光谱主要是由分子中生色团和助色团的特性所决定的，不同的有机化合物有不同的吸收光谱，同时，由于紫外－可见分光光度法简便、快速，故广泛应用于定量分析方法，也是对物质进行定性分析和结构分析的一种手段。

（一）定性分析

就其定性分析而言，紫外－可见分光光度法在无机元素的定性分析应用方面是比较少的，主要应用于有机化合物的定性分析和结构分析。利用紫外－可见吸收光谱进行化合物的定性鉴别，一般采用对比法。所谓对比法就是将样品的吸收光谱特征与比标准化合物的吸收光谱或文献记载的标准图谱进行核对，若二者有明显差别，则肯定是不同的化合物；若二者完全相同，则可能是同一化合物，但不同的化合物可以有很相似的吸收光谱，应考虑到有非同一物质的可能性。

1. 吸收光谱特征数据比较法

最常用于鉴别的光谱特征数据是吸收峰所在的 λ_{max}，若一个化合物并存几个峰和谷，应同时作为鉴定的依据。

不同的化合物可能有相同的 λ_{max} 值，但他们的 ε_{max} 值或 $E_{1cm}^{1\%}$ 值常有明显差异，所以吸收系数也常用于化合物的定性鉴别。例如安宫黄体酮和炔诺酮在无水乙醇中测得 λ_{max} 值相同，都是 240nm±1nm，但他们的 $E_{1cm}^{1\%}$ 明显差异，前者为 408，后者为 571。

有时物质的吸收峰较多，可以规定几个吸收峰处吸收度或吸收系数的比值作为鉴别标准。如维生素 B_{12} 有三个吸收峰 278，361 及 550nm，《中国药典》2005 年版规定用下列比值进行鉴定：

$$\frac{A_{361}}{A_{278}} = 1.70～1.88 ; \qquad \frac{A_{361}}{A_{550}} = 3.15～3.45$$

2. 标准物质比较法

利用标准物质比较，在相同的测量条件下，测定并比较未知物与已知标准物的吸收光谱曲线，如果两者的光谱值（如吸收峰数目、最大吸收波长、摩尔吸光系数、吸收峰的形状等）完全一致，则可以初步认为它们是同一化合物或分子结构基本相同。

3. 标准谱图比较法

如果得不到标准品，也可以和现成的标准品光谱图（即标准谱图）进行对比、比较，但必须注意其测定条件必须一致。

由于有机化合物的紫外－可见吸收光谱比较简单、特征性不强，吸收强度不高，因此应用有一定的局限性。但它能够帮助推断未知物的结构骨架、配合红外光谱法、核磁共振波谱法和质谱法等进行定性和结构分析，它是一种有用的辅助手段。

（二）定量分析

紫外－可见分光光度法定量分析的依据是朗伯－比尔定律，即：$A = kbc$，应用广泛。实验证明，当溶液的透光率很大或很小时，测定的相对误差都比较大。在实际工作中，常通过改变待测溶液的浓度或吸收池的厚度，将吸光度控制在 $0.2 \sim 0.7$（$T = 20\% \sim 65\%$）之间，以减少测定的相对误差。

紫外－可见分光光度法定量分析方法常用于如下几个方面：

1. 单组分的定量分析

如果在一个试样中只测定一种组分，且在选定的测量波长下，试样中其他组分对该组分不干扰，这种单组分的定量分析较简单。一般有标准对照法、标准曲线法和吸光系数法三种。

（1）标准对照法　标准对照法又称比较法和对比法。在相同试验条件下，在选定波长处，平行测定试样溶液和某一浓度 c_s 的标准溶液的吸光度 A_x 和 A_s，根据朗伯－比尔定律有：

$$A_x = kbc_x \qquad A_s = kbc_s$$

因是同种物质，同台仪器，相同厚度的同样吸收池，在同一波长处测定，k 和 b 值相同。因此：

$$\frac{A_x}{A_s} = \frac{c_x}{c_s}$$

则由 c_s 可计算试样溶液中被测物质的浓度 c_x：

$$c_x = \frac{A_x}{A_s} \cdot c_s \qquad\qquad (8-18)$$

标准对照法因使用单个标准，引起误差的偶然因素较多，故往往较不可靠，而且只有在标准曲线线性关系良好且通过原点时才适用。为了减小误差，比较法配制的标准溶液浓度要与样品溶液的浓度相接近。

另外需要指出，c_x 是测定溶液的浓度，若样品是稀释后测定的，要求原样品种组分的浓度，应按下式计算：

$$c_{原样} = c_x \cdot 稀释倍数 \qquad\qquad (8-19)$$

例8－3　精密吸取 $KMnO_4$ 样品溶液 5.00ml，加纯化水稀释到 25.00ml。另配制 $KMnO_4$ 标准溶液的浓度为 $25.0\ \mu g \cdot ml^{-1}$。在 525nm 处，用 1.00cm 厚的吸收池，测得样品溶液和标准溶液的吸光度分别为 0.224 和 0.250。求原样品溶液中 $KMnO_4$ 的浓度。

解：由于样品溶液与标准溶液在相同条件下测定，则：

$$c_x = \frac{A_x}{A_s} \cdot c_s \cdot 稀释倍数 = \frac{0.224}{0.250} \times 25.0 \times \frac{25.00}{5.00}$$

由此解得：$c_x = 112\ \mu g \cdot ml^{-1}$

（2）**标准曲线法** 这是实际分析工作中最常用的一种方法。其方法是先配制一系列浓度不同的标准溶液，用选定的显色剂进行显色，以不含被测组分的空白溶液作参比，在一定波长下分别测定它们的吸光度 A。以 A 为纵坐标，浓度 c 为横坐标，绘制 $A-c$ 曲线，若符合朗伯－比尔定律，则得到一条通过原点的直线，称为标准曲线（也叫校正曲线或工作曲线），见图 8－10。然后用完全相同的方法和步骤测定被测溶液的吸光度，便可从标准曲线上找出对应的被测溶液浓度或含量，这就是标准曲线法。

在仪器、方法和条件都固定的情况下，标准曲线可以多次使用而不必重新制作，因而标准曲线法适用于大量的经常性的工作。

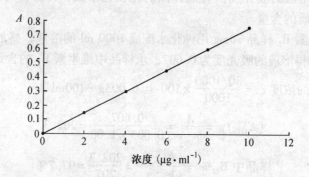

图 8－10 标准曲线示意图

（3）**吸光系数法** 根据朗伯－比尔定律 $A = \varepsilon bc$，或 $A = E_{1cm}^{1\%} bc$，如果已知吸收池的厚度 b 和吸光系数 ε 或 $E_{1cm}^{1\%}$，可以从文献或手册中查到。常用于定量的是百分吸光系数 $E_{1cm}^{1\%}$。则有：

$$C = \frac{A}{E_{1cm}^{1\%} b}$$

此法应用的前提是可测得或已知物质的 $E_{1cm}^{1\%}$。

例 8－4 维生素 B_{12} 注射液的含量测定。精密称取维生素 B_{12} 注射液 2.5ml，加水稀释至 10ml。另配制 B_{12} 标准液，精密称取 B_{12} 标准品 25mg，加水稀释至 1000ml。在 361nm 处，用 1.00cm 吸收池，分别测得吸光度为 0.508 和 0.518，求维生素 B_{12} 注射液的浓度以及标示量的百分含量（此维生素 B_{12} 注射液的标示量是 100μg/ml；维生素 B_{12} 水溶液在 361nm 处的 $E_{1cm}^{1\%}$ 值为 207）。

解： ①用标准对照法计算：

$$c_x = c_s \frac{A_x}{A_s}$$

$$c_x' \times \frac{2.5}{10} = \frac{\dfrac{25 \times 1000}{1000}\ (\mu g \cdot ml^{-1})\ \times 0.508}{0.518}$$

$$c_x' = 98.1 \mu g \cdot ml^{-1}$$

$$B_{12}标示量\% = \frac{c_x}{标示量} \times 100\% = \frac{98.1}{100} \times 100\% = 98.1\%$$

②使用吸光系数法计算：

$$C = \frac{A}{E_{1cm}^{1\%} b}$$

$$c_x' \times \frac{2.5}{10} = \frac{0.508}{207 \times 1}$$

$$c_x' = 98.1 \mu g \cdot ml^{-1}$$

$$B_{12}标示量\% = \frac{c_x}{标示量} \times 100\% = \frac{98.1}{100} \times 100\% = 98.1\%$$

也可以将待测溶液的吸光度换算成样品的比吸光系数，并计算与标准吸光系数的比值，来测定待测物质的含量。

例8-5　维生素 B_{12} 样品 30mg 用纯化水配成 1000 ml 的溶液，盛放于 1.00cm 吸收池中，在 361nm 处测得溶液的吸光度为 0.607，求样品中维生素 B_{12} 的含量百分比。

解：样品溶液的浓度 $c = \frac{30/1000}{1000} \times 100 = 0.003g \cdot 100ml^{-1}$

$$\left(E_{1cm}^{1\%}\right)_样 = \frac{A}{b \cdot c} = \frac{0.607}{0.003 \times 1.00} = 202.3$$

$$样品中 B_{12}\% = \frac{\left(E_{1cm}^{1\%}\right)_样}{\left(E_{1cm}^{1\%}\right)_标} = \frac{202.3}{207} = 97.7\%$$

2. 多组分的定量测定方法及应用

当溶液中含有两种或多种组分共存时，可根据各组分吸收光谱相互重叠的程度分别考虑测定的方法。

（1）如果各组分的吸收峰相互不重叠，即在各组分的吸收峰（λ_{max}）所在波长处，其他组分没有吸收，如图8-11（a）所示，则可按单组分的测定方法分别在 λ_1 处测定 A 组分的浓度，在 λ_2 处测定 B 组分的浓度，这样 A、B 两组分的结果不相互干扰。

（2）如果 A、B 两组分的吸收光谱部分重叠（图8-11），这时可先在 λ_1 处测定 A 组分的浓度，B 组分在此处没有吸收，不干扰测定 A 组分的浓度；然后在 λ_2 处测得混合溶液的总吸光度 A_{A+B}，再根据物质吸光度的加和性计算出 B 组分的浓度。但 A、B 两组分的吸光系数需事先求得。

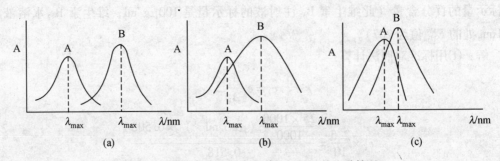

图8-11　混合组分吸收光谱相互重叠的三种情况

（3）在混合组分测定中，实际遇到最多的是吸收光谱双重叠，相互干扰，即两组分在最大吸收波长处互相有吸收，如图8-11（c）所示，若事先测出在 λ_1 和 λ_2 处 A、B 两组分各自的吸光系数，则在两波长处分别测得混合物得吸光度溶液的总吸光度 A_1 和 A_2，因吸光度具有加和性，若假设液层厚度为1cm，通过建立线性方程组就可以解出 A、B 两组分的浓度。

此方法从理论上讲，只要选用的波长点数等于或大于溶液所含的组分数，就可以用于任意混合组分的测定。但应指出，随着溶液所含组分的增多，越难选到较多合适的波长点，因而影响因素也增多，故实验结果的误差也将增大。

第三节　红外光谱分析法简介

一、概述

红外分光光度法（infrared spectrophotometry，IR）是基于物质对红外光线的吸收光谱而建立的分析方法，与紫外－可见分光光度法同属于分子吸收光谱。如果用连续波长的红外线为光源照射样品，以波长 λ 或波数 σ 为横坐标，其相应的百分透光率 T% 或吸光度 A 为纵坐标绘图，所测得的吸收光谱称红外光谱（infrared spectrum）。当一定频率的红外线光照射与样品时，因其辐射的能量不足以引起分子中电子的能级跃迁，被样品分子吸收后，只能实现分子振动能级和转动能级的跃迁，所以红外吸收光谱又称为分子的振动－转动光谱。根据红外吸收光谱中吸收峰的位置（峰位）、吸收峰形状（峰形）和吸收峰的强度（峰强）可以对有机化合物进行结构分析和定性、定量分析。

在电磁波谱中，红外光谱是介于可见与微波之间的电磁波，波长位于 0.75 ~ 1000μm 范围。红外光谱区域通常划分为三部分：0.75 ~ 2.5μm 为近红外区；2.5 ~ 50μm 为中红外区；50 ~ 1000μm 为远红外区。红外吸收光谱主要由分子中原子的振动能级跃迁时产生的，跃迁时吸收的辐射能位于中红外区，所以中红外区是红外光谱法研究应用最多的区域。

红外分光光度法最重要和最广泛的用途是用于有机化合物的定性鉴定和结构分析，也可用于定量分析，但灵敏度、准确度均较低且操作较繁杂，实际应用并不多，远不如紫外－可见分光光度法。

二、基本原理

（一）红外吸收光谱产生的条件

红外吸收光谱是由于样品分子吸收电磁辐射导致振动－转动能级的跃迁而形成的，但样品不是任意吸收一种电磁辐射都能产生振动－转动能级的跃迁，分子吸收红外辐射必须满足以下两个条件：

（1）电磁辐射的能量与分子振动－转动能级之间的跃迁所需的能量相等。

（2）被红外辐射作用的分子必须有偶极矩的变化。即只有发生偶极矩的变化的振动，才能引起红外吸收谱带。

由此可知，当一定频率的红外光照射分子时，如果分子中某些基团的振动频率和它一致时，二者会产生共振，此时光的能量通过分子偶极矩的变化而传递给分子，这个基团吸收一定频率的红外光，产生振动跃迁；如果红外光的振动频率和分子中各基团的振动频率不匹配，该部分的红外光就不会被吸收。因此，若用连续变化频率的红外辐射照射样品分子，由于样品对不同频率的红外光的吸收不同，通过样品后的红外光在一定范围内被吸收，而在另一些波长范围不被吸收，这样记录下来就得到红外吸收光谱。

（二）分子的振动形式

1. 双原子分子的振动

双原子分子振动时，通过化学键沿键轴方向在其平衡位置作周期性的伸缩振动，类似于力学中连接两个小球的弹簧的简谐振动。可把两个原子看成质量分别是 m_1 和 m_2 的两个刚性小球，原子间的化学键相当于连接两个原子的弹簧，见图 8 – 12。

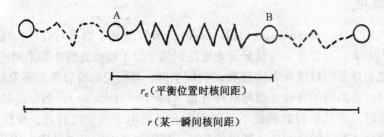

图 8 – 12　双原子分子伸缩振动示意图

分子的伸缩振动频率可由 Hooke 定律来进行计算。

$$\nu = \frac{1}{2\pi}\sqrt{\frac{K}{\mu}} \ (\mathrm{S}^{-1}) \tag{8-20}$$

振动波数为：

$$\sigma = \frac{1}{2\pi C}\sqrt{\frac{K}{\mu}} \ (\mathrm{cm}^{-1}) \tag{8-21}$$

式中，K 为化学键力常数；$\mu = \dfrac{m_1 \cdot m_2}{m_1 + m_2}$ 为双原子的折合质量；C 为光速。

从上式可知，分子振动频率的大小取决于化学键的强度和原子的质量，化学键越强，原子质量越小，振动频率越高。由于不同的物质的结构不同，他们的化学键力常数和原子质量各不相同，分子的振动频率不同。所以，分子在振动时所吸收的红外光线的频率不同；不同物质分子将形成各有其特征的红外光谱；这是红外吸收光谱产生的机制，也是红外光谱法对有机化合物进行定性鉴定和结构分析的理论依据。

2. 多原子分子的振动

双原子分子是最简单的分子，其振动形式只有一种，即沿键轴方向作相对的伸缩振动。对于多原子分子，随着原子数目的增加，分子中原子排布情况的不同，其振动情况要复杂得多，但基本振动形式可分为两类：一类是伸缩振动；另一类是弯曲振动（或称为变形振动）。

（1）伸缩振动　原子沿着键轴方向伸缩，使键长发生周期性变化的振动。多原子分子的每一个化学键均可近视地看作一个谐振子。按其振动时是否同时伸长和缩短，又可分为对称伸缩振动和不对称伸缩振动。

（2）弯曲振动　使键角发生周期变化的振动形式称为弯曲振动或变形振动。按其振动的方向是否位于分子所在的平面，它又可分为面内弯曲振动和面外弯曲振动。

（三）红外光谱中吸收峰的类型

1. 基频峰

分子吸收一定频率的红外线，其振动能级由基态（$V=0$）跃迁至第一激发态（$V=1$）时，所产生的吸收峰，称为基频峰或基频吸收带。其强度一般较大，是红外吸收光谱中最主要的一类吸收峰。

2. 泛频峰

泛频峰是倍频峰与组合频峰的合称。

（1）倍频峰　振动能级由基态（$V=0$）跃迁至第二振动激发态（$V=2$）或第三振动激发态（$V=3$）等所产生的吸收峰。三倍频峰以上，由于跃迁概率小，常观测不到，一般只考虑第二倍频峰。

（2）组合频峰　由两个或多个振动类型组合而成的组合频的吸收峰。包括合频峰和差频峰。

3. 特征峰

可用于鉴别官能团存在并有较高强度的吸收峰称为特征吸收峰，简称吸收峰。此特征峰频率称为特征频率。如羰基的伸缩振动吸收是红外光谱中的最强峰，其吸收频率在 $1850 \sim 1650 cm^{-1}$ 之间，最易识别。

4. 相关峰

某一官能团除有其特征峰外，还有由这个官能团所产生的一组相互依存而又能相互佐证的振动吸收峰，称为相关吸收峰，简称相关峰。如亚甲基，有频率为 2930 cm^{-1}，2850 cm^{-1}，1465 cm^{-1}，$720 \sim 790$ cm^{-1} 的相关峰。利用一组相关峰来确定某个官能团是否存在，是红外分光光度法的一个重要依据。

（四）吸收峰的强度

1. 吸收峰的强度

吸收峰的强度是指一条吸收曲线上吸收峰的相对强度，一般按摩尔吸光系数 ε 的大小来划分吸收峰的强弱等级。具体划分为五个等级：

极强峰	强峰	中强峰	弱峰	极弱峰
$\varepsilon > 100$	$\varepsilon = 20 \sim 100$	$\varepsilon = 10 \sim 20$	$\varepsilon = 1 \sim 10$	$\varepsilon < 1$

影响谱峰强弱的两个重要因素：振动能级的跃迁概率和振动过程中偶极矩的变化。一般基频吸收带强于倍频吸收带；偶极距变化越大，吸收谱带的强度越大。负电性相差大的原子形成的化学键（如 C—N，C—O，C≡N）的吸收峰比一般的（C—H，C—C，C=O，C=C）键要强得多。

（五）红外吸收光谱的重要区段

具有不同官能团的有机化合物，在 $4000 \sim 400 cm^{-1}$ 范围内，均有特征吸收频率，利用红外光谱与产生吸收峰官能团的关系对有机化合物进行鉴定。所以认识特征官能团的红外吸收峰（位置、强度和形状）非常重要。

1. X－H 伸缩振动区（4000～3500 cm⁻¹）

（1）O—H 伸缩振动　游离羟基在 3700～3500 cm⁻¹ 处有尖峰，基本无干扰，易识别。氢键使 ν_{OH} 降低在 3400～3200 cm⁻¹，并且谱峰变宽。有机酸形成二聚体，ν_{OH} 移向更低的波数 3000～2500 cm⁻¹。

（2）N—H 伸缩振动　ν_{NH} 位于 3500～3300 cm⁻¹，与羟基吸收带重叠，但峰形尖锐，可区别。伯胺呈双峰，仲胺、亚胺显单峰，叔胺不出峰。

（3）C—H 伸缩振动　饱和烃 ν_{CH} < 3000 cm⁻¹ 附近，不饱和烃 ν_{CH} > 3000 cm⁻¹。可以 3000 cm⁻¹ 为界，区分饱和烃与不饱和烃。

2. 三键和累积双键伸缩振动区（2500～2000 cm⁻¹）

这个区域的吸收峰较少，很容易判断。主要是三键和累积双键伸缩振动峰。

3. 双键伸缩振动区（2000～1500 cm⁻¹）

有机化合物中一些典型官能团的吸收频率在此区域内，是红外光谱中一个重要区域。

（1）C＝O 双键伸缩振动　位于 1900～1600 cm⁻¹，是红外光谱上最强的吸收峰，特征显著，使判断羰基化合物存在的重要依据。该吸收峰位与邻近基团性质密切相关，由此可判断羰基化合物的类型。

（2）C＝C 双键伸缩振动　位于 1670～1450 cm⁻¹，ε 较小，在光谱图中有时观测不到，但在邻近基团差别较大时，吸收带增强。

（3）芳环骨架振动　位于 1620～1450 cm⁻¹，在 1500 cm⁻¹ 附近有一强吸收带，1600 cm⁻¹ 附近还有一次强吸收带。所以这两处的吸收带是确定有无芳核结构的重要标志。

在红外光谱的整个范围也可分为 4000～1500cm⁻¹ 与 1500～400 cm⁻¹ 两个区域。在 4000～1500cm⁻¹ 区间大多特定官能团所产生的吸收峰统称为官能团区，又称为基团频率区或特征区。其吸收光谱主要反应分子中特征基团的震动。所以，官能团的鉴定主要在这一区域内进行。

4. 指纹区

习惯上将 1500～400 cm⁻¹ 的低频区间称为指纹区。此区域红外线的能量较特征区低，出现的谱带源于各种单键的伸缩振动以及多数基团的弯曲振动。有机化合物基本骨架 C－C 单键的振动基团在此区域，出现的振动形式很多，峰很密集，吸收光谱十分复杂，反映了分子内部的细微结构，每一种化合物在该区的吸收峰位、强度和形状都不相同，至今还未发现两种不同结构的化合物有完全相同的红外光谱图，犹如人的指纹，所以叫指纹区。对有机化合物的鉴定有极大的价值。

三、红外分光光度计

红外分光光度计（infrared spectrophotometer），也称作红外吸收光谱仪。主要有两大类：色散型红外分光光度计和干涉分光型（傅立叶变换）红外分光光度计（FT－IR）。下面仅介绍目前使用最广泛的色散型红外分光光度计，见图 8－13。

（一）基本结构

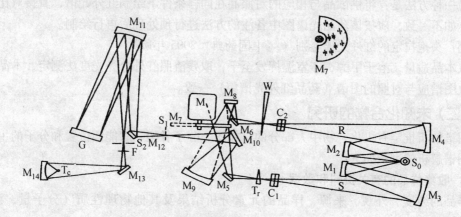

图 8 – 13　典型光栅红外分光光度计光路图

S₀——光源；M₁,₂,₃,₄——球面镜；R——参考光束；S——样品光束；C₁——样品池；C₂——空白池；

Tᵣ——小光楔（100% 调节钮）；W——大光楔（梳状光栏）；M₅,₆,₈,₁₀,₁₂,₁₃——反光镜；

M₇——斩光器（扇面镜）；M₁₄——椭圆镜；S₁——入射狭缝；S₂——出射狭缝；G——光栅；

M₁₁——准直镜；F——滤光片；T_c——热电偶

（二）主要部件

色散型红外分光光度计的结构与紫外可见分光光度计相似，也是由光源、吸收池、单色器、检测器和放大记录系统等几个部分组成的。

1. 光源

常用的光源有硅碳棒和 Nernst 灯两种。当温度加热到 1300 ~ 1500K 以上时发射出红外线，光线分成两束能量相同的光，分别照射在样品池及参比池上。

2. 吸收池

有气体池和液体池两种。气体池主要用于测量气体及沸点较低的液体样品；液体池用于分析常温下不易挥发的液体样品和固体样品。

3. 色散元件

一般都采用反射型平面衍射光栅，为了获得单色光必须在光栅前面或后面加一滤光器。

4. 检测器

作用是将照射在它上面的红外光转变为电信号。常用的检测器是真空热电偶和戈利盒（Golay cell）。

四、红外光谱在药物分析中的应用

（一）已知化合物的鉴定

谱图对照法：即在得到供试样品的红外光谱图后，与纯物质的标准谱图进行对照，若两张谱图各吸收峰的位置和形状、峰相对强度相同，其他理化数据（如熔点，沸点，比旋光度等）、元素分析结果数值均相同，则样品是该种已知物。相反，如果两谱图面貌不同，或峰位不对，则说明两者非同一物质，或者样品中含有杂质。

另一种方法是：将供试品与相应的对照品在同样条件下绘制红外光谱，直接对比是否一致。如不一致，应按该药品光谱图中备注的方法进行预处理后再行绘制。

例：头孢拉定的红外光谱鉴别（《中国药典》2005年版）

取本品适量，溶于甲醇，于室温挥发至干，取残渣照红外分光光度法测定，本品的红外吸收图谱应与对照的图谱（药品红外光谱集）一致。

（二）未知化合物的研究

图谱解析推定有机化合物中大部分的官能团、分子骨架、官能团位置和分子的主体结构。图谱解析的过程如下：

1. 收集样品的有关资料和数据

样品的纯度、外观、来源、样品的元素分析结果及其他物理性质（分子量、沸点、熔点等）。

2. 确定未知物的不饱和度

根据元素分析结果所确定的分子式，可计算该化合物的不饱和度，从而可估计分子结构中是否含有双键、三键或芳香环等，并可验证谱图解析结果是否合理。计算不饱和度的经验公式为：

$$\Omega = 1 + n_4 + \frac{n_3 - n_1}{2} \tag{8-21}$$

式中，n_4 为四价原子数目，例如碳；n_3 为三价原子数目，例如氮；n_1 为一价原子数目，例如氢、卤素等。当 $\Omega = 0$ 时，表示分子是饱和的；$\Omega = 1$ 时，表示分子中有一个双键或一个环；$\Omega = 2$ 时，表示分子有一叁键，或者为 $\Omega = 1$ 时所表示的情况的两倍。应该指出，二价原子如氧、硫等不参加计算。

例 8-6 计算甲酰胺（CH_3CONH_2）的不饱和度。

解：

$$\Omega = 1 + 2 + \frac{1-5}{2} = 1$$

例 8-7 计算甲苯 C_7H_8 的不饱和度。

解：

$$\Omega = 1 + 7 + \frac{0-8}{2} = 4$$

可见苯环的不饱和度为 4，因为分子中有三个双键和一个环。

3. 图谱解析

一般来说，红外光谱的解析采用先特征区，后指纹区；先最强峰，后次强峰；先粗查，后细找；先否定，后肯定的顺序和原则。

例 8-8 某化合物的分子式为 C_7H_6O，试根据其红外光谱图见图 8-14，推断其结构式。

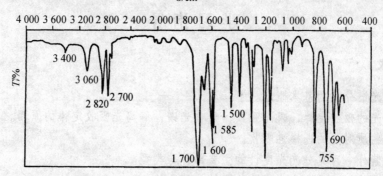

图 8 – 14 未知物的红外光谱（净液、盐片）

解：

（1）计算不饱和度

$$\Omega = \frac{2 + 2 \times 7 - 6}{2} = 5$$

不饱和度为 5，说明可能有苯环存在。

（2）各吸收峰的振动类型和归属如下：

吸收峰（cm^{-1}）	振动类型	归属
3060	$\nu_{\Phi H}$	
1600，1500，1585	$\nu_{C=C}$	苯环
1460	δ_{CH}	
3400	$\nu_{C=O}$ 倍频	
1700	$\nu_{C=O}$（与苯环共轭）	$-C=O$
2820 2700	$\nu_{CH(O)}$（费米共振峰分裂）	苯甲醛 $-C-H$
755 690	$\gamma_{\Phi H}$（苯环上单取代）	苯环

（3）综合以上分析，可推测此化合物的结构式为 苯甲醛结构式 。

4. 含量测定

由于红外光谱吸收峰较多，故可用于测定同系物、异构体及混合物的含量。含量测定时可选择一个欲测成分的特征吸收峰，此吸收峰不被其他成分所干扰。目前在红外光谱定量分析时，多采用内标法，按各品种项下规定的方法，根据测得的特征吸收峰，作基线及量取峰高吸收度比值，依对照品比较法公式计算供试品含量。

学习指导

一、目的要求

1. 熟悉光谱分析的基本概念。

2. 掌握光的吸收定律，吸光系数，吸收光谱，偏离光吸收定律的原因。

3. 掌握物质对光的选择性吸收。

4. 熟悉紫外－可见分光光度计的主要部件与类型。

5. 了解紫外－可见分光光度法的定性分析方法。

6. 掌握紫外－可见分光光度法的定量分析方法及其应用。

7. 熟悉红外光谱产生的条件及表示方法。

8. 掌握红外分光光度法的基本原理，熟悉红外光谱的四个区域及常见基团的特征吸收频率与吸收峰之间的关系。

9. 了解红外光谱法的定性、定量分析方法，能利用基团特征频率与分子结构的关系进行简单的图谱解析。

二、学习要点

（一）光的本质和物质对光的选择性吸收

1. 光的本质：光是一种电磁波，即具有波动性又具粒子性，即波粒二象性。

波长、光速、频率间关系如下：

$$\nu = \frac{c}{\lambda}$$

光的能量、频率或波长具以下关系：

$$E = h \cdot \nu = h \cdot \frac{c}{\lambda}$$

2. 物质对光的选择性吸收

人眼能感觉到的光称为可见光，其波长范围为 $400 \sim 760nm$。单一波长的光称为单色光，由不同波长组成的光称为复色光。白光（日光、白纸灯光等）就是一种复色光，它是由红、橙、黄、绿、青、蓝、紫等颜色的光按一定的强度比例混合而成的。若两种颜色的光按适当的强度比例混合可组成白光，则这两种色光为互补光。

3. 吸收曲线

（1）同一种物质对不同波长光的吸光度不同。

（2）不同浓度的同一种物质，其吸收曲线形状相似 λ_{max} 不变。

（3）不同浓度的同一种物质，在某一定波长下吸光度 A 有差异，A 随浓度的增大而增大。

（4）在 λ_{max} 处吸光度随浓度变化的幅度最大，所以测定最灵敏。吸收曲线是定量分析中选择入射光波长的重要依据。

（二）紫外－可见分光光度法的基本原理

1. 光的吸收定律

（1）透光率 T 和吸光度 A 二者相互换算关系是：

$$A = -\lg T;\ T = 10^{-A}$$

（2）朗伯－比尔定律（光的吸收定律）：当一束平行的单色光照射到某一均匀、无散射的含有吸光物质的溶液时，在入射光的波长、强度以及溶液的温度等保持不变的条件下，该溶液的吸光度 A 与溶液的浓度 c 及溶液的液层厚度 b 的乘积成正比。即：

$$A = kbc$$

吸收定律不仅适用于可见光，也适用于紫外光和红外光

2. 吸光系数

光的吸收定律中的比例系数 k 称为吸光系数。吸光系数是吸光物质在一定条件下的特征常数，与物质的本性有关，与吸光物质的浓度和液层厚度无关。如果溶液的浓度单位不同，吸光系数的意义和表示方法也不同，常用摩尔吸光系数、质量吸光系数和比吸光系数表示：

（1）摩尔吸光系数 光吸收定律表达式中，如果溶液浓度 c 的单位为 $mol \cdot L^{-1}$，液层厚度 b 的单位为 cm，这时 k 常用 ε 表示。越大，表示吸光质点对某波长的光吸收能力愈强，故吸光度测定的灵敏度越高。ε 值在 10^3 以上即可进行分光光度法测定。

（2）质量吸光系数 当 c 的单位为 $g \cdot L^{-1}$，b 的单位为 cm 时，k 以 a 表示，$\varepsilon = aM$。

（3）为比吸光系数（百分吸光系数） 当 c 的单位为 g/100ml（例如溶液浓度 c 为 1% 即为 100ml 溶液中含被测物质 1g），液层厚度为 1cm 时，k 用 $E_{1cm}^{1\%} \cdot$ 表示 $\varepsilon = E_{1cm}^{1\%} \cdot M/10$

3. 偏离朗伯－比尔定律的原因，主要由物理因素和化学因素两个方面引起。

（1）物理因素 由非单色光、非平行光、介质不均匀引起。

（2）化学因素

①化学反应引起的偏离 被测物质在溶液中常发生离解、缔合、互变异构等化学反应，使其平衡浓度与分析浓度不成正比关系，而引起偏离偏离朗伯—比尔定律。

②溶液浓度过高引起的偏离 朗伯－比尔定律没有考虑吸光物质的粒子间的相互作用，因此，只适合于稀溶液（$c < 10^{-2}\ mol \cdot L^{-1}$）。

4. 分光光度计按使用的波长范围可分为：紫外分光光度计（200 ~ 400nm）、可见分光光度计（400 ~ 800nm）和紫外－可见分光光度计（200 ~ 1000nm，现在多用）。

分光光度计种类和型号繁多，但其基本结构和原理相似，普通紫外－可见光谱仪主要由光源、单色器、样品池（吸收池）、检测器、信号处理与显示器（读出装置）五个部分组成。

5. 紫外－可见吸收光谱的应用

（1）定性分析 吸收光谱特征数据比较法、标准品比较法、标准图谱比较法。

（2）定量分析

①单组分的定量分析 标准曲线法、标准对照法、吸光系数法。

②多组分的定量分析。

（三）红外分光光度法简介

1. 红外分光光度法是基于物质对红外光线的吸收光谱而建立的分析方法。与紫外 - 可见分光光度法同属于分子吸收光谱。分子吸收红外辐射必须满足以下两个条件：

(1) 电磁辐射的能量与分子振动 - 转动能级之间的跃迁所需的能量相等。

(2) 被红外辐射作用的分子必须有偶极矩的变化。

2. 分子的振动形式

(1) 双原子分子的振动　双原子分子振动时，通过化学键沿键轴方向在其平衡位置作周期性的伸缩振动，类似于力学中连接两个小球的弹簧的简谐振动。

(2) 多原子分子的振动

①伸缩振动　原子沿着键轴方向伸缩，使键长发生周期性变化的振动。可分为对称伸缩振动和不对称伸缩振动。

②弯曲振动　使键角发生周期变化的振动形式称为弯曲振动或变形振动。又可分为面内弯曲振动和面外弯曲振动。

光谱的九个重要区段见表 8 - 2。

表 8 - 2　光谱的九个重要区段

波数（cm^{-1}）	波长（μm）	振动类型
3750 ~ 3000	2.7 ~ 3.3	ν_{OH}，ν_{NH}，
3300 ~ 3000	3.0 ~ 3.4	$\nu_{\equiv CH} > \nu_{=CH-H} \approx \nu_{ArH}$
3000 ~ 2700	3.3 ~ 3.7	ν_{CH}（—CH_3、—CH_2—、—CH、—CHO）
2400 ~ 2100	4.2 ~ 4.9	$\nu_{C\equiv C}$，$\nu_{C\equiv N}$
1900 ~ 1650	5.3 ~ 6.1	$\nu_{C=O}$（酸酐、酰氯、酯、醛、酮、羧酸、酰胺）
1675 ~ 1500	5.9 ~ 6.2	$\nu_{C=C}$，$\nu_{C=N}$
1475 ~ 1300	6.8 ~ 7.7	δ_{CH}
1300 ~ 1000	7.7 ~ 10.0	$\nu_{C=O}$（酚、醇、醚、酯、羧酸）
1000 ~ 650	10.0 ~ 15.4	$\gamma_{=CH}$（烯氢、芳氢）

红外分光光度计的结构与紫外 - 可见分光光度计相似，也是由光源、吸收池、单色器、检测器和放大记录系统等几个部分组成的。

3. 红外光谱在药物分析中的应用

(1) 已知化合物的鉴定　标准品对照法、标准图谱比较法。

(2) 未知化合物的研究　图谱解析推定有机化合物中大部分的官能团、分子骨架、官能团位置和分子的主体结构。图谱解析的过程如下：

①收集样品的有关资料和数据。

②确定未知物的不饱和度。

③图谱解析。

④含量测定。

习 题

一、单项选择题

1. 紫外－可见分光光度计测定的波长范围是（　　）。

A. 200～760nm　　　　B. 400～760nm　　　　C. 760～1000nm　　　　D. 1000～1200nm

2. 测定 Fe^{3+} 含量时，加入 SCN^- 显色剂，生成的配合物是红色的，则此配合物吸收了白光中的（　　）。

A. 红光　　　　　B. 绿光　　　　　C. 蓝光　　　　　D. 青光

3. 在分光光度分析中，透光强度（I_t）与入射强度（I_0）之比，即 I_t / I_0 称为（　　）。

A. 吸光度　　　　B. 透光率　　　　C. 吸光系数　　　　D. 光密度

4. 符合光的吸收定律的物质，与吸光系数无关的因素是（　　）。

A. 稀溶液条件下，溶液的浓度　　　　　B. 吸光物质的性质

C. 溶液的温度　　　　　　　　　　　　D. 溶剂的性质

5. 用分光光度法在一定波长处测定一有色溶液，测得溶液的吸光度为1.0，则透光率是（　　）。

A. 0.1%　　　　B. 1.0%　　　　C. 10%　　　　D. 20%

6. 透光率是100%时，吸光度 A 为（　　）。

A. 1　　　　　B. 0　　　　　C. 0.1　　　　D. 10

7. 用双硫腙分光光度法测定 Pb^{2+}（摩尔质量为 $207.2g \cdot mol^{-1}$），若1000ml溶液中含有2mg Pb^{2+}，在波长520 nm处用0.5cm厚的吸收池测得吸光度 A 为0.5，则其摩尔吸光系数是（　　）。

A. 1.0×10^{-2}　　　B. 1.0×10^2　　　C. 1.0×10^3　　　D. 1.0×10^5

8. 准确称取麦角固醇0.01g，分子量为396.66，溶解于1L乙醇中配成溶液。以乙醇为参比溶液，在波长为520nm处用1.0cm厚的吸收池测定，其透光率为35.9%，则其比吸光系数是（　　）。

A. 44.5　　　　B. 445　　　　C. 1.77×10^3　　　D. 1.77×10^4

9. 红外吸收光谱属于（　　）。

A. 原子吸收光谱　　B. 分子吸收光谱　　C. 电子光谱　　D. 核磁共振光谱

10. 振动能级由基态跃迁到第一激发态所产的吸收峰是（　　）。

A. 合频峰　　　　B. 泛频峰　　　　C. 基频峰　　　　D. 倍频峰

二、填空题

1. 物质的吸收光谱是以＿＿＿＿＿＿＿＿＿＿为横坐标，以＿＿＿＿＿＿＿＿＿＿为纵坐标作图所得到的曲线；而标准工作曲线是以＿＿＿＿＿＿＿＿＿＿＿＿为横坐标，以＿＿＿＿＿＿＿＿＿＿为纵坐标作图所得到的曲线。

2. 分光光度计的基本组成部件包括 _____、_____、_____、_____、_____ 和 _____。可见分光光度计的光源为 _____，吸收池为 _____ 材质；而紫外分光光度计的光源则为 _____，吸收池为 _____ 材质。

3. 用吸光光度法测定样品时，一般选用 _____ 的单色光作为入射源。

4. 吸光光度法是根据 _____ 和 _____ 定律而建立的分析方法。

5. 吸光系数是物质的特征常数之一，它与 _____ 有关，而与 _____ 和 _____ 无关。不同物质对同一波长的单色光，可有 _____（相同或不同）的吸光系数；同一物质对不同波长的单色光 _____（相同或不同）的吸光系数，所以吸光系数是对物质进行定性和定量的重要依据。

6. 红外光谱产生的条件是 _____。

三、判断题

1. 光的吸收定律（朗伯－比尔定律）不仅适用于有色溶液，而且也适用于无色溶液。

2. 透光率的倒数成为吸光度。

3. 摩尔吸光系数与物质的量浓度有关，物质的量浓度愈大，摩尔吸光系数越大。

4. 红外吸收光谱是由分子中电子能级的跃迁而形成的。

5. 中红外吸收光谱主要是由分子中原子的振动吸收产生的。

6. 沿键轴方向发生的周期性变化的振动称为伸缩振动。

四、计算题

1. 精密称取维生素 C 样品 0.05g，溶于 100ml 的 $0.01mol \cdot L^{-1}$ 的硫酸中，准确量取此溶液 2.0ml 稀释至 100.0 ml，取稀释液用 0.50cm 的石英比色杯，在 254nm 处测得吸光度值为 0.275，求样品中维生素 C 的百分含量（已知 254nm 处维生素 C 的比吸光系数为 560）。

2. 强心药托巴丁胺（$M = 270$）在 260 nm 波长处有最大吸收，摩尔吸光系数 ε（260nm）为 7.030×10^3，取该药片 1 片，溶于水稀释成 2.00 L 静置后，取上清液用 1.00cm 吸收池于 260 nm 波长处测得吸光度为 0.687，计算这片药中含托巴丁胺多少克？

3. 人体血液的血容量可用下法测定：将 1.00ml 伊凡蓝无害染料注入静脉，经 10 分钟循环混匀后采血样。将血样离心分离，血浆占全血 53%。在 1.0cm 吸收池中测得血浆吸光度为 0.380。另取 1.00ml 伊凡蓝，在容量瓶中稀释至 1.0 L。取 10.0ml 在容量瓶中稀释至 50.0ml，在相同条件下测得吸光度为 0.200。若伊凡蓝染料全分布于血浆中，求人体中血液的血容量。

4. 维生素 B_{12} 的水溶液在 361nm 处的 $E_{1cm}^{1\%}$ 值为 207，若用 1cm 吸收池于 361nm 处测得该溶液的吸光度为 0.414，则其浓度是多少？

5. 精密称定维生素 B_{12} 样品 25.0mg，用水稀释成 1000ml，用 1cm 吸收池于 361nm 处测得该溶液的吸光度为 0.507，已知维生素 B_{12} 的 $E_{1cm}^{1\%}$ 值为 207，求该溶液的含量。

6. 有一浓度一定的溶液，用 1cm 的吸收池测定时，其透光率为 60%，若改用 2cm 的吸收池测定时其吸光度和透光率为多少？

7. 已知维生素 B_{12} 的最大吸收波长为 361nm。精确称取样品 30mg，加水溶解稀释至 100ml，在波长 361nm 下测得溶液的吸光度为 0.618，另有一未知浓度的样品在同样条件下测得吸光度为 0.475，计算样品维生素 B_{12} 的浓度。

8. 试计算分子式为 $C_{12}H_{24}$ 化合物的不饱和度。

（李　飞）

第九章 色谱法

第一节 色谱法概述

一、色谱法的发展

色谱法（chromatography）又称层析法，是根据物质的物理化学性质不同用以分离、分析多组分混合物的一种分离和分析方法。它是目前分离分析技术中应用最广、发展最快的分析技术。

色谱法起源于20世纪初，1903～1906年俄国植物学家Tswett（茨维特）研究植物叶子组成时，用碳酸钙作吸附剂，把碳酸钙填充在竖立的玻璃管中，以石油醚洗脱植物色素的提取液从玻璃管顶端倒入填充好的管柱中，经过一段时间洗脱之后，植物色素在碳酸钙柱中向下移动，然后再用纯净的石油醚自上而下淋洗。吸附剂对它们的吸附能力有所不同。经过一段时间后，两组分的微小差异逐渐变大，样品中各种色素向下移动的速度不同，由原来一条色带分散为数条平行的色带，使得植物色素实现分离。由于这一实验将混合的植物色素分离为不同的色带，Tswett（茨维特）把这种色带叫作"色谱"，色谱法由此得名。在这一实验过程中，把玻璃管叫作"色谱柱"，填充在竖立的玻璃管中的碳酸钙称作"固定相"，沿着固定相流动的石油醚称作"流动相"。茨维特创立的这种方法称之为液-固色谱法。

茨维特提出色谱概念后的20多年里没有人关注这一伟大的发明，直到1931年德国的Kuhn和Lederer才重复了茨维特的一些实验，用氧化铝和碳酸钙分离了α-、β-和γ-胡萝卜素，此后用这种方法分离了60多种这类色素。Martin和Synge在1940年提出液-液分配色谱法，即固定相是吸附在硅胶上的水，流动相是有机溶剂。1941年Martin和Synge提出用气体代替液体作流动相的可能性，11年之后James和Martin发表了从理论到实践比较完整的气-液色谱方法，因而在1952年获得了诺贝尔化学奖。在此基础上1957年Golay开创了开管柱气相色谱法，习惯称为毛细管气相色谱法。1965年Giddings总结和扩展了前人的色谱理论，为色谱的发展奠定了理论基础。在60年代末把高压泵和化学键合固定相用于液相色谱，形成了高效液相色谱。80年代初毛细管超临界流体色谱得到发展，而在90年代末得到了广泛的应用。

色谱法经过近一个世纪的发展，各种理论和方法日趋成熟。其特点是高效能、高灵敏度、高选择性和分析速度快。目前已在石油化工、医药卫生、生命科学、材料科学、环境科学等诸多领域得到了广泛应用。

二、色谱法的分类

色谱法有多种分类方法，即使同一种色谱法也可有不同的名称。常用的分类方法有以下三种：

（一）按两相的状态分类

色谱法都有两相即流动相和固定相。流动相的状态有气体和液体，固定相的状态有固体和液体（固定液），按两相的状态可将色谱法分为以下两大类。

1. 气相色谱法（gas chromatography，GC）

流动相为气体的称为气相色谱法。若固定相为固体时称为气－固色谱法；固定相为液体时称为气－液色谱法。

2. 液相色谱法（liquid chromatography，LC）

流动相为液体的称为液相色谱法。若固定相为固体时称为液－固色谱法，固定相为液体时称为液－液色谱法。

（二）按色谱过程中的分离原理分类

1. 吸附色谱法

是指用吸附剂作固定相时，利用吸附剂表面对不同组分的吸附能力的差异来进行分离的方法。

2. 分配色谱法

是指用液体作固定相时，利用不同组分在两相中的分配系数（或溶解度）的差异来进行分离的方法。

3. 离子交换色谱法

是指用离子交换剂作固定相时，利用离子交换剂对不同离子的交换能力（或亲合力）的差异来进行分离的方法。

4. 凝胶色谱法

是指用凝胶（分子筛）作固定相时，利用凝胶分子大小不同的组分有着不同的阻滞作用（或渗透作用）来进行分离的方法。

（三）按操作形式分类

1. 柱色谱法

将固定相装于柱管（如玻璃或不锈钢柱）内，构成色谱柱，流动相携带样品自上而下移动的分离方法。

2. 薄层色谱法

将吸附剂涂铺在平板（如玻璃板）上，制成薄层作固定相，点样后，用流动相（展开剂）将其展开，然后对样品进行定性与定量分析的方法。

3. 纸色谱法

是以滤纸作载体，固定相固定在纸上，然后用与薄层色谱法相同的操作形式进行分离的方法。

三、色谱法的基本原理

1. 色谱过程

实现色谱分离的基本条件是必须具备相对运动的两相，其中一相固定不动，即固定相，另一相是携带组分向前运动的流动体即流动相。样品中的组分随流动相经过固定相时，与固定相发生作用，各组分结构、性质不同，它们与固定相作用的强度也不同。因而不同的物质在两相之间的分配会不同，这使其随流动相运动速度各不相同，即在固定相上停留的时间也就不同，由此产生迁移而被分离。

根据物质的分离机制，又可以分为吸附色谱、分配色谱、离子交换色谱、凝胶色谱、亲和色谱等类别。下面讨论 A、B 两组分混合样品的分离过程：

选择合适的溶剂将样品溶解，将样品 A、B 的混合液从柱顶端加入，开始时 A、B 两组分在同一位置，形成起始色带。然后用流动相进行洗脱，随着洗脱剂不断的流动，A、B 在两相之间的分配不同不断的进行吸附 – 解吸附 – 再吸附 – 再解吸附的过程。吸附柱对 A、B 两组分的吸附能力有所不同，使其随流动相运动速度各不相同，吸附能力弱的在柱内运动速度快，率先流出色谱柱，而吸附能力强的在柱内运动速度慢最后流出，由此 A、B 两种物质达到分离的目的。如图 9 – 1 所示。

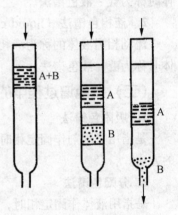

图 9 – 1　A、B 两组分色谱分离过程示意图

2. 分配系数

色谱过程实质是混合物中各组分在相对运动的两相即固定相（C_s）与流动相（C_m）之间进行分配的过程。分配达到平衡时，各组分被分离的程度，可用分配系数 K 表示。

分配系数 K 是指在一定的温度和压力下，某组分在两相间的分配达到平衡时的浓度（或溶解度）之比。即

$$K = \frac{\text{组分在固定相中的浓度}}{\text{组分在流动相中的浓度}} = \frac{C_s}{C_m} \qquad (9 - 1)$$

分配系数是物质的特征常数，它与被分离组分、固定相、流动相、温度有关。不同的物质有着不同的分配系数。K 值越小，在柱中移动的速度越快，即保留时间越短，将先流出色谱柱；K 值越大，该组分在柱中的移动速度越慢，即保留时间越长，则后流出色谱柱。由此可见，混合物中各组分间的分配系数 K 相差越大，各组分越容易被分离。

色谱机制不同，分配系数的含义也不同。在吸附色谱中，K 为吸附平衡常数；在分配色谱中，K 为分配系数；在离子交换色谱中，K 为交换系数；在分子排阻色谱中，K 为渗透系数。

3. 色谱流出曲线和常用术语：

组分被流动相冲洗，通过色谱柱，到达检测器所产生的响应信号对洗脱时间的曲线是色谱流出线，也称色谱图。如图 9 – 2 所示。

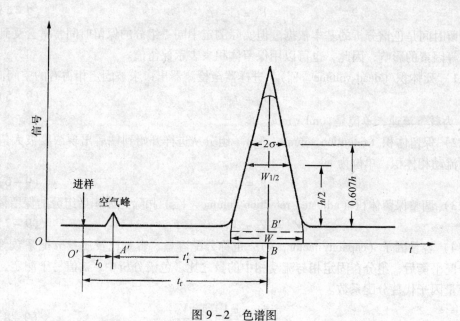

图 9 – 2　色谱图

（1）基线（base line）　色谱柱中没有样品仅有流动相通过时，检测器响应信号的记录值称为基线。稳定的基线应该是一条平行于时间横坐标的直线。基线的高低反映检测器的本底高低。

（2）色谱峰（peak）　指通过色谱系统时所产生的响应信号，即色谱流出曲线上的突起部分。正常的色谱峰为对称的正态分布曲线，不正常的色谱峰有拖尾峰和前延峰，色谱峰的好坏用拖尾因子（T）和分离度（R）来衡量。

（3）峰高（peak height，h）　从峰顶点到基线的垂直距离。

（4）峰面积（peak area，A）　色谱流出曲线上突起部分与基线间所包围的面积。

（5）峰宽（基线宽度，peak width，W 或 Y）　通过色谱峰两侧的拐点处作切线，在基线上所截两点之间的距离。

（6）半峰宽（peak width at half height；$W_{1/2}$ 或 $Y_{1/2}$）　色谱峰高一半（即 $h/2$）处的峰宽。

（7）标准差（standard deviation，σ）　正态分布曲线两侧拐点之间距离的一半，即 0.607h 处峰宽的一半。σ 越小，区域宽度越小，流出的组分越集中，越有利于分离，柱效越高。

W、$W_{1/2}$、σ 三者之间的关系为：

$$W = 4\sigma \tag{9-2}$$

$$W_{1/2} = 2.354\sigma \tag{9-3}$$

（8）死时间（dead time，t_0）　流动相中的溶质不被固定相吸附或溶解而通过色谱柱的时间，表现在色谱图上即从进样开始到出现峰值的时间。

（9）保留时间（retention time；t_r）　组分从进样点到色谱峰的顶峰时间。

（10）调整保留时间（adjusted retention time；t'_r）：扣除死时间后的组分保留时间。

$$t'_r = t_r - t_0 \qquad (9-4)$$

保留时间是色谱分析的基本依据。但实际测定中同一组分的保留时间常常会受到流动相流速等因素的影响，因此，也可以用保留体积来表示保留值。

（11）死体积（dead volume，V_0） 进样器至检测器出口未被固定相占有的空间。

$$V_0 = t_0 \cdot F_c \qquad (9-5)$$

F_c 为载气流速，单位是（ml·min^{-1}）。

（12）保留体积（retention volume，V_r） 组分从进样开始到柱后出现浓度极大值时所通过的流动相体积，单位为 ml。

$$V_r = t_0 \cdot F_C \qquad (9-6)$$

（13）调整保留体积（adjusted retention volume，V'_r） 扣除死体积后组分的保留体积。

$$V'_r = V_r - V_0 = t'_r \cdot F_C \qquad (9-7)$$

（14）容量因子（capacity factor，κ） 也称分配容量、容量比及质量分配系数等，是达到分配平衡后，组分在固定相与流动相中的量之比。色谱分析中，κ 值易于测定，一般都用容量因子代替分配系数。

$$\kappa = \frac{m_s}{m_m} = \frac{c_s V_s}{c_s V_m} = K \frac{V_s}{V_m} \qquad (9-8)$$

容量因子与调整保留时间的关系为：

$$\kappa = \frac{t'_r}{t_0} \qquad (9-9)$$

（15）保留时间与分配系数的关系

$$t_r = t_0 \left(1 + K \frac{V_s}{V_m}\right) \qquad (9-10)$$

（16）分离度 色谱图中，相邻两组分色谱峰的保留时间之差与两组分峰宽均值的比值称为分离度。即相邻两色谱峰（色谱峰的宽度要窄）峰尖距离与峰宽均值之比叫做分离度，用 R 表示。

$$R = \frac{2 \times (t_{R_2} - t_{R_1})}{W_1 + W_2} \qquad (9-11)$$

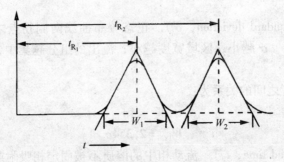

图 9-3　分离度 R 计算示意图

当分离度 $R = 1$ 时，两个峰的分离程度只达到 98%，说明两组分尚未完全分离开；若分离度小于1，则色谱峰相互重叠，两组分达不到分离。分离度 R 的计算如图 9-3 所示。

分离度越大，色谱柱的分离效率越高，两个峰分离得越好。一般药物用气相色谱法分离时，分离度应大于1.5，分离程度可以达到99.8%。

式中的保留时间与峰宽或半峰宽应取相同的单位，如用时间，则一律换算为时间单位，如用长度，则一律换算为长度单位。

第二节 薄 层 色 谱 法

薄层色谱是将细粉状的吸附剂或载体均匀地涂铺在一块光洁表面的玻璃板、塑料板或金属板上形成薄层，各组分在此薄层上进行色谱分离的方法，称为薄层色谱法。

一、基本原理

（一）分离原理

薄层色谱法的分离原理与所用固定相有关，可分为吸附薄层色谱法、分配薄层色谱法、离子交换薄层色谱法以及凝胶薄层色谱法等。本节主要讨论吸附薄层色谱法。

吸附薄层色谱法所用的固定相为固体吸附剂，流动相通常为不同极性的溶剂，由于固体吸附剂对样品中不同组分的吸附能力不同，使得各组分在两相中的分配情况不同，最终达到分离目的。

吸附薄层色谱法分离过程为，将含有 A、B 两组分的混合溶液点在薄层板的一端，在密闭的容器中用适当的展开剂展开，在此过程中，A、B 组分不断地被吸附剂吸附，又不断地被展开剂溶解而解吸，并且随展开剂向前移动。由于吸附剂对 A、B 具有不同的吸附能力，展开剂也对 A、B 有不同的溶解、解吸能力，即 $K_A \neq K_B$。当展开剂不断展开时，A、B 在吸附剂和展开剂之间发生连续不断的吸附、解吸、再吸附、再解吸，从而产生差速迁移，这种移动速度的差别虽然不大，但经过反复多次在两相间的分配，A、B 两组分的距离逐渐被拉开，最终达到分离目的，在薄板上形成两个斑点。如图 9 - 4 所示。

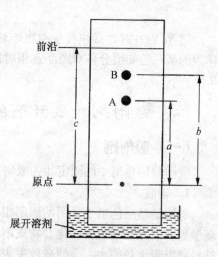

图 9 - 4 薄层展开示意图

（二）比移值与相对比移值

1. 比移值 (R_f)

试样展开后各组分斑点在薄层板上的位置常用比移值 R_f 来表示。比移值是原点中心至组分斑点中心的距离与原点中心至溶剂前沿的距离之比。

组分 A 的比移值 $\qquad R_{f(A)} = \dfrac{a}{c}$ $\qquad\qquad$ (9 - 12)

组分 B 的比移值 $\qquad R_{f(B)} = \dfrac{b}{c}$ $\qquad\qquad$ (9 - 13)

组分比移值也可以认为是平面色谱的基本定性参数。在一定的色谱条件下，比移值为常数，其值在 0~1 之间。若该组分的 $R=0$，表明组分没有随展开剂展开，仍停留在原点上。样品中各组分的 R_f 值相差越大，表示分离得越好。实验证明，在薄层色谱法中，组分 R_f 值的最佳范围是 0.3~0.5，可用范围是 0.2~0.8。相邻两组分的 R_f 值应相差 0.05以上。

在硅胶吸附剂上，用同一流动相展开时，极性大的组分由于被吸附得较为牢固，比移值小；而极性小的组分被吸附得较弱，比移值大。在硅胶吸附剂上，对同一组分来讲，流动相极性大，对被分离组分的溶解度大，则比移值大；反之，流动相极性小，对分离组分的溶解度小，则比移值小。

2. 相对比移值（R_S）

薄层色谱中，影响 R_f 值的因素很多，很难得到重复的 R_f 值。若用相对比移值 R_S 代替 R_f 值，可以消除实验过程中的系统误差。相对比移值是指被分离物质与参比物质在同一块薄层上，用相同的色谱条件进行分离，被分离物质与参比物质的移动距离之比。R_S 表示如下：

$$R_S = \frac{原点到样品组分斑点中心的距离}{原点到对照品斑点中心的距离} \qquad (9-14)$$

图 9-4 中，若 B 为被离物质，A 为参比物质，则 B 物质的相对比移值是：

$$R_S = \frac{b}{a}$$

用 R_S 定性时，必须有参考物作对照。参考物可以是另外加入的纯物质，还可以是试样中的某一已知组分作对照品。相对比移值可以大于 1 或小于 1，其重复性、可比性优于 R_f 值。

二、吸附剂和展开剂的选择

（一）吸附剂

吸附薄层色谱中的固定相为吸附剂。常用的吸附剂有硅胶、氧化铝和聚酰胺等。

1. 硅胶

硅胶是薄层色谱中常用的固定相。硅胶是多孔性无定性粉末，表面有许多硅醇羟基呈弱酸性。硅醇羟基与极性化合物或不饱和化合物可以形成氢键，使得硅胶具有吸附能力。硅胶能吸附大量的水，会使硅胶失去活性，即无吸附性能。在 100℃ 左右加热，可失去水而提高活度，增强吸附能力，这一过程称为"活化"。硅胶的活性与含水量有关。含水量越多，级数越高，吸附能力越弱，同一组分在硅胶上的 R_f 值越大；反之亦然。硅胶的活性与含水量的关系如表 9-1 所示。

硅胶是弱酸性物质，适用于酸性和中性物质（有机酸、氨基酸、萜类、甾体等样品）的分离。碱性物质与硅胶能发生酸碱反应，展开时严重被吸附、斑点拖尾，甚至会停留在原点不随流动相展开。

薄层色谱常用的硅胶类型有硅胶 H、硅胶 G 和硅胶 GF$_{254}$ 等。硅胶 H 为不含胶黏剂的硅胶，铺成硬板时需加胶黏剂。硅胶 G 是硅胶和煅石膏混合而成的。硅胶 GF$_{254}$ 含煅石膏，另外有一种无机荧光剂，在254nm紫外光下呈强烈黄绿色荧光背景，此类吸附剂制成的荧光薄层板，只适用于本身不发光并且不易显色物质的分析。

2. 氧化铝

色谱用的氧化铝按制备方法分为碱性（pH≈9）、中性（pH≈7.5）和酸性（pH≈5）三种，其中以中性氧化铝使用最多。

碱性氧化铝适用于分离碱性和中性物质，如生物碱、脂溶性维生素等。酸性氧化铝适用于分离酸性和中性物质。中性氧化铝适用于酸性及对碱不稳定化合物的分离。

氧化铝的吸附活性也与含水量有关，含水量越高，活性越弱。氧化铝的活性与含水量的关系见表9-1。

表9-1 硅胶、氧化铝的活性与含水量的关系

硅胶的含水量	氧化铝的水量	活性级别	活性
0	0	I	高
5	3	II	
15	6	III	
25	10	IV	
38	15	V	低

3. 聚酰胺

聚酰胺（polyamide）是由酰胺聚合而成的高分子化合物。聚酰胺分子内的酰氨基可与化合物质子给予体形成氢键，因而产生吸附。聚酰胺可用于酚、羧酸、硝基、醌类等化合物的分离。

（二）展开剂

吸附薄层色谱中的流动相为展开剂，展开剂的选择是薄层色谱分离成败的关键之一。展开剂的选择是根据被分离物质和展开剂极性的大小，即按照相似相溶原理进行。Stahl设计了一个简单的选择方法，如图9-5所示。

Stahl的方法比较粗略，但为展开剂的选择提供了一定的依据。在薄层色谱中，展开剂一般是选择常用的溶剂进行展开实验，根据被分离组分在薄层板上的分离效果，进一步考虑改变展开剂的极性或采用混合溶剂进行展开，直到分离效果符合要求为止。例如，某物质用单一溶剂四氯化碳展开时，R_f值太小，甚至停留在原点未

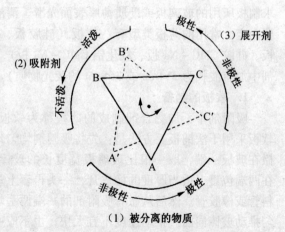

图9-5 被分离物质的极性、吸附剂
的活性及展开剂极性三者关系图

动，此时可在展开剂中加入适量极性大的溶剂乙醇，四氯化碳:乙醇的选择，（9:1），

(8:2), (7:3) ……一直到获得满意的 R_f 值（0.2~0.8 之间）为止。如果用单一溶剂四氯化碳展开时，R_f 值太大，斑点出现在前沿附近，则可在展开剂中逐步加入适量极性小的溶剂，如石油醚、环己烷等以降低展开剂的极性，使 R_f 值符合要求。

对于物质极性相近或结构差异不大的难分离组分，往往需要采用二元、三元甚至多元溶剂作展开剂。在一个多元溶剂中，各溶剂起着不同的作用。一般来说，在混合溶剂中占比例较大的溶剂往往起着溶解和分离物质的作用。极性大的组分应选用极性大的展开剂。如被测组分展开距离太大甚至接近前沿，则应降低展开剂的极性。如被测组分的 R_f 值太小甚至停留在原点，则应增大展开剂极性。例如做碱性物质分离时，在展开剂中可适当加入碱性溶剂，如二乙胺、乙二胺、氨水等。这样可以防止产生斑点拖尾。分离酸性物质时，可在展开剂中加入酸性溶剂，如甲酸、乙酸、磷酸和草酸等。例如，石油醚：丙酮：二乙胺：水（10:5:1:4）这个展开系统，水是极性大的溶剂，石油醚是极性小的溶剂。加入石油醚可以降低展开剂的极性，使物质的 R_f 值变小。丙酮则起着混匀整个溶剂系统及降低展开剂黏度的作用。而其中的少量二乙胺则起着控制展开剂 pH 的作用，使分离后的斑点不出现拖尾现象，斑点清晰集中。

薄层色谱中常用的溶剂，按极性由弱到强的顺序为：

石油醚 < 环己烷 < 四氯化碳 < 苯 < 甲苯 < 乙醚 < 三氯甲烷 < 乙酸乙酯 < 正丁醇 < 丙酮 < 乙醇 < 甲醇 < 水。

三、操作程序

薄层色谱法的基本操作过程一般为制板、点样、展开、显色定位四步。

（一）制板

将吸附剂涂铺在玻璃板或硬质薄膜上，成为厚度均一的薄层的操作过程称为制板。要求制板所用的玻璃板或硬质薄膜表面光滑、清洁、厚度均匀，玻璃片的大小，根据实际需要而定。常用的薄板类型有：软板（硅胶板、氧化铝板）、硬板（硅胶 G 板、氧化铝 G 板、硅胶 CMC - Na 板、氧化铝 CMC - Na 板）、F 板（F254 板、F365 板）（F 板为在吸附剂中加有波长为 254nm 或 365nm 的荧光物质）。

1. 软板的制备

吸附剂中不加黏合剂制成的薄板称为软板。软板采用干法铺板。方法是：先将吸附剂均匀地撒在玻板一端，取一根比玻璃板宽度长的玻棒，在两端包裹上适当厚度的橡皮膏，一头再套上塑料管或橡胶管。然后从撒有吸附剂的一端两手均匀推动玻棒向前。推动速度不宜太快，也不应中途停顿，免薄层厚度不匀，影响分离效果。所铺薄层厚度视分离要求而定。如图 9 - 6 所示。此制备方法简便、快速、随铺随用，展开速度快。缺点是所铺薄层不牢固，易被吹散，薄板也只能放于近水平位置展开，分离效果也较差，目前用

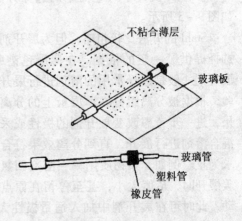

图 9 - 6 软版的制备

得较多的是硬板。

2. 硬板的制备

吸附剂中加入黏合剂制成的薄板称为硬板。硬板是用湿法铺板。硬板的制备方法主要有三种：倾注法、平铺法、机械涂铺法。

（1）倾注法　取一定量的吸附剂，按一定比例加入水或羧甲基纤维素钠（CMC－Na）溶液，调成糊状倒在玻璃板上。用玻璃棒涂铺成薄层，并轻轻振荡，使薄层均匀。放置于水平台上晾干或在110℃烘箱中 1～2 小时烘干。此法是实验室中最常用的手工铺板方法。一般所用市售吸附剂是硅胶含有煅石膏，用含煅石膏制成的硬板，其机械强度较差，易脱落，但耐腐蚀，可用浓硫酸试液显色。硅胶 CMC－Na 板，通常是在硅胶中加入 0.5%～1.0% 的 CMC－Na 水溶液作黏合剂制成的薄板。该板机械强度好，可用铅笔在上面作记号。使用强腐蚀性显色剂时不能加热，展开时间较长。

（2）平铺法　水平台上放置合适的玻璃平板，在玻板两侧加上玻璃条做成框边，将吸附剂调成糊状倒在玻璃板的一端，用有机玻璃板或玻璃棒沿一端向另一端均匀地将吸附剂铺平，然后再振动均匀，放置在水平台上晾干、活化后备用。这种方法可以一次平铺多块薄层板，简单易行。

（3）机械涂铺法　用涂铺器制板，得到的薄板厚度均匀一致。操作简单，适合于定量分析，目前被广泛应用。由于涂铺器的种类较多，型号各不相同，国内常用的有 Stahl 式手动涂布器和 CAMAG 公司生产的自动铺板器及国产自动铺板器等。使用时按相应的仪器说明书操作使用。

（二）点样

1. 试样溶液的制备

溶解样品选择溶剂时，一般选用与展开剂相似的溶剂，尽量避免用水作溶剂，因为水不易挥发，易使斑点扩散。常用的有机挥发性溶剂有甲醇、乙醇、丙酮、三氯甲烷等。

2. 点样仪器

点样是将试样溶液或对照品液点到薄层上的操作。它是造成定量误差的主要来源。点样量的多少决定了薄层的性能以及显色剂的灵敏度。一般分析分离时，点样量为几至几十微克，而制备分离可以点到数毫克。合适的点样量通过实验得到。手动点样仪器是管口平整的毛细管或平口微量注射器。另外，还有各种自动点样装置，自动点样仪可以进行程序控制点样。如瑞士 Camag 公司生产的 Linomat 和 Nanomst 点样仪。

3. 点样方法

点样时首先用铅笔在距薄层底边约 1.5～2cm 处画一条起始线，然后在起始线处作好点样标记，再用毛细管吸取一定量的试样溶液，轻轻接触薄板起始线上的点样标记，毛细管内溶液就自动渗入薄层上。如果样品溶液较稀，可分数次点完，每次点样需自然干燥或用电吹风干燥后，再进行二次点样。如果连续点样，会使原点扩散。点样后所形成的原点面积越小越好，一般原点直径以不超过 2～4mm 为宜。当一块薄板上需点几个样品时，原点间距离约 1～1.5cm。点样时必须小心操作。

（三）展开

展开过程必须在密闭的色谱槽（多数是长方形色谱槽）或直立行的单槽色谱缸或双

槽色谱缸中进行，它是混合物分离的过程。展开前，将薄板置于盛有展开剂的色谱缸内饱和 15～30 分钟，此时薄板与展开剂不接触。待色谱缸内蒸气、薄层、缸内气压达到动态平衡时，体系达到饱和，再将薄板浸入展开剂中展开。展开方式一般有以下四种。

1. 近水平展开

近水平展开应在长方形色谱槽内进行。将点样后的薄板下端浸入展开剂约 0.5cm（注意：试样原点绝不能浸入到展开剂中），把薄板上端垫高，使薄板与水平角度适当，约为 15°～30°。展开剂借助毛细管作用自下而上进行。该方式展开速度快，适合于不含黏合剂的软板的展开。

2. 上行展开

将点样后的薄板放入已盛有展开剂的直立形色谱缸中，斜靠于色谱缸的一边壁上，展开剂沿下端借毛细管作用缓慢上升，待展开距离达 10～20cm 时，取出薄板，画出溶剂前沿，待溶剂挥发后进行斑点定位。这种展开方式适用于含黏合剂硬板的展开，是目前薄层色谱法中最常用的一种展开方式。

3. 多次展开

取经展开一次后的薄板让溶剂挥发后，再用同一种展开剂或改用一种新的展开剂按同样的方法进行第二次，第三次……展开，以达到增加分离度的目的。

4. 双向展开

经第一次展开后，取出，挥去溶剂，将薄板转 90°后，再改用另一种展开剂展开。双向展开所用的薄板规格一般为 20cm×20cm。它适合于分离成分较多，性质比较接近的难分离组分。

5. 注意事项

（1）色谱槽或色谱缸具有良好的密闭性　色谱槽内展开剂蒸气压应维持不变，否则影响物质在两相中的溶解度。因此，应涂甘油淀粉糊（展开剂为脂溶性时）或凡士林（展开剂为水溶性时）使其密闭。

（2）防止边缘效应　边缘效应是指同一组分在同一薄板上处于边缘斑点的 R_f 值大于中心部分 R_f 值的现象。此现象产生的主要原因是由于色谱槽内溶剂蒸气未达到饱和，造成展开剂的蒸发速度在薄板两边与中间部分不等，即处于边缘的溶剂挥发速度较快。因此，在展开前，展开槽内的空间以及内面的薄板被展开剂蒸汽完全饱和后，再将薄板浸入展开剂中展开，以防止边缘效应。

（四）显色和定位

普通薄层板，有色物质斑点的定位可在日光下直接观察测定。无色物质可用物理或化学方法检视。物理方法是检出斑点的荧光颜色及强度；化学方法一般用化学试剂显色后，立即覆盖同样大小的玻板，检视。

1. 物理方法

在紫外灯下观察薄板上有无荧光斑点或暗斑。紫外灯一般有 254nm 或 365nm 两个波段，根据被测组分的性质进行选择。荧光薄板在紫外灯的照射下，整个薄板背景呈现黄绿色荧光。如果被测物质本身在紫外灯下观察无荧光斑点，则可以借助荧光薄板进行检测。

2. 化学方法

根据被测组分的性质特点，选择合适的化学试剂，利用化学试剂与被测物质的特性反应，使斑点产生颜色而定位。显色剂可分为通用型显色剂和专属型显色剂两种。通用型显色剂有碘、硫酸溶液、荧光黄溶液、氨蒸气等。碘对许多有机化合物都可显色，如生物碱、氨基酸等衍生物；硫酸乙醇溶液对大多数有机化合物也能显出不同颜色的斑点；0.05%的荧光黄甲醇溶液是芳香族与杂环化合物的通用显色剂。专属型显色剂是利用物质鉴别的特性反应进行显色。例如，茚三酮是氨基酸的专用显色剂，三氯化铁、铁氰化钾试剂是含酚羟基物质的显色剂，溴甲酚绿是酸性化合物的显色剂。

显色剂的显色方式通常采用直接喷雾法或浸渍显色法。根据所制薄层板的特点选择显色方法。硬板可将显色剂直接喷洒在薄板上，喷洒的雾点必须微小、致密和均匀。软板则采用浸渍法显色，是将薄板的一端浸入到显色剂中，待显色剂扩散到整个薄层后，取出，晾干或吹干，即可呈现斑点的颜色。浸渍法只适用于硬板。

在实际工作中，应根据被分离物质的性质及薄板的情况，选择合适的显色剂及显色方法。各类化合物所用的显色剂从手册或色谱法专著中查阅。

四、定性和定量分析

斑点定位后，根据要求进行定性和定量分析。

（一）定性分析

薄板上斑点位置确定之后，通常用对照法鉴定各组分，即在同一块薄板上分别点上试样和对照品进行展开、定位。如果试样的 R_f 值与对照品的 R_f 值相同，则认为该组分与对照品为同一物质。有时还采用多种不同的展开系统进行展开，如果所得到的 R_f 值与对照品均一致，才可以基本认定是同一物质。这样可使所的结果更加真实可靠。

（二）定量分析

定量时需对被分离物质斑点在薄层扫描仪上用合适的测定参数进行扫描，得到斑点的面积，与已知量的对照品斑点面积比较，从而计算样品中被测组分的含量。目前，薄层色谱法的定量分析多采用仪器直接测定。也有采用薄层分离后再洗脱，得到洗脱液用紫外分光光度法或其他仪器分析法进行定量。还有其他一些简易的定量或半定量方法。

1. 目视法

将对照品配成浓度已知的系列标准溶液，与样品溶液一起分别点在同一块薄板上展开、显色后，通过目视比较不同浓度对照品与样品斑点颜色的深浅以及面积大小，找到接近点，由此估计出样品含量的近似值。它适用于半定量分析或药物中杂质的限度检验，是一种粗略的定量方法。

2. 斑点洗脱法

将样品液以线状点在薄板的起始线上，展开后，用一块稍窄一点的玻璃板盖着薄板的中间，用以上定位方法定位出薄板两边斑点。

薄层分离后拿开玻璃板，将待测组分斑点中间条状部分的吸附剂定量取下（如采用刀片刮下或捕集器收集），选择合适的溶剂将待测组分定量洗脱，然后按照比色法或分光光度法测定其含量。同样取下与斑点相应位置、同面积的空白吸附剂，用相同的方法进行洗脱，作空白实验，以对实验结果进行校正。

3. 薄层扫描法

薄层扫描法是以一定强度波长的光照射薄层板上被分离组分的斑点，测定斑点对光吸收的强度或发出荧光强度，进行定量分析的方法。薄层扫描仪种类很多，目前常用的是双波长薄层扫描仪（dual-wavelength TLC scanner），其特点是对斑点曲线扫描。

（1）原理 图9－7为CS－910双波长双光束薄层扫描仪的光学系统简明图。

从光源L（氘灯、钨灯或氙灯）发射出的光，通过两个单色器MC和MS分成两束不同波长的光 λ_1 和 λ_2。斩光器（CH）交替地遮断这两束光，最后合在同一光路上，通过狭缝，照射在薄板上。如用反射法测定，则斑点表面的反射光由光电倍增管PMR接收，如采用透射法测定，则由光电倍增管PMT所接收。用 λ_s 和 λ_R 两种不同的波长的光交替照射斑点，测定两波长的吸光度的差值，由此进行含量测定。

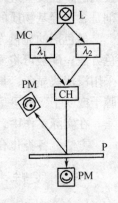

图9－7 双波长双光束薄层扫描仪

（2）波长的选择 测定波长（λ_s）是选择斑点中化合物吸收峰的最大吸收波长 λ_{max}。参比波长（λ_R）是选择化合物吸收光谱的基线部分的波长即化合物无吸收的波长。双波长扫描法测定值是在 λ_{max} 处扫描所得的吸收值减去在 h 处的空白吸收值，使薄层背景的不均匀性得到了补偿，曲线的基线较为平稳，因此测定结果的准确度得到提高。

（3）扫描方法 根据扫描光束的运动轨迹，扫描方式分为直线扫描法和锯齿扫描法

①直线扫描法：光束以直线轨迹通过色斑进行扫描。此法只适用于外形规则的斑点，对于于外形不规则的斑点，测得吸光度积分值差别较大，测定结果的重显性也差，应该用锯齿扫描法进行测定。

②锯齿扫描法：扫描光束以锯齿状运动轨迹扫描。它适用于外形不规则斑点的扫描，从任何方向扫描，测得吸光度积分值基本一致。

（4）测定方法

①透射法：一定波长的光束照射到薄层斑点上，光通过斑点被部分吸收，另一部分透过薄层的光由透射测量用的光电倍增管检测出来。因为薄层所用的吸附剂对光的透射性差，且玻璃板能吸收一定短波长的紫外光，所以此法使用上受到一定的限制，只适用于透明薄板。

②反射法：一定光束照到薄层斑点上，部分光被斑点吸收，另一部分被反射的光可由反射测量用的光电倍增管检测出来。薄层表面均匀度对反射法影响较大，适用于不透明薄板如氧化铝、硅胶等，但此法对薄层厚度的均匀性要求不高，因此目前应用较多。

③荧光测定法：用汞灯或氙灯发出的光源作激发光照射到斑点上，然后用反射法或透射法的测定方式来测量斑点被激发后所产生的荧光。其特点是对荧光物质的测定灵敏度高，适合于微量成分的含量测定。

（5）定量方法 薄层扫描定量主要有两种方法即外标法和内标法。最常用的是外标

法，即先用被测组分对照品浓度系列作标准曲线。若对照品各数据点在校正曲线上呈一通过原点的直线，可用一点法校正；如不通过原点通常宜采用二点法校正，必要时用多点法校正。含量测定时，试样溶液和对照品溶液应交叉点于同一薄层板上，试样点样不得少于4个，对照品每一浓度不得少于2个；薄层扫描定量用的对照品纯度应符合含量测定用对照品的要求。

由于影响薄层扫描结果的因素很多，故应在保证试样的斑点在一定浓度范围内呈线性的情况下，将试样与对照品在同一薄层板上展开后扫描，进行比较并计算含量，以减少误差。各种试样只有得到分离度和重现性好的薄层色谱，才能得到满意的结果。

五、应用和示例

薄层色谱法已被广泛应用于药物分析领域，如各种天然和合成有机物的分离与鉴定；各种中草药和中成药的成分分析，化学药品、抗生素类药品原料药和制剂的真伪鉴别和杂质限量检查（即纯度检查）；合成药制剂的含量测定；有时也用于少量物质的提纯与精制。薄层色谱法在药品质量控制中，可用来测定药物的纯度和检查降解产物；在药品生产中，可用来判断合成反应进行的程度，监控反应历程；在中草药有效成分的分析中，可用来分离有效成分并测定其含量。现行美、英、日药典也都广泛应用了薄层色谱法。

例9-1 醋酸可的松中其他甾体的检查

精密称取本品100mg，于10ml干燥的容量瓶中，加三氯甲烷-甲醇（9:1）制成每1ml中含10mg的溶液作为供试品溶液。精密量取供试品溶液1ml于100ml容量瓶中，加三氯甲烷-甲醇（9:1）稀释成每1ml中含0.10mg的溶液作为对照溶液。按照薄层色谱法试验，吸取上述两种溶液各5μl，分别点于同一硅胶G薄层板上，以二氯甲烷-乙醚-甲醇-水（385:60:15:2）为展开剂，展开后，晾干，在105℃干燥10分钟，放冷，喷以碱性四氮唑蓝试液，立即检视。供试品溶液如显杂质斑点，不得多于3个，其颜色与对照溶液的主斑点比较，不得更深。

例9-2 六味地黄丸的鉴别

取本品水蜜丸6g，研碎；或取小蜜丸或大蜜丸9g，切碎，加硅藻土4g，研匀。加乙醚40ml，低温回流1小时，过滤，滤液挥去乙醚，残渣加丙酮1ml使溶解，作为供试品溶液。另取丹皮酚对照品，加丙酮制成每1ml含1mg的溶液，作为对照品溶液。照薄层色谱法试验，吸取上述两种溶液各10μl，分别点于同一硅胶G薄层板上，以环己烷-乙酸乙酯（3:1）为展开剂，展开，取出，晾干，喷以盐酸酸性5%三氯化铁乙醇溶液，加热至斑点显色清晰。供试品色谱中在与对照品色谱相应的位置上，显相同的蓝褐色斑点。

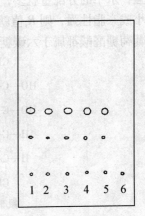

图9-8 当归薄层色谱图
1~3. 供试品溶液；4. 自配溶液；5. 对照品溶液；6. 阴性对照溶液

例9-3 消炎散结胶囊主要由当归、丹参、赤芍、牡丹皮、桃仁等13味药材组成。用薄层色谱法鉴别当归。

取本品内容物1.5g，置具塞试管中，加正己烷5ml。超声处理10分钟，取上清液作为供试品溶液。另取当归对照药材

0.5 g 及缺当归的阴性样品 1.5 g，同法分别制成对照药材溶液及阴性对照溶液。照薄层色谱法试验，吸取上述 3 种溶液各 2μl，分别点于同一硅胶 G 薄层板上，以正己烷 - 乙酸乙酯（9:1）为展开剂，展开，取出，晾干，置紫外灯（365 nm）下检视。供试品溶液色谱中，在与对照药材溶液色谱相应的位置上显相同的亮蓝色荧光斑点，而阴性对照溶液在相应的位置上则无斑点。见图 9 - 8。

第三节 纸色谱法

一、基本原理

纸色谱法（paper chromatography，PC）是以滤纸作为载体的平面色谱法。纸色谱法可看作以滤纸上所含水分或其他物质为固定相，用流动相进行展开的分配色谱法，根据分离原理属于分配色谱的范畴。滤纸纤维所吸附的水大约有 6% 能与纤维上的羟基通过氢键结合成复合物作固定相，而水的有机溶剂（水与有机溶剂相混溶或不相溶均可）如丙酮、乙醇、丙醇等，仍能与滤纸纤维所吸附的水形成类似不相混溶的两相。滤纸除了吸附水以外，也可吸附其他极性物质如甲酰胺、丙二醇、缓冲溶液等作为固定相。

二、影响 R_f 值的因素

平面色谱（薄层色谱和纸色谱）的 R_f 值在一定条件下为一定值，作为鉴定物质的参数之一。物质不同，R_f 值的大小也不同，主要决定于物质本身的结构和性质，同时，色谱条件、流动相的组成、色谱缸内的温度等也有很大影响。

（一）物质化学结构对 R_f 值的影响

分子的极性决定了组分在两相中的分配系数。一般来说，物质的极性较大即亲水性强，水中的分配量就多，则以水为固定相的纸色谱中 R_f 就小。相反，如果物质的极性较小或亲脂性强，则 R_f 值就大。分子极性的大小与分子结构有关。例如，葡萄糖、鼠李糖、葡萄糖醛酸都属于六碳糖类，化学结构如下：

```
     CHO              CHO              CHO
      |                |                |
HO—C—H          H—C—OH          H—C—OH
      |                |                |
HO—C—H          HO—C—H          HO—C—H
      |                |                |
 H—C—OH          H—C—OH          H—C—OH
      |                |                |
 H—C—OH          H—C—OH          H—C—OH
      |                |                |
     CH₃              CH₂OH            COOH
    鼠李糖           葡萄糖          葡萄糖醛酸
```

从结构式可知，三种糖分子中所含极性官能团羟基（—OH）和羧基（—COOH）数目不同，因而极性不同（极性，羧基 > 羟基），导致 R_f 值也不同。三种糖分子结构与 R_f 的关系如表 9 - 2。

表 9 – 2　三种六碳糖的 R_f 值比较

	羟基（—OH）	羧基（—COOH）数	亲脂性基团	分子极性	R_f值
鼠李糖	4	0	CH_3—	小	大
葡萄糖	5	0	0	↓	↓
葡萄糖醛酸	4	1	0	大	小

所以，根据物质的化学结构可以判断其极性大小，由此推断 R_f 值的大小顺序。

（二）外界条件对 R_f 值的影响

物质的化学结构直接影响 R_f 值的大小，其次外界因素对 R_f 值也有很大的影响。选择合适的吸附剂，使吸附剂的表面性质、表面积及颗粒大小符合色谱条件，薄层板的厚度按要求进行。展开过程中，展开室蒸气应达到饱和程度。因此，在色谱实验过程中，注意影响 R_f 值的每个因素，尽可能保持恒定的色谱条件，才能得到重现性更好的 R_f 值。

三、操作方法

（一）操作方法

纸色谱和薄层色谱都属于平面色谱，其操作方法基本相似。取色谱滤纸一条，按薄层色谱的点样方法将样品溶液点在滤纸条一端约 2.5cm 处，稍干后，将滤纸条悬挂在装有展开剂的密闭色谱缸内让展开剂蒸气饱和，然后再将点有样品滤纸一端约 0.5cm 处浸入展开剂中（原点切勿浸入展开剂）。展开剂借助滤纸纤维毛细管作用上升而缓缓流向另一端。在展开过程中，样品中各组分随流动相向前移动，由于各组分在两相间的分配系数不同，在两相间连续进行分配萃取后，便得到了分离。除另有规定外，一般展开至约 15cm 后，取出滤纸条，划出溶剂前沿线，晾干，按照薄层斑点的检出方法进行定位，再进行定性和定量分析。

纸色谱展开方式类似薄层色谱法，也有上行法、下行法、双向展开法、多次展开等。纸色谱法通常采用上行法展开，但展开速度慢，一般需几个小时才能完成。实际操作中，即使是同一物质，如果展开方式不同，R_f 值也不同。

（二）实验条件

1. 色谱滤纸的选择

滤纸应质地均匀平整，具有一定机械强度，不含影响色谱效果的杂质。也不应与所用显色剂起作用，以免影响分离和鉴别效果，必要时可作特殊处理后再用。滤纸纤维松紧应适宜，对滤纸型号的选择应结合分离对象、分离目的、展开剂的性质来考虑。对于分离 R_f 值相差很小的混合物，适合选用慢速滤纸，而分离 R_f 值相差较大的混合物，适合选用快速滤纸；在定性分析时则用薄型滤纸。常用的国产滤纸主要是新华色谱滤纸，进口滤纸多用 Whatman。

2. 点样

色谱滤纸按纤维长丝方向切成适当大小的纸条，离纸条上端适当的距离（使色谱纸上端能足够浸入溶剂槽内的流动相中，并使点样基线在溶剂数厘米处）用铅笔划一点样基线。用下行法时色谱纸下端可切成锯齿形，以便于流动相滴下。点样方法基本上与薄层色谱相似。点样量取决于纸的厚薄程度及显色剂的灵敏度。一般是几到几十微克。

3. 展开剂选择

所用展开剂与吸附薄层色谱有不同。主要根据分离物质在两相中的溶解度和展开剂的极性来考虑。展开剂中溶解度较大的物质移动速度就快，因而会有较大的 R_f 值。为了防止展开过程中固定相的水被夺去，展开剂预先要用水饱和，这样可以使分配过程顺利进行。最常用的展开剂是水饱和了的正丁醇、正戊醇、酚等水的有机溶剂。

4. 斑点检出

检出方法类似于薄层色谱。但纸色谱不能使用腐蚀性显色剂（如硫酸），也不能在高温下显色。

5. 定性与定量方法

纸色谱的定性方法与薄层色谱完全相同，都是依据 R_f 值来鉴定物质。纸色谱定量常采用剪洗法，即先将定位后的斑点部分剪下，经溶剂洗脱，然后用比色法或分光光度法测定。它类似薄层色谱法的斑点洗脱法。目前用光密度法对斑点直接扫描，然后根据扫描得到的积分值，求算出样品的含量。

第四节 气相色谱法

以气体作为流动相的色谱方法称做气相色谱法（gas chromatography，GC）。主要用于分离分析易挥发的物质。气相色谱法是英国生物化学家、诺贝尔奖获得者马丁和辛格在研究液－液分配色谱的基础上，于 1952 年创立的一种极为有效的分离方法。由于各种固定相的发展以及毛细管气相色谱的出现，使气相色谱的分离能力不断提高。近年来，计算机技术在气相色谱中的应用，使其得到了更加广泛的应用。目前，在药物分析中，它已成为有关杂质检查、原料药和制剂的含量测定、中草药成分分析、药物的纯化、制备等一种重要的手段。

一、气相色谱法的分类

1. 根据固定相的聚集状态

可分为气－固色谱和气－液色谱，前者是用固体吸附剂作固定相，而后者是以涂布在载体表面上的固定液作固定相。

2. 根据色谱柱的粗细

可分为填充柱色谱和毛细管柱色谱两种，填充柱是将固定相填充在金属或玻璃管柱中。毛细管柱是将固定液直接涂布在毛细管内壁上。

3. 按分离原理

可分为吸附色谱和分配色谱两大类。气－固色谱属于吸附色谱，它利用固体吸附剂对不同组分的吸附性能不同进行分离；气－液色谱属于分配色谱，它利用不同组分在两相中的分配系数不同而达到分离目的。

气相色谱法能够被广泛应用，主要有以下特点：

（1）分析速度快　气相色谱法完成一个分析周期一般只需要几分钟到几十分钟，样品分离和分析可一次完成，某些快速分析，甚至只需几秒钟。目前，大部分气相色谱仪操作及数据处理完全自动化，使分析达到了简单、快速。

（2）分离效能高　气相色谱柱具有较高的分离效能，能在短时间内分离分析组成极为复杂而又难以分离的混合物。一般填充柱的理论塔板数可达数千，毛细管柱最高可达一百多万。例如，利用空心毛细管柱，一次可以完成含上百个组分的挥发油或烃类混合物的分离和分析。

（3）高选择性　能对性质极为相近的物质（如同位素和同分异构体）进行分离和分析。

（4）灵敏度高　由于使用了高灵敏度检测器，可以检出 $10^{-11} \sim 10^{-13}$ g 的物质。适合于痕量分析。如检测药品、食品、农副产品等农药的残留量。

（5）应用范围广　气相色谱法的分析对象可以是有机或无机的气态、液态或固态试样。据统计，能用于气相色谱法直接分析的有机物约占全部有机物的 20%。

气相色谱法也有一定的局限性。在直接分析样品时，一般要求样品具有较强的挥发性，易气化，且对热稳定。它不适用于沸点高于 500℃ 的难挥发性物质和热稳定性差物质的分析。此外，在没有待测物的纯品或相应的色谱定性数据作对照时，不能以色谱峰给出定性结果。

二、气相色谱法的基本理论

由分离度计算公式可知，要使两个组分有足够的分离度，首先使它们的保留时间有一定的差值，而保留时间与分配系数有关，即与色谱热力学过程有关。另外还要使色谱峰宽足够小，而峰的宽度又与动力学过程有关。热力学理论是用相平衡观点来研究分离过程，以塔板理论为代表；动力学理论是用动力学观点来研究各种动力学因素对柱效的影响，以速率理论为代表。

（一）塔板理论

1941 年马丁（Martin）和辛格（Synge）提出塔板理论假设，该理论是把色谱柱看作一个分馏塔，设想色谱柱由有许多塔板组成。在每块塔板的间隔内，样品混合物在气液两相达到平衡，经过多次的分配平衡后，分配系数小的组分（挥发性大的组分）先到达塔顶，即先流出色谱柱。柱效指标通过塔板数和塔板高度来衡量。

1. 塔板理论假设

①在色谱柱内一小段高度即一个塔板理论高度 H 内，组分可以在两相中瞬间达到分配平衡。

②流动相是间歇式通过色谱柱，每次进入量为一个塔板体积。

③样品都加在第 0 号塔板上，且样品的纵向扩散可以忽略。

④分配系数在各塔板上是常数。

2. 理论塔板数和塔板高度

在气相色谱图中，某一组分的保留时间与半峰宽比值的平方，乘以 5.54 的积为理论塔板数。

$$n = \left(\frac{t_R}{\delta}\right)^2 \tag{9-15}$$

或：
$$n = 5.54 \times \left(\frac{t_R}{W_{1/2}}\right)^2 \tag{9-16}$$

色谱柱长 L、理论塔板数 n、理论塔板高度 H 的关系为：

$$H = \frac{L}{n} \tag{9-17}$$

计算时保留时间与标准差或半峰宽单位一致。式（9-15）求出的是一根色谱柱的塔板数。当用不同组分计算同一根色谱柱的塔板数会有差别。

塔板理论成功地解释了色谱流出曲线的形状、浓度极大点的位置以及对柱效的评价。但它的某些假设与实际色谱过程不符。因此，它只能定性地给出塔板数和塔板高度的概念，不能解释柱效与载气流速的关系，也不能说明影响柱效的主要因素。

（二）速率理论

1956 年荷兰学者范第姆特（Van Deemter）等人在塔板理论的基础上，对影响板高的各种动力学因素进行了研究，导出了塔板高度与载气流速的关系，形成了速率理论的核心。其简化方程式为：

$$H = A + \frac{B}{u} + Cu \tag{9-18}$$

式中，H 为塔板高度（cm）；A、B、C 为三个常数，分别代表为涡流扩散项（cm）、纵向扩散系数（$cm^2 \cdot s^{-1}$）和传质阻力系数（s）；u 为流动相的线速度（$cm \cdot s^{-1}$）。因此，影响柱效的主要动力学因素是涡流扩散、纵向扩散和传质阻力。

1. 涡流扩散

涡流扩散也称为多径扩散。在填充色谱柱中，填料颗粒的大小及均匀程度不同，同一组分分子经过不同长度的色谱柱时，由于运行路径长短不同，而使色谱峰发生了展宽。见图 9-9。涡流扩散程度由下式表示：

$$A = 2\lambda d_p \tag{9-19}$$

式中，λ 为填充不规则因子，简称不规则因子，其大小与填料颗粒的大小及均匀程度有关。填料颗粒越不均匀，λ 越大。d_p 为填料（固定相）颗粒的直径。

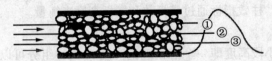

图 9-9　涡流扩散对峰扩展的影响
①被分离的组分移动慢；②被分离的组分移动较快；③被分离的组分移动快

2. 纵向扩散

纵向扩散系数也称分子扩散系数。样品组分进入色谱柱后，是以"塞子"的形式存在于柱中，在"塞子"的前后（纵向）形成了浓度梯度，使运动着的分子产生纵向扩散，造成区带展宽。纵向扩散系数用 B 表示，表达式如下：

$$B = 2\gamma D_g \tag{9-20}$$

式中，γ 为扩散阻碍因子或称弯曲因子，其大小反映了填料颗粒使柱内扩散路径弯曲对分子扩散的阻碍；D_g 为组分在流动相中的扩散系数，与流动相和组分的性质有关。

3. 传质阻力

组分的分子与固定相或流动相分子间相互作用的结果。在气相填充柱中，试样组分的分子在两相中溶解、扩散、分配的过程称为传质阻抗。由于传质阻力的存在，增加了组分在固定相中的停留时间，故使色谱峰扩张。传质阻力（C）包括两个部分，即气相传质阻力（C_g）和液相传质阻力（C_l），表达式如下：

$$C = C_g + C_l \qquad (9-21)$$

液相传质阻力是指组分从气液界面扩散到液相固定液内，并发生质量交换，达到分配平衡，然后又返回气液界面所遇到的阻力。其表达式为：

$$C_l = \frac{2\kappa}{3(1+\kappa)^2} \cdot \frac{d_f^2}{D_l} \qquad (9-22)$$

式中，d_f 是液膜厚度；κ 为容量因子；D_l 为组分在固定液中的扩散系数。降低液膜厚度是减小液相传质阻力系数的主要方法。因此，一般采用比表面积大的载体可以降低膜的厚度。

气相传质过程是组分在气气界面上进行的，此过程进行的较缓慢，将会引起色谱峰扩张。气相传质阻力系数表达式为：

$$C_g = \frac{0.01\kappa^2}{(1+\kappa)^2} \cdot \frac{d_p^2}{D_g} \qquad (9-23)$$

式中，d_p 为填充物粒度；D_g 是组分在载气中的扩散系数。因此，为了降低 C_g 提高柱效，应该选择分子量和粒度小的填充物作为载气。

由以上讨论可以看出，速率方程式对于分离条件的选择具有指导意义。它说明填充均匀程度、载体粒度的大小、载气种类、载气流速等对柱效的影响。

色谱峰之间的距离是由物质在流动相和固定相之间的分配系数决定的，即与色谱过程的热力学因素有关。可用半经验的塔板理论进行描述；而色谱峰的宽窄，与物质在色谱柱中的扩散和运行速度有关，即与色谱过程的动力学因素有关，可用速率理论来描述。所以，塔板理论和速率理论是气相色谱法的基本理论。但这些理论并不完善，通常只能作定性的描述和指导，不能代替操作实践和经验。

三、气相色谱仪的基本组成

1954 年 Perkin-Elmer 公司率先推出全世界第一台商品气相色谱仪以来，气相色谱仪在数量上和质量上都得到很大的发展。目前的发展主要集中在开发智能软件、增强数据处理功能以及与其他谱仪联用的技术等方面。

气相色谱仪型号很多，性能各有差异，但它们的基本结构包括气路系统、进样系统、柱分离系统、检测系统、温度控制系统和信号记录系统。其组成方块图如图 9-10 所示。气相色谱仪图见图 9-11。

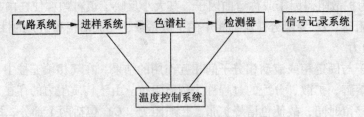

图 9－10　气相色谱仪组成方框图

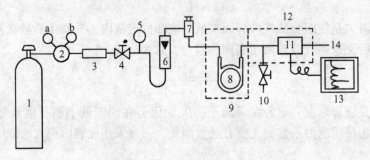

图 9－11　气相色谱仪示意图

1. 载气瓶；2. 压力调节（a. 瓶压　b. 输出压力）；3. 净化器；4. 稳压阀；5. 柱前压力表；
6. 转子流量计；7. 进样器；8. 色谱柱；9. 色谱恒温箱；10. 馏分收集口；11. 检测器；
12. 检测器恒温箱；13. 记录器；14. 尾气出口

气相色谱法的一般流程是，载气由高压瓶或气体发生器供给，经压力调节器降压后，进入净化器除去载气中的水、氧气等杂质，由针型稳压阀调节载气的流量和压力而进入色谱柱。样品进入进样器（包括气化室）被载气带入色谱柱。样品中各组分在固定相与载气（流动相）间进行分配，因各组分分配系数不同，在色谱柱中移行的速度也不同。按照分配系数的大小顺序，它们依次被载气带出色谱柱而进入检测器，检测器将各组分的浓度（或质量）的变化，转变成电信号，经数据处理后，在记录器上的到了色谱图。

（一）气路系统

包括气源、气体净化器、气体流速控制和测量器。气体从载气瓶经减压阀、流量控制器和压力调节阀，然后通过色谱柱，由检测器排出，形成气路系统。整个系统应保持密封，不能有气体泄漏。

气相色谱中的流动相是气体通常称为载气（carrier gas）。常用的载气有氢气、氮气、氦气和氩气等。应用最多的是氢气和氮气。氦气主要用于气－质联用分析。载气的选用和纯化主要取决于所选用的检测器、色谱柱以及分析要求。

1. 氢气

氢气具有分子量小、热导率大、黏度小等特点，因此在使用热导检测器时，常用氢气作载气。在氢焰离子化检测器中，它是必用的燃气。氢气易燃易爆，使用时要注意安全。氢气瓶最好与气相色谱仪置于不同的房间。用氢气作载气时，要求其纯度在99.9%以上。

2. 氮气

氮气扩散系数小，柱效比较高，除热导检测器外，在使用其他检测器时，多采用氮气作载气。氮气作载气时，纯度要求在99.9%以上。

载气的纯度、流速对色谱柱的分离效能、检测器的灵敏度均有很大影响。实际工作中，通过实验确定最佳流速以获得高柱效。载气流速常高于最佳流速。使用填充柱时，氢气的最佳使用线速度为 $15 \sim 20 cm \cdot s^{-1}$，氮气的最佳使用线速度为 $10 \sim 12 cm \cdot s^{-1}$。

（二）进样系统

包括进样器、气化室和温控装置。它的作用是样品进入气化室瞬间气化后被载气带入分离系统。

1. 气化室

气化室一般要求死空间小、热容量大、无催化效应即不使样品分解。常用金属块制成气化室。气化室一般装有石英或玻璃衬管，可以防止气化的样品和金属接触分解，同时有利于及时清洗和更换。

气化温度是一项重要的参数，在保证试样不分解的情况下，适当提高气化室温度，有利于分离。一般气化室温度等于或稍高于试样的沸点，以保证试样的瞬间气化。气化室温度应高于柱温 $30 \sim 50℃$。对于易分解组分尽可能采用较低温度，以防试样分解。而高沸点组分，则可低于其沸点。现在多用可控硅温度控制器进行控制。

2. 进样器

进样量的大小、进样时间的长短，直接影响色谱柱的分离和测定结果。常用微量注射器取样后刺破密封硅橡胶垫推入气化室。一般液体试样的进样量以 $0.1 \sim 2\mu l$ 为宜，气体试样为 $0.5 \sim 3ml$。进样量太多，柱超载会引起峰宽增大，导致峰形不正常。此外，进样速度必须很快，否则引起色谱峰扩张和变形。通常样品经过气化后才进入色谱柱。

（三）柱分离系统

包括色谱柱和柱室。柱分离系统的功能是使试样在柱内运行的同时得到分离。色谱柱由固定相与柱管组成，是气相色谱仪的心脏部分。按柱的粗细可分为填充柱和毛细管柱。填充柱通常用不锈钢或硬质玻璃做成直形管、U 形管和盘形管。分析用的填充柱内径一般采用 $2 \sim 4mm$，制备用的柱内径可大些，一般使用 $5 \sim 10mm$。长度可选择 $1 \sim 5m$，以 2m 为最常用。填充柱制备简单，可供选用的载体、固定液、吸附剂种类很多，具有广泛的选择性。其缺点是柱的渗透性较小，传质阻力较大，不能用过长的柱，因此分离效率较低。毛细管空心柱内径一般为 $0.1 \sim 0.5mm$，可采用很长（常采用 25m 柱长）的柱子，和填充柱相比，它具有渗透性大、传质阻力小的特点，但缺点是样品负荷量小，柱的制备方法较复杂。

按分离机理可分为吸附柱和分配柱等。吸附柱是将固体吸附剂装入色谱柱而构成的，利用吸附剂对不同组分的吸附性能不同实现分离。分配柱一般是将固定液（高沸点液体）涂布在载体上，构成液体固定相，利用组分的分配系数差别实现分离。

1. 气-液填充柱

气一液色谱的固定相是由固定液和载体组成。固定液是涂渍在载体上的高沸点物质。载体是一种多孔的化学惰性固体颗粒。

（1）固定液 在气-液色谱填充柱中，固定液一般都是高沸点液体，操作温度下为液态，在室温时为固态或液态。

①对固定液的要求是：

a. 操作温度下蒸气压应低于 10Pa。这样固定液流失慢，柱的寿命长。

b. 被分离组分的分配系数有较大的差别，即选择性能高。

c. 高柱温下不分解，即热稳定性好。

d. 对试样中各组分有足够的溶解能力。

e. 黏度要小，凝固点低。

②固定液的分类：据统计，可以作固定液的物质近 700 多种。常用的分类方法是化学分类与极性分类。

a. 化学分类：根据固定液的化学结构，把具有相同官能团的固定液编成一组，按官能团名称不同进行分类，如烃类、聚硅氧烷类、醇类、酯类等，其特点是依据"相似相溶原理"选择合适的固定液。

烃类包括烷烃、芳烃等非极性或极性较弱的固定液。常用的有鲨鱼烷、异十三烷等。聚硅氧烷类是目前常用的固定相，基本结构是：

$$(CH_3)_3Si—O—(Si—)_nSi(CH_3)_3$$
$$\overset{\displaystyle CH_3}{\underset{\displaystyle R}{|}}$$

当取代基 R 不同时，又分为甲基硅氧烷、苯基硅氧烷等。

醇类中常用的是聚二醇类固定液。酯类主要有中等极性的邻苯二甲酸酯和强极性的线性脂肪族聚酯。

b. 极性分类：根据固定液的相对极性进行分类。该方法是 1959 年 Rohrschneider 首先提出。此法规定，极性 β，β' - 氧二丙腈的相对极性为 100，非极性的鲨鱼烷的相对极性为 0，其他固定液的相对极性均以这两种物质为标准在 0 ~ 100 之间，并且把 0 ~ 100 分成五级，每 20 为一级，用"+"表示。0 或 +1 为非极性固定液，+2，+3 为中等极性固定液，+4，+5 为极性固定液。常用固定液见表 9 – 3。

表 9 – 3   常用固定液

名　称	相对极性	最高使用温（℃）	参考用途
角鲨烷	0	150	标准非极性固定液
液体石蜡	+1	100	分析非极性化合物
甲基硅橡胶（SE30）	+1	350	分析高沸点非极性化合物
邻苯二甲酸二壬酯（DNP）	+2	150	分析中等极性化合物
中苯基甲基硅氧烷（OV – 17）	+2	350	分析中等极性化合物
三氟丙基甲基聚硅氧（QF – 1）	+2	250	分析中等极性化合物
氰基硅橡胶（XE – 60）	+3	250	分析中等极性化合物
聚乙二醇（PEG – 20M）	+4	250	分析析氢键型化合物
丁二酸二乙二醇聚酯（DEGS）	+4	220	分析极性化合物如酯类
β，β' - 氧二丙腈	+5	100	标准极性固定液

③固定液的选择：固定液的极性是选择固定液的主要依据。固定液通常是依据"相似相溶原理"进行选择。被分离组分的极性或官能团与固定液的极性相似，则组分在固定液中溶解度大，分配系数也大，保留时间长，被测组分分开的可能性就较大。

a. 非极性组分的分离：应选择非极性固定液。此时，组分与固定液之间的作用力是色散力，各组分基本按沸点顺序流出色谱柱，沸点低的组分先出柱，而高沸点的物质后流出色谱柱。

b. 中等极性组分的分离：选择中等极性固定液。此时，组分与固定液之间的作用力主要是诱导力，组分基本按沸点顺序流出柱，但对于沸点相同的组分，极性弱的组分先流出色谱柱。

c. 强极性化合物的分离：选择极性固定液。此时，组分与固定液之间的作用力主要是取向力，组分按极性顺序流出色谱柱，极性弱的组分先流出色谱柱。

d. 能形成氢键的物质的分离：选择氢键型固定液。此时，组分与固定液之间的作用力是氢键，组分按形成氢键能力的强弱顺序流出色谱柱，形成氢键能力弱的组分先流出色谱柱。

利用"相似相溶原理"选择固定液时，若组分的沸点差别是主要因素，则选择非极性固定液；若极性差别为主要因素，则应选择极性固定液。因此，实际工作中，根据组分中物质的性质差别，选择合适的固定液。

（2）载体 载体（support）又称担体，一般是化学惰性的多孔性微粒。其作用是提供一个惰性表面，使固定液以液膜的状态均匀地分布在表面上，构成气-液色谱的固定相。

①对载体的要求：

a. 比表面积大，粒度和孔穴结构均匀。

b. 表面没有吸附性能（或很弱），不与样品或固定液发生化学反应。

c. 热稳定性好。

d. 有一定的机械强度。

②载体的分类：载体分为硅藻土型和非硅藻土型两大类。目前常用的是硅藻土型载体，它是将天然硅藻土压成砖型，在900℃煅烧后粉碎、过筛而成。根据处理方法不同，可以分为红色载体和白色载体。

a. 红色载体：硅藻土与黏合剂直接煅烧而成。煅烧后，天然硅藻土中所含的铁形成氧化铁，而使载体呈淡红色，故称为红色载体。特点是表面孔穴密集，孔径较小，比表面积大，机械强度大于白色载体，吸附性强。适合涂渍非极性固定液，故用于非极性物质的分离和分析。

b. 白色载体：硅藻土与少量助溶剂碳酸钠混合后煅烧，煅烧后氧化铁生成了无色的铁硅酸钠配合物，使硅藻土呈白色。特点是颗粒疏松，表面孔径大，比表面积小，吸附性弱，机械强度差。常与极性固定液配伍。

③载体的钝化：钝化是除去或减弱载体表面的吸附活性能。例如，硅藻土型载体，表面存在着硅醇基及少量金属氧化物能与易形成氢键的化合物作用，产生拖尾，故需除去这些活性中心。钝化的方法有：

a. 酸洗：酸洗能除去载体表面的铁、铝等金属氧化物，酸洗载体用于分析酸类和酯类化合物。

b. 碱洗：碱洗能除去载体表面的 Al_2O_3 等酸性作用点。碱洗载体用于分析胺类等碱性化合物。

c. 硅烷化：将载体与硅烷化试剂反应，除去载体表面的硅醇基，消除形成氢键的能力。硅烷化载体主要用于分析具有形成氢键能力较强的化合物，如醇、酸及胺类等。

2. 气－固色谱填充柱

气－固色谱填充柱的固定相可分为吸附剂、分子筛、高分子多孔微球及化学键合相等。吸附剂常用硅胶、氧化铝、石墨化炭黑等。在药物分析中应用较多的是高分子多孔微球。

分子筛常用 4A、5A 及 13X，4、5、13 表示平均孔径，A、X 表示类型，表示其中 Al、Si 含量比不同。高分子多孔微球（GDX）是一种人工合成的固定相，由苯乙烯（STY）或乙基乙烯苯（EST）与二乙烯苯（DVB）交联共聚而成，它的主要特点有：①选择性强、分离效果好、较强的疏水性。②热稳定性好。最高使用温度可达 $200 \sim 300℃$，无柱流失现象，柱寿命长。③粒度均匀，机械强度高，耐腐蚀性。④按极性顺序分离物质，极性大的先出峰。高分子多孔微球（GDX）适合测定混合物中的微量水分。

3. 毛细管色谱柱

填充色谱柱柱内填充了填料，载气通过色谱柱时所经的途径是弯曲与多径的，从而引起涡流扩散，使柱效降低。另外，填充柱的传质阻力大，也使柱效降低。1957 年，戈雷（Golay）发明了毛细管柱，即戈雷柱。

（1）毛细管柱的特点

①柱渗透性好：毛细管柱一般是开管柱或空心柱，柱的阻力较小，可以在较高的载气流速下进行快速分析。

②柱效高：一根毛细管色谱柱的理论塔板数最高可达 10^6，最低也有几万，而填充柱仅为几千。柱效高的原因主要是：无涡流扩散项、传质阻力小及比填充柱长。毛细管柱一般为 $30 \sim 100m$，但填充柱一般为 $2 \sim 6m$。

③柱容量小：毛细管柱的体积相对比较小，只有几毫升，固定液含量只有几十毫克，因此柱容量小，进样量也小，可以采用分流进样。

④易实现气相色谱－质谱联用。毛细管柱的载气流速小，容易维持质谱仪离子源的高真空度。

由于进样量甚微，因此，毛细管柱定量重复性差。常用于分离和定性分析，而不适合进行定量分析。

（2）毛细管柱的分类　根据制备方法，毛细管色谱柱分为开管型毛细管柱和填充型毛细管柱。

①开管型毛细管柱。按内壁的状态可分为以下几类：

a. 涂壁毛细管柱（WCOT）：将固定液直接涂在毛细管内壁上。目前此类型应用的最多。

b. 载体涂层毛细管（SCOT）：在毛细管内壁上粘一层载体，然后再将固定液涂在载体上。

c. 多孔层毛细管柱（PLOT）：在毛细管内壁上附着一层多孔固体。其特点是容量大，柱效高。

d. 交联或键合毛细管柱：将固定液通过化学反应制成的键合相毛细管柱或通过交联反应制成的交联毛细管柱。其特点是提高了柱效和使用温度，而减少了柱流失。

②填充型毛细管柱：将载体、吸附剂等松散地装入玻璃管中，然后拉制成毛细管。

（四）检测系统

检测系统的作用是对柱后已被分离的组分进行检测。

检测器是气相色谱仪的重要组成部分。它将载气中待分离组分的浓度或质量信号转变成易测的电信号。为了防止色谱柱流出物在检测器中冷凝而污染检测器，检测室温度一般高于柱温20~50℃，或等于气化室温度。气相色谱仪的检测器种类较多，原理和结构各不相同。常用的有氢焰离子化检测器（FID）、热导检测器（TCD）、电子捕获检测器等。

1. 检测器的性能指标

气相色谱分离效率高，出峰快，多数检测器的信号形式是微分型，即也是测量柱流出组分的瞬时变化。因此，要求检测器灵敏度高、选择性和稳定性好、噪音低、线性范围宽、死体积小。

（1）噪音和漂移 没有样品通过检测器时，由仪器本身和工作条件等偶然因素引起的基线起伏称为噪音（noise，N）。噪音的大小用基线波动的最大宽度（峰–峰值）来衡量，单位一般用 mV。如图 9–12 所示。

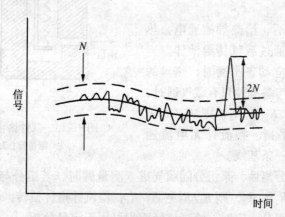

图 9–12 检测器噪音和检测限示意图

基线在单位时间内单位方向缓慢变化的幅值称为漂移（dirft，d）。单位用 mV·h^{-1}表示。

噪音和漂移与检测器的稳定性、载气与辅气的纯度和流速稳定性、柱稳定性、固定相流速等因素有关。

（2）灵敏度（响应值） 指单位物质的含量（质量或浓度），通过检测器时所产生的响应值变化率。它是评价检测器的重要指标。灵敏度有两种表示方法：浓度型检测器 Sc，即 1ml 载气携带 1mg 的某组分通过检测器所产生的毫伏数，单位为 mV·ml·mg^{-1}；质量型检测器 Sm，即每秒有 1g 某组分通过检测器时所产生的毫伏数。单位为 $mV \cdot s \cdot g^{-1}$。

（3）检测限（敏感度）　评价检测器不能只看灵敏度，还要考虑噪音的大小。检测限是指某组分的峰高为噪音的 2 倍时，单位时间内引入检测器中该组分的质量（$g \cdot s^{-1}$）或单位体积载气中所含该组分的量（$mg \cdot s^{-1}$）。计算公式为：

$$D = 2N/S \qquad\qquad (9-24)$$

当信号被放大器放大时，灵敏度增高，但噪音也同时放大，弱信号被淹没而难以分辨。

因此，检测限越小，检测器性能越好。

2. 热导检测器（TCD）

热导检测器是利用被检组分与载气的热导率不同来检测组分的浓度变化。其特点是结构简单、测定范围广、线性范围宽、样品不被破坏。但其灵敏度低、噪音较大。

（1）结构与检测原理　热导检测器的信号检测部分为热导池，由池体和热敏元件两部分组成。热导池可分为双臂热导池和四臂热导池。

将两个材质、电阻相同的热敏元件装入一个双腔池体中构成双臂热导池。一臂连接在色谱柱前只通载气，称为参考臂；另一臂连接在色谱柱后，称为测量臂。两臂的电阻分别为 R_1 与 R_2。将 R_1、R_2 与两个电阻值相等的固定电阻 R_3、R_4 组成惠斯特电桥，如图 9-13 所示。

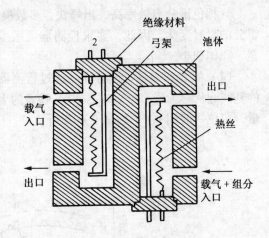

载气进入热导池后，给热导池通电，热丝升温，产生的热量通过载气传给池体。当热量的产生与散热建立动态平衡时，热丝的浓度恒定。若测量壁与参考臂只有载气通过，两个热丝温度相等，$R_1 = R_2$，则 $R_1/R_2 = R_3/R_4$，此时，电桥平衡，检流计无电流通过，记录器得到的是一条基线。

图 9-13　双臂热导池结构示意图
1. 测量臂；2. 参考臂

样品注入色谱柱分离后，某组分随载气进入测量臂时，若组分与载气的热导率不等，热丝温度发生变化，$R_1 \neq R_2$，则 $R_1/R_2 \neq R_3/R_4$，检流计指针偏转，记录器产生一个色谱峰。因此，当载气与组分一定时，峰高或峰面积可用于定量分析。

当电桥上两个固定电阻 R_3、R_4 也换成热敏元件，则构成四臂热导池，其灵敏度是同条件下双臂热导池的 2 倍。

（2）注意事项

①氢气和氦气热导率大，灵敏度较高，不会出倒峰，是最常用的载气。氢气价格便宜，但使用时应注意安全；氦气价格较高。氮气的热导率与多数有机物的热导率相差较小，灵敏度低，有时出倒峰。

②不通载气时不能加桥电流，否则热敏元件会烧断。在灵敏度够用的情况下，应尽量采取低桥电流，以防止热敏元件受损而引起基线噪音的增加。

③热导检测器属浓度型检测器，进样量一定时，峰面积与载气流速成反比。因此，用峰面积定量时，应保持载气流速恒定。

④检测器温度不能低于柱温。一般检测室温度应高于柱温 20 ~ 50℃，以防止样品组分在检测室中冷凝，引起基线不稳。

3. 氢焰离子化检测器（FID）

氢焰离子化检测器是利用有机物在氢焰的作用下，化学电离而形成离子流，通过测定离子流强度而进行检测。其特点是灵敏度高、噪音小、响应快、线性范围宽，是目前常用的检测器。缺点是检测时样品被破坏，它只适用于测定含碳有机物。

（1）结构与检测原理 氢焰检测器由离子化室、火焰喷嘴、极化环（负极）和收集极（正极）组成。两极间加有 150 ~ 300V 的极化电压。氢焰检测器结构如图 9 - 14 所示。

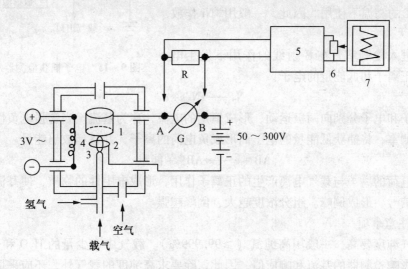

图 9 - 14　氢焰检测器结构示意图

1. 收集极；2. 极化环；3. 氢火焰；4. 点火线圈；5. 微电流以放大器；6. 衰减器；7. 记录器

当样品组分被载气带入离子化室，燃烧的氢火焰使样品组分直接或间接产生正、负离子，在收集极和极化环的外电场作用下离子作定向流动形成离子流（电流）。没有组分通过检测器时，氢气燃烧，电场作用下产生微弱的离子流，需放大器放大后，才能得到色谱峰。离子流的强度与单位时间内进入检测器中组分的质量成正比。因此，当有组分通过检测器时，电流急剧增加，在组分一定时，测定电流强度可以对组分进行定量分析。

（2）注意事项

①氢焰检测器需要使用三种气体，氮气作载气，氢气作燃气，空气是助燃气。三种气体流量比例要适当，否则会影响火焰温度及组分的电离过程。通常三者比例是氮气：氢气：空气为 1 :（1 ~ 1. 5）:10。

②氢焰检测器属质量型检测器，在进样量一定时，峰高与载气流速成正比。因此，当用峰高定量时，需保持载气流速恒定。

4. 电子捕获检测器（ECD）

电子捕获检测器是一种高选择性、高灵敏度的检测器，属于浓度型。适合于含强电负性元素的物质，如卤素、硝基、羰基等化合物。元素的电负性越强，检测的灵敏度越高，检测下限可达到 $10^{-14}g \cdot ml^{-1}$。它广泛应用于有机氯和有机磷农药残留量、金属配合物、金属有机多卤或多硫化合物的分析测定。

（1）结构与检测原理　电子捕获检测器如图 9-15 所示。

电子捕获检测器的池体内，有一个正极和负极，两极间通直流电或脉冲电压。圆筒状的 β 射线放射源作负极，不锈钢棒作正极。^3H 或 ^{63}Ni 可作放射源。^3H 半衰期为 12.5 年，使用温度低于 190℃的高温下；^{63}Ni 半衰期为 85 年，且可以在 300~400℃的高温下使用。因此，一般用 ^{63}Ni 作放射源。

载气进入检测室，在 β 射线的作用下发生电离，产生正离子和低能量的电子：

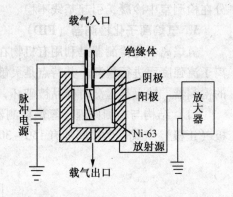

图 9-15　电子捕获检测器示意图

$$N_2 \longrightarrow N_2^+ + e$$

正离子和电子分别向两极运动，形成恒定的电流，称为基流。当含强电负性元素的物质进入检测室，将捕获低能量的电子而形成负电荷的离子，并且释放出能量。

$$AB + e \longrightarrow AB^- + 能量$$

带负电荷的离子与载气电离产生的正离子作用，形成电中性的物质，使基流降低，由此产生负信号，形成倒峰。组分浓度越大，倒峰越强。

（2）注意事项

①载气纯度要高，一般用高纯氮（≥99.999%）。载气中含少量的 H_2O 和 O_2 强电负性组分，影响检测器的基流和响应值，因此，除要求高纯度的载气外，还应采用脱氧管等净化装置除掉所含微量杂质。

②选择最佳载气流速。载气流速的大小也会影响检测器的基流和响应值，一般载气流速为 40~100ml·min^{-1}。

（五）温度控制系统

温度控制系统的作用是控制并显示气化室、色谱柱箱、检测器及辅助部分的温度。气化室、色谱柱箱、检测器的温度均需精密控制。正确选择和精密控制各处温度是完成分析任务的重要条件。

（六）记录系统

记录并处理由检测器输入的信号，对试样给出定性或定量的分析。信号记录系统包括放大器、记录仪或数据处理机。

四、定性和定量分析

（一）定性分析方法

气相色谱的定性分析是通过每个色谱峰确定化合物。它可以对多组分混合物进行分离分析。但气相色谱法只能鉴定已知范围的未知物，对未知混合物的定性常常需要已知纯物质或有关色谱的定性数据作参考。近年来，气相色谱与质谱、红外光谱联用，对未知物组分的分析提供了新方法，可以得到可靠的分析结果。

1．已知物对照法

同一种物质在同一根色谱柱上和相同条件下操作，具有相同的保留值。在相同色谱条件下对照品和试样进行操作，测出对照品和试样的保留值，在色谱图上分析、比较对照品和试样的色谱峰，从而对试样进行定性分析。

如果试样中组分比较复杂，峰间的距离比较近，可以将试样和对照品混合均匀，同时注入色谱柱与对照品相同的条件下操作。比较对照品与试样和对照品混合后的色谱图，若混合后的色谱峰相对增高了，则试样中可能含有对照品的物质。有时所用的色谱柱不一定适合于对照品与试样的分离，虽然为两种物质，但色谱峰也可能出现叠加的现象。此时，选择极性差别较大的双柱定性色谱柱，进行上述实验，如果在两个柱上，仍能产生叠加现象，则可以认定为同一物质。

2．利用相对保留值

对于一些组分比较简单的已知范围的混合物，在没有对照品的情况下，可用此法定性。它主要根据色谱手册规定的实验条件及标准物质进行实验。

相对保留值是组分（i）与对照品（s）的调整保留值的比值。表达式如下：

$$r_{is} = \frac{t_{r(i)}}{t_{R(s)}} = \frac{V'_{r(i)}}{V_{R(s)}} = \frac{K_i}{K_s} \qquad (9-25)$$

相对保留值 r_{is} 的大小决定于分配系数之比，由组分的性质、柱温及固定液的性质所决定，而与固定液的用量、流速、柱长及填充情况等无关。因此，手册及文献上收载了各种物质的相对保留值。

3．利用保留指数

Kovats 提出了保留指数。它是指以正构烷烃系列作为组分相对保留值的标准，用两个保留时间相邻待测组分的一对参考物质（正构烷烃）来标定组分，所得的相对值称为保留指数，又称 Kovats 指数。许多手册上都收载各种物质的 Kovats 指数。

保留指数具有较好的重复性和准确性较，是色谱定性的重要方法。到目前为止，保留指数仍是柱保留值最有价值的表现形式。

4．基团分类测定法

把色谱柱的流出物（分析试样）通过基团分类试剂中，通过观察反应（产物颜色或沉淀情况）来判断组分所含基团或所属化合物的类别。再参考保留值，即可对化合物粗略定性。

5．两谱联用法

气相色谱分离效率很高，但对试样的定性能力差。红外吸收光谱、质谱及核磁共振谱定性能力强，但要求试样纯度高。两类仪器优势互补，气相色谱仪作为分离手段，质谱仪、核磁共振波谱仪和红外分光光度计等作为检测器，对组分进行定性，这种方法称为色谱－光谱联用简称两谱联用。两谱联用为解决复杂样品的分离与定性提供了快速、有效、可靠的现代分析手段。

（二）定量分析方法

实验条件恒定时峰面积与组分的量成正比是气相色谱定量分析的依据。因此，峰面积测量的准确性将直接影响定量结果。

1. 峰面积的测量

峰面积的大小与峰的对称有关。当色谱峰对称时，计算公式如下：

$$A = 1.065\ h \times W_{1/2} \qquad (9-26)$$

式中，h 为峰高；$W_{1/2}$ 为半峰宽，用读数显微镜测量半峰宽，测量误差在 1% 以下。

不对称峰峰面积的计算公式如下：

$$A = 1.065h \times \frac{(W_{0.15} + W_{0.85})}{2} \qquad (9-27)$$

式中，$W_{0.15}$ 与 $W_{0.85}$ 分别为峰高 0.15 和 0.85 处峰的宽度。

峰面积和峰高由气相色谱仪的数据处理器直接打印。

2. 定量校正因子

气相色谱的定量分析是基于待测物质的量与其峰面积呈正比的关系。但是，同一种物质在不同类型检测器上有不同的响应灵敏度；而不同物质在同一检测器上的响应灵敏度也不相同。因此，不能用峰面积直接计算物质的含量，需引入校正因子。

$$f'_i = \frac{m_i}{A_i} \qquad (9-28)$$

f'_i 称为绝对校正因子，是指单位峰面积所代表 i 组分的物质的量。绝对校正因子需要知道准确进样量，难度较大。实际工作中常用相对校正因子 f_g。

$$f_g = \frac{f'_i}{f'_s} = \frac{A_s m_i}{A_i m_s} \qquad (9-29)$$

式中，A_i、A_s、m_i、m_s 分别代表 i 组分和对照品 s 的峰面积及质量。热导检测器常用苯作标准物；氢焰检测器常用正庚烷作标准物。

测定相对校正因子时，准确称取待测物质 i（纯品）和所选定的标准物 s，混合均匀进样，测出色谱峰面积 A_i、A_s，用公式求得物质 i 的相对重量校正因子。校正因子还可以从手册或文献上查阅。

3. 定量方法

气相色谱定量方法分为归一化法、外标法、内标法、内标对比法、内标对比曲线、内加法等。下面介绍常见的几种。

（1）归一化法 如果样品中所有组分都能产生信号，得到相应的色谱峰，通过下式计算各组分的含量：

$$w_i = \frac{A_i f_i}{A_1 f_1 + A_2 f_2 + A_3 f_3 + \cdots\cdots + A_n f_n} \times 100\% \qquad (9-30)$$

归一化法的优点是简便、定量结果与进样量无关，操作条件变化时对结果影响较小。不足的是要求样品中的所有组分都必须在一个分析周期内流出色谱峰。因此，它不适用于对微量杂质的定量分析。

（2）外标法 分为标准曲线法和外标一点法。

标准曲线法是在一定操作条件下，取对照品配制成不同浓度的标准液，定量进样，用峰面积或峰高对浓度绘制对照品的标准曲线，求回归方程。再按相同的操作条件对样品操作测定，然后计算结果。若标准曲线的截距为零，说明曲线线形好，若截距不等于零则存在系统误差。标准曲线的截距为零时，可用外标一点法定量。

外标一点法是用一种浓度的 i 组分的对照溶液，与样品溶液在相同的条件下多次进样，测出峰面积并取平均值。样品溶液中 i 组分的含量用下式计算：

$$m_i = \frac{A_i}{(A_i)_s} (m_i)_s \qquad (9-31)$$

式中，m_i、A_i 为样品溶液中 i 组分的浓度和峰面积；$(A_i)_s$、$(m_i)_s$ 为对照品的浓度和峰面积。

外标法简便易行，不需要校正因子。但需要稳定的实验条件和准确的进样量。因此，对照品浓度与样品中组分的浓度越相近，误差越小。该法适用于药品的常规分析。

（3）内标法　样品中所有组分不能全部出峰，或检测器不能对每个组分产生响应，或只需测定样品中某些组分的含量，可采用内标法。

内标法是指以一定量的纯物质作为对照物，加入到准确称取的试样中，混合均匀后进样分析，以待测组分和纯物质的响应信号对比，测定待测组分含量的方法。纯物质称为内标物，该物质能与待测成分或其他杂质峰完全分离，且在溶液中能稳定存在，杂质与待测成分也能完全分离，并与待测成分色谱峰较为靠近。

准确称取 m 克试样和内标物 m_{is} 克，混合均匀后进样。试样中物质 i 的百分含量由下式计算：

$$W_i\% = \frac{A_i f_i}{A_{is} f_{is}} \cdot \frac{m_{is}}{m} \times 100\% \qquad (9-32)$$

内标法是一种相对测量法，进样量的准确度和操作条件略有变化，均不影响测定结果，定量结果较准确。适合微量组分或杂质的含量测定。不足之处是试样和内标物的重量必须准确，且内标物不容易找到。

内标法分为标准曲线法和内标对比法。

①标准曲线法：配制一系列不同浓度的标准溶液，同体积加入相同量的内标物，进样分析。测量标准物和内标物色谱峰面积，作 $C_i - A_i/A_{is}$ 图，求回归方程。同样的方法，在试样溶液中加入上述标准溶液中相同量的内标物，在相同的色谱条件下进样分析，测得待测组分和内标物色谱峰面积，作图或求回归方程，计算出待测组分的浓度。即可计算出待测组分的含量。

②内标对比法：在校正因子未知或标准曲线的截距等于零或近于零时，可采用内标对比法进行定量。即准确称量标准品并加入准确的一定量内标物，配制成一定体积的标准溶液；然后将相同量的内标物加入到同体积的试样溶液中，在相同的操作条件下，分别进样分析。计算方法如下：

$$C_{i试样} = \frac{(A_i/A_{is})_{试样}}{(A_i/A_{is})_{对照}} \times C_{对照} \qquad (9-33)$$

五、应用和示例

气-液色谱法过去以石油产品分析为主，现在已逐渐扩大到环境监测、人体新陈代谢和生理功能、农药残留的分析、食品检验及鉴定等方面。在医药行业，主要用于各种药物制剂中微量水及有机溶剂残留量的测定、药物含量测定及杂质检查、中药挥发性成分测定以及体内药物代谢分析等方面。

例9-3 利用气相色谱法可以测定20℃时各种制剂中含乙醇的体积百分数。如测定三两半药酒、大黄流浸膏、远志酊、藿香正气水等药品中乙醇的含量。

1. 色谱条件与系统适用性试验

载气：氮气；固定相：用直径为0.18~0.25mm的二乙烯苯—乙基乙烯苯型高分子多孔小球（GDX）作；柱温：120~150℃；检测器：氢火焰离子化检测器（FID）。理论塔板数按正丙醇峰计算应大于700；另精密量取无水乙醇4ml、5ml、6ml，再分别精密加入正丙醇（内标物质）5ml，加水稀释成100ml，混匀（必要时可进一步稀释）。用气相色谱法测定，应符合以下要求：①②乙醇峰和正丙醇峰的分离度应大于2；③上述3份溶液各进样5次，所得15个校正因子的相对标准偏差（RSD）不得大于2.0%

2. 标准溶液的制备

精密量取恒温至20℃的无水乙醇和正丙醇各5ml，加水稀释至100ml，混匀，即得。

3. 供试品溶液的制备

精密量取恒温至20℃的供试品适量（相当于乙醇约5ml）和正丙醇5ml，加水稀释成100ml，混匀，即得。

4. 测定方法

取标准溶液和供试品溶液适量，分别连续进样3次，并计算出校正因子和供试品中的乙醇含量，取3次计算的平均值作为结果。

例9-4 冰片（合成龙脑）含量的测定。

色谱条件：以聚乙二醇（PEG）为固定相，涂布浓度为10%；柱温为140℃。理论板数按龙脑峰计算不低于1900。

对照品溶液的配制：精密称取水杨酸甲酯，用乙酸乙酯配制成每1ml含5mg的溶液。作为内标液。再精密称取龙脑对照品50mg，置于10ml量瓶中，加内标液稀释至刻度，摇匀，备用。供试品溶液配制：精密称取样品50mg，置于10ml量瓶中，用内标液稀释至刻度，摇匀，备用。

测定方法：将上述两种溶液在相同的操作条件下，分别连续进样3次，测出峰面积。由公式计算出校正因子和供试品中的龙脑含量，取3次计算的平均值作为测定结果。

第五节 高效液相色谱法

高效液相色谱法（high performance liquid chromatography，HPLC）是在经典液相色谱法的基础上，引入了气相色谱法的理论和实验技术，以高压输送流动相，采用高效固定相、高压输液泵及在线检测手段，发展起来的现代液相色谱分析方法。它具有高效、快速、高灵敏度、应用范围广等特点。

高效液相色谱法与经典液相色谱法相比具有以下优点：

（1）应用了颗粒极细（一般为 $10\mu m$ 以下）、规则均匀的固定相，传质阻抗小，柱效高，分离效率高。

（2）采用了高压输液泵输送流动相，分析速度快。一般试样的分析只需数分钟，复杂试样分析在数十分钟内即可完成。

（3）广泛使用了高灵敏度检测器，大大提高了灵敏度。紫外检测器最小检测限可达 $10^{-9}g$，荧光检测器最小检测限可达 $10^{-12}g$。

高效液相色谱法与 GC 相比具有以下优点：

（1）高效液相色谱法只要求样品制成溶液，而不需要气化。对于挥发性低、热稳定性差、分子量大的高分子化合物以及离子型化合物的分析尤为有利。

（2）可选用多种不同性质的溶剂作为流动相，且流动相对分离的选择性影响很大，因此分离选择性高。

（3）一般只需在室温条件下进行分离，不需要高柱温。

一、基本原理

高效液相色谱法的基本概念和理论与气相色谱法相似。不同之处是，高效液相色谱的流动相是液体，气相色谱的流动相是气体。由于液体和气体的性质不同，因而在应用色谱基本理论时，必须考虑方法本身的特点。在影响分离效果的热力学过程和动力学过程中，最重要的是速率理论（即 Van Deemter 方程式）中，各项动力学因素对高效液相色谱峰展宽的影响与在气相色谱中有所不同。这种影响可分为柱内、柱外两方面。

（一）柱内因素

Van Deemter 方程式为：

$$H = A + \frac{B}{u} + Cu$$

柱内展宽是由色谱柱内各种因素所引起的色谱峰扩展。从 Van Deemter 方程式可知，影响柱效的主要动力学因素是涡流扩散、纵向扩散和传质阻力。

1. 涡流扩散项

同种组分分子在色谱柱中运动路径不同而引起的扩散。计算方法如下：

$$A = 2\lambda d_p \tag{9-34}$$

此式含义与 GC 完全相同。高效液相色谱中，为了减小 A 而提高柱效，一般是采用小粒度固定相（常用 $3\sim10\mu m$ 粒径）、减少颗粒的直径 d_p 以及采用球形、粒度分布小的固定相。

2. 纵向扩散项

组分分子本身的运动所引起的纵向扩散而使色谱峰扩展。计算方法如下：

$$\frac{B}{u} = \frac{C_d D_m}{u} \tag{9-35}$$

因此，色谱峰扩展的大小与组分分子在流动相中的扩散系数（D_m）成正比，与流动相的线速度（u）成反比，C_d 是一常数。

由于液体的黏度比气体大的多，因此，液相色谱中组分分子在流动相中扩散系数要比 GC 中小 $4 \sim 5$ 个数量级，而且，HPLC 的流动相流速通常是最佳流速的 $3 \sim 5$ 倍。因此，高效液相色谱中纵向扩散项对色谱峰扩展的影响可以忽略不计。

3. 传质阻力

由于组分分子在两相间的传质过程中不能瞬间达到平衡而引起的。高效液相中的传质阻力计算方法如下：

$$Cu = H_s + H_m + H_{sm} \qquad (9-36)$$

传质阻力（C_u）包括三项：固定相传质阻力（H_s）、流动相传质阻力（H_m）和滞留流动相中的传质阻力（H_{sm}）。

（1）固定相传质阻力　主要发生在液—液分配色潜中。计算方法如下：

$$H_s = \frac{C_s d_f^2 u}{D_s} \qquad (9-37)$$

H_s 含义与 GC 中液相传质阻力项相同。其大小取决于固定液膜厚度（d_f）和组分分子在固定液内的扩散系数（D_s）。其中 C_s 为常数。

（2）流动相的传质阻力　由于组分分子随流动相进入色谱柱时，靠近固定相颗粒的分子流速较慢，而流路中心的分子流速较快而引起的峰的扩张。计算方法如下：

$$H_m = \frac{C_m \cdot d_p^2 \cdot u}{D_m} \qquad (9-38)$$

H_m 大小与固定相颗粒大小（d_p）及组分分子在流动相中的扩散系数（D_s）有关。因此，固定相颗粒越小，H_m 就越小。其中 C_m 为一常数。

（3）滞留流动相中的传质阻力　多孔的固定相，会使部分流动相滞留在固定相微孔内，微孔内的流动相称之为滞留区流动相，通常处于静止状态。因此流动相可以分为滞留流动相和静态流动相。当流动相中的组分分子与固定相进行质量交换时，先扩散到滞留区，若固定相中的微孔又小又深，则滞留就越严重，传质速率就慢，对峰的扩展影响也越大。滞留流动相中的传质阻力与固定相粒度和孔径大小有关。计算方法如下：

$$H_{sm} = \frac{C_{sm} \cdot d_p^2 \cdot u}{D_m} \qquad (9-39)$$

C_{sm} 为柱系数，是一常数，它与固定相颗粒微孔的大小及容量因子有关。

GC 中传质阻力主要来自于固定相，而高效液相色谱的传质阻力主要来自流动相，它是由滞留流动相产生的。因此，高效液相色谱法中速率方程表达式为：

$$H = 2\lambda d_p + \frac{C_d D_m}{u} + \left(\frac{C_s d_f^2}{D_s} + \frac{C_m \cdot d_p^2}{D_m} + \frac{C_{sm} \cdot d_p^2}{D_m} \right) u \qquad (9-40)$$

$\dfrac{C_d D_m}{u}$ 较小，可以忽略不计。上式简写为：

$$H = A + Cu \qquad (9-41)$$

由上可知，液相色谱中提高柱效的方法是，采用小而均匀的固定相颗粒，并填充均匀，以减小涡流扩散；选用低黏度流动相如甲醇、乙腈等；适当提高柱温，以减少传质阻力。

（二）柱外因素

速率理论主要研究色谱柱内影响峰展宽的因素。色谱柱以外的因素引起的峰展宽现象均称为柱外因素。比如进样器连接管、接头、检测器等在内的管路体积（死体积）以及不规范的进样技术都会引起色谱峰的展宽。死体积越大，对色谱峰展宽影响就越大。例如采用进样阀进样，使用"零死体积接头"连接管路各部件，尽可能使用内腔体积小的检测器等操作，都可以减小柱外死体积，减少柱外因素对峰宽的影响。

二、高效液相色谱法的分类

高效液相色谱法的主要类型与经典液相色谱法分类相似，按固定相的聚集状态可分为液－固色谱法（LSC）及液－液色谱法（LLC）两大类。按分离机制分为吸附色谱法、分配色谱法、离子交换色谱法、分子排阻色谱法四类基本类型。近年来，高效液相色谱法快速发展，在经典液相色谱法的基础上，又出现了许多新方法。目前高效液相色谱法常见的有化学键合相色谱法及由其衍变和发展的离子抑制色谱法和离子对色谱法。此外，高效液相色谱法还包括许多与分离机制有关的色谱类型，如亲和色谱法、手性色谱法、胶束色谱法和电色谱法等。下面介绍几种常见的高效液相色谱法。

（一）液－固吸附色谱法

液－固吸附色谱法是液相色谱法中历史最悠久的一种方法。对不同极性取代基的化合物或异构体混合物具有很高的选择性，但对同系物的分离能力较差。其主要优点是固定相价格低、样品负载量大，pH 在 3 ~ 8 之间稳定性好。因此，在制备色谱分离中仍被广泛应用。

1. 固定相

液－固吸附色谱法的固定相为固体吸附剂。常用的固定相有硅胶、氧化铝、分子筛、高分子多孔微球及聚酰胺等。

（1）硅胶 液－固吸附色谱法中，应用最广泛的是硅胶。硅胶的使用是向着孔径均一、渗透性好、溶质扩散快的新型固定相方向发展，使高效液相色谱逐步实现高效、快速分离的目的。下面介绍几种代表性的硅胶。

①无定型硅胶：直径大于 $100\mu m$，传质速度慢、柱效低。液相色谱法早期使用的固定相。

②薄壳型硅胶：直径在 $30 ~ 40\mu m$ 之间。玻璃珠表面涂布一层 $1 ~ 2\mu m$ 厚的硅胶微粒制成的。孔径均一、渗透性好、溶质扩散快，但样品负载量较低。

③全多孔硅胶：装填在 $5 ~ 10cm$ 的短柱内，样品负载量可达 $mg \cdot g^{-1}$。因此，具有表面积大，容量大、粒度均匀、孔径均匀的优点。根据特点又分为无定形全多孔硅胶（国内代号 YWG）和球形全多孔硅胶（国内代号 YQG）。无定形全多孔硅胶直径约 $5 ~ 10\mu m$，价格较低，但渗透性差。球形全多孔硅胶直径约 $3 ~ 10\mu m$，渗透性强于无定形全多孔硅胶。

至今，全多孔硅胶和无定型硅胶的硅胶微粒固定相，成为高效液相色谱法的主体，得到了广泛的应用。

（2）高分子多孔微球　高分子多孔微球也称有机胶。国内产品代号为 YSG，进口产品如日立 3010 胶。常用的有机胶是由苯乙烯与二乙烯苯交联而成。该固定相可用于分离芳烃、杂环、甾体、生物碱、油溶性维生素、芳胺、酚、酯、醛、醚等化合物。有机胶的表面为芳烃官能团，流动相为极性溶剂，相当于反相洗脱。这种固定相柱效低，但选择性好，峰形好。用途相当广泛。

2. 流动相

高效液相色谱中，对流动相的要求是：

（1）纯度较高，流动相与固定相互不相溶，并能保持色谱柱的稳定性。

（2）流动相性能与检测器匹配。

（3）样品在流动相中，具有足够的溶解能力，以提高测定的灵敏度。

（4）具有较低的黏度和适当的低沸点。黏度低可以减少传质阻力，提高柱效。而低沸点的溶剂易于出柱后收集，有利于样品的纯化。

（5）为保证操作人员的健康安全，避免使用毒性较强的溶剂。

在液－固吸附色谱法中，溶剂极性的强弱，仍然是选择溶剂的主要因素。溶剂极性的强弱，可用 Snyder 提出的溶剂强度参数进行判断，在手册或文献中可以查阅。溶剂强度参数越大，溶剂的极性越大，溶剂的洗脱能力就越强。常常采用二元或二元以上的混合溶剂系统。例如，在低极性溶剂如烷烃中加入适量极性溶剂如三氯甲烷、醇类以调节溶剂极性，即可以找到适宜溶剂强度的溶剂系统，还可以保持溶剂的低黏度以降低柱压、提高柱效和提高分离的选择性。

（二）化学键合相色谱法

化学键合相色谱法是以化学键合相为固定相的色谱法。将固定液的官能团通过化学反应键合到载体表面，所制固定相称为化学键合相，简称键合相。它几乎适用于所有类型的化合物，是应用最广的液相色谱法。主要优点是：①固定相均一性、稳定性好，在使用过程中不易流失，使用周期长；②柱效高；③重现性好，能使用的流动相和键合相的种类很多，分离的选择性高。化学键合相色谱法可分为正相色谱法和反相键合相色谱法。

1. 正相色谱法

正相键合相色谱法（normal bonded phase chromatography，NPC）采用极性键合相为固定相和非极性流动相组成色谱系统。如氰基、氨基、二羟基等键合在硅胶表面，作固定相；以非极性或弱极性溶剂为流动相，如烷烃中加适量极性调节剂（如醇类）。氰基键合相的分离选择性与硅胶相似，但其极性比硅胶弱，即流动相及其他条件相同时，同一组分在氰基柱上的保留比在硅胶柱上弱。许多需用硅胶的分离，可用氰基键合相完成。

正相键合相色谱法主要用于分离极性至中等极性的分子型化合物。极性键合相的分离选择性决定于键合相的种类、流动相的强度和试样的性质。在正相键合相色谱法中组分的保留和分离的一般规律是：极性强的组分的容量因子大，后洗脱出柱。流动相的极性增大，洗脱能力增强，使组分容量因子减小，t_R 减小；反之，容量因子增大，t_R 增大。

2. 反相键合相色谱法

反相色谱法（reverse phase chromatography，RPC）由非极性固定相和极性流动相组成的色谱系统。采用非极性键合相为固定相，如十八烷基硅烷（C_{18}）、辛基硅烷（C_8）等化学键合相，有时也用弱极性或中等极性的键合相为固定相。流动相以水作为基础溶剂，再加入一定量与水混溶的极性调节剂，常用甲醇—水、乙腈—水等。总之，固定相的极性比流动相的极性弱。

键合相色谱法流动相（mobile phase）通常是一些有机溶剂、水和缓冲液等，其作用是携带样品前进，给样品提供一个合适的分配比。流动相常采用二元或多元组合溶剂系统。在正相色谱中，可选用非极性或中等极性的溶剂为流动相；在反相色谱中，一般以极性最大的水作主体，按比例加入适量有机溶剂。在流动相中有时可加入甲醇以增加溶解度，或者改变盐的浓度，以控制其离子强度，改善分离效果。

HPLC 已广泛应用于各种药物及其制剂的分析测定，尤其在生物制品、中药等复杂体系的成分分离分析中发挥着极其重要的作用，可用于定性及定量分析。该法特别适合对多组分混合物作定量分析。使用大管径的制备色谱柱，还可制备某些难得物质的纯品。缺点是分离效果虽好，但鉴定物质组分远不如质谱、核磁共振、红外等，不过，随着 HPLC 与 MS、NMR 等的联用，其定性功能将大大增强，应用将更加广泛。

（三）离子色谱法

离子交换色谱法利用被分离组分离子交换能力的差别，或选择性系数的差别而对许多正、负离子得以很好的分离。但是，一些常见的无机离子在可见或近紫外光区没有吸收，因此紫外–可见检测器对这些无机离子难以检测。在离子交换色谱法的基础上，发展了离子对色谱法和离子色谱法。

离子色谱法有两种类型，抑制型（双柱型）和非抑制型（单柱型）。

以分析阴离子 X^- 为例，说明抑制型离子色谱法的原理和方法。抑制型使用两根离子交换柱，一根为分离柱，填有低交换容量的阴离子交换剂；另一根为抑制柱，填有高交换容量的阳离子交换剂（称为阳离子交换柱），二者串联在一起。分离柱的洗脱液进入抑制柱，在两根柱上发生了反应。

分离柱，交换反应：

$$R^+OH^- + NaX \longrightarrow R^+\!\!-\!\!X^- + NaOH$$

洗脱反应：

$$R^+X^- + NaOH \longrightarrow R^+\!\!-\!\!OH^- + NaX$$

抑制柱，与组分反应：

$$RH^+ + NaX \longrightarrow RA^+\!\!-\!\!NaA^- + HX$$

与洗脱剂反应：

$$RH^+ + NaOH \longrightarrow R^+\!\!-\!\!Na^- + H_2O$$

无抑制柱的离子色谱中，进入检测器的是高电导的洗脱剂 NaOH 及被洗脱的组分 NaX，NaX 产生的电导的微小变化被洗脱剂的高本底淹没，无法检测。当加入抑制柱后，进入检测器的本底是导电率很低的水，因此很容易检测出具有较大电导率的 HX。

非抑制柱的离子色谱法，使用低交换容量的固定相，而常用流动相是低浓度、低电导率的物质，如 $0.1mmol \cdot L^{-1}$ 的苯甲酸盐或邻苯二甲酸盐等。因本底导电很低，试样离子洗脱后可直接被电导检测器检测。

三、高效液相色谱仪

高效液相色谱仪通常是由输液系统、进样系统、分离系统、检测器系统和色谱数据处理系统五部分组成，结构框图9-16所示。

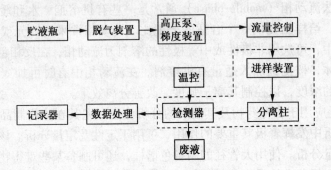

图9-16 高效液相色谱仪结构框图

（一）输液系统

输液系统提供流动相，作用是将流动相以高压连续不断地输送到色谱系统，以保证试样在色谱柱中完成分离。

1. 贮液瓶

贮液瓶材料应耐腐蚀，可为玻璃、不锈钢、特种塑料等，大部分是带盖的玻璃瓶，容积为0.5~2.0L。

2. 高压输液泵

高压输液泵要求流量恒定、无脉动、有较大的压力调节范围，耐腐蚀，有较高的输出压力（15~30MPa），死体积小，便于更换溶剂和采用梯度洗脱，密封性好，易于清洗和保养。高压输液泵按工作原理可分为恒流泵和恒压泵两类。目前应用较多的是柱塞往复泵，优点是：流量恒定，与流动相黏度和柱渗透性无关；死体积小，适合于梯度洗脱；流量控制装置简便；价格适中。其缺点是输出有脉冲，影响分离及检测效果，达到要求的压力较慢。

泵上有检测和保护装置，当管路密封不好、有泄漏或液体不能泵出、压力低于保护下限时，或者当管路阻塞或泵控制电路失控时，保护电路会使泵停止工作并报警。

3. 流量控制装置和洗脱控制装置

流量控制装置可消除柱压过高对分离造成的影响。

高效液相洗脱技术有等度洗脱和梯度洗脱两种。

（1）等度洗脱（isocratic elution） 是在整个分离过程中流动相的组成不变。不同溶剂可用低压或高压混合方式混合。

（2）梯度洗脱（gradient elution） 是连续或间断改变流动相组成，调节流动相的极性，使待分离的组分有合适的分配比，从而提高柱效，缩短分析时间，改变检测器的灵敏度。该技术类似于GC中的程序升温。梯度洗脱控制装置有以下两种。

①低压梯度（外梯度）。低极性的溶剂A在常压下先直接流入混合器，再将高极性溶剂B经低压计量泵压入混合器，充分混合后用高压输液泵输入色谱柱。通过改变溶剂B

的体积，可连续输出不同极性的流动相。

②高压梯度（内梯度）。用几台高压泵（流量可独立控制）分别将溶剂加压，按程序规定（程序控制器或计算机调节）的流速比例输入混合室，混合后输入色谱柱。使用这种梯度装置可获得任何形式的梯度程序，易于自动化。只是价格较高。

（二）进样系统

作用是将试样引入色谱柱，安装在色谱柱的进口处。一般要求进样装置密封性好，死体积小，重现性好，保证中心进样，进样时对色谱系统的压力和流量影响小。目前主要应用的有高压进样阀和自动进样器两种。高压进样阀主要是旋转六通阀。其优点是在高压下进样量较大，进样量准确，且重现性好，易于自动化；缺点是有一定的死体积，容易使色谱峰展宽。自动进样器一批可自动进样几十个或上百个，可连续调节，重复性较高，适用于大量样品分析，但价格较高。

（三）分离系统

分离系统是 HPLC 最重要的部分，其核心是色谱柱，有的还配有柱温箱。

色谱柱常用内壁抛光的不锈钢管，主要由柱管、固定相填料和密封垫组成。使用前柱管先用三氯甲烷、甲醇、水依次清洗，再用 50% 的 HNO_3 在柱内滞留 10 分钟，形成钝化的氧化物涂层。HPLC 的柱管一般采用直形，分为常量柱和半微柱，其中，常量柱，内径 2～5mm，长 10～25cm；半微量柱，内径 1～1.5mm，长 10～20cm；毛细管柱内径 0.2～0.5mm；细粒径的填料（1.7μm）常用短柱。常用的色谱柱有正相柱、反相柱、离子交换柱和凝胶色谱柱。分析样品时，应根据分离分析目的、样品的性质和量的多少及现有的设备条件等选择合适的色谱柱。色谱柱两端的柱接头内装有烧结不锈钢滤片，孔隙小于填料粒度，防止填料漏出。

常用的色谱柱有正相柱、反相柱、离子交换柱和凝胶色谱柱。分析样品时，应根据分离分析目的、样品的性质和量的多少及设备条件，选择合适的色谱柱。

评价色谱柱的主要指标有塔板数、峰不对称因子、柱压降及键合相浓度。

（四）检测系统

检测器（detector）是高效液相色谱仪的三大关键部件（高压输液泵、色谱柱、检测器）之一。其作用是将色谱柱分离洗脱后的组分浓度转化为电信号，并作相应的处理后输送给记录仪或计算机。要求具有灵敏度高、重现性好、响应快、线性范围宽、对流量和温度变化不敏感和实时分析的特点。目前应用较广泛的检测器有紫外检测器、荧光检测器、示差折光检测器和电化学检测器等。近几年出现的蒸发光散射检测器，可以与原子吸收光谱仪或质谱仪等联用，它将成为 HPLC 全新通用的灵敏质量检测器。

1. 紫外检测器（ultraviolet detector，UVD）

是最常用的检测器。测定原理是被分析组分对特定波长紫外光的选择性吸收，其吸收度与组分浓度的关系服从朗伯－比尔定律。其检测灵敏度高，精密度高，线性范围宽，受流速和温度波动影响小，不破坏样品。还适用于制备色谱。缺点是只能检测对一定波长范围的紫外光有显著吸收的组分，而且流动相有一定的限制，即流动相的截止波长应小于检测波长。

2. 荧光检测器（fluorescence detector，FD）

测定原理是某些物质吸收一定波长的紫外光后能发射出一种比吸收波长更长的光波，即荧光。特点是灵敏度高、样品量少、对温度及流速等要求相对较低量分析和梯度洗脱。缺点是只适合于能产生荧光的物质。

3. 示差折光检测器（differential refractive index detector，RID）

示差折光检测器又称折射率检测器，是利用流动相中出现试样组分引起折射率的变化来进行检测。测得折光率差值与样品组分浓度成正比。RID 是通用型检测器，不破坏样品，但灵敏度较低，不适合作微量分析和梯度洗脱。折射率与温度有关，因此示差折光检测器必须在恒温下检测。

4. 电化学检测器（electro chemical detector，ECD）

利用组分在氧化还原过程中产生的电流或电压的变化对试样检测。主要用于离子色谱法，具有高灵敏度和高选择性。

5. 蒸发光散射检测器（evaporative light scattering detector，ELSD）

它是 20 世纪 90 年代出现的通用型质量检测器。适用于挥发性低于流动相的组分。主要用于检测糖类、高级脂肪酸、磷脂、皂苷、维生素、氨基酸、甘油三酯及甾体等，对各种物质有几乎相同的响应。其工作原理是，经色谱柱分离出的组分引入雾化器与通入的载气（高纯氮气或空气）喷成雾状液滴，经过加热的漂移管，蒸发除去流动相，使试样组分形成气溶胶，然后进入检测器。蒸发光散射检测器消除了溶剂和温度变化引起的基线漂移的干扰。它还具有死体积小，灵敏度高，喷雾气体消耗少等优点。ELSD 工作原理如图 9 – 17 所示。

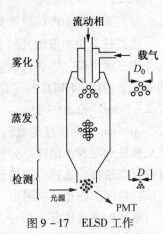

图 9 – 17　ELSD 工作原理示意图

（五）色谱数据处理系统

HPLC 配有记录仪、积分仪或色谱工作站等，以完成对检测信号的记录、处理和控制。现代液相色谱仪的重要特征是仪器的自动化，即用微机控制仪器的斜率设定并运行。微机也可以控制自动进样装置，达到准确、定时进样，提高了仪器的准确度和精密度。色谱管理软件的使用，实现了全系统的自动化控制。

四、定性和定量分析

（一）定性与定量分析

高效液相色谱法主要用于复杂成分混合物的分离、定性与定量，其定性与定量方法与气相色谱法相似。常用外标法和内标法进行定量分析。由于在相同条件下各组分的定量校正因子较难查到，因此较少采用归一法。而对药物中杂质含量的测定常用主成分自身对照法，还可以用内加法定量。

内加法（叠加法或标准加入法）适用于在色谱分析条件下，色谱图上没有合适的位置插入内标物色谱峰或找不到合适的内标物。方法是将待测组分 i 的纯物质作内标物，加至试样中，然后在相同的色谱条件下，测定加入纯物质前后 i 组分的峰面积（或峰高），用下式计算 i 组分的质量。

$$m_i = \frac{A_i}{\Delta A_i} \Delta m_i \qquad (9-42)$$

式中，Δm_i 是纯物质 i 的增加量；ΔA_i 是增加的峰面积。

也可以选择参比物质 r，此时：$A_i = \frac{A_i}{A_r}$，$\Delta A_i = \frac{A'_i}{A'_r} - \frac{A_i}{A_r}$，上式为：

$$m_i = \frac{\dfrac{A_i}{A_r}}{\dfrac{A'_i}{A'_r} - \dfrac{A_i}{A_r}} \Delta m_i \qquad (9-43)$$

式中，A_i、A_r 为待测物与参考物的原峰面积，A'_i、A'_r 是加入待测物的纯物质后，组分 i 与纯物质的色谱峰面积。此方法适用于求多组分中某一组分的含量，只要两次进样实验条件恒定即可，减少了因进样量不准确所带来的定量分析误差。

（二）分离方法的选择

根据样品的分子量、化学结构、溶解度等特性来选择合适的分离方法，如图 9-18 所示。

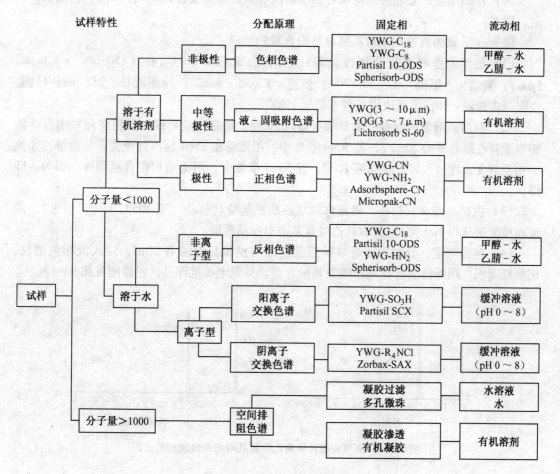

图 9-18 HPLC 分离方法选择

五、应用和示例

高效液相色谱法目前广泛应用于合成药物中微量杂质的检查，中药及中成药中有效成分的分离、鉴定与含量测定，药物稳定性试验，体内药物分析，药理研究及临床检验等。

例 9-5　双黄连片中黄芩苷含量测定（《中国药典》2005 年版）

（1）色谱条件与系统适用性试验：以十八烷基硅烷键合硅胶为填充剂；以甲醇-水-冰醋酸（50∶50∶1）为流动相，检测波长为 274nm。理论塔板数按黄芩苷峰计算应不低于 1500。

（2）对照品溶液的制备：取黄芩苷对照品适量，精密称定，加 50% 甲醇适量制成每 1ml 含 0.1mg 的溶液，即得。

（3）供试品溶液的制备：取重量差异下的本品，研细，取约 0.2g，精密称定，置 50ml 量瓶中，加 50% 甲醇适量，超声处理（功率 250W，频率 33kHz）20 分钟，放置至室温，加 50% 甲醇稀释至刻度，摇匀，滤过，取续滤液 2ml，即得。

（4）样品测定：分别精密量取对照品溶液与供试品溶液各 5μl，注入液相色谱仪，测定，即得。

例 9-6　氨珈黄敏片中对乙酰氨基酚含量的测定

（1）色谱条件和系统适用性试验：色谱柱：Zorbax sB C_{18} 柱（150 mm ×4.6mm，5μm）；流动相：甲醇：水（30∶70）；流速：$1.0ml \cdot min^{-1}$；检测波长：257 nm；柱温：室温；进样量：20μl。理论塔板数不低于 l5000。

（2）对照品溶液的制备：取氨咖黄敏片 10 片，精密称定后研细，精密称取细粉（约相当于对乙酰氨基酚 20mg），置 50ml 量瓶中，用流动相 35ml 超声处理使充分溶解，加流动相至刻度，滤过，再取续滤液 10ml，置 50ml 量瓶中，用流动相定容至刻度，摇匀，即得。

（3）供试品溶液的制备：精密称取对乙酰氨基酚对照品（于 105℃ 干燥至恒重），用流动相配制成每 1ml 含 80μg 的对乙酰氨基酚对照品溶液。

（4）样品测定：分别精密量取对照品溶液与供试品溶液各 20μl，注入液相色谱仪，记录峰面积，用外标法计算对乙酰氨基酚含量，共测定 6 批样品。色谱图见图 9-19。

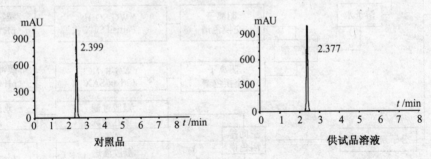

图 9-19　氨珈黄敏片中对乙酰氨基酚的高效液相色谱图

学习指导

一、目的要求

1. 了解色谱法及其分类。
2. 了解吸附剂与展开剂的选择方法。
3. 理解薄层色谱法和纸色谱法的基本原理。
4. 掌握薄层色谱法的操作方法。
5. 了解影响 R_f 值的因素。
6. 理解气相色谱法的原理及应用。
7. 了解高效液相色谱法的原理及应用。
8. 知道常见的色谱仪。

二、学习要点

（一）色谱法

1. 色谱法的分类

①两相的状态：气 – 液色谱法、气 – 固色谱法、液 – 固色谱法、液 – 液色谱法。

②色谱过程中的分离原理：吸附色谱法、分配色谱法、离子交换色谱法及凝胶色谱法。

③操作形式：柱色谱法、薄层色谱法、纸色谱法。

2. 色谱法中的常用术语：

①标准差（σ）：正态分布曲线两侧拐点之间距离的一半。

标准差与峰宽、半峰宽的关系为：$\qquad W = 4\sigma \qquad\qquad W_{1/2} = 2.354\sigma$

②调整保留时间（t'_r）：扣除死时间后的组分保留时间。$t'_r = t_r - t_0$

③死体积（V_0）：进样器至检测器出口未被固定相占有的空间。$V_0 = t_0 \cdot F_c$

④保留体积（V_r）：组分从进样到柱后出现浓度极大值时所通过的流动相体积。$V_r = t_0 \cdot F_c$

⑤调整保留体积（V'_r）扣除死体积后组分的保留体积。$V'_r = V_r - V_0 = t'_r \cdot F_c$

⑥容量因子（κ）达到分配平衡后，组分在固定相与流动相中的量之比。$\kappa = \dfrac{t'_r}{t_0}$

⑦分离度：相邻两组分色谱峰的保留时间之差与两组分峰宽均值的比值称为分离度。分离度越大，色谱柱的分离效率越高，两个峰分离得越好。

$$R = \frac{2\,(t_{R_2} - t_{R_1})}{W_1 + W_2}$$

（二）薄层色谱法

1. 薄层色谱法的分离原理与所用固定相有关。分为吸附薄层色谱法、分配薄层色谱法、离子交换薄层色谱法以及凝胶薄层色谱法等。

2. 比移值（R_f）是原点中心至组分斑点中心的距离与原点中心至溶剂前沿的距离之比。样品中各组分的 R_f 值相差越大，表示分离得越好。相对比移值 R_s 代替 R_f 值，可以消除实验过程中的系统误差。

3. 吸附薄层色谱中的固定相为吸附剂。常用的吸附剂有硅胶、氧化铝和聚酰胺等。

4. 薄层色谱法的基本操作过程一般为制板、点样、展开、显色定位四步。

5. 薄层色谱法的定性分析：薄板上斑点位置确定之后，通常用对照法鉴定各组分，即在同一块薄板上分别点上试样和对照品进行展开、定位。

6. 薄层色谱法的定量分析：目视法、斑点洗脱法、薄层扫描法。

（三）纸色谱法

1. 影响 R_f 值的因素：物质的化学结构及外界条件。

2. 纸色谱和薄层色谱都属于平面色谱，其操作方法基本相似。纸色谱法通常采用上行法展开，但展开速度慢，一般需几个小时才能完成。实际操作中，即使是同一物质，如果展开方式不同，R_f 值也不同。

（四）气相色谱法

1. 气相色谱法基本理论

（1）塔板理论：描述了组分在色谱柱中的分配行为。

柱效指标通过塔板数和塔板高度来衡量。

$$n = 5.54 \left(\frac{t_R}{W_{1/2}}\right)^2 \qquad H = \frac{L}{n}$$

（2）速率理论：研究各种动力学因素对柱效的影响。

速率方程式为：

$$H = A + \frac{B}{u} + Cu$$

2. 气相色谱仪型号很多，性能各有差异，但它们的基本结构包括气路系统、进样系统、柱分离系统、检测系统、温度控制系统和信号记录系统。

3. 定性分析方法：

（1）已知物对照法：在相同色谱条件下对照品和试样进行操作，测出对照品和试样的保留值，在色谱图上分析、比较对照品和试样的色谱峰，从而对试样进行定性分析。

（2）利用相对保留值：在没有对照品的情况下，可用此法定性。

$$r_{is} = \frac{t_{r(i)}}{t_{R(s)}} = \frac{V'_{r(i)}}{V_{R(s)}} = \frac{K_i}{K_s}$$

（3）利用保留指数法。

（4）基团分类测定法。

（5）两谱联用法。

4. 定量分析方法

（1）峰面积的测量：当色谱峰对称时，计算公式如下：

$$A = 1.065\, h \times W_{1/2}$$

不对称峰峰面积的计算公式如下：

$$A = 1.065 \, h \times \frac{(W_{0.15} + W_{0.85})}{2}$$

（2）定量校正因子：不能用峰面积直接计算物质的含量，需引入校正因子。

$$f'_i = \frac{m_i}{A_i}$$

① 归一化法：

$$w_i = \frac{A_i f_i}{A_1 f_1 + A_2 f_2 + A_3 f_3 + \cdots\cdots + A_n f_n} \times 100\%$$

② 外标一点法：

$$m_i = \frac{A_i}{(A_i)_s} \, (m_i)_s$$

③ 内标法：

$$W_i\% = \frac{A_i f_i}{A_{is} f_{is}} \cdot \frac{m_{is}}{m} \times 100\%$$

a. 标准曲线法：配制一系列不同浓度的标准溶液，同体积加入相同量的内标物，进样分析。

b. 内标对比法：

$$C_{i试样} = \frac{(A_i/A_{is})_{试样}}{(A_i/A_{is})_{对照}} \times C_{对照}$$

（五）高效液相色谱法

1. 高效液相色谱法优点：传质阻抗小，柱效高，分离效率高。分析速度快。高灵敏度检测器，提高了检测的灵敏度。

2. 高效液相色谱法的基本概念和理论与气相色谱法相似。

速率理论（即 Van Deemter 方程式）中，各项动力学因素对高效液相色谱峰展宽的影响与在气相色谱中有所不同。

$$H = 2\lambda d_p + \frac{C_d D_m}{u} + \left(\frac{C_s d_f^2}{D_s} + \frac{C_m \cdot d_p^2}{D_m} + \frac{C_{sm} \cdot d_p^2}{D_m} \right) u$$

或：

$$H = A + Cu$$

3. 常见的高效液相色谱法：

（1）化学键合相色谱法是以化学键合相为固定相的色谱法。又分为正相色谱法和反相键合相色谱法。

（2）离子交换色谱法利用被分离组分离子交换能力的差别，或选择性系数的差别而对许多正、负离子得以很好的分离。

4. 高效液相色谱仪通常是由输液系统、进样系统、分离系统、检测器系统和色谱数据处理系统五部分组成，

5. 高效液相色谱法定性与定量方法与气相色谱法相似。常用外标法和内标法进行定量分析。较少采用归一法。还可以用内加法定量。

内加法适用于在色谱分析条件下，色谱图上没有合适的位置插入内标物色谱峰或找不

到合适的内标物。$m_i = \dfrac{A_i}{\Delta A_i} \Delta m_i$

当选择参比物质 r 时，上式为：

$$m_i = \dfrac{\dfrac{A_i}{A_r}}{\dfrac{A'_i}{A'_r} - \dfrac{A_i}{A_r}} \Delta m_i$$

习 题

一、单项选择

1. 下列因素中，可用来衡量色谱分离操作条件选择好坏的是（　　）。

A. 峰宽　　　　　　B. 峰高　　　　　　C. 峰面积　　　　　　D. 分离度

2. 薄层色谱中，下列溶剂极性最强的是（　　）。

A. 乙醚　　　　　　B. 苯　　　　　　C. 乙酸乙酯　　　　　　D. 甲醇

3. 吸附薄层色谱中，下列物质不能做吸附剂的是（　　）。

A. 硅胶　　　　　B. 氧化钙　　　　　C. 氧化铝　　　　　D. 聚酰胺

4. 气相色谱中常用的载气是（　　）。

A. 空气　　　　　B. 氢气　　　　　C. 氮气　　　　　D. 氦气

5. 须对流动相进行脱气处理的色谱法是（　　）。

A. 气相色谱法　　B. 薄层色谱法　　C. 高效液相色谱法　　D. 纸色谱

6. 下列部件中，属于气相色谱仪最重要的分离部件的是（　　）。

A. 进样器　　　　B. 高压泵　　　　C. 色谱柱　　　　D. 检测器

7. 下列因素中，属于气相色谱法定性分析依据的是（　　）。

A. 色谱峰面积　　B. 色谱峰高　　C. 色谱峰宽度　　D. 保留时间

8. 高效液相色谱中，对色谱峰扩展影响可以忽略不计的是（　　）。

A. 涡流扩散项　　　　　　B. 纵向扩散项

C. 流动相的传质阻力　　　D. 固定相的传质阻力

9. 用气相色谱法定量分析样品组分时，分离度至少为（　　）。

A. 0.50　　　　B. 0.75　　　　C. 2.0　　　　D. 1.5

10. 表示色谱柱的柱效率，可以用（　　）

A. 分配比　　　　B. 分配系数　　　C. 载气流速　　　D. 有效塔板高度

二、填空

1. 按操作形式不同可将色谱法分为_____、_____和_____。

2. 吸附薄层色谱中，常用的吸附剂有_____、_____和_____等。

3. 薄层色谱法的基本操作过程一般分为_____、_____、_____和

_____四步。

4. 气相色谱法的主要特点是_____、_____、_____、_____和_____。

5. 气相色谱仪中需要精密控制温度的部件是_____、_____和_____。

6. 气相色谱中影响柱效的主要动力学因素是_____、_____和_____。

7. 气相色谱的定性分析方法主要有_____、_____、_____和_____。

8. 高效液相色谱法与气相色谱法相比具有的优点是_____、_____和_____。

9. 高效液相色谱法按固定相的聚集状态可分为_____和_____。

10. 高效液相色谱仪的三大主要部件是_____、_____和_____。

11. 某化合物在薄层板上从原点迁移 7.8cm，溶剂前沿距原点 16.3cm，该化合的 R_f 值为_____。

12. 在 2m 长色谱柱上，某柱温下测得苯的保留时间为 1.5 分钟，半峰宽为 0.2cm（纸速 2cm/min），则理论塔板数为_____片，塔板高度为_____mm。

三、判断题

1. 薄层色谱法属于液-固吸附色谱。（　　）

2. 薄层色谱展开前，将薄板置于盛有展开剂的色谱缸内饱和。（　　）

3. 如果物质的极性较小或亲脂性强，则 R_f 值就小。（　　）

4. TLC 法中，各分离组分的 R_f 值最佳范围是 0.5～0.8。（　　）

5. 目前高效液相色谱法中使用广泛的检测器是氢火焰离子化检测器。（　　）

6. 混合物中各组分间的分配系数 K 相差越大，各组分越容易被分离。（　　）

7. 薄层色谱法中，相邻两组分的 R_f 值应相差 1.00 以上。（　　）

8. 气相色谱固定液必须不能与载体、组分发生不可逆的化学反应。（　　）

9. 气相色谱检测器灵敏度高并不等于敏感度好。（　　）

10. 气相色谱法测定中，随着进样量的增加，理论塔板数上升。（　　）

四、思考题

1. 某混合物 A、B 两组分的分配系数分别是 240 和 350，两组分在吸附薄层上的 R_f 值如何？

2. 在吸附色谱中，用硅胶作固定相，苯作流动相，样品中组分的保留时间较短，现用苯-甲醇（1:1），样品中组分的保留时间变短还是变长？为什么？

（林　珍）

附录

Ⅰ 常见化合物的相对分子质量

分 子 式	相对分子质量	分 子 式	相对分子质量
$AgBr$	187.77	$C_8H_9O_2N \cdot H_2O$（对羧基苄胺）	169.18
$AgCl$	143.22	$BaCl_2$	208.24
AgI	234.77	$BaCl_2 \cdot 2H_2O$	244.27
$AgCN$	133.89	$BaCO_3$	197.34
Ag_2CrO_4	331.73	BaO	155.33
$AgNO_3$	169.87	$Ba(OH)_2$	171.34
$AgSCN$	165.95	$BaSO_4$	233.39
Al_2O_3	101.96	BaC_2O_4	225.35
$Al(OH)_3$	78.00	$BaCrO_4$	253.32
$Al_2(SO_4)_3$	342.14	CaO	56.08
As_2O_3	197.84	$CaCO_3$	100.09
As_2O_5	229.84	CaC_2O_4	128.10
As_2S_3	246.02	$CaCl_2$	110.99
As_2S_5	310.14	$CaCl_2 \cdot H_2O$	129.00
$CuSCN$	121.62	$CaCl_2 \cdot 6H_2O$	219.08
$C_6H_{12}O_6 \cdot H_2O$（葡萄糖）	198.18	$Ca(NO_3)_2$	164.09
$C_{10}H_{10}O_2N_4S$（磺胺嘧啶）	250.27	CaF_2	78.08
$C_{11}H_{12}O_2N_4S$（磺胺甲基嘧啶）	264.30	$Ca(OH)_2$	74.09
$C_{11}H_{12}O_3N_4S$（磺胺甲氧嗪）	280.30	$CaSO_4$	136.14
$C_{11}H_{12}O_3N_4S \cdot H_2O$（磺胺脒）	232.26	$Ca_3(PO_4)_2$	310.18
$C_9H_9O_2N_3S_2$（磺胺噻唑）	255.31	CO_2	44.01
$C_6H_7O_3NS$（对氨基苯磺酸）	173.19	CCl_4	153.82
$C_{15}H_{21}ON_3 \cdot 2H_3PO_4$（磷酸伯氨喹）	455.34	Cr_2O_3	151.99
$C_{13}H_{20}O_2N \cdot HCl$（盐酸普鲁卡因）	272.77	CuO	79.55
$C_{10}H_{13}O_2N$（非那西丁）	179.22	CuS	95.61
$C_{10}H_{15}ON \cdot HCl$（盐酸麻黄碱）	201.70	$CuSO_4$	159.60
$C_6H_5O_7Na_3 \cdot 2H_2O$（枸橼酸钠）	294.10	$CuSO_4 \cdot 5H_2O$	249.68

分 子 式	相对分子质量	分 子 式	相对分子质量
HI	127.91	H_3PO_4	98.00
HBr	80.91	H_2S	34.08
HCN	27.03	HF	20.01
H_2SO_3	82.07	MnO_2	86.94
H_2SO_4	98.07	$Na_2B_4O_7 \cdot 10H_2O$	381.37
Hg_2Cl_2	472.09	NaBr	102.89
$HgCl_2$	271.50	$NaBiO_3$	279.97
$KAl(SO_4)_2 \cdot 12H_2O$	474.38	Na_2CO_3	105.99
$C_4H_6O_3$ （醋酐）	102.09	NaC_2O_4	134.00
$C_7H_6O_2$ （苯甲酸）	122.12	$NaC_2H_3O_2$ （NaAc）	82.03
FeO	71.85	$NaC_7H_5O_2$ （苯甲酸钠）	144.13
Fe_2O_3	159.69	KBr	119.00
Fe_3O_4	231.54	$KBrO_3$	167.09
$Fe(OH)_3$	106.87	KCl	74.55
$FeSO_4$	151.90	$KClO_3$	122.55
$FeSO_4 \cdot H_2O$	169.92	$KClO_4$	138.55
$FeSO_4 \cdot 7H_2O$	278.01	K_2CO_3	138.21
$Fe_2(SO_4)_3$	299.87	KCN	65.12
$FeSO_4 \cdot (NH_4)_2SO_4 \cdot 6H_2O$	392.13	K_2CrO_4	194.19
H_3BO_3	61.83	$K_2Cr_2O_7$	294.18
HCOOH	46.03	$KHC_2O_4 \cdot H_2O$	146.14
$H_2C_2O_4$	90.04	$KHC_2O_4 \cdot H_2C_2O_4 \cdot 2H_2O$	254.19
$H_2C_2O_4 \cdot 2H_2O$	126.07	$KHC_8H_4O_4$ （邻苯二甲酸氢钾）	204.22
$HC_2H_3O_2$ （HAc）	60.05	$KHCO_3$	100.12
HCl	36.46	KH_2PO_4	136.09
H_2CO_3	62.03	$KHSO_4$	136.16
$HClO_4$	100.46	KI	166.00
HNO_2	47.01	KIO_3	214.00
HNO_3	63.01	$KIO_3 \cdot HIO_3$	389.91
H_2O	18.02	$KMnO_4$	158.03
H_2O_2	34.02	K_2O	92.20

分 子 式	相对分子质量	分 子 式	相对分子质量
KOH	56.11	$NaNO_2$	69.00
$KSCN$	97.18	$NaNO_3$	85.00
K_2SO_4	174.26	NH_3	17.03
KNO_2	85.10	NH_4Cl	53.49
KNO_3	101.10	$NH_4Fe(SO_4)_2 \cdot 12H_2O$	482.18
$MgCl_2$	95.21	$NH_3 \cdot H_2O$	35.05
$MgCO_3$	84.31	NH_4SCN	76.12
MgO	40.30	$(NH_4)_2SO_4$	132.14
$Mg(OH)_2$	58.32	$(NH_4)_2C_2O_4 \cdot H_2O$	142.11
$MgNH_4PO_4$	137.32	$(NH_4)_2HPO_4$	132.06
$Mg_2P_2O_7$	222.55	$(NH_4)_3PO_4 \cdot 12MoO_3$	1876.35
$MgSO_4 \cdot 7H_2O$	246.47	P_2O_5	141.95
MnO	70.94	PbO	223.20
SO_3	80.06	PbO_2	239.20
$NaCl$	58.44	$PbCl_2$	278.11
$NaCN$	49.01	$PbSO_4$	303.26
$Na_2H_2Y \cdot 2H_2O$ （EDTA 钠盐）	372.24	$PbCrO_4$	323.19
$NaHCO_3$	84.01	$Pb(CH_3COO)_2 \cdot 3H_2O$	379.34
NaI	149.89	SiO_2	60.08
Na_2O	61.98	SO_2	64.06
$NaOH$	40.00	WO_3	231.85
Na_2S	78.04	SnO_2	150.69
Na_2SO_3	126.04	$SnCl_2$	189.60
Na_2SO_4	142.04	$SnCO_3$	178.71
$Na_2S_2O_3$	158.10	ZnO	81.38
$Na_2S_2O_3 \cdot 5H_2O$	248.17	$ZnSO_4$	161.44
$Na_2HPO_4 \cdot 12H_2O$	358.14	$ZnSO_4 \cdot 7H_2O$	187.55

Ⅱ 相对原子质量表

（按照原子序数排列，以 $^{12}C = 12$ 为基准）

元 素			原子序数	相对原子质量	元 素			原子序数	相对原子质量
符号	名称	英文名			符号	名称	英文名		
H	氢	Hydrogen	1	1.00794 ±7	Zn	锌	Zinc	30	65.38
He	氦	Helium	2	4.00260	Ga	镓	Gallium	31	69.72
Li	锂	Lithium	3	6.9411 ±3	Ge	锗	Germanium	32	72.59 ±3
Be	铍	Beryllium	4	9.01218	As	砷	Arsenic	33	74.9216
B	硼	Boron	5	10.81	Se	硒	Selenium	34	78.96 ±3
C	碳	Carbon	6	12.011	Br	溴	Bromine	35	79.904
N	氮	Nitrogen	7	14.0067	Kr	氪	Krypton	36	83.80
O	氧	Oxygen	8	15.994 ±3	Rb	铷	Rubidium	37	85.4678 ±3
F	氟	fluorine	9	18.998403	Sr	锶	Strontium	38	87.62
Ne	氖	Neon	10	20.179	Y	钇	Yttrium	39	88.9059
Na	钠	Sodium	11	22.98977	Zr	锆	Zirconium	40	91.22
Mg	镁	Magnesium	12	24.305	Nb	铌	Niobium	41	92.9064
Al	铝	Aluminum	13	26.98154	Mo	钼	Molybdenium	42	95.94
Si	硅	Silicon	14	28.0855 ±3	Tc	锝	Technetium	43	(98)
P	磷	Phosphorus	15	30.97376	Ru	钌	Ruthenium	44	101.07 ±3
S	硫	Suphur	16	32.06	Rh	铑	Rhodium	45	102.9055
Cl	氯	Chlorine	17	35.453	Pd	钯	Palladium	46	106.42
Ar	氩	Argon	18	39.948	Ag	银	Silver	47	107.8682 ±3
K	钾	Potassium	19	39.0983	Cd	镉	Cadmium	48	112.41
Ca	钙	Calcium	20	40.08	In	铟	Indium	49	114.82
Sc	钪	Scandium	21	44.9559	Sn	锡	Tin	50	118.69 ±3
Ti	钛	Titanium	22	47.88 ±3	Sb	锑	Antimony	51	121.75 ±3
V	钒	Vanadium	23	50.9415	Te	碲	Tellurium	52	127.60 ±3
Cr	铬	Chromium	24	51.996	I	碘	Iodine	53	126.9045
Mn	锰	Manganese	25	54.9380	Xe	氙	Xenon	54	131.29 ±3
Fe	铁	Iron	26	55.847 ±3	Cs	铯	Caesium	55	132.9054
Co	钴	Cobalt	27	58.9332	Ba	钡	Barium	56	137.33
Ni	镍	Nickel	28	58.69	La	镧	Lanthanum	57	138.9055 ±3
Cu	铜	Copper	29	63.546 ±3	Ce	铈	Cerium	58	140.12

元　　素			原子序数	相对原子质量	元　　素			原子序数	相对原子质量
符号	名称	英文名			符号	名称	英文名		
Pr	镨	Praseodymium	59	140.9077	Po	钋	Polonium	84	(209)
Nd	钕	Neodymium	60	144.24 ±3	At	砹	Astatine	85	(210)
Pm	钷	Promethium	61	(145)	Rn	氡	Radon	86	(222)
Sm	钐	Samarium	62	150.36 ±3	Fr	钫	Francium	87	(223)
Eu	铕	Europium	63	151.96	Ra	镭	Radium	88	226.0254
Gd	钆	Gadolinium	64	157.25 ±3	Ac	锕	Actinium	89	227.078
Tb	铽	Terbium	65	158.9254	Th	钍	Thorium	90	232.0381
Dy	镝	Dysprosium	66	162.50 ±3	Pa	镤	Protactinium	91	231.0359
Ho	钬	Holmium	67	164.9304	U	铀	Uranium	92	238.029
Er	铒	Erbium	68	167.26 ±3	Np	镎	Neptunium	93	237.0482
Tm	铥	Thulium	69	168.9342	Pu	钚	Plutonium	94	(244)
Yb	镱	Ytterbium	70	173.04 ±3	Am	镅	Americium	95	(243)
Lu	镥	Lutetium	71	174.967	Cm	锔	Curium	96	(247)
Hf	铪	Hafnium	72	178.49 ±3	Bk	锫	Berkelium	97	(247)
Ta	钽	Tantalum	73	180.9479	C	锎	Californium	98	(251)
W	钨	Tungsten	74	183.85 ±3	Es	锿	Einsteinium	99	(252)
Re	铼	Rhenium	75	186.207	Fm	镄	Fermiun	100	(257)
Os	锇	Osmium	76	190.2	Md	钔	Mendelvium	101	(258)
Ir	铱	Iridium	77	192.22 ±3	No	锘	Nobelium	102	(259)
Pt	铂	Platinum	78	195.08 ±3	Lr	铹	Lawrencium	103	(260)
Au	金	Gold	79	196.9665	Rf	[钅卢]	Rutherfordium	104	(261)
Hg	汞	Mercury	80	200.59 ±3	Ha	[钅罕]	Hahnium	105	(262)
Tl	铊	Thallium	81	204.383	Unb		(Unnilhexium)	106	(263)
Pb	铅	Lead	82	207.2	UnS			107	(262)
Bi	铋	Bismuth	83	208.9804					

Ⅲ 弱酸和弱碱的电离常数

名　　称	温度,℃	电离常数 K	pK
砷酸 H_3AsO_4	18	$K_1 = 5.62 \times 10^{-3}$	2.25
		$K_2 = 1.70 \times 10^{-7}$	6.77
		$K_3 = 2.95 \times 10^{-12}$	11.53
亚砷酸 H_3AsO_3	25	$K = 6 \times 10^{-10}$	9.23
硼酸 H_3BO_3	20	$K_1 = 7.3 \times 10^{-10}$	9.14
醋酸 CH_3COOH	25	$K_1 = 1.76 \times 10^{-5}$	4.75
甲酸 $HCOOH$	20	$K_1 = 1.77 \times 10^{-4}$	3.75
碳酸 H_2CO_3	25	$K_1 = 4.30 \times 10^{-7}$	6.37
		$K_2 = 5.61 \times 10^{-11}$	10.25
铬酸 H_2CrO_4	25	$K_1 = 1.8 \times 10^{-1}$	0.74
		$K_2 = 3.20 \times 10^{-7}$	6.49
氢氟酸 HF	25	$K_2 = 3.53 \times 10^{-4}$	3.45
氢氰酸 HCN	25	$K = 4.93 \times 10^{-10}$	9.31
氢硫酸 H_2S	18	$K_1 = 9.1 \times 10^{-8}$	7.04
		$K_2 = 1.1 \times 10^{-12}$	11.96
过氧化氢 H_2O_2	25	$K = 2.4 \times 10^{-12}$	11.62
次溴酸 $HBrO$	25	$K = 2.06 \times 10^{-9}$	8.69
次氯酸 $HClO$	18	$K = 2.95 \times 10^{-8}$	7.53
次碘酸 HIO	25	$K = 2.3 \times 10^{-11}$	10.64
碘酸 HIO_3	25	$K = 1.69 \times 10^{-1}$	0.77
高碘酸 HIO_4	25	$K = 2.3 \times 10^{-2}$	1.64
亚硝酸 HNO_2	12.5	$K = 4.6 \times 10^{-4}$	3.37
磷酸 H_3PO_4	25	$K_1 = 7.52 \times 10^{-3}$	2.21
		$K_2 = 6.23 \times 10^{-8}$	7.21
		$K_3 = 2.2 \times 10^{-13}$	12.67
硫酸 H_2SO_4	25	$K_2 = 1.2 \times 10^{-2}$	1.92

续表

名 称	温度，℃	电离常数 K	pK
亚硫酸 H_2SO_3	18	$K_1 = 1.54 \times 10^{-2}$	1.81
		$K_2 = 1.02 \times 10^{-7}$	6.91
草酸 $H_2C_2O_4$	25	$K_1 = 5.9 \times 10^{-2}$	1.23
		$K_2 = 6.4 \times 10^{-5}$	4.19
酒石酸 $H_2C_4H_4O_6$	25	$K_1 = 1.04 \times 10^{-3}$	2.98
		$K_2 = 4.55 \times 10^{-5}$	4.34
柠檬酸 $H_3C_6H_5O_7$	18	$K_1 = 7.10 \times 10^{-4}$	3.14
	18	$K_2 = 1.68 \times 10^{-5}$	4.77
	18	$K_3 = 6.4 \times 10^{-6}$	6.39
苯甲酸 C_6H_5COOH	25	$K = 6.46 \times 10^{-5}$	4.19
苯酚 C_6H_5OH	20	$K = 1.28 \times 10^{-16}$	9.89
氨水 $NH_3 \cdot H_2O$	25	$K = 1.76 \times 10^{-5}$	4.75
氢氧化钙 $Ca(OH)_2$	25	$K_1 = 3.74 \times 10^{-3}$	2.43
	30	$K_2 = 4.0 \times 10^{-2}$	1.40
氢氧化铅 $Pb(OH)_2$	25	$K = 9.6 \times 10^{-4}$	3.02
氢氧化银 $AgOH$	25	$K = 1.1 \times 10^{-4}$	3.96
氢氧化锌 $Zn(OH)_2$	25	$K = 9.6 \times 10^{-4}$	3.02
羟胺 NH_2OH	20	$K = 1.07 \times 10^{-8}$	7.97
苯胺 $C_6H_5NH_2$	25	$K = 4.6 \times 10^{-10}$	9.34

IV 难溶化合物的溶度积常数（18~25℃）

化合物	K_{sp}	化合物	K_{sp}
AgBr	5.0×10^{-13}	$Fe(OH)_2$	8.0×10^{-16}
AgCl	1.56×10^{-10}	FeS	3.7×10^{-19}
Ag_2CrO_4	1.1×10^{-12}	$PbSO_4$	1.6×10^{-8}
AgCN	1.2×10^{-16}	PbS	8.0×10^{-22}
AgI	1.5×10^{-16}	$MgNH_4PO_4$	2.5×10^{-13}
Ag_2S	6.3×10^{-50}	$MgCO_3$	3.5×10^{-8}
AgSCN	1.0×10^{-12}	$CaCO_3$	8.7×10^{-9}
$Al(OH)_3$	1.3×10^{-33}	CaF_2	2.7×10^{-11}
$BaCO_3$	8.1×10^{-9}	$CaC_2O_4 \cdot H_2O$	2.0×10^{-9}
$BaCrO_4$	1.2×10^{-16}	$CaSO_4$	7.1×10^{-5}
BaC_2O_4	1.6×10^{-7}	$Cu(OH)_2$	2.2×10^{-20}
$BaSO_4$	1.1×10^{-10}	CuS	6.3×10^{-36}
CuBr	5.2×10^{-9}	$Mg(OH)_2$	1.8×10^{-11}
CuCl	1.2×10^{-6}	$Mn(OH)_2$	1.9×10^{-13}
CuI	1.1×10^{-12}	MnS	1.4×10^{-15}
CuS	6.3×10^{-36}	HgS	4.0×10^{-53}
CuSCN	4.8×10^{-15}	$Zn(OH)_2$	1.2×10^{-17}
$Fe(OH)_3$	1.1×10^{-36}	ZnS	1.2×10^{-23}

V　氨羧配合剂类配合物的
稳定常数（18～25℃）

金属离子	lgK					
	EDTA	CYDTA	DTPA	EGTA	HEDTA	TTHA
Ag^+	7.32			6.88	6.71	8.67
Al^{3+}	16.11	17.63	18.6	13.9	14.3	19.7
Ba^{2+}	7.86	8.0	8.87	8.41	6.3	8.22
Be^{2+}	9.3	11.51				
Bi^{3+}	27.94	32.3	35.6		22.3	
Ca^{2+}	10.69	12.10	10.83	10.97	8.3	10.06
Cd^{2+}	16.40	19.23	19.2	16.7	13.3	19.8
Ce^{3+}	15.98	16.76				
Co^{2+}	16.31	18.92	19.27	12.39	14.6	17.1
Co^{3+}	36.00					
Cr^{3+}	23.4					
Cu^{2+}	18.80	21.30	21.55	17.71	17.6	19.2
Er^{3+}						23.19
Fe^{2+}	14.32	19.0	16.5	11.87	12.3	
Fe^{3+}	25.1	30.1	28.0	20.5	19.8	26.8
Ga^{3+}	20.3	22.91	25.54		16.9	
Hg^{2+}	21.80	25.00	26.70	23.2	20.30	26.8
In^{3+}	25.0	28.8	29.0		20.2	
La^{3+}		16.26				22.22
Li^+	2.79					
Mg^{2+}	8.64	11.02	9.30	5.21	7.0	8.43
Mn^{2+}	13.87	16.78	15.60	12.28	10.9	14.65
Mo（V）	~28					

续表

金属离子	lgK					
	EDTA	CYDTA	DTPA	EGTA	HEDTA	TTHA
Na^+	1.66					
Nd^{3+}	16.61	17.68				22.82
Ni^{2+}	18.56	20.3	20.32	13.55	17.3	18.1
Pb^{2+}	18.30	19.68	18.80	14.71	15.7	17.1
Pb^{4+}	18.5					
Pr^{3+}	16.4	17.31				
Sc^{3+}	23.1	26.1	24.5	18.2		
Sm^{3-}						24.3
Sn^{2-}	22.11					
Sr^{2+}	8.73	10.59	9.77	8.50	6.9	9.26
Th^{4+}	23.2	25.6	28.78			31.9
TiO^{2+}	17.3					
Tl^{3+}	37.8	38.3				
U^{4+}	25.8	27.6	7.69			
VO^{2+}	18.8	19.40				
Y^{3+}	18.10	19.15	22.13	17.16	14.78	
Zn^{2+}	16.50	18.67	18.40	12.7	14.7	16.65
Zr^{4+}	29.5		35.8			
稀土元素	16～20	17～22	19		13～16	

EDTA：乙二胺四乙酸

CYDTA：1,2-二胺基环己烷四乙酸（或称 DCTA）

DTPA：二乙基三胺五乙酸

EGTA：乙二醇二乙醚二胺四乙酸

HEDTA：N-β-羟基乙基乙二胺三乙酸

TTHA：三乙基四胺六乙酸

Ⅵ　标准电极电位表（298.15K）

1. 在酸性溶液中

电极反应	$E^{\ominus}$, V
$Li^+ + e \Longrightarrow Li$	-3.045
$K^+ + e \Longrightarrow Ki$	-2.925
$Ba^{2+} + 2e \Longrightarrow Ba$	-2.912
$Sr^{2+} + 2e \Longrightarrow Sr$	-2.89
$Ca^{2+} + 2e \Longrightarrow Ca$	-2.87
$Na^+ + e \Longrightarrow Na$	-2.714
$Ce^{3+} + 3e \Longrightarrow Ce$	-2.48
$Mg^{2+} + 2e \Longrightarrow Mg$	-2.37
$\frac{1}{2}H_2 + e \Longrightarrow H^-$	-2.25
$AlF_6^{3-} + 3e \Longrightarrow Al + 6F^-$	-2.07
$Be^{2+} + 2e \Longrightarrow Be$	-1.85
$Al^{3+} + 3e \Longrightarrow Al$	-1.66
$Ti^{2+} + 2e \Longrightarrow Ti$	-1.63
$V^{2+} + 2e \Longrightarrow V$	-1.18
$Te + 2e \Longrightarrow Te^{2-}$	-1.14
$SiF_6^{2+} + 4e \Longrightarrow Si + 6F^-$	-1.2
$Mn^{2+} + 2e \Longrightarrow Mn$	-1.182
$Se + 2e \Longrightarrow Se^{2-}$	-0.92
$Cr^{2+} + 2e \Longrightarrow Cr$	-0.91
$Bi + 3H^+ + 3e \Longrightarrow BiH_3$	-0.8
$Zn^{2+} + 2e \Longrightarrow Zn$	-0.763
$Cr^{3+} + 3e \Longrightarrow Cr$	-0.74
$Ag_2S + 2e \Longrightarrow 2Ag + S^{2-}$	-0.69
$Sb + 3H^+ + 3e \Longrightarrow SbH_3$	-0.51
$H_3PO_3 + 2H^+ + 2e \Longrightarrow H_3PO_2 + H_2O$	-0.50
$2CO_2 + 2H^+ + 2e \Longrightarrow H_2C_2O_4$	-0.49
$H_3PO_3 + 3H^+ + 3e \Longrightarrow P + 3H_2O$	-0.49
$S + 2e \Longrightarrow S^{2-}$	-0.48
$Fe^{2+} + 2e \Longrightarrow Fe$	-0.440
$Cr^{3+} + e \Longrightarrow Cr^{2+}$	-0.41

电极反应	$E^{\ominus}$, V
$Cd^{2+} + 2e = Cd$	-0.403
$As + 3H^+ + 3e = AsH_3$	-0.38
$PbSO_4 + 2e = Pb + SO_4^{2-}$	-0.3553
$Cd^{2+} + 2e = Cd$ （Hg）	-0.352
$Ag(CN)_2^- + e = Ag + 2CN^-$	-0.31
$Co^{2+} + 2e = Co$	-0.277
$H_3PO_4 + 2H^+ + 2e = H_3PO_3 + H_2O$	-0.276
$HCNO + H^+ + e = \frac{1}{2}C_2N_2$ （气） $+ H_2O$	-0.27
$PbCl_2 + 2e = Pb$ （Hg） $+ 2Cl^-$	-0.262
$V^{3+} + e = V^{2+}$	-0.255
$Ni^{2+} + 2e = Ni$	-0.246
$SnCl_4^{2-} + 2e = Sn + 4Cl^-$ （$1mol \cdot L^{-1}$ HCl）	-0.19
$AgI + e = Ag + I^-$	-0.152
CO_2 （气） $+ 2H^+ + 2e = HCOOH$	-0.14
$Sn^{2+} + 2e = Sn$	-0.136
$CH_3COOH + 2H^+ + 2e = CH_3CHO + H_2O$	-0.13
$Pb^{2+} + 2e = Pb$	-0.126
$2H_2SO_3 + H^+ + 2e = HSO_4^- + 2H_2O$	-0.08
$P + 3H^+ + 3e = PH_3$ （气）	-0.04
$Ag_2S + 2H^+ + 2e = 2Ag + H_2S$	-0.0366
$Fe^{3+} + 3e = Fe$	-0.036
$2H^+ + 2e = H_2$	0.0000
$AgBr + e = Ag + Br^-$	0.0713
$S_4O_6^{2-} + 2e = 2S_2O_3^{2-}$	0.08
$SnCl_6^{2-} + 2e = SnCl_4^{2-} + 2Cl^-$ （$1mol \cdot L^{-1}$ HCl）	0.14
$S + 2H^+ + 2e = H_2S$ （气）	0.141
$Sb_2O_3 + 6H^+ + 6e = 2Sb + 3H_2O$	0.152
$Sn^{4+} + 2e = Sn^{2+}$	0.154
$Cu^{2+} + e = Cu^+$	0.159
$SO_4^{2-} + 4H^+ + 2e = SO_2$ （水溶液） $+ H_2O$	0.17
$SbO^+ + 2H^+ + 3e = Sb + 2H_2O$	0.212

电 极 反 应	$E^{\ominus}$, V
$AgCl + e \rightleftharpoons Ag + Cl^-$	0.2223
$HCHO + 2H^+ + 2e \rightleftharpoons CH_3OH$	0.24
$HAsO_2 + 3H^+ + 3e \rightleftharpoons As + 2H_2O$	0.248
Hg_2Cl_2（固）$+ 2e \rightleftharpoons 2Hg + 2Cl^-$	0.2676
$\frac{1}{2}C_2N_2$（气）$+ H^+ + e \rightleftharpoons HCN$	0.33
$Cu^{2+} + 2e \rightleftharpoons Cu$	0.337
$Fe(CN)_6^{3-} + e \rightleftharpoons Fe(CN)_6^{4-}$	0.36
$\frac{1}{2}(CN)_2 + H^+ + e \rightleftharpoons HCN$	0.37
$Ag(NH_3)_2^+ + e \rightleftharpoons Ag + 2NH_3$	0.373
$2SO_2$（水溶液）$+ 2H^+ + 4e \rightleftharpoons S_2O_3^{2-} + H_2O$	0.40
$H_2N_2O_2 + 6H^+ + 4e \rightleftharpoons 2NH_3OH^+$	0.44
$Ag_2CrO_4 + 2e \rightleftharpoons 2Ag + CrO_4^{2-}$	0.447
$H_2SO_3 + 4H^+ + 4e \rightleftharpoons S + 3H_2O$	0.45
$4SO_2$（水溶液）$+ 4H^+ + 6e \rightleftharpoons S_4O_6^{2-} + 2H_2O$	0.51
$Cu^+ + e \rightleftharpoons Cu$	0.52
I_2（固）$+ 2e \rightleftharpoons 2I^-$	0.5345
$H_3AsO_4 + 2H^+ + 2e \rightleftharpoons HAsO_2 + 2H_2O$	0.559
Sb_2O_5（固）$+ 6H^+ + 4e \rightleftharpoons SbO^+ + 3H_2O$	0.58
$CH_3OH + 2H^+ + 2e \rightleftharpoons CH_4$（气）$+ H_2O$	0.58
$2NO + 2H^+ + 2e \rightleftharpoons H_2N_2O_2$	0.60
$2HgCl_2 + 2e \rightleftharpoons Hg_2Cl_2 + 2Cl^-$	0.63
$Ag_2SO_4 + 2e \rightleftharpoons 2Ag + SO_4^{2-}$	0.653
$O_2 + 2H^+ + 2e \rightleftharpoons H_2O_2$	0.682
$Fe(CN)_6^{3-} + e \rightleftharpoons Fe(CN)_6^{4-}$ （0.05mol·L^{-1} H$_2$SO$_4$）	0.71
$PtCl_4^{2-} + 2e \rightleftharpoons Pt + 4Cl^-$	0.73
$H_2SeO_3 + 4H^+ + 4e \rightleftharpoons Se + 3H_2O$	0.740
$PtCl_6^{2-} + 2e \rightleftharpoons PtCl_4^{2-} + 2Cl^-$	0.76
$(CNS)_2 + 2e \rightleftharpoons 2SCN^-$	0.77
$Fe^{3+} + e \rightleftharpoons Fe^{2+}$	0.771
$Hg_2^{2+} + 2e \rightleftharpoons 2Hg$	0.793
$Ag^+ + e \rightleftharpoons Ag$	0.7995

续表

电 极 反 应	$E^{\ominus}$, V
$2HNO_2 + 4H^+ + 4e = H_2N_2O_2 + 2H_2O$	0.80
$NO_3^- + 2H^+ + e = NO_2 + H_2O$	0.80
$OsO_4 + 8H^+ + 8e = Os + 4H_2O$	0.85
$Hg^{2+} + 2e = Hg$	0.854
$Cu^{2+} + I^- + e = CuI$	0.86
$2Hg^{2+} + 2e = Hg_2^{2+}$	0.920
$NO_3^- + 3H^+ + 2e = HNO_2 + H_2O$	0.94
$NO_3^- + 4H^+ + 3e = NO + 2H_2O$	0.96
$HIO + H^+ + 2e = I^- + H_2O$	0.99
$HNO_2 + H^+ + e = NO + H_2O$	1.00
$NO_2 + 2H^+ + 2e = NO + H_2O$	1.03
$ICl_2^- + e = \frac{1}{2}I_2 + 2Cl^-$	1.06
$Br_2（气）+ 2e = 2Br^-$	1.065
$NO_2 + H^+ + e = HNO_2$	1.07
$IO_3^- + 6H^+ + 6e = I^- + 3H_2O$	1.085
$Br_2（水溶液）+ 2e = 2Br^-$	1.087
$Cu^{2+} + 2CN^- + 2e = Cu(CN)_2^-$	1.12
$IO_3^- + 5H^+ + 4e = HIO + 2H_2O$	1.14
$SeO_4^{2-} + 4H^+ + 2e = H_2SeO_3 + H_2O$	1.15
$ClO_3^- + 2H^+ + e = ClO_2 + H_2O$	1.15
$ClO_4^- + 2H^+ + e = ClO_3 + H_2O$	1.19
$IO_3^- + 6H^+ + 5e = \frac{1}{2}I_2 + 3H_2O$	1.20
$ClO_3^- + 3H^+ + 2e = HClO_2 + H_2O$	1.21
$O_2 + 4H^+ + 4e = 2H_2O$	1.229
$MnO_2 + 4H^+ + 2e = Mn^{2+} + 2H_2O$	1.23
$2HNO_2 + 4H^+ + 4e = N_2O + 3H_2O$	1.27
$HBrO + H^+ + 2e = Br^- + H_2O$	1.33
$Cr_2O_7^{2-} + 14H^+ + 6e = 2Cr^{3+} + 7H_2O$	1.33
$ClO_4^- + 8H^+ + 7e = \frac{1}{2}Cl_2 + 4H_2O$	1.34
$Cl_2（气）+ 2e = 2Cl^-$	1.3595
$ClO_4^- + 8H^+ + 8e = Cl^- + 4H_2O$	1.37

电 极 反 应	$E^{\ominus}$, V
$BrO_3^- + 6H^+ + 6e \Longrightarrow Br^- + 3H_2O$	1.44
$Ce^{4+} + e \Longrightarrow Ce^{3+}$ $(0.025\,mol \cdot L^{-1}\ H_2SO_4)$	1.44
$ClO_3^- + 6H^+ + 6e \Longrightarrow Cl^- + 3H_2O$	1.45
$HIO + H^+ + e \Longrightarrow \dfrac{1}{2}I_2 + H_2O$	1.45
$PbO_2 + 4H^+ + 2e \Longrightarrow Pb^{2+} + 2H_2O$	1.455
$2NH_3OH^+ + H^+ + 2e \Longrightarrow N_2H_5^+ + 2H_2O$	1.46
$ClO_3^- + 6H^+ + 5e \Longrightarrow \dfrac{1}{2}Cl_2 + 3H_2O$	1.47
$Mn^{3+} + e \Longrightarrow Mn^{2+}$ $(3.75\,mol \cdot L^{-1}\ H_2SO_4)$	1.488
$HClO + H^+ + 2e \Longrightarrow Cl^- + H_2O$	1.49
$MnO_4^- + 8H^+ + 5e \Longrightarrow Mn^{2+} + 4H_2O$	1.51
$BrO_3^- + 6H^+ + 5e \Longrightarrow \dfrac{1}{2}Br_2 + 3H_2O$	1.52
$HClO_2 + 3H^+ + 4e \Longrightarrow Cl^- + 2H_2O$	1.56
$HBrC + H^+ + e \Longrightarrow \dfrac{1}{2}Br_2 + H_2O$	1.59
$2NO + 2H^+ + 2e \Longrightarrow N_2O + H_2O$	1.59
$H_5IO_5 + H^+ + 2e \Longrightarrow IO_3^- + 3H_2O$	1.60
$HClO_2 + 3H^+ + 3e \Longrightarrow \dfrac{1}{2}Cl_2 + 2H_2O$	1.63
$HClO_2 + 2H^+ + 2e \Longrightarrow HClO + H_2O$	1.64
$PbO_2 + SO_4^{2-} + 4H^+ + 2e = PbSO_4 + 2H_2O$	1.685
$MnO_4^- + 4H^+ + 3e \Longrightarrow MnO_2 + 2H_2O$	1.695
$NO_2 + 2H^+ + 2e \Longrightarrow N_2 + H_2O$	1.77
$H_2O_2 + 2H^+ + 2e \Longrightarrow 2H_2O$	1.77
$Co^{2+} + e \Longrightarrow Co^{2+}$ $(3\,mol \cdot L^{-1}\ HNO_2)$	1.84
$Ag^{2+} + e \Longrightarrow Ag^-$ $(4\,mol \cdot L^{-1}\ HClO_4)$	1.927
$S_2O_3^{2-} + 2e \Longrightarrow 2SO_4^{2-}$	2.01
$O_3 + 2H^+ + 2e \Longrightarrow O_2 + H_2O$	2.07
$F_2 + 2e \Longrightarrow 2F^-$	2.87
$F_2 + 2H^+ + 2e \Longrightarrow 2HF$	3.06

2. 在碱性溶液中

电　极　反　应	$E^{\ominus}$, V
$Ca(OH)_2 + 2e \Longrightarrow Ca + 2OH^-$	-3.02
$Sr(OH)_3 \cdot 8H_2O + 2e \Longrightarrow Sr + 2OH^- + 8H_2O$	-2.99
$Ba(OH)_2 \cdot 8H_2O + 2e \Longrightarrow Ba + 2OH^- + 8H_2O$	-2.97
$Mg(OH)_2 + 2e \Longrightarrow Mg + 2OH^-$	-2.69
$H_2AlO_3^- + H_2O + 3e \Longrightarrow Al + 4OH^-$	-2.35
$HPO_3^{2-} + 2H_2O + 2e \Longrightarrow H_2PO_2^- + 3OH^-$	-1.65
$Mn(OH)_2 + 2e \Longrightarrow Mn + 2OH^-$	-1.55
$Cr(OH)_3 + 3e \Longrightarrow Cr + 3OH^-$	-1.3
$ZnO_2^{2-} + 2H_2O + 2e \Longrightarrow Zn + 4OH^-$	-1.216
$As + 3H_2O + 3e \Longrightarrow AsH_3 + 3OH^-$	-1.21
$HCOO^- + 2H_2O + 2e \Longrightarrow HCHO$	-1.14
$2SO_3^{2-} + 2H_2O + 2e \Longrightarrow S_2O_4^{2-} + 4OH^-$	-1.12
$PO_4^{2-} + 2H_2O + 2e \Longrightarrow HPO_3^{2-} + 3OH^-$	-1.05
$Zn(NH_3)_4^{2+} + 2e \Longrightarrow Zn + 4NH_3$	-1.04
$CNO^- + H_2O + 2e \Longrightarrow CN^- + 2OH^-$	-0.97
$CO_3^{2-} + 2H_2O + 2e \Longrightarrow HCOO^- + 3OH^-$	-0.95
$Sn(OH)_6^{2-} + 2e \Longrightarrow HSnO_2^- + 3OH^- + H_2O$	-0.93
$SO_4^{2-} + H_2O + 2e \Longrightarrow SO_3^{2-} + 2OH^-$	-0.93
$HSnO_2^- + H_2O + 2e \Longrightarrow Sn + 3OH^-$	-0.91
$P + 3H_2O + 3e \Longrightarrow PH_3(气) + 3OH^-$	-0.87
$2NO_3^- + 2H_2O + 2e \Longrightarrow N_2O_4 + 4OH^-$	-0.85
$2H_2O + 2e \Longrightarrow H_2 + 2OH^-$	0.8277
$N_2O_2^{2-} + 6H_2O + 4e \Longrightarrow 2NH_2OH + 6OH^-$	-0.73
$Ag_2S + 2e \Longrightarrow 2Ag + S^{2-}$	-0.69
$AsO_2^- + 2H_2O + 3e \Longrightarrow As + 4OH^-$	-0.68
$SbO_2^- + 2H_2O + 3e \Longrightarrow Sb + 4OH^-$ (10mol $\cdot$ L^{-1} KOH)	-0.675
$AsO_4^{3-} + 2H_2O + 2e \Longrightarrow AsO_2^- + 4OH^-$	-0.67
$SO_3^{2-} + 3H_2O + 4e \Longrightarrow S + 6OH^-$	-0.66
$HCHO + 2H_2O + 2e \Longrightarrow CH_3OH + 2OH^-$	-0.59
$SbO_3 + H_2O + 2e \Longrightarrow SbO_2^- + 2OH^-$ (10mol $\cdot$ L^{-1} NaOH)	-0.589

电　极　反　应	$E^{\ominus}$, V
$2SO_3^{2-} + 3H_2O + 4e = S_2O_5^{2-} + 6OH^-$	-0.58
$Fe(OH)_3 + e = Fe(OH)_2 + OH^-$	-0.56
$HPbO_2^- + H_2O + 2e = Pb + 3OH^-$	-0.54
$S + 2e = S^{2-}$	-0.48
$NO_2^- + H_2O + e = NO + 2OH^-$	-0.46
$Bi_2O_3 + H_2O + 3e = 2Bi + 6OH^-$	-0.46
$CH_3OH + H_2O + 2e = CH_4(气) + 2OH^-$	-0.85
$CrO_4^{2-} + 2H_2O + 3e = CrO_2^- + 4OH^-$ (1mol·L^{-1} NaOH)	-0.12
$CrO_4^{2-} + 4H_2O + 3e = Cr(OH)_3 + 5OH^-$	-0.13
$2Cu(OH)_2 + 2e = Cu_2O + 2OH^- + H_2O$	-0.09
$O_2 + H_2O + 2e = HO_2^- + OH^-$	-0.076
$AgCN^- + e = Ag + CN^-$	-0.017
$NO_2^- + H_2O + 2e = NO_2^- + 2OH^-$	0.01
$SeO_4^{2-} + H_2O + 2e = SeO_3^{2-} + 2OH^-$	0.05
$HgO + H_2O + 2e = Hg + 2OH^-$	0.098
$Mn(OH)_3 + e = Mn(OH)_2 + OH^-$	0.1
$Co(NH_3)_6^{3+} + e = Co(NH_3)_6^{2+}$	0.1
$2NO_2^- + 3H_2O + 4e = N_2O + 6OH^-$	0.15
$ClO_4^- + H_2O + 2e = ClO_3^- + 2OH^-$	0.17
$Co(OH)_3 + e = Co(OH)_3 + OH^-$	0.17
$IO_3^- + 3H_2O + 6e = I^- + 6OH^-$	0.26
$PbO_2 + H_2O + 2e = PbO + 2OH^-$	0.28
$Ag_2O + H_2O + 2e = 2Ag + 2OH^-$	0.342
$ClO_3^- + H_2O + 2e = ClO_2^- + 2OH^-$	0.35
$O_2 + 2H_2O + 4e = 4OH^-$ (1mol·L^{-1} NaOH)	0.41
$IO^- + H_2O + 2e = I^- + 2OH^-$	0.49
$IO_3^- + 2H_2O + 4e = IO^- + 4OH^-$	0.56
$MnO_4^- + e = MnO_4^{2-}$	0.564
$MnO_4^- + 2H_2O + 3e = MnO_2 + 4OH^-$	0.588
$ClO_2^- + H_2O + 2e = ClO^- + 2OH^-$	0.59
$BrO_3^- + 3H_2O + 6e = Br^- + 6OH^-$	0.61

电 极 反 应	$E^{\ominus}$, V
$ClO_3^- + 3H_2O + 6e \Longrightarrow Cl^- + 6OH^-$	0.62
$AsO_2^- + 2H_2O + 3e \Longrightarrow As + 4OH^-$	0.68
$2NH_2OH + 2e \Longrightarrow N_2H_4 + 2OH^-$	0.74
$BrO^- + H_2O + 2e \Longrightarrow Br^- + 2OH^-$	0.76
$ClO_2^- + 2H_2O + 4e \Longrightarrow Cl^- + 4OH^-$	0.76
$H_2O_2 + 2e \Longrightarrow 2OH^-$	0.88
$ClO^- + H_2O + 2e \Longrightarrow Cl^- + 2OH^-$	0.89
$O_3 + H_2O + 2e \Longrightarrow O_2 + 2OH^-$	1.24
$C_7H_3O_4O_2 + H_2O + 2e \Longrightarrow C_7H_3O_4(OH)_2$（抗坏血酸）	−0.136

（邻苯二酚） −0.792

−0.800

−0.809

（肾上腺素）

Ⅶ 标准缓冲液的 pH

t,℃	草酸三氢钾标准缓冲液 (0.05mol/L)	邻苯二甲酸氢钾标准缓冲液 (0.05mol/L)	磷酸盐标准缓冲液（pH，6.8）KH_2PO_4（0.025mol/L）Na_2HPO_4（0.025mol/L）	磷酸盐标准缓冲液（pH，7.4）KH_2PO_4（0.08695mol/L）Na_2HPO_4（0.03043mol/L）	硼 砂标准缓冲液 (0.01mol/L)	25℃饱和氢氧化钙
0	1.67	4.01	6.98	7.52	9.46	13.42
5	1.67	4.00	6.95	7.49	9.39	13.21
10	1.67	4.00	6.92	7.47	9.33	13.01
15	1.67	4.00	6.90	7.44	9.28	12.82
20	1.68	4.00	6.88	7.43	9.23	12.63
25	1.68	4.00	6.86	7.41	9.18	12.46
30	1.68	4.01	6.85	7.40	9.14	12.29
35	1.69	4.02	6.84	7.39	9.07	12.13
40	1.69	4.03	6.84	7.38	9.07	11.98
45	1.70	4.04	6.83	7.38	9.04	11.84
50	1.71	4.06	6.83	7.38	9.02	11.70

参 考 文 献

［1］陶仙水. 分析化学. 北京：化学工业出版社，2001.
［2］席先蓉. 分析化学. 北京：中国中医药出版社，2006.
［3］谢庆娟. 分析化学. 北京：人民卫生出版社，2003.
［4］李发美. 分析化学. 北京：人民卫生出版社，2006.
［5］董慧茹. 仪器分析. 北京：化学工业出版社，2006.
［6］郭景文. 现代仪器分析技术. 北京：化学工业出版社，2004.
［7］傅著农. 色谱分析概论. 北京：化学工业出版社，2000.
［8］于世林. 高效液相色谱方法应用. 北京：化学工业出版社，2000.
［9］何丽一. 平面色谱方法应用. 北京：化学工业出版社，2000.
［10］国家药典委员会. 中华人民共和国药典（一部、二部）. 2005 年版. 北京：化学工
　　 业出版社，2005.
［11］张其河. 分析化学. 北京：中国医药科技出版社，2003.